SV

Juri Andruchowytsch

Geheimnis

Sieben Tage mit Egon Alt

Aus dem Ukrainischen von Sabine Stöhr

Suhrkamp

Die Originalausgabe erschien 2007 unter dem Titel *Tajemnycja.*
Zamist' romanu im Verlag Folio, Charkiw.

Erste Auflage 2008
© der deutschen Ausgabe
Suhrkamp Verlag Frankfurt am Main 2008
Satz: TypoForum GmbH, Seelbach
Druck: Freiburger Graphische Betriebe, Freiburg
Printed in Germany
ISBN 978-3-518-42011-9

1 2 3 4 5 6 – 13 12 11 10 09 08

Geheimnis

Ich hoffe nur, daß sich die Türen nicht schließen,
denn eine offene Tür – das ist eine unfaßbare Freude.
Robert Duncan

Davon laßt uns reden.
Serhij Zhadan

Ein mögliches Vorwort

Von kurzen Unterbrechungen abgesehen, verbrachte ich fast den ganzen Herbst des Jahres 2005 in Berlin. Ende September meldete sich Egon Alt, ein mir bis dato unbekannter Literaturkritiker und Journalist, zum erstenmal. In seiner für die elektronische Post ungewöhnlich ausführlichen Mail schrieb er, daß er davon träume (genau dieses Wort!), mit mir ein »eher längeres Gespräch, genauer, eine Serie von Gesprächen« zu führen, und daß er sich auf sogenannte Porträts spezialisiert habe, vor allem von Schriftstellern. Davon könne ich mich anhand der in der Mail angegebenen Links überzeugen, wofür ich jedoch nie die Zeit fand. Egon Alt bestand mit Nachdruck darauf, daß wir uns treffen müßten – »und nicht nur einmal« –, und fügte zum Schluß folgendes hinzu: »Sehr geehrter Herr, Sie sollten mich keinesfalls abweisen! Mir ist bewußt, daß Sie über die Maßen beschäftigt sind, und ich zerbreche mir den Kopf, wie ich Sie trotzdem zur Zusammenarbeit bewegen könnte. Vielleicht indem ich schreibe, daß ich alles, was von Ihnen in deutscher und englischer Übersetzung erschienen ist, Dutzende Male gelesen habe? Daß ich Ihr Land schon dreimal besucht habe und dreimal – aber jedesmal anders – von ihm hingerissen und begeistert war? Daß Sie und ich gleich alt sind und wir von Jugend an dieselbe Musik gehört haben, weshalb unser Gespräch unausweichlich eine Menge schmerzhaft-süßer Themen berühren wird? Nein, natürlich – Sie haben zweifellos jedes Recht der Welt, mir eine Absage zu erteilen, aber damit würden Sie den schwersten Fehler Ihres Lebens begehen.«

Heute bin ich überzeugt, daß er absolut richtig lag. Obwohl

gerade dieser letzte Satz eine negative Einstellung ihm und seinen aggressiven Absichten gegenüber geweckt hat. Außerdem hatte ich damals schon eine starke Abneigung gegen das Genre des *literarischen Porträts* entwickelt, mit seinen unausweichlichen Ausschmückungen wie »weite Hosen mit unzähligen Taschen, ein Ohrring im linken Ohr, die Angewohnheit, widerspenstige Haarsträhnen aus der Stirn zu streichen, abgewetzte orange-schwarze Turnschlappen«. Ich sandte ihm also ein paar nicht übermäßig ermutigende Zeilen als Antwort, daß ich nicht wisse, wann ich Zeit hätte, am wahrscheinlichsten wohl eher überhaupt nicht. Für alle Fälle teilte ich ihm jedoch meine Telefonnummer mit. Denn sein Brief, das muß ich zugeben, unterschied sich wirklich stark von den meisten, mit denen deutsche Journalisten sonst wegen eines Interviews anfragen. Dieses Wort nervte mich damals übrigens fast schon, denn mein Kalender füllte sich mit immer neuen Terminen.

Das war der Grund, warum ich ihm, wenn er sich während der folgenden Monate mit Mails und seltener auch mit Anrufen in Erinnerung brachte, nur ausweichende Antworten gab und unser Treffen *auf später* verschob; manchmal mußte ich seine immer aufdringlicheren Versuche vehement abwehren. Mein Hauptargument in jenem Herbst: Ich träumte noch davon, einen neuen Roman zu schreiben. Vor allem damit begründete ich meine Absagen. Darauf entschuldigte er sich und ließ einige Zeit nichts von sich hören. Doch ich sah förmlich, wie er verzweifelt den Kopf schüttelte und hilflos die Hände rang – irgendwo dort, in seiner unordentlichen Junggesellenwohnung am Prenzlauer Berg.

Aber mein neuer Roman wollte einfach nicht kommen. In solchen Fällen ist ein Tapetenwechsel das beste. Ende Dezember verschwand ich für ein paar Wochen nach Hause, und im Januar 2006, auf dem Rückweg von Franyk nach Berlin, nahm ich in Wrocław mit der Gruppe »Karbido« eine Platte auf. Das Wort

Karbid assoziiere ich vor allem mit dem ungenießbaren Selbstgebrannten aus der Gegend von Haisyn im Gebiet Vinnycja. Warum, erfahren Sie in Teil Drei dieses Buches. Jedenfalls entstand
der Name unserer gemeinsamen Platte ganz von allein – »Samo-
hon«, Selbstgebrannter. Und es schien mir, als sei damit eben
jener Roman entstanden, den in Berlin zu schreiben ich mir vorgenommen hatte. So von einer inneren Verpflichtung befreit,
kehrte ich Ende Januar für weitere drei Monate in die deutsche
Hauptstadt zurück. In meinem Tagebuch habe ich damals no-
tiert: »Die Kälte bewegt sich auf derselben Route wie ich von Ost
nach West, aber sie hat mich überholt.« Und wirklich – als mein
Zug den Bahnhof Friedrichstraße verließ, sah ich verwundert die
zugefrorene, mit einer dicken Eisschicht bedeckte Spree. Aber das
alles tut hier nichts zur Sache.

Ziemlich überraschend, auch für mich selbst, sagte ich ihm
dann im Februar zu, erst per Mail, sicherheitshalber auch noch
telefonisch. Das erste Treffen mit Egon Alt fand unweit meiner
Wohnung am Stuttgarter Platz statt, im Café »Miró«, das offiziell
als Künstlercafé gilt, vielleicht weil es nachts von den Tänzerin-
nen der umliegenden Bars frequentiert wird, die hier ein bißchen
Entspannung suchen. Egon Alt jedenfalls war *ganz anders*. Keine
Spur von jenem exaltierten und wahnsinnig in meine Texte verliebten Sonderling, der in ausnahmslos allen Mails, die ich von
ihm erhielt, ein derartiges Getue gemacht hatte. In Wirklichkeit
war Egon Alt ein nüchterner, pragmatischer und durchaus iro-
nisch-distanzierter Typ, mein, wie er richtig geschrieben hatte,
Altersgenosse, und ganz schön ausgefuchst. Gleich als wir uns ken-
nenlernten, gingen wir zum Du über, nach dem dritten Brandy
war klar, daß unsere Lieblingsgetränke in benachbarte Kästchen
des alkoholischen Periodensystems gehörten, wenn es ein solches
gäbe. Ein weiteres Zeichen unserer Annäherung war, daß wir uns
nach einer Stunde ein Päckchen rote Gauloises kauften und gie-

rig zu rauchen begannen, obwohl wir beide das Rauchen eigentlich schon vor Jahren aufgegeben hatten. Ich weiß noch, daß er aus den Tiefen seiner aufgesetzten Hosentasche eine Streichholzschachtel mit der Aufschrift »Bund der Afghanistan-Veteranen« ans Licht beförderte. Das fanden wir unheimlich komisch. Überhaupt trug Egon Alt in seinen Taschen alle möglichen absurden, aber gleichzeitig irgendwie auch nützlichen Gegenstände – darunter eine Trillerpfeife, ein vorsintflutliches Kartenspiel mit schwarzweißen pornographischen Abbildungen und ein huzulisches Salzteigpferd. Außerdem schleppte er einen ganzen Rucksack meiner Bücher mit sich herum – verschiedene, in verschiedenen Jahren und verschiedenen Sprachen veröffentlicht. Jedes mußte ich ihm signieren, und jedes anders. Ein für mich unheimlich anstrengendes Vergnügen. Jedenfalls beschlossen wir an jenem Abend, *es* zu machen. *Es* sollte ein Buch werden. Aber nicht ganz das, welches Sie jetzt in Händen halten.

Unsere Wahl fiel auf die letzte Märzwoche, sieben Tage. Jeden Morgen kam er in meine afrikanische Übergangswohnung am Stuttgarter Platz 22, und jeden Abend kehrte er in sein Ostberlin zurück. Jeden Tag redeten wir ungefähr acht bis zehn Stunden, zwischen uns das Diktiergerät. Zu sagen, daß »wir redeten«, wäre allerdings unpräzise: vor allem redete ich, er stellte Fragen. Dabei leerten wir eine bis zweieinhalb Flaschen unseres geliebten Brandy. Täglich durchlebten wir (ich als Wiederholung) ein gutes Stück meines Lebens. Mit der Trunkenheit kam am Ende des Tages, gegen Abend, ein tieferes Verständnis dessen, was mit mir in diesen weit zurückliegenden oder auch ganz nahen Jahren wirklich geschehen war. Und am folgenden Tag nahmen wir uns, aufgeklärt und gereinigt, das nächste Stück vor. So ging es die ganze Woche, mit Ausnahme des siebten Tages. Am siebten Tag hatten wir uns vorgenommen, durch Berlin zu fahren. Jäh wechselten wir die Stadtteile, das soziale Umfeld, die Fahrtrichtung und die Transportmittel, wir redeten über alles mögliche, und obwohl wir ja eigentlich unseren verdienten Urlaub nehmen wollten, lief sein Diktiergerät immer mit.

An diesem Tag, dem letzten, fragte ich ihn beiläufig, wann er *dieses ganze Buch* veröffentlichen wolle. Als nächstes wollte ich fragen, bei welchem Verlag. Aber die Antwort auf die erste Frage fiel so aus, daß es keinen Sinn mehr machte, die zweite zu stellen. »Wann?« fragte er. »Also das weiß ich noch nicht. Ich habe offensichtlich vergessen, dich gleich am Anfang über etwas aufzuklären – ich will es erst nach deinem Tod herausbringen. Dann hat es mehr Gewicht.« Wir lachten über diese neue Wendung der Dinge und wechselten das Thema. Obwohl ich zugeben muß, daß es mir irgendwie leid tat, vor allem wegen meiner *weiteren Nichtteilnahme am Projekt.*

Um so mehr wunderte ich mich, als ich ein paar Wochen später von ihm per Post die sieben vollgesprochenen Tage zugeschickt bekam, den ganzen Schrott, den ganzen Stuß, alles, was gesagt worden war, vom ersten bis zum letzten Satz, samt Pausen, Dehnungen, Ähs und Ehems, im Urzustand sozusagen, gespeichert im Format mp-3, jeder Tag auf einer anderen CD, so daß es also auch sieben CDs waren. Im Päckchen lag außerdem ein Brief – der erste von Hand geschriebene, den ich je von ihm erhalten habe. Ein ziemlich komisches Gefühl. Plötzlich kam mir der Gedanke, daß ich ihn, Egon Alt, überhaupt nicht kannte. Er schrieb unter anderem folgendes:»Ich bin fast sicher, daß du dies einmal brauchen kannst. Auf jeden Fall ist es dein volles Recht, es aufzubewahren – und sei es nur als Andenken. Als Andenken an die Andenken, als Erinnerung an die Erinnerungen. Warst nicht du es, der geschrieben hat, daß dein Gedächtnis dir erlaubt, alles zu tun, was du willst? Wohlan, Held, tue was du willst!«

Der letzte Satz klingt wie eine letzte Belehrung. Und wie sich zeigen sollte, war der handgeschriebene Brief wirklich sein letzter.

Ein paar Tage vor meiner endgültigen Abreise aus Berlin, Anfang Mai 2006, erfuhr ich ganz zufällig, daß er bei einem Autounfall ums Leben gekommen war. Nachts, wenn ich mich nicht irre, bei Kilometer 37 der Autobahn A 93 zwischen Nürnberg und Schwandorf. Er saß am Steuer und verlor, wie es in den Berichten der Autobahnpolizei immer heißt, die Kontrolle über sein Fahrzeug. Ich kenne diese Strecke – kurz vorher, am 26. April, hatte ich in eben jenem Schwandorf Ausschnitte aus den »Zwölf Ringen« gelesen, begleitet von einigen Saxophonen und einem Haufen anderer, ziemlich komischer, von Norbert Vollath gespielter Instrumente. Norbert Vollath war es auch, mit dem ich tagsüber diese Strecke gefahren bin, nachdem er mich am Nürnberger Flughafen abgeholt hatte. Ich erinnere mich also gut an den Abschnitt der A 93 und kann versichern: Es gibt dort keine besonderen Gefahrenstellen, es gibt dort überhaupt keine Gefahrenstellen. Wahrscheinlich wurde Egon Alt vom sogenannten *Sekundenschlaf* übermannt. Aber die wahre Ursache ist nicht mehr festzustellen. Und es wird auch niemand je erfahren, was zum Teufel er dort nachts gemacht hat, in dieser Oberpfalz, in seinem schrottigen Citroën, demselben, dessen Motor er sechs Abende lang unter meinem Fenster aufheulen ließ, bevor er in die Dunkelheit davonbrauste – trotz des erhöhten Alkoholgehalts in seinem Blut. Jedesmal hat er es geschafft, gut heimzukommen. Nur dieses eine Mal nicht. Aber ich kann bloß mutmaßen. Ich weiß nicht einmal, wo er begraben liegt. Vielmehr, von Bekannten seiner Bekannten erfuhr ich, daß man ihn wohl auf dem Berliner Friedhof Nordend bestattet hat, im Bereich Gethsemane. Stellen Sie sich vor, Ende August bin ich eigentlich nur deshalb für ein paar Tage in die deutsche Hauptstadt geflogen, um ihn zu besuchen. Aber auf dem Friedhof war nichts zu finden, was als sein Grab hätte gelten können. Also ließ ich die halbleere Brandyflasche mitten auf der Zentralallee stehen.

Als hätte er nie existiert.

Vielmehr nicht er, sondern sein Körper mit dem vom Lenkrad eingedrückten Brustkorb. Autofahrer sagen, so sei das – der Brustkorb vom Lenkrad eingedrückt.

Ich mußte ein bißchen mit dieser Geschichte leben, mich an sie gewöhnen, mir manchmal die Stellen anhören, die ich besonders mochte oder besonders verabscheute. Letztere waren, ehrlich gesagt, in der Überzahl. Schließlich gelangte ich Ende des Sommers zu dem Schluß, daß ich keine Wahl hatte: Um mich zu befreien, mußte ich das tun, was er *nicht mehr geschafft* hatte, also das Material als Buch herausgeben. Wobei ich lange brauchte, bis ich überzeugt davon war, daß es auch für andere interessant sein könnte.

Den ganzen Herbst 2006 hörte ich unsere Gespräche (die vor allem aus meinem eigenen, manchmal unerträglich wortreichen Geschwätz bestanden) und übertrug sie in die Schriftform. Dabei machte ich mir langsam seine Absicht zu eigen. Aber woher will ich eigentlich wissen, was wirklich *seine* Absicht war?

Natürlich war es weder möglich noch, zum Glück, notwendig, es wortgetreu zu fixieren, all das so aufzuschreiben, wie es uns über die Lippen gekommen und aus der Luft aufgezeichnet worden war. Meine Bearbeitung des gesprochenen *Materials* bestand darin, daß ich es, erstens, vom Deutschen ins Ukrainische übersetzte, zweitens alles Überflüssige wegließ, also inhaltsleere Stellen und das schon erwähnte Gebrabbel entfernte, und drittens versuchte, es so aufzuschreiben, daß es einerseits seinen Gesprächscharakter nicht verlor, andererseits lesbar wurde; ich habe dem Gesprochenen also doch einen künstlichen (künstlerischen?) Charakter gegeben. Zu meiner Ehrenrettung will ich hinzufügen, daß ich meine Antworten nicht beschönigt und sie kein bißchen klüger oder weiser gemacht habe, als sie waren – die Dummheiten bleiben also sichtbar.

Und viertens mußte ich manchmal eine gewisse Selbstzensur üben, also das verstecken, glätten oder einfach streichen, was für einige in diesem Buch erwähnte Personen besonders negativ oder peinlich gewesen wäre.

Sicherheitshalber erkläre ich: *Alle handelnden Personen des vorliegenden Buches sind frei erfunden, und jede Übereinstimmung von Namen oder Ereignissen ist rein zufällig.* Nur ich als Betroffener könnte aus Versehen denken, daß sie nicht zufällig und nicht frei erfunden sind, sondern schrecklich nah und echt, wie *dieses* einzig mögliche Leben selbst.

Aber das ist allein mein Problem. Schließlich wird es immer offensichtlicher, daß wir alle, und mit uns diese ganze Welt, einem anderen, viel größeren Autor und seiner nicht ganz zufälligen Phantasie gehören. Er ist es, der für uns alle die volle juristische Verantwortung zu übernehmen hat.

24. Dezember 2006

1 Mein toter Freund Radu Teodor

Wollen wir anfangen?

Fang an, aber am Anfang.

Und wann hat alles angefangen?

Ich glaube im Herbst 2003, vor zwei Jahren. In Heidelberg. Es gibt da so eine Kneipe mitten in der Altstadt, mit amerikanischem Namen – »Drugstore«.

Kenn ich, in der Kettengasse.

Kann sein. Jedenfalls sind es nur ein paar Minuten zum Marktplatz und zur Universität, diesem ganzen verzuckerten Mittelalter. In der Kneipe treffen sich die Schachspieler der Stadt. Vielleicht aber auch nicht die Schachspieler, sondern die Briefmarkensammler. Oder andere auf sich selbst fixierte Halbidioten. Man kann dort stundenlang sitzen bleiben, ohne etwas anderes als Zeitungen zu bestellen. Ich war zu Jakobs Lesung angereist, hatte aber noch jede Menge Zeit bis dahin. Stefa Ptaschnyk war bei mir, zusammen liefen wir durch den absolut deprimierenden Dauerregen – es war Ende Oktober –, bis wir uns schließlich in den »Drugstore« flüchteten. Das gefiel mir, denn damals übersetzte ich gerade die Beatniks, und Stefa erzählte, daß die Kneipe was mit den Achtundsechzigern zu tun hatte und deswegen diesen amerikanischen, irgendwie an die Beatniks erinnernden Namen trug. Wir blieben vielleicht eine Stunde, betrachteten heimlich die Freaks um uns herum, die nur kurze Blicke erwiderten und mit ihren trockenen Oktoberzeitungen raschelten. Außerdem besprachen wir Stefas Übersetzungen meiner Lieder für den Toten Hahn, ich trank Tee aus einer Riesentasse, eigentlich schon keine Tasse mehr, sondern eine Schüssel, so daß ich gar nicht trank, sondern schlürfte und dann pinkeln mußte, ganz plötzlich fühlte ich mich wie in einem Film: Da bin ich also in Heidelberg, in einem Café mit amerikanischem Namen, ich laufe, gestikuliere, denke an plötzlichen Herzstillstand, gehe aufs Klo usw., und gleichzeitig betrachte ich das alles – nicht ganz Zuschauer, natürlich, aber auch nicht ganz Akteur. Dabei kam mir der Gedanke, daß der Held des Films am Ende bestimmt stirbt, und was wird dann aus dem Zuschauer?

Ich will versuchen, mich deines inneren Regisseurs zu bedienen, solange er funktioniert. Also, wenn du versuchst, dich an deine ersten, frühesten Eindrücke zu erinnern – was steht dir vor Augen?

Ein Fußboden, schmutzig-dunkelrote Bodenbretter, stark abwetzte Bretter mit Spalten dazwischen. Und in diesen Spalten lauerte der Abgrund! Nein, das ist nicht mein Ernst – es gab noch keinen Abgrund. Vielleicht bin ich über diesen Boden gekrabbelt. In groben Flanellhosen von ähnlicher Farbe, himbeerrot. Ich habe sie nie bewußt registriert, aber ich weiß bestimmt, daß ich sie hatte.

Ging es dir gut oder schlecht?

Mir ging es gar nicht. Ich will nichts ausschmücken, hinzudenken, keine Details einfügen. Sie wären doch nur erfunden.

Aber natürlich erinnerst du dich an Momente, in denen es dir richtig gutging?

Das war schon viele Jahre später, im Sommer 1970. Meine Eltern und ich fahren nach Prag. Na ja, erst ein langer Tag im entsetzlich düsteren, aufgeschwemmten Lemberg, wieder dieser unaufhörliche Dauerregen. Im ganzen Bahnhofsgebäude roch es naß, irgendwie nach Straßenköter. Und nach Bahnhofsbuffet, nach diesen widerlichen Klopsen. Im Wartesaal neben der Haupthalle riecht man sie heute noch. Ihr Geist läßt sich nie mehr vertreiben. Nachmittags ging der Zug Moskau–Prag, aber es gab keine Fahrkarten mehr, also fuhren wir nirgendwohin. Leute, die sich in der Nähe des *internationalen* Schalters herumtrieben, gaben meinen Eltern – vor allem meiner Mutter, denn sie war es, die mit allen ins Gespräch kam – eine Menge typisch sowjetischer Ratschläge. Mein Vater verschwand in regelmäßigen Abständen, wahrscheinlich ans Buffet. Vater war kurz davor, alles hinzuschmeißen. Wir hatten ihn sowieso nur mit Mühe überreden können mitzukommen, danach das kräftezehrende, klandestine Bemühen um einen Paß und die Ausreisegenehmigung. Und dann fing alles so beschissen an. Ich war ziemlich verzweifelt – was, wenn er von seinem nächsten Gang ans Buffet einfach nicht mehr zurückkommt?

Zurück zu meiner Frage: Erinnerst du dich an Momente, in denen es dir gutging?

Nicht so schnell, dazu kommen wir noch. Gegen Abend gelang es meiner Mutter, Karten für den Nachtzug nach Tschop zu ergattern. Jemand hatte ihr folgenden Rat gegeben: Sie fahren nach Tschop, überqueren die Grenze zu Fuß, am erstbesten tschechoslowakischen Bahnhof nehmen Sie den erstbesten Zug nach Prag. Wie alt war sie damals? Genau dreißig, eine junge, hübsche Frau, und die Typen am *internationalen* Schalter versuchten, sich auf jede nur erdenkliche Weise an sie ranzumachen. Es tat mir leid, daß mein Vater es nicht mal bemerkte.

Was wolltet ihr in Prag?

Verwandte besuchen. Zwei von Vaters Tanten lebten damals dort, Schwestern seines Vaters. Die ältere war mit einem Biologieprofessor verheiratet, den wir Ohm Evgen nannten (Evgen, und nicht Jewhen – genau wie Malanjuk), sie wohnten zusammen mit ihrem Sohn und der anderen, unverheirateten Schwester im Vorort Modřany. Die Nachbarn tratschten über sie und sagten, Professor Evgen Malyk habe zwei Frauen – die ältere koche für ihn, mit der jüngeren gehe er ins Bett. Gar nicht so übel eigentlich. Aber mit der Schwester seiner Frau zu schlafen war für ihn natürlich undenkbar, denn er war ein absolut moralischer Mensch, moralischer geht gar nicht. Er stammte aus Bohoduchiw in der Sloboda-Ukraine und hatte seine militärische Erziehung in der zaristischen Armee erhalten. Wie viele Emigranten aus der Ukrainischen Volksrepublik hatte es ihn nach der endgültigen Niederlage Petljuras in die Tschechoslowakei verschlagen. Ich weiß nicht, wie es kam, aber während des Zweiten Weltkriegs, schon in den vierziger Jahren, kreuzten sich seine Wege mit denen von Tante Ada, der Schwester meines Großvaters. Beide waren ganz und gar nicht mehr jung und extrem einsam, also taten sie sich möglichst schnell zusammen und machten ihr erstes Kind. Sie bekamen einen Sohn, dem Ohm Evgen um jeden Preis einen biblischen Namen geben wollte – David, Isaak oder Abraham. »Warum nicht gleich Schmul?« protestierte Tante Ada. Sie einigten sich auf Danyjil. Eines Nachts murmelte Ohm Evgen im Schlaf: »Ich würde meine Seele dem Teufel verkaufen, wenn ich noch erleben könnte, wie *er* die Schule beendet.« Aber er hielt noch viel länger durch, auch ohne Teufel. Obwohl, wer weiß … Im Sommer ’68 waren meine Mutter und ich zum erstenmal nach Prag gereist und hatten bei ihnen in Modřany gewohnt. Ohm Evgen fand uns entsetzlich russifiziert und verbesserte fast jedes unserer Worte. »Zur Schule«, sagte er, »du gehst zur Schule, nicht in die Schule. In die Schule heißt nur – ins Gebäude. Am besten aber sagst du sowieso ›aufs Gymnasium‹.« Er glich der Karikatur eines Professors: Glatze, graues Spitzbärtchen, verdammt dicke Brille. Zum Zeitungslesen benutzte er eine

Lupe. Dauernd machte er meine Mutter auf meine Fehler aufmerksam, d. h. auf Fehler in meiner Erziehung. Zum Beispiel hielt ich die Gabel nicht richtig. Du weißt doch, wie man sie richtig hält? Und ich mischte mich ohne Erlaubnis in die Gespräche der Erwachsenen. Ich kann wirklich nicht sagen, daß ich ihn sehr mochte. Gut, daß Petljura den Krieg verloren hat, sonst wäre der Ohm vielleicht noch Minister geworden. Biologieminister zum Beispiel. Er war einer von der Sorte, die in einer sozialistischen Regierung auf jeden Fall Minister werden.

Aber Prag und 1968 – das hat doch eine ganz andere historische Konnotation …

Ja, natürlich. Wir waren im Juli hingefahren, und einen Monat später, im August, fanden *jene Ereignisse* statt. Wieder daheim hörten wir, das tschechoslowakische Volk habe um Hilfe gebeten und Panzer angefordert, um die Aggression der NATO zu stoppen. Mein Vater wurde ganz plötzlich einberufen und half die NATO stoppen, so gut es ging. Er trug eine Uniformjacke mit schwarzen Artilleristen-Litzen und auf den Schulterklappen drei Sterne, was *Genosse Oberleutnant* bedeutete. Seine Abteilung mit Raupenschleppern und Flugabwehrgeschützen wurde in Bereitschaft versetzt und in der Nähe von Stanislau, vielmehr schon Franyk, am Fluß zusammengezogen, wo sie sich bestimmt mehr als nur ein Fläschchen munden ließen. Mein Vater, der Schelm, stahl sich manchmal für ein paar Stunden aus dem Lager nach Hause zu meiner Mutter und mir, meistens ziemlich angesäuselt, und wiederholte dauernd etwas wie *da habt ihrs, auf Prag hat man sie losgelassen, haben dort alles mögliche angerichtet, und ich darf den Saustall dann aufräumen.* Er war fasziniert vom Geist der Militärstiefel, Fußlappen, Riemen und von der Politinformation. Ich durfte seine Pistole halten, an einem Sonntag schossen wir sogar auf den Stamm des Nußbaums in unserem Hof, der Nußbaum war riesig. Mein Vater und ich ballerten erstaunlich zielsicher, trokkene Zweige fielen vom Baum. Wir haben wohl einige Trommeln leergeschossen, bis meinem Vater einfiel, daß er über jede einzelne Patrone würde Rechenschaft ablegen müssen.

Und wenn er in jenem Jahr auf Tschechen hätte schießen müssen? Glaubst du, er hätte es getan?

Ich glaube schon. Die Armee ist nun mal zum Schießen da. Obwohl, ich weiß nicht, keine Ahnung. Er war damals 38 Jahre alt, und alles Mögliche traf in ihm aufeinander. Einerseits vergaß er nie, wessen Sohn er war und welche Kugeln seinen Vater getötet hatten. Andererseits – wie hätte er denn Widerstand leisten sollen? Das SYSTEM hatte ihn zur Armee eingezogen, und er mußte wohl oder übel die Befehle befolgen. Der Befehl, auf Tschechen zu schießen, kam dann für ihn zum Glück doch nicht. Aber eins ist klar: Es hat ihm gefallen, Reserveoffizier in der Roten Armee zu sein. Eine Pistole im Holster zu tragen, nach Soldatenstiefeln und Rasierwasser »Schypr« zu riechen. In gewisser Weise brach seine verpaßte Kindheit durch – Kriegsspielchen und so.

Als die sowjetischen Panzer 1968 nach Prag eingerückt sind, hast du nicht auf der Seite der Panzer gestanden, schreibst du. Heißt das, du warst nicht auf der Seite deines Vaters?

Na ja, so ungefähr. Ich war eben damals schon in Prag gewesen und er noch nicht. Was die Tschechen betraf, hatte ich mehr Erfahrung. Ich liebte ihre astronomische Uhr, die puppenhaften Apostel, ihre Moldau, ihre Sprache, die ganzen Diminutive wie zum Beispiel smrtička*. Mir gefiel, daß sie Katzengulasch kochten. Ich liebte die Karlsbrücke, Zuckerwatte, die Kleinseite, die »Laterna magica«, den Zoo und die Geisterbahn im

* Verkleinerungsform von tschechisch *smrt*: Tod (Anm. d. Ü.)

Julius-Fučik-Park, und mehr als alles andere liebte ich Kofola. Die tschechoslowakische Antwort auf Coca-Cola. Jaro Rudiš meint, inzwischen gebe es das Zeug wieder. Ich hatte mich unheimlich über eine Wasserpistole gefreut und über ein paar Spielzeugindianer, einer kniete in einem Kanu und paddelte. Allen, die es hören wollten, berichtete ich vom Náprstkovo-Museum, wo abgeschlagene Menschenköpfe aus dem Amazonasgebiet gezeigt wurden, echte, stell dir vor! Nur präpariert, auf Faustgröße geschrumpft, aber unter Wahrung der Gesichtszüge und Proportionen. Echte, faustgroße Menschenköpfe mit zugenähten Mündern!

Warum zugenäht?

Die Erklärung habe ich erst Jahre später bei Arkady Fiedler gelesen. Damit der Geist des Ermordeten nicht herauskommt und sich rächt. Aber genug davon. Ich war glücklich in Prag, und es gefiel mir überhaupt nicht, daß da jetzt ein paar scheiß russische Panzer bestimmten, wo's langging. Man könnte sagen, daß mich der Westen in jenem Sommer gekauft hat, mit Haut und Haar. Denn für uns war Prag Westen. Schließlich lag es damals, wie auch heute noch, westlicher als Berlin, was Jáchym Topol nie zu erwähnen vergißt.*

Hast du damals nicht geglaubt, daß es Krieg geben könnte?

Schon möglich. Ich erinnere mich an einen späten Sonntagnachmittag Anfang September. Wir wohnten in der Harkuscha-Straße, in der Nähe des Bahnhofs, der ganze Durchgangsverkehr schob sich an uns vorbei, damals gab es in Franyk noch keine Umgehungsstraßen. An jenem Nachmittag fuhr da eine Panzerkolonne, stell dir vor: Panzer. Die rumpeln in Richtung Bahnhof, wo sie auf Flachwaggons verladen werden. Und dann – immer drauf auf die Tschechen. Ich weiß noch, wie die

---

* Nein, liegt es nicht – ich habe auf einer Karte nachgesehen. Jáchym Topol hat ganz bewußt Scheiße geredet. (Anmerkung des Verfassers aus dem Jahr 2008)

Nachbarn aus dem Haus rannten und sich zu beiden Seiten der Straße aufstellten. Alle waren wie erstarrt, auch wir kleinen Jungs. Es übertrug sich auf uns. Denn siebzig Prozent der damaligen Erwachsenen hatten den letzten Krieg erlebt. Meine Oma zum Beispiel war 66 Jahre alt, also hatte sie sogar zwei Kriege auf dem Buckel. Und die Leute, die den Krieg erlebt hatten, erstarrten unter diesem Rattern im Schein der westlichen Sonne, sie konnten sich von der schmutzig-grünen Kolonne nicht lösen. Die meisten waren überzeugt, daß wieder Krieg war. Und daß wir wieder siegen würden. Danach noch eine Szene am Bahnhof (denn blöderweise waren wir alle hinter den Panzern her zum Bahnhof getrabt, wie die Ratten hinterm Rattenfänger her). Der Bahnhof wimmelte von Millionen Frauen, die auf eigene Faust gekommen waren, um sich von ihren kriegerischen Panzergrenadieren zu verabschieden. Denn es war keine reguläre Armee, sondern lauter solche Leute wie mein Vater, *Partisanen*, erwachsene Kerle, die die allgemeine Wehrpflicht der Familie entrissen hatte, fast ausschließlich Hinterwäldler von den Rübenäckern des Bandera-Landes. Auf dem Bahnsteig krallte sich eine Frau an ihrem Mann fest, sie hing an ihm, schrie aus voller Kehle, fiel vor ihm auf die Knie, umfaßte seine Beine, es fehlte nur noch, daß sie ihre Stirn auf den Boden geschlagen hätte. Aber nein, sie schlug sie ja auf den Boden! Dem Kerl war es peinlich, daß seine Trulla so hysterisch war, hilflos versuchte er, sie zur Seite zu ziehen, die Offiziere wurden schon aufmerksam und sahen irritiert herüber. Irgendwann befreite er sich aus ihrer feuchten Umarmung und verschwand im Waggon, streckte dann aber den Kopf aus dem Fenster, um nach seiner heulenden Trulla zu sehen, aus der es urplötzlich hervorbrach: »Iwasko, hörst?! Wenn'd in Prag bist, kauf mir doch n Paar hübsche Pantoffeln. Größe siebndreißig!« Und der Zug fuhr ab.

Okay, aber du wolltest doch von den Augenblicken erzählen, als es dir gutging.

Immer mit der Ruhe. Wir müssen jetzt zwei Jahre überspringen und zurückkehren in den anderen, den Lemberger Bahnhof, überall widerliche Typen und Gestank nach Fischklopsen in Hefeteig. Aber ich fahre mit meinen Eltern nach Prag, meine Mutter hat Karten für den Nachtzug Richtung Tschop ergattert. Tschop, das ist der westlichste Bahnhof der Sowjetunion, versuch mal, dir die Karte vorzustellen – Transkarpatien, Tschop, ein Dreiländereck. Aber das weißt du natürlich. Und daß Tschop so was wie das Ende der Welt ist. 1995 bin ich wieder von Lemberg nach Prag gefahren, mit Irwan, im Moskauer Zug, für den diesmal Tickets zu haben waren. Irwan kommt in sein Abteil, und dort beliebte sich schon ein Passagier aufzuhalten – ein stinkbesoffener Proll, halb verwest, voller Knast-Tatoos, nackt bis zum Gürtel schwitzt er auf der unteren Liege vor sich hin, und auf dem Boden rollen seine leeren Flaschen hin und her. Als er spürte, daß jemand hereingekommen war – schreckhaft wie die Hasen, das sind sie ja –, öffnete er ein Auge. »Nach-barrr?« Irwan: »Mhm.« Er: »Wajit?« Iwan: »Mhm.« Er: »Ikh a-uch. Bis ganzes Ende.« Das sagte er irgendwie feierlich, mit besonderer Betonung. Saschko kommt in mein Abteil und sagt: »Scheiße auch, bis Prag mit einem Mörder im Abteil!« Aber kurz vor Tschop rührte sich der andere, stand auf, packte seinen Kram, trank noch ein Bier und verschwand auf Nimmerwiedersehen. Das also war für ihn »ganzes Ende« – Tschop. Tschop, nicht Prag. Aus Sicht der Sowje-Geographie ist Tschop das Ende. An jenem Abend also fuhren meine Eltern und ich mit dem Zug nach Tschop.

Und im Zug ging es dir plötzlich unvergeßlich gut?

Doch nicht dort! Eher unvergeßlich schlecht. Wir hatten einen entsetzlichen Waggon erwischt – dritter Klasse –, *wo gerade*

genug Licht ist, daß man nicht schlafen und nicht lesen kann,
gerade genug, um sich aufzuhängen. Halbdunkel also und drük-
kender Gestank vieler menschlicher Körper, du weißt schon,
Socken, Schlüpfer, Damenbinden, hartgekochte Eier, Selbstgebrannter, alles, was unsere Waggons dritter Klasse so drittklas-
sig macht – vor allem aber der Geruch menschlicher Körper,
denn es war, nach der Definition von Josif Brodski, die Vor-
Deodorant-Epoche, Zeiten eines völlig anderen hygienischen
Bewußtseins, eine heute fast schon untergegangene Zivilisation.
Die genervte Waggontusse hatte uns sofort getrennt, denn es
gab keine drei freien Plätze in *einem Bereich*, auch keine zwei,
und ich fand mich auf einer Liege ganz oben wieder, unter mir
bewirtete ein junges Offizierchen mit bis zum Bauchnabel auf-
geknöpftem Hemd zwei ebenso junge Damen mit Schnaps und
Bier und wurde davon selbst immer betrunkener. Die eine
unglaublich dick, sie trug eine Brille und war alles andere als
schön, schwitzte stark in ihrem Baumwollschlafrock und wedelte sich mit einem selbstgebastelten Papierfächer Luft zu.
Die andere winzig wie eine Maus, und wie eine Maus kicherte
sie auch, wenn der Offizier etwas Witziges von sich gab wie
zum Beispiel *Es schilt der Hauptmann barsch den Schützen*
Arsch. Die Maus flirtete ganz ungeniert mit ihm und sagte immer wieder: *Soldaten sind einfach tolle Männer, finde ich.* Der
Offizier aber war ganz offensichtlich der ersten verfallen, der
Dicken, und die Maus störte ihn nur. Beim Einschlafen dachte ich noch, wie ungerecht – er so jung, stramm und verwe-
gen, und dazu so eine Nilpferdin, warum ist er gerade auf die
scharf? Damals kannte ich das männliche Verdikt, daß es *keine*
häßlichen Frauen gibt, noch nicht. Als ich ein, zwei Stunden
später aufwachte (vielleicht in Stryj, vielleicht auch schon in
Lawotschne, keine Ahnung), hatte sich die Konstellation geändert: die Maus, beleidigt wegen der mangelnden Aufmerksam-

keit, die ihr zuteil wurde, kicherte ein letztes Mal gezwungen *(durch die Scheiße, hoch die Fahn, zieht der Pionier die Bahn)* und verkroch sich auf ihre Liege ganz oben, mir gegenüber, worauf der Offizier sich neben die Dicke setzte und versuchte, seine Hand auf ihr fußballgroßes Knie zu legen. Sie sagte nervös und bestimmt: »Laß das, Wadik« und, wie es so schön heißt, *das war keine Einladung.* Vielleicht erregte ihn ihr Schweiß. Vielleicht erspürte seine Nase darin die Emanation der Leidenschaft. Na ja, jetzt mache ich mir so meine Gedanken, damals aber bin ich einfach wieder eingeschlafen. Manchmal wachte ich auf, und sie kabbelten sich immer noch da unten, die kurzsichtige, häßliche Lehrerin in Baumwollschlafrock und *Kniestrümpfen* von verschämter Farbe und der schöne Artillerieoffizier, der aus seinem Sonderurlaub daheim in Rjasan-Kasan an seinen Einsatzort, in die *Siedlung städtischen Typs* České Budějovice zurückkehrte. »Laß das, Wadik«, flüsterte sie. »Wenn ich dich aber liebe?« flüsterte er und rülpste genüßlich. Und jedesmal, wenn ich in der Waggondüsternis erwachte, hörte ich dieses tolle, dieses bebende Flüstern: »Laß das, Wadik.« – »Wenn ich dich aber doch liebe?« Nach einer Stunde, nach zwei Stunden: »Wadik, ich hab doch gesagt – laß das.« »Wenn ich dich aber doch liebe?« Die Morgendämmerung brach an, eine Stunde vor Tschop, also vor dem *Ende.* Er leerte den Pappbecher, in dem früher einmal Speiseeis und jetzt seine letzten hundert Gramm Schnaps gewesen waren, und ging mit den Worten »Fick dich, blöde Kuh!« wütend hinaus auf den Tambur, um aufzurauchen, was noch in seinem Zigarettenetui war. Sie aber begann wehleidig zu schluchzen und muß die ganze verbliebene Zeit geheult haben – in Tschop sah ich, daß ihre Nase und ihre Augen ganz geschwollen waren. Was den Offizier Wadik angeht, der sagte kein Wort mehr (auch nicht zur Maus), rieb sich nur Stirn und Schläfen mit »Russischem

Wald« ein, schloß alle Knöpfe und starrte dumpf zum Fenster hinaus, als wir in den Bahnhof einfuhren – *stramm und sauber wie er ist, vorbildlicher Artillerist!* So kamen wir in Tschop an, und nach Prag war es noch verdammt weit.

Okay, und jetzt sag mir, wie weit sind wir noch von dem Ort entfernt, wo es dir endlich wirklich gutgeht?

Wir sind gleich da. Zuerst muß ich mit meinen Eltern noch die Grenzkontrollen auf beiden Seiten passieren, ich erinnere mich nicht mehr daran, deshalb halten wir uns hier nicht unnötig auf. Drüben auf der tschechoslowakischen Seite (Čierna nad Tisou) besteigen wir einen tschechoslowakischen Zug, der bald darauf losfuhr. Die gleichen Waggons wie bei uns. Gleichzeitig aber ganz anders. Zum Beispiel stank es nicht. Und alles war neuer, vielleicht auch nur sauberer. Die Passagiere sprachen eine fremde Sprache mit vielen Diminutiven so wie smrtička, obwohl es sich ja wahrscheinlich gar nicht um Tschechisch, sondern um Slowakisch handelte. Aber was wirklich zählt: alle Hindernisse sind überwunden, wir bewegen uns zielstrebig dorthin, wohin zurückzukehren ich mir so sehr gewünscht hatte. Das Vorgefühl von Kofola und Zuckerwatte aus dem Fučik-Park. Glücksgefühle, weil ich alles noch vor mir hatte – »Laterna magica«, Indianerfilme, Heidelbeerwälder über der Moldau. Ich konnte in meinem Sitz versinken und einnicken, und wenn ich aufwachte, sah ich vor dem Fenster wahnsinnig schöne Berge, das echte slowakische Paradies. Wir fuhren zehn, wenn nicht zwölf Stunden. Und fast die ganze Zeit über waren draußen Berge. Oder lange Tunnels, was auf seine Art genauso berauschend ist. Außerdem spürte ich, daß sich meine Eltern gerade sehr liebten – sie waren sichtlich erleichtert, wie alle sowjetischen Untertanen zu allen Zeiten, sobald sie die Westgrenze ihres Vaterlandes passiert hatten. Plötzlich bist du frei, du hast es geschafft und in der Lebenslotterie den phantastischen Hauptpreis gezogen. Übrigens ging es nicht nur den sowjetischen Untertanen so: der Marquis de Custine hat diesen Effekt schon zu Zeiten von Zar Nikolaus I. beobachtet. Und unter den anderen Zaren war es bestimmt nicht anders. Hauptsache rauskommen, *den Hügel überqueren.* Ich weiß noch, wie Vaters Pupillen hin und her wanderten, er saugte die Welt vor den Fenstern in sich ein. Er streichelte Mutters Fuß, sie hatte die Schuhe ausgezogen und die Beine auf den gegenüberliegenden Sitz ausgestreckt. Ich wußte damals noch nicht, daß mein Vater versuchte, dort, vor dem Fenster, etwas wiederzuerkennen. Denn vielleicht war er ja genau diese Strecke schon einmal gefahren.

Die Flucht nach Wien, die du im »Mittelöstlichen Memento« beschreibst?

Man kann es natürlich auch Flucht nach Wien nennen. Na, und außerdem war mein Vater fanatischer Förster. Er kannte Hunderte Pflanzen, vor allem Bäume, und zwar nicht nur ihre ukrainischen, sondern auch die lateinischen Namen. Einige dieser Namen murmelte er vor sich hin, während er durch das Fenster auf die tschechoslowakischen Wälder schaute. Wenn es damals für mich etwas gab, das Anfang und Ende zugleich war, dann mein Vater. Er war der erste Mensch, der mir einen Gingko-Baum gezeigt hat. Schon damals hatte ich Alpträume, daß er sterben könnte, und ich erstickte fast vor Verzweiflung. Aber im Moment ist vor allem wichtig, daß wir in diesem Zug nach Prag alle drei glücklich waren.

Du hast einmal geschrieben, daß ihr, dein Vater und du, so gute Freunde wart, weil euch dieselben Bücher gefielen?

Richtig, es gibt viele Geschichten über die Bücher, die ich auf Empfehlung meines Vaters und mit meinem Vater gelesen und durchlebt habe. Wir nähern uns Prag, oder? Und ich habe vielleicht noch gar nicht erwähnt, daß Ohm Evgen und Tante Ada

eine gute Bibliothek hatten, nicht sehr umfangreich, aber sorgfältig zusammengestellt?

Nein, hast du nicht.

In dieser Bibliothek konnte ich Stunden verbringen, und alles,
was es in ukrainischer Sprache gab, hatte ich schon beim ersten Mal, 1968, gelesen: Märchen aus der Ostslowakei, Bohdan
Lepkyjs Novellen, sogar ausgewählte Aufsätze von Donzow,
wobei mir sofort klar wurde, daß man darüber besser mit keinem sprach. Beim nächsten Aufenthalt machte ich mich über
die tschechischen Bücher her. Entsprechend der Fachrichtung
des Ohms gab es alle möglichen biologischen Atlanten. Außerdem Bildbände über Prag und Umgebung. Ausgewählte Werke, Anthologien, Klassiker der Weltliteratur, Cervantes, Balzac
und »Anna Kareninova«. Dann kamen die Abenteuerromane,
und ich verfiel einem Band aus der Vorkriegszeit (wohl Ende
der Zwanziger) in braunem Chagrin-Einband – vergilbte Seiten, altertümlicher Geruch, Illustrationen: »Buffalo Bill« von
William F. Cody. Ein paar Tage lang zögerte ich, näherte mich
dem Regal, nahm das Buch immer wieder zur Hand, las die
ersten Sätze auf Tschechisch. Ich hatte gelernt, flüssig Tschechisch zu lesen, auch wenn ich vieles nicht verstand, aber ich
konnte die Laute mehr oder weniger nachahmen und den groben Sinn verstehen. Denn ich liebte diese Sprache mit ihren
vielen Diminutiven! Ich beschloß, daß es nicht schlimm wäre,
wenn ich »Buffalo Bill« stibitzte. Hier liest ihn doch sowieso
keiner mehr. Es wird also nicht einmal auffallen. Ich muß
hinzufügen, daß es nicht das letzte Buch war, das ich in meinem Leben mitgehen ließ. Und jedesmal war ich überzeugt,
es würde nicht auffallen. Wo es doch so unheimlich viele Bücher gibt auf der Welt. Ich versteckte den »Buffalo Bill« im
neu erstandenen Ranzen – dort, wo ich auch meine anderen,
legal erworbenen Schätze aufbewahrte. Einen Tag vor unserer

Abfahrt packten wir wieder einmal etwas dazu, im Wohnzimmer, vor aller Augen. Mein Vater wollte prüfen, ob im Ranzen noch Platz wäre, und faßte hinein – da wurde mir klar, daß seine Hand den noblen, in Chagrin gebundenen Band ertastet hatte. Es stand ihm deutlich ins Gesicht geschrieben. Ausgeschlossen, daß seine Hand nicht wußte, was sie ertastet hatte, erst kürzlich hatten wir das Buch liebevoll zusammen durchgeblättert, er mußte es also bei der ersten Berührung erkennen. Ich machte mich auf eine öffentliche Bestrafung gefaßt. Am schlimmsten dabei war die Anwesenheit von Ohm Evgen, der mich ohnehin schon für eine pädagogisch verlorene, hoffnungslose Höllenbrut hielt. Angespannt verfolgte ich den Kampf in Vaters Gesichtszügen. Er hörte auf, im Ranzen herumzukramen, und warf den anderen prüfende Blicke zu. Und jetzt rate mal, was passiert ist?

Nichts. Er hat dich nicht verpfiffen.

Genau! Seine Hand tat, als hätte sie im Ranzen nichts Besonderes ertastet. Vielleicht war Ohm Evgen auch ihm in diesen drei Wochen entsetzlich auf die Nerven gefallen mit seinen Annotationen und Sentenzen. Und er stellte sich eine weitere vor, entsetzlich lang und so öde, daß selbst die Fliegen sterben. Außerdem waren wir Komplizen, denn auch er war scharf auf das Buch. Unsere Freundschaft, also die Fortsetzung unserer Freundschaft, erschien ihm wohl wichtiger und lebensnotwendiger als das Gebot »Du sollst nicht stehlen«. Es ist wirklich großartig, daß sich der Mensch um eines anderen willen über die Gebote stellt. Obwohl er mich auch später noch ein paarmal mit Büchern erwischt hat.

Mit gestohlenen Büchern?

Nicht unbedingt. Einmal mit dem »Dekameron«. Dabei, daß ich das »Dekameron« las, ohne alt genug zu sein. Wenn ich es offen gemacht hätte, mit dem Buch auf dem Tisch, wäre es nicht so peinlich gewesen. Aber ich hatte es versteckt, und mein Vater fand das Versteck rein zufällig.

Das »Versteck für Boccaccio«?

Ja. Und weil ich das Buch versteckt hatte, war offensichtlich, daß mir die Schwere meines Vergehens vollkommen bewußt war. Ein vorsätzlich verübtes Verbrechen ohne mildernde Umstände.

Hat er dich bestraft?

Nein. Die Entdeckung war Strafe genug – um es traditionell galizisch zu sagen: *mein Gesicht schälte sich*. Daß ich das Gesicht verlor, war Strafe genug.

Sex und Erotik waren in eurer Familie tabu?

Im Grunde ja. Wobei ich schon mit sechs Jahren wußte, wie man es macht. Die Nachbarjungen als Lehrmeister, das Leben der Erwachsenen als Anschauungsmaterial, beengte Wohnverhältnisse, in denen man als Kind erschrocken aufwacht von geheimnisvollem Kosen und Gestöhn, erste Erfahrungen mit dem Onanieren und so weiter. Gleichzeitig aber taten alle so, als wüßte ich nichts, weil es nämlich nichts zu wissen gab. Entsprechend ihren Erziehungsvorstellungen, die noch aus dem neunzehnten Jahrhundert stammten, sorgte meine Oma dafür, daß meine Hände nachts hübsch sichtbar auf der Bettdecke lagen. Manchmal stahl sie sich an mein Bett und beugte sich mit einer brennenden Kerze in der Hand zu mir herunter. Als ich neun Jahre alt war, wurde meine Mutter schwanger und glaubte, mir das Anwachsen ihres Bauches mit blöden Geschichten erklären zu müssen, also daß die *Tanten* manchmal viel essen und dann einen Jungen oder ein Mädchen bekommen.

Wie sah euer Zuhause aus?

Letzten Sommer ist es abgerissen worden. Ich habe ja schon erwähnt, daß die Straße nach einem gewissen Harkuscha benannt war, vielleicht sogar dem Räuber Harkuscha. Jedenfalls heißt sie noch heute so. Ganz nah beim Bahnhof. Die nächtlichen Pfiffe der Lokomotiven und das sinnlos schnelle Lautsprechergekrächze bildeten die permanente Geräuschkulisse in meinem Unterbewußtsein. Es war ein zweistöckiges Gebäude, typisch für das alte Stanislau, aber »Gebäude« ist der falsche Ausdruck, einfach ein Haus, das schon meinem Urgroßvater, dem Vater meiner Oma, gehört hatte, dem Künstler Karlo Skočdopol. Zu seinen Zeiten aber wohnte dort nur eine Familie: er, seine Frau und die vier Kinder. Als die Sowjetmacht kurz nach dem Krieg alles *nationalisierte*, wurden noch drei weitere Familien eingewiesen, und meiner Oma blieben von den früheren acht ganze zwei Zimmer übrig. Plus eine kleine Veranda, die zur Hälfte in eine Küche umfunktioniert wurde. So lebten wir: Im einen Zimmer schlief meine Oma, dort stand auch unser Eßtisch. Im anderen schliefen meine Eltern und ich, sie komischerweise in getrennten Betten. Hier gab es noch einen zweiten Tisch, den *Sonntagstisch* aus poliertem Holz, einen Bücherschrank, das Radiolo, und ich glaube, um die Jahreswende 1966/67 kam ein Fernseher dazu. Im Sommer 1966 hatten wir jedenfalls noch keinen, denn um das Weltmeisterschaftsendspiel England – BRD zu sehen, ging mein Vater zu den Nachbarn. Im Haus gab es weder fließend Wasser noch Kanalisation. Wasser holten wir vom Nachbargrundstück, wo sich eine Metallpumpe mit Schwengel befand. Das Schmutzwasser trugen wir hinaus auf die Straße und schütteten es durch ein Metallgitter in den Gully. Die Toilette, besser gesagt das hölzerne Scheißhaus, befand sich in den Tiefen des Hofs, hinter dem Zaun und dem riesigen Nußbaum, und es war kein Vergnügen, sich in Winternächten dorthin zu begeben. Es sei denn, sie waren sternenklar. Heute kann ich mir so ein Leben gar nicht mehr vorstellen, aber soviel ich weiß,

schlug sich damals mehr als die Hälfte des *heldenhaften So-
wjetvolkes* unter solchen oder ähnlichen Umständen durch.
Dabei haben sich die späten sechziger Jahre dem kollektiven
Gedächtnis als Zeit großen materiellen Wohlstands eingeprägt.
Nicht zu vergleichen mit den späten Siebzigern und ihrem
Nahrungsmitteldefizit! Zum Beispiel meine Eltern: Erst haben
sie einen neuen Schrank gekauft, dann ein Radiolo, dann einen Kühlschrank und dann den Fernseher. Das heißt, eigentlich war es meine Mutter, die die Sachen kaufte – mit ihrer
häuslichen Umsicht und der Begabung, *Ratenzahlung* zu vereinbaren. Wobei sie ironisch ein populäres Lied zitierte: »Vor
der Heimat ewig in der Schuld.«

Womit habt ihr geheizt?

Ist das so interessant? Mit Gas. In jedem Zimmer stand ein
Kachelofen, in dem Gas verfeuert wurde. Soweit ich mich erinnere, hatten wir es immer warm, obwohl die Winter damals
kalt und schneereich waren. In den Gasöfen summte es, und
allein schon das Geräusch rief wohlige Wärme hervor. Die
»Schneekönigin« las sich dabei besonders gut.

Gab es noch andere Geräusche?

Natürlich. Die Akazie vor dem Fenster rauschte und knarrte.
Wind und Regentropfen, die gegen die Scheiben prasselten.
Den Bahnhof habe ich schon erwähnt, Hupen, Pfeifen, tsche-
tsche-tsche. Die Gespräche der Passanten, die durch die Harkuscha-Straße zum Bahnhof gingen oder vom Bahnhof kamen, spät abends und früh morgens. Man konnte den ganzen
Tag bloß auf der Veranda am Fenster stehen und die Passanten
beobachten. Das war unheimlich komisch. Wenn man sie sich
genau und mit genug Phantasie betrachtete, verwandelten sie
sich alle in schreckliche Mißgeburten. Ach ja, und da gab es
noch ein total mysteriöses Geräusch, das nachts einsetzte,
gegen elf. Ich hatte es, soweit ich mich erinnere, schon im-

mer gehört, aber nie nachgefragt. Bis meine Eltern eines Tages selbst darauf zu sprechen kamen und ich merkte, daß ich es mir nicht bloß einbildete.

Was war das?

Ein Rumpeln. Besser gesagt ein entferntes, rhythmisches Klopfen, als ob irgendwo unter uns ein riesiger Preßlufthammer arbeitete. Meine Eltern hatten die Angewohnheit, vor dem Einschlafen im Bett zu lesen. Nacheinander lasen sie dieselben aus der Leihbibliothek stammenden Bücher, meist Jack London oder Remarque. Irgendwann folgte ich ihrem Beispiel. Da lagen wir also jeder in seinem Bett und in seinem Text, als meine Mutter plötzlich etwas sagte wie »schon wieder dieses Klopfen«. Und es begann ein so lebhaftes Palaver, als hätten wir die ganzen Jahre nur auf den richtigen Moment gewartet. Unter den geäußerten Thesen (da werden Pfähle eingeschlagen – ein Tunnel gegraben – es ist das Herz eines unter unserem Haus lebendig begrabenen Zauberers) erschien uns die meines Vaters am wahrscheinlichsten: eine unterirdische Fabrik, ein geheimes strategisches Objekt. Ich malte mir die riesigen, von Neonlicht durchfluteten Hallen aus, endlose Reihen von Werkbänken, Funken, Stahl, metallene Raketenrohre. Tausende von Werktätigen, die ihr ganzes Leben lang nur nachts arbeiteten. Vielleicht waren ja auch unsere Bekannten und Nachbarn darunter. Tagsüber sehen wir sie ganz in unserer Nähe, und nachts steigen sie unter die Erde. Oder nein, eher Leute, die keiner je zu Gesicht bekam, Bewohner der Unterwelt, die nie das Tageslicht erblickten. Es war faszinierend und irgendwie auch fürchterlich. Mein Vater wies noch darauf hin, daß das Klopfen in den Nächten von Sonntag auf Montag aufhörte. Wenn *sie* genauso Wochenende hatten wie wir, dann handelte es sich also tatsächlich um eine Fabrik. Das war natürlich ein starkes Argument, aber ich bin mir nicht sicher, daß von Sonntag auf Montag wirklich alles ruhig blieb. Damals hatte ich schon damit begonnen, Abenteuerstories in Schulhefte zu pinseln, und mein Vater schlug vor, ich solle eine Geschichte mit dem Titel »Der geheimnisvolle Hammer« schreiben.

Und, hast du sie geschrieben?

Nein. Mir fehlte die zündende Idee. Und für einen zehnjährigen Autor war das Thema auch zu kompliziert – man mußte zu viele technische Einzelheiten kennen; ich verhedderte mich und gab schließlich auf. 1971 zogen wir um, in eine Chruschtschowka in Belweder, und vergaßen die Geräusche. Aber da fällt mir ein: Einmal habe ich mit den Nachbarjungs darüber geredet. Alle gaben erleichtert zu, daß das Klopfen wirklich existierte. Der Älteste – einer, der den Jüngeren *alles Schlimme* beibringt und ihnen als erster zeigt, wie ein *erblühter* Penis auszusehen hat – vertrat vehement die These vom Tunnelbau. Seiner Meinung nach bauten die Chinesen schon seit Jahren an diesem Tunnel, und eines Tages würden sie herauskommen und uns mühelos überwältigen. Damals war alles durchdrungen vom Gespenst der chinesischen Bedrohung. Man redete von Mao Tse-tung und den Hun-Weij-Bin. Wir wußten, daß das Land entsetzlich übervölkert war, daß sie vor Hunger alle Krähen und Spatzen gefressen hatten und jetzt keinen anderen Ausweg mehr sahen, als über uns herzufallen. Die politischen Spannungen zwischen der Sowjetunion und China wuchsen fast täglich. Man erzählte sich von einem Angriff tausender Hun-Weij-Bin auf *unsere* Grenzposten. Irgendwo am Amur, Damansky-Insel oder so ähnlich. Und es hieß, *wir* hätten sie alle niedergemacht, mit Laserstrahlen, Hunderttausende Chinesen einfach zu Asche verbrannt. Andere behaupteten, es seien überhaupt keine Laser gewesen, sondern *Katjuschas der neuen Generation*. Jedenfalls hatten *unsere Jungs* diesem *gelben*

Abschaum gezeigt, daß Masse allein noch nicht den Sieg bringt. Nach dieser vernichtenden Niederlage sank die Aggressivität der *Gelben*, aber es herrschte weiter spürbare Nervosität, und richtig erleichtert waren wir erst nach Maos Tod. Ganz besonders freute sich meine Oma Irena Karliwna, die die einen »Pani Irena« und die anderen einfach »Karlowna« nannten. Sie mochte Mao Tse-tung nicht.

Gehe ich richtig in der Annahme, daß es dieselbe Person ist, über die du in »Erz-Herz-Perz« schreibst? Die als zwölfjähriges Mädchen Franz Ferdinand von Habsburg im Fiaker gesehen hat?

Nicht im Fiaker, sondern im offenen Automobil, in einem Cabriolet. Er fuhr zum Bahnhof, an eben jenem Haus in der Romanowsky-, später Harkuscha-Straße vorbei. Ja, Pani Irena. Die Königin der Irisse. Ein wundersames Wesen von winziger Gestalt – pathetisch, ironisch, nervös, naiv. Sie mußte unbedingt Mittagsschlaf halten, mit einem Tuch um den Kopf, damit die Augen es dunkel hatten. Mir kam es immer so vor, als bereite sie sich nicht aufs Schlafen, sondern auf ihre öffentliche Hinrichtung vor. Dank dieses Tuchs schlief sie unheimlich tief – Wissenschaftler hätten an ihr die Physiologie des Schlafes untersuchen können. Einmal sagte sie ganz deutlich, ohne aufzuwachen: »Aber er ist aufgeregt!« Ich fand es interessant, das Gespräch fortzusetzen, und fragte wer. Sie antwortete: »Der Kater.« Ohne aufzuwachen. Im »Mittelöstlichen Memento« habe ich viel über sie geschrieben. Aber soviel ich auch über sie schreibe, es ist doch nie genug. Sie war es, die mir das längste Wort der Welt beigebracht hat, ein deutsches Wort: Hottentottenpotentatentantenattentatentäter. Ich stehe also für immer in ihrer Schuld. In ihren fast achtzig Lebensjahren hat sie sechs politische Regime erlebt.

Fünf.

Nein, sechs: Österreich, die Westukrainische Volksrepublik,

Polen, die ersten Sowjets, das Dritte Reich, die zweiten Sowjets. Die gesamte Geschichte des 20. Jahrhunderts.

Worin besteht der Unterschied zwischen den ersten und den zweiten Sowjets? Das sind doch keine unterschiedlichen Regime?

Die ersten waren Besatzer, die zweiten Befreier. Und schuld daran sind allein die Deutschen. Kleiner Scherz. Es geht um den Unterschied zwischen der Vorkriegs- und der Nachkriegs-UdSSR. Es waren ganz verschiedene Systeme, obwohl beide, zeitweise jedenfalls, von Stalin geführt wurden. Wie auch immer, meine Oma, das ist ein phantastischer Spagat über den Fluß der Zeit. Am einen Ufer – Daguerrotypie, Franz Ferdinand, Stummfilm und Shimmy, am anderen – Kosmonauten, Mao Tse-tung, Zentralfernsehen und der Tod Gagarins, den sie bitter beweinte. Franz Ferdinand und Gagarin im selben Film, kannst du dir das vorstellen? Fehlt nur noch die Gruppe »Franz Ferdinand«.

Pani Irena war also nicht antisowjetisch?

Sie war sie selbst. Ein Mensch, der unter sechs politischen Regimen gelebt hat, mit allem, was das mit sich bringt. Sie übte eine besondere Anziehungskraft auf diverse Überbleibsel untergegangener Welten aus. Als wir noch in der Harkuscha-Straße wohnten, bekam sie Besuch von halb verrückten alten *Fräuleins*, seltener auch *Herren*, meistens *Fräuleins*, Damen, denn die *Herren* erreichten dieses Alter aus verschiedenen Gründen gar nicht. Fast alle waren alte Jungfern, und fast alle lebten mit ihren Schwestern zusammen. Inzwischen schließe ich nicht mehr aus, daß es sich gar nicht um Schwestern handelte, sondern um eine geheime lesbische Gemeinschaft. Stell dir vor, eine lesbische Widerstandsbewegung unter all diesen Diktaturen? Es war ein richtiges Panoptikum, verblichene Pelze, Straußenfedern, Fuchsschwänze, blaue Bänder und rosa Kokarden, broschengeschmückte Turbane, Hütchen. Vor allem Hütchen. Eine stocktaube Alte war darunter, die immer dasselbe erzählte: daß sie von einer Rotte *Bastarde* verfolgt werde, die »Frau im Hütchen! Frau im Hütchen!« brüllten; sie hatte immer Steine in der Tasche, um sie zu verjagen. Meine Oma schien sich über ihre Besucher nicht wirklich zu freuen, aber sie bewirtete sie mit Kakao und Pfannkuchen. Als ob sie eine Pflicht zu erfüllen hätte. Die meisten waren übrigens die Freundinnen ihrer Mutter, nicht ihre, und manche redeten sie auch so an – »Kindchen«. Ich fiel vor Lachen beinahe vom Stuhl: meine Oma – ein Kindchen! Überhaupt genoß ich es wie eine spannende Zirkusvorstellung. Besonders wenn sie mit mir reden wollten und Oma nicht eingreifen konnte, weil sie zum Beispiel draußen auf der Veranda den Kakao für sie bereitete. Dann foppte ich sie. »Was gibt es Neues im Gymnasium, Ihor?« fragte eine, wobei sie sich offensichtlich im Jahrzehnt irrte und mich mit meinem Vater verwechselte. »Man hat kürzlich Waffen ausgegeben«, antwortete ich und zeigte ihr die Wasserpistole aus Prag. »Wie heißt du denn?« fragte sie ein paar Minuten später. »Morris Gerald«, antwortete ich, und sie nickte wohlwollend, denn sie hatte nichts verstanden. Nachdem wir nach Belweder umgezogen waren, kamen sie seltener. Vielleicht jagten ihnen die fünfstökkigen Chruschtschowkas irgendwie Angst ein. Vielleicht aber sind sie auch bloß eine nach der anderen gestorben. Von einer weiß ich, daß sie in ihrer Wohnung zusammen mit ihren Katern und Katzen verbrannt ist. Jurko Prochasko hat darüber geschrieben, er kannte sie auch, genau wie sein Bruder Taras.

Bevor wir endgültig in die Chruschtschowka ziehen – erinnerst du dich noch an etwas anderes in eurer ersten Wohnung?

An so viel, daß ich nur Stichworte geben kann. Ich erinnere mich an die Nachbarn. Wenn man von uns in den Hof wollte, dann war da zuerst die Tür zur Wohnung der jüdischen Familie Drot. Zwei Schwestern, Anja und Sofa, die sich viel mit mir beschäftigten, als ich noch im Kinderwagen saß. Wie allen Mädchen gefiel es ihnen, mit so einer lebendigen, dicken Puppe zu spielen. Sie brachten mir auch das Dreiradfahren bei. Sie besaßen eine Schallplatte mit der Musik aus »Regenschirme von Cherbourg«, und die spielten sie tausendmal am Tag, immer wieder, tausendmal am Tag! Ihre Eltern hießen Ida und Kopel, sie sprachen komisches Russisch, aber damals sprachen eigentlich alle komisches Russisch. Auch die Russen selbst. Die Drots waren die ersten, die einen Fernseher besaßen, und manchmal luden sie ihre Nachbarn dazu ein – wenn abends so ein »Menschenschicksal« gezeigt wurde. Oder »Der Leidensweg«. Dort schaute mein Vater 1966 Fußball.

Apropos, Fußball. Hast du dich dafür interessiert?

Das ist sehr schwach ausgedrückt. Alles begann mit unserem ersten Fernsehgerät. Ungefähr zur selben Zeit nahm mein Vater mich auch zum erstenmal mit zu den Spielen unseres »Hurrikan«. Ich weiß noch, daß wir »Ölfabrik« (Drohobytsch) mit 3:0 und »Lebensmittelfabrik« (Bendery) mit 4:0 vom Platz fegten. In einer endlosen Kolonne zogen wir – um die fünftausend Schreihälse – vom Stadion die Schewtschenko-Straße hinunter und skandierten »Söhne Banderas schlagen Bendery!« Außerdem war ich Fan zweier weiterer Mannschaften – der sowjetischen Nationalmannschaft und von »Dynamo Kiew«. Manchmal gefielen mir auch die Lemberger »Karpaten«, aber eigentlich mehr »Dynamo«. Und kaum war ich Dynamo-Fan geworden, holte die Mannschaft dreimal hintereinander den sowjetischen Meistertitel. Das gab es nie wieder. Von allen meinen Mannschaften konnte ich die Niederlagen des Franyker »Hurrikan« am besten wegstecken. Die Niederlagen von »Dynamo« jedoch brachten mich sogar zum Weinen. 1967 vergoß ich Tränen, als sie im Pokal der Landesmeister gegen den polnischen Górnik versagten, nachdem sie vorher Celtic Glasgow sensationell aus dem Turnier geschossen hatten, und 1968, als sie den »Fiorentina« unterlagen und deshalb aus dem Pokalturnier flogen; am bittersten aber weinte ich 1969, als sie das Endspiel um die sowjetische Meisterschaft gegen »Spartak« Moskau verschissen hatten. Das war kein Spiel, sondern ein Alptraum. Mehrere Wochen lang hatten wir darauf hingelebt – es sollte die Kiewer Revanche für die 1:2-Niederlage in Moskau im Hinspiel werden. Die Konkurrenz zwischen dem Kiewer »Dynamo« und dem Moskauer »Spartak« in der alten sowjetischen Meisterschaft ist nur ansatzweise zu vergleichen mit der Konkurrenz zwischen »Barcelona« und »Real« in Spanien oder »Celtic« und den »Rangers« in Schottland. Für uns in der Westukraine war es der Kampf um die Unabhängigkeit. Und dreimal hintereinander hatten wir ihn gewonnen. Deshalb redeten wir in den Wochen vor dem Spiel von nichts anderem – in der Schule, daheim, überall. Ekstatisch zählte ich die Tage. In der Schule kritzelte ich mögliche Aufstellungen und Kombinationen in meine Hefte und spielte unterschiedliche Varianten durch. Aber eigentlich gab es nur eine: »Dynamo« mußte gewinnen und Erster werden. Wenn ich die Augen schloß, sah ich, wie wunderschöne Bälle ins Tor der Moskauer flogen – Szabo, Turjantschyk, Byschowez! Es war ein schlimmer Herbst, Ende Oktober oder sogar schon November, der schwere kalte Regen ließ nicht einen Moment nach – in Kiew sowenig wie in Franyk und der ganzen Ukraine. Mein Vater lud sich das Haus voller Kumpels, wir setzten uns vor den Fernseher, irgendwie davon überzeugt, daß Kiew unweigerlich gewinnen müsse. Sie werden gewinnen, aber nach sehr schwerem Kampf, befanden wir übereinstimmend. In der Mitte der ersten Halbzeit gelang es Osjanin nach einem Konter, den Ball in unser Tor zu setzen. Die Moskowiter konnten ihr Glück kaum fassen. Jede Minute erwarteten wir das Gegentor von »Dynamo«, dann das zweite und dritte. Der Ball aber rollte kaum über das Feld, blieb in den Pfützen stecken. Es war unmöglich, irgendeine Art von Fußball zu spielen – weder kampfbetonten noch Kombinationsfußball. Alles erstarb unter eisigen Strömen im unerträglich kotigen Teig. Verzweifelt und spasmisch rannte »Dynamo« gegen das Moskauer Tor an, aber keiner der wunderbaren Schüsse traf an diesem Abend. Auch kein mieser Schuß oder überhaupt irgendein Schuß. Ungefähr zwanzig Minuten vor dem Tod fing ich an zu heulen, und mein entsetzlich blasser Vater raunzte »Hör auf!«. Noch nie im Leben hatte er mich angeschrien, es war das erste Mal. Und niemals habe ich ihn so angespannt, mißmutig und blaß gesehen. Aber ich hörte nicht auf, denn ich konnte nicht. Und als es dann passiert war (Abpfiff, ein einziger Todesseufzer, ein einziges Stöhnen der Tribünen, der Regen verwandelte sich in nassen Schnee und auf den frechen Spartak-Visagen fieser tatarischer Triumph), da fühlte ich, wie etwas in mir zerbrach – das Unausdenkbare war geschehen, verdammt –, jemand war gestorben, etwas war dahingegangen, etwas gab es nicht mehr auf der Welt, Rußland, Rußland, das verdammte Rußland hatte uns wieder einmal verprügelt, die Moskowiter hatten uns fertiggemacht – *weh, weh, unglückliche Möwe, die ihre Möwenkinder hergebracht hat*, mein Weinen, das Weinen der Ukraine, ging in lautes Wehklagen über, Vater knallte die Tür hinter sich zu und verschwand mit seiner ganzen Gesellschaft in der verregneten Finsternis, nachts bekam ich Fieber und mußte unerträglich lange kotzen, er aber kam erst gegen Morgen angekrochen, stockbesoffen, naß und schmutzig. So war das mit dem Fußball.

Und auch in den kommenden Jahren hast du wegen Fußball geweint?

Nicht doch, mit den Jahren verlieren Jungs die Fähigkeit zu weinen. Jungs weinen bekanntlich nicht. Mit elf oder zwölf ist es plötzlich wie weggewischt. Manchmal würdest du ja gerne, kriegst aber höchstens ein Schluchzen zustande. Es hängt wohl mit der Geschlechtsreife zusammen, da schläft das Weinzentrum auf lange Zeit ein. Jenseits der Vierzig wacht es langsam wieder auf, aber es funktioniert dann ganz anders. Um das mit dem Fußball abzuschließen: Meine Begeisterung erreichte in den Siebzigern ihren Höhepunkt. Die Weltmeisterschaft 1974. Da kann ich mich an alles erinnern. Zum Beispiel hat der türkische Schiedsrichter im Spiel Bundesrepublik Deutschland gegen Chile den Chilenen Casseli wegen Simulation vom Platz gestellt. Oder: Polen schlug Haiti 7:0. Aus Afrika nahm damals nur eine Mannschaft teil, Zaire.

Und wer hat im Halbfinale das Tor gegen Polen gemacht?

Das ist doch baby! Müller, Gerd Müller. Wenn du gefragt hättest, wer von den Jugoslawen das dritte von neun Toren im Spiel gegen Zaire geschossen hat, dann hätte ich vielleicht ein bißchen überlegen müssen. Übrigens galt meine Liebe damals den Holländern, die besten der Welt, nur daß sie immer Pech hatten – 1974 in Deutschland wie auch 1978 in Argentinien mußten sie im Finale gegen die Gastgeber spielen.

Okay, lassen wir den Fußball, sonst zieht er uns zu sehr in seinen Bann. Ich beginne ja schon selbst darüber nachzugrübeln, wer wo beim Elfmeter versagt hat. Aber wir waren mit den Hinterhöfen in der Harkuscha-Straße noch nicht fertig.

Damit werden wir nie fertig. Ich überlege ja schon angestrengt, was von all dem ich noch erzählen soll. Von den anderen Nachbarn, ihren unbeweglichen, wie auf Pfähle aufgesteckten, grinsenden Köpfen am Fenster? Von der Wahrsagerfamilie hinten im Hof? Wie wir Nüsse ernteten oder Kirschen? Vom Spielplatz und seinen Schaukeln, wo eine mobile Kinobude an manchen Sommerabenden Zeichentrickfilme und alte Revolutionsthriller zeigte? Vom kleinen Wolodko, dem ich mit der Handkante so fest auf den Hals schlug, direkt auf den Kehlkopf, daß er aufhörte zu atmen und blau anlief und mir die Knie weich wurden und ich mir vorstellte, daß er sterben würde und einer meiner Eltern für mich ins Gefängnis müßte.

Aber es ist noch mal gutgegangen?

Meine Mutter kam angerannt, sie hatte sich gerade das sonntägliche Wunschkonzert aus Lemberg angehört. Lemberg sendete das Konzert jede Woche zwischen 13 und 14 Uhr auf Mittelwelle. Musik von Bilasch zu den Worten Pawlytschkos und solche Sachen, Mutter mochte das. Nachdem sie dem kleinen Wolodka ein ganzes Glas Soda mit Himbeersirup eingeflößt hatte, kam er wieder zu sich. Wenn er später bei uns daheim war, tat er ein paarmal so, als säße ihm was in der Kehle, als könne er nicht atmen und liefe blau an. Denn er erinnerte sich gut an das Soda mit Himbeersirup und bekam dann auch immer welches. Ach ja, außerdem gab es Hochwasser, zwei Sommer hintereinander. Vierzig Tage und Nächte fiel Regen, beide Bystryzas schwollen an und traten über die Ufer und trugen auf ihren wilden Wellen Bruchstücke von Häusern, Bäumen, Schobern, einmal hat jemand gesehen, wie eine Kuh vorbeitrieb, sie lebte noch, aber ihre Beine waren gebrochen, ein anderes Mal spülte es ein Auto der Marke »Wolga« weg. So vereinigte sich die Wolga mit der Bystryza. Die wunderlichen Freundinnen meiner Oma sagten, es käme von den Flügen in den Kosmos. Vielleicht hatten sie ja recht. Mit den Vorzeichen des Weltuntergangs kannten sie sich bestens aus.

Gab es weitere solche Vorzeichen? Außer den Flügen und den Chinesen?

Mehr als genug. Manchmal war es Fleisch, Fleisch, das verdarb – Schuld daran hatten die dubiosen Bauern, die in der Morgendämmerung vom Bahnhof an unserem Haus vorbei zum Markt schlichen. Kaum waren sie vorbei, überzog sich das Fleisch blitzartig mit fauligen Flecken, es fing an, sich zu bewegen und entsetzlich zu stöhnen. Manchmal waren es Eier, auf den ersten Blick ganz normale Hühnereier, aber mit Embryonen drin, unproportioniert groß und drachenähnlich. Dann der Strick – mein Vater fand einmal in einem Laib Brot einen zwei Meter langen faserigen Strick. Außerdem erinnere ich mich an einen Wanderprediger mit struppigem Bart, gehüllt in ein räudiges Schaffell, der im Frühsommer auftauchte und sich bis in den Herbst hinein auf dem Bahnhofsvorplatz herumtrieb, wo er Blätter mit heiligen Versen verteilte, die ziemlich unverständlich, fast dadaistisch waren. Aber daß sie von etwas sehr Ungutem kündeten, daran konnte kein Zweifel bestehen. Wir liefen in einer großen Horde hinter ihm her und foppten ihn. Oder bedrängten ihn, uns zu sagen, wer von uns ein *Verdammter* und wer ein *Auserwählter* war. Das konnte er auf den ersten Blick feststellen.

Und was hat er über dich gesagt?

Auserwählt. Ha ha ha ha! Ich habe später noch oft geträumt, ich hätte ihn beleidigt und er sei hinter mir her, gleich würde er mich zu packen kriegen. Ich hatte außerdem Alpträume, in denen einige unserer Nachbarn eine Rolle spielten. Ein paar Häuser weiter wohnte eine Familie Piljawski, Mutter und Tochter, beide stelzbeinig, dürr wie Bohnenstangen, die Lippen grell bemalt und auf dem Kopf komische Hüte aus der Zwischenkriegszeit – richtige Aliens. Die Tochter war über fünfzig, die Mutter entsprechend an die achtzig. Sie lebten angeblich davon, daß sie spät abends auf dem Bahnhof Passagiere auflasen, die in Franyk die Nacht verbringen mußten. Sie boten ihnen für einen Spottpreis ein Zimmer an. Aber kaum jemand konnte ihr nach Katzen und Urin stinkendes Quartier heil und unbeschädigt verlassen. Es waren Spinnenfrauen. Die Alte hatte ein paarmal versucht, mich in ihre Wohnung zu locken, indem sie mir vom Fenster der Veranda aus vergilbte polnische Zeitschriften zeigte, aber ich tat, als sähe ich sie nicht, runzelte die Stirn und beeilte mich, zurück nach Hause zu kommen. Einmal konnte ich am Bahnhof beobachten, wie ihre Tochter auf der Suche nach einem Opfer durch die Wartesäle pirschte. Meistens handelte es sich um junge Kerls, fast noch Kinder, immer derselbe Typ – sie stammten aus verarmten Dörfern, studierten am Technikum oder an der Handwerksschule, trugen kurze Soldatenmäntel und in der Hand unförmige, an den Ecken mit Blech beschlagene Koffer. Pani Piljawska packte sie am Ellenbogen und redete mit ihren grellen Lippen auf sie ein. Es war Hypnose – sie gingen mit, den Kopf folgsam gesenkt, wie Verurteilte zur Hinrichtung.

Abends hast du dich also am Bahnhof rumgetrieben?

Du mußt zugeben, daß das sehr unterhaltsam ist. Erst war es so, daß ich meine Oma, manchmal auch meinen Vater, bat, »die Loks anschauen« zu gehen. Bis ich ungefähr fünf Jahre alt war. Besonders gefiel mir, wenn der *Warschauer* ankam, also der Schnellzug Warschau–Constanţa. Hinter seinen Fenstern waren ungewöhnliche Leute zu sehen, Polen wahrscheinlich.

Aha, der Zug 76?

Wenn du so willst. Einmal brachte er einen Haufen Krakauer Verwandte. Fünf waren es, die uns besuchen kamen, der jüngste Bruder meines Großvaters, Ohm Roman, mit Frau und drei Kindern. Meine Oma hatte ihn dreißig Jahre nicht gesehen, auf dem Bahnsteig wurde sie fast ohnmächtig vor Aufregung, und wir mußten sie von allen Seiten stützen. Überhaupt wurde sie oft ohnmächtig. Und fiel oft hin. Es war wohl eine

Art Selbstschutz: paßt nur auf, wenn ich will, kann ich jederzeit von euch gehen. Der Warschauer Zug wurde für mich zum Vorboten schöner Überraschungen – Gäste mit Geschenken zum Beispiel. Ich sagte »Warschau« und spürte ausländische Parfum- und Seifendüfte, wie es sie bei uns nicht gab. »Kon-Stanza« war für mich vor allem *stanzija*, also ein Bahnhof, eine von riesigen Leuchtern erhellte Halle mit Spiegeln und Palmen. Constanța lag im SÜDEN, und der SÜDEN war das Meer.

Ist ein Bahnhof vielleicht so etwas wie ein Hafen? Kann man von ihm aus das Meer sehen?

Ganz genau. 1994 kam ich dann für ein paar Stunden nach Constanța, und wie sich herausstellte, gab es dort tatsächlich auch ein paar Palmen. Der Rest war ziemlich anders, aber das wunderte mich natürlich nicht. Zusammenfassend könnte man übrigens sagen, daß der Umzug von der Harkuscha-Straße nach Belweder vor allem den Verlust des Bahnhofs bedeutete, der Nähe zu ihm. Und den Verlust seiner Zigeuner.

Aber es war bestimmt nicht nur ein Verlust. Es wird schon Ersatz gegeben haben.

Den Fluß, die Nähe zum Fluß. Von der Harkuscha-Straße war es zum Fluß viel weiter gewesen. Zu einem anderen Fluß, der Bystryza Nadwirnjanska. Der Weg führte auf einer glühendheißen Fußgängerbrücke über die Schienen, dann vorbei an den Werkshallen der Lokomotivenreparaturfabrik LRF (wie meine Oma sagte: *Ellereff*), weiter die Friedensstraße entlang und durch die Vororte Sofijiwka und Kaspriwka oder so ähnlich. Obwohl das eigentlich super war – erst der Dunst warmer, rußiger Eisenbahnschwellen, dann der Geruch verrauchter Gäßchen. Von der Wohnung in Belweder waren es dann nur zehn Minuten bis zur Bystryza Solotwynska. Einfach die Karmeljuk-Straße (auch ein Räuber übrigens) bis zum Ende durch. In der neuen (verhältnismäßig neuen) Wohnung gab es ein

Zimmer mehr – drei im ganzen, und dazu allen sogenannten *Komfort* einschließlich Badezimmer. Meine Eltern hatten jetzt ihr eigenes Schlafzimmer und ein gemeinsames Bett. Aus den Fenstern ihres Zimmers konnte man – im Vorfrühling, bevor die Bäume ausschlugen – ein glitzerndes Stückchen Fluß erspähen. Und einen dünnen Streifen vom anderen Ufer. Tagsüber, wenn meine Eltern nicht daheim waren, stand ich oft lange an ihrem Schlafzimmerfenster. Überhaupt war ich jeden Tag ein paar Stunden dort. Las heimlich die Bücher meiner Mutter – eines war eine Übersetzung aus dem Französischen und hieß »Angélique«, ein anderes »Gabriella wie Zimt und Nelken«, geschrieben von Jorge Amado. Aus beiden pickte ich mir die erotischen Szenen und Beschreibungen heraus, las also nur *ausgewählte Stellen*.

Wie alt warst du da?

Als wir nach Belweder umzogen fast zwölf. Der Wohnungswechsel fiel also zusammen mit dem Beginn meiner persönlichen sexuellen Revolution, revolution number one. Ab einem bestimmten Moment dreht sich die ganze Welt plötzlich nur noch um deinen Pimmel. Bücher waren damals fast das einzige, was Erregung brachte. Denn bekanntlich gab es in der UdSSR Anfang der Siebziger noch keinen Sex. Nicht im Fernsehen, und was das Kino betraf: Wenn sich in einem *progressiven* westlichen Film die Figuren allzu leidenschaftlich küßten oder die weibliche Hauptrolle ein allzu tief ausgeschnittenes Dekolleté trug, dann wurde er ganz drakonisch erst *ab 16* freigegeben. Außerdem gab es damals weder Reklame noch Video. Pornographie nur in Form von stümperhaften, süßlich-schmalzigen Spielkarten, und auf die stand Gefängnis. Die Badeanzüge waren hochgeschlossen, die Unterwäsche abgrundtief häßlich. Und die ersten Miniröcke stießen auf so einmütigen *zivilen Widerstand*, daß ich noch heute die verzweifelte Selbstaufopferung

der damaligen *Vorreiterinnen* bewundere. Wie alt sie wohl
heute sind? Weit über fünfzig wahrscheinlich! Die ersten Jahre
des Mini waren jedenfalls begleitet von einem permanenten
schlangengleichen Zischen in ihre Richtung und hinter ihnen
her. Zumindest aber von unvermeidlichen Tischgesprächen
zum Thema »Wo soll das noch hinführen?«. Mein Vater vertrat eine rational-ästhetische Position. »Ich finde«, sagte er,
»wenn ein Mädchen schöne, schlanke Beine hat, dann kann sie
sie ruhig zeigen.« »Hört euch das an!« reagierte meine Mutter.
»Du bist doch sogar schon zum Hingucken zu alt!« Bei solchen Gelegenheiten versäumte sie es nie, die zehn Jahre Altersunterschied zwischen ihnen zu erwähnen. Damals konnte sie
ja noch nicht wissen, daß bei Männern über vierzig alles mit
neuer Kraft von vorn beginnt. In gewissem Sinne werden sie
perfekt. Aber zurück zu meinen damaligen Leiden. Gerade als
wir nach Belweder übersiedelten, kam ich in die Phase, in
der man sich statt für Indianer für Mädchen zu interessieren
beginnt. Vielmehr: beides existiert eine Zeitlang noch nebeneinander, nur daß die Indianer endgültig nicht mehr die
Hauptsache sind. Ein neuerlicher Verrat der Bleichgesichter an
den Rothäuten. Alles in allem gefällt es dir noch, in deiner
Hand den Tomahawk zu spüren, noch viel lieber aber spürtest
du darin die Titte deiner Klassenkameradin, um so mehr, als
noch kürzlich nichts Derartiges an ihr zu ertasten war. Übrigens waren in meiner Klasse alle Jungs auf dasselbe Mädchen
scharf. Der Sexappeal war sehr ungleich verteilt, und wir wurden alle zu Nebenbuhlern. Unsere täglichen Raufereien hatten
also einen ganz konkreten Hintergrund.

Und, hattest du Chancen?

Kaum. Es ist wohl an der Zeit, meine damaligen Probleme zu
erwähnen: Ich war dick. Also ich sah nicht schlimm aus, aber
auch nicht unbedingt sexy. Ich war schwerfällig, darum unent-

schlossen, und darum auch unsicher. Dabei hat doch schon Pani Roma Woronytsch festgestellt, daß echte sexuelle Anziehungskraft vor allem Selbstbewußtsein ist. Unter meinen Klassenkameraden war ich durchaus nicht unbeliebt – als Geschichtenerzähler, der sich spontan etwas ausdachte, was er als *Film* bezeichnete, den sie nicht gesehen hatten, er aber unerklärlicherweise schon. Es war eine Art Nacherzählung von auf die Schnelle erfundenen Videosequenzen – im Präsens, zum Teil in verschiedenen Rollen. Ich gestikulierte, schnitt Gesichter und veränderte meine Stimme. Damit zog ich Aufmerksamkeit auf mich, manche konnten stundenlang zuhören. Aber es war schwer, mit dieser Fähigkeit auch vor den Mädchen, vielmehr dem einen Mädchen, zu glänzen: Unsere Freizeit, also die Schulpausen und überhaupt die Zeit außerhalb des Unterrichts, verbrachten wir streng getrennt, Jungs mit Jungs, Mädchen mit anderen Mädchen. Natürlich nur bis zu einem gewissen Alter. Als wir das erreicht hatten, war ich schon nicht mehr dick. Aber in jenen *allerersten* Jahren war es ein Martyrium: nur von Ferne zusehen können, bei jeder Annäherung sofort die Stimme verlieren, sich in sich verkriechen, wieder und wieder die *ausgewählten Stellen* über die *weit gespreizten Schenkel Gabriellas* lesen und sich in verlockende Phantasien flüchten – wie gut es wäre, unsichtbar zu sein und in ihr Haus, ihr Zimmer, ihr Bett einzudringen. Und dann? Was weiter? Weiter wäre alles wie von selbst gegangen. Ehrlich gesagt war es die Hölle, entsetzlich. Ich finde überhaupt, daß Kindheit und Jugend vor allem Hölle sind. Die blöden Erwachsenen mit ihren verschwommenen *ausgewählten Stellen* im Gedächtnis bilden sich das verlorene Paradies der Kindheit nur ein. Vielleicht stammt das noch aus dem Mittelalter, als die Kindheit nicht als Altersstufe galt, sondern als Zustand, als gesegneter psychischer Ausnahmezustand, aus dem man herauswächst. Dieses

Stereotyp ist nicht nur falsch, sondern den Kindern gegenüber auch total grausam – besser sollte man nach den Abgründen der Verzweiflung fragen, in die sie stündlich und täglich blicken. Kindheit ist nichts anderes als ein Abgrund, einfach eine Katastrophe, eine Kette von Katastrophen, *das Schlimmste, was passieren kann.*

Und das Alter?

Keine Ahnung. Wahrscheinlich auch. Aber zumindest macht sich niemand Illusionen über das Alter, mit ihm geht man ehrlicher um. Man lacht über dich, aber nicht so mitleidslos und zynisch wie damals, als du Kind warst.

Na gut. Zurück zu deiner Schule. Ich nehme an, daß du nicht gerade begeistert warst. Geht es ein bißchen konkreter?

Es war ätzend. Ätzende Unausgeschlafenheit, wenn es draußen noch kalt und dunkel war. Das ätzende Gefühl, die Hausaufgaben nicht gemacht zu haben. Ätzende Leere im Magen. Ätzende Gerüche im Speisesaal. Zusatzstunden – die siebte, achte, neunte, lange Schultage, Gehirnwäsche mit allem möglichen Ideologiescheiß, zum Beispiel atheistische Erziehung oder Lenintestat. Fieberhaftes Abreißen und Anlegen des verhaßten Pionierhalstuchs. Damit in der Stadt herumzulaufen war der Gipfel der Schande. Aber ohne in der Schule zu erscheinen kam einem Todesurteil gleich. Der Sadismus der Lehrer und Hilfslehrer kannte keine Grenzen. Mit unverhohlener Genugtuung legten sie Hand an uns oder terrorisierten uns moralisch. Also wahrscheinlich habe ich kein Recht, so über sie zu sprechen, aber ich kann nicht anders. Eva Karádi hat mir einmal folgendes geschrieben: »Wenn Sie nicht wissen, was Sie sagen sollen, dann sagen Sie einfach, was Sie denken.« Das ist so ein Fall. Die meisten mochten mich, stimmt. Es stimmt außerdem, daß sie ebenfalls Opfer waren. Aber daß sie das an uns ausließen, stimmt eben auch. Wir zahlten es ihnen heim, indem wir uns abfällige und dumme Spitznamen für sie ausdachten. Man richtete uns ab. Die Maßnahmen zur Aufrechterhaltung der Disziplin waren typisch debil: nur die unbequemsten Klamotten, die Haare so kurz es ging. Ich haßte Spiegel, haßte mein Spiegelbild, diese entsetzlichen Hosen, die Frisur à la »Halbbox«, ich träumte von amerikanischen Jeans, und nicht nur ich, wir alle. Wie konnte so eine Vogelscheuche auch nur daran denken, den Mädchen zu gefallen? Und das war doch das Wichtigste auf der Welt – den Mädchen gefallen!

Wie lange hat das gedauert?

Zehn Jahre, kannst du dir das vorstellen? Zehn Jahre verschärfter Strafvollzug! Sogar das Schulgebäude, sogar die Flure und Innenhöfe hatten etwas von Gefängnis. Kein Wunder, daß dort vor Kriegsbeginn eine Filiale des NKWD untergebracht war. In den Kellern unserer Schule sind Menschen gefoltert worden, ein total verruchter Ort. Später fanden Leute von »Memorial« dort einen Haufen menschlicher Schädel mit Loch im Hinterkopf. Im Sommer 1977 wurde ich aus diesem Gefängnis in die Freiheit entlassen und – wie sagt man? – schüttelte den Staub von meinen Füßen. Soll heißen, ich habe seine Schwelle nie mehr überschritten. Die Schule gilt auch heute noch als die beste in Franyk. Aber ich glaube nicht, daß sie das wirklich ist.

Trotzdem: Gab es nicht doch etwas Positives?

Ferien, besonders die Sommerferien. Geil! Vor allem, daß die Haare ein bißchen länger wurden, obwohl die drei Monate nicht einmal für eine Beatles-Frisur ausreichten, von den Rolling Stones gar nicht zu reden. Schweigen wir also über die Länge der Haare, ganz wie bei Robert Plant. Zweitens die Möglichkeit, Jeans zu tragen, zwar meistens nichtamerikanische, eher indische oder polnische mit der blöden Aufschrift »Szarotka« auf der Gesäßtasche, aber immerhin! Und T-Shirts – Jeans, T-Shirts und grellbunte Hemden. Im Sommer joggte ich zusammen mit Jurka Sokolow jeden Morgen drei Kilometer um den See, danach badeten wir. Ich nahm ein bißchen ab, und ungefähr mit fünfzehn wurde ich meinem Spiegelbild gegenüber nachsichtiger. Einmal beobachteten wir in einer Umkleidekabine am Strand eine junge Frau. Sie zog ihr Oberteil aus und wiegte ihre wundervollen Brüste. Wir erstarrten erwartungsvoll und erschüttert. Bis zu ihrer Möse hielten wir dann doch nicht durch, aber es war auch so umwerfend. Ich sah es zum erstenmal. Und wurde ganz froh – wie nach der Initiation. Jedes Jahr nahm ich mir fest vor, im nächsten Sommer unbedingt Sex zu haben. Dann aber verging der Sommer katastrophal schnell, ein Tag nach dem anderen, und ich dachte mit Schrecken daran, daß der vermaledeite September mit seinem ersten Schultag schon wieder näher rückte. Und blieb unberührt, schlief mit niemandem, keine Tussi, nirgends. Manche meiner Freunde wurden schon mit vierzehn oder fünfzehn zum Mann, das merkte man ihnen an, sie wurden selbstbewußter, gelassener. Ich aber strich weiter in meinem inneren Käfig umher, zwischen erotischen Romanszenen und britischer Musik. Am Rock 'n' Roll liebte ich vor allem die traurigen Lieder – mir schien, sie handelten von mir, von meiner Einsamkeit. Man kann sagen, daß »Angie« von den Rolling Stones mich innerlich begleitete. Ich stellte mir gerne vor, wie ich zu diesem Lied einen endlosen Slow tanze. Und dabei natürlich eine Unbekannte *mit Perlmuthaaren* fest an mich drücke. Es gab da noch eine Ballade von Elton John: »I've seen this movie, too« aus dem Doppelalbum »Goodbye Yellow Brick Road«, darin löste ich mich einfach auf – so sehr war das mein Ding, das war ich. Aber im Grunde tut es mir jetzt leid, daß wir damals mehr die »Beatles« als die »Stones« gehört haben und mehr »Deep Purple« als »Led Zeppelin«. Wir hatten nicht ganz den richtigen Geschmack.

Im »Mittelöstlichen Memento« schreibst du über verbotene westliche Musik und über den Westen als the dark side of the moon.

Na ja, die Musik wurde zu einer parallelen Wirklichkeit, eine Art Parallelwelt, in die man flüchten konnte – vor der Schule, der Sowje und der eigenen Spermatoxikose. Mit vierzehn klebte ich richtig an unserem Radiolo, es war ein unheimlich sperriges Röhrengerät, das, wenn ich mich recht erinnere, »Serpuchow« hieß, auf seinen Skalen waren Dutzende von Städten markiert, darunter auch Kopenhagen, Lissabon und Edinburgh. Aber nie habe ich es geschafft, auch nur die Spur eines Senders von dort reinzukriegen – die Skala war nur Bluff. Früher hatte meine Mutter mit dem Radiolo das sonntägliche Wunschkonzert gehört und auch ihre Platten abgespielt – Nikolaj Slitschenko, Georg Ots und Maja Kristallinskaja. Außerdem gehörte Batyr Sakirow zu ihren Lieblingssängern, ein verdienter Staatskünstler aus Usbekistan. Er sang immer so einen schnulzigen Tango, auf Hindi, denn das Lied stammte aus einem indischen Film. Es hatte eine verrückte erste Zeile, mein Vater hörte darin so was wie *morgen dann, im Pissoir*. Seitdem hieß die Platte so: »Wie wär's, wollen wir mal wieder *morgen dann, im Pissoir* hören?« Na, und natürlich noch Robertino Loretti. Ich habe das überprüft: In Italien kennt diesen Robertino Loretti niemand, das ist unglaublich. In der UdSSR kannte und verehrte ihn jeder, den Wunderknaben mit ersten Anzeichen von Stimmbruch. Nachdem wir nach Belweder umgezogen waren, nahm ich das Radiolo ganz in Beschlag. Auf Mittelwelle kriegte ich die Rumänen rein und englischsprachige Sendungen von »Radio Luxembourg«, aber es war kaum was zu hören, und die Frequenz flutschte immer wieder weg. Rauschen, Knacken, andere Sender, die sich darüber legen, dazu noch das bewußte Stören – du weißt schon. Dafür konnte ich auf der Langwelle ziemlich gut Polen empfangen. Dort lief mehr westlicher Rock 'n' Roll als bei den Rumänen. Daher hörte ich irgendwann den lieben langen Tag Radio Polen, und dabei lernte ich auch noch wie von selbst Polnisch. Sonntags aber kämpfte ich mich auf die Kurzwelle durch, wo am meisten gestört wurde, weil dort die *subversiven Sender* aufgereiht waren: »Radio Liberty«, »Free Europe«, »Voice of America«, »Radio Vatikan«, was noch? Klar, »Deutsche Welle« und »BBC«. Sonntags nachmittags also hörte ich immer ein paar Stunden lang »Metronomul duminical«, eine Sendung des rumänischen Dienstes von »Europa Liberă«, mit einem unheimlich sympathischen Typen am Mikrophon. Er hieß Radu Teodor und war mein bester Freund, denn von ein paar Minuten Nachrichten einmal abgesehen, spielte er jeden Sonntag drei bis vier Stunden lang ununterbrochen »Pink Floyd«, »Grand Funk«, »Uriah Heep«, »Colosseum«, »Genesis«, Jimi Hendrix, Peter Frampton, Frank Zappa, außerdem die Gruppe »Styx«, auch die legte er oft auf. Die Musik kam direkt von den Vinylplatten, das Kratzen der Nadel war gut zu hören. Radu Teodor war ganz zweifellos ein fantastischer Typ, und ich hätte mein halbes Leben gegeben, nur um ihn kennenzulernen. Seine Kommentare konnte ich nicht verstehen, aber ich spürte, daß er total witzig und cool war. Seine Sendung war für mich das wichtigste Ereignis der Woche, die restlichen sechs Tage wartete ich auf das »Metronom« und interessierte mich für nichts anderes. Viele Jahre später, ich glaube 1997, wohnte ich in Wien in einer Wohnung mit dem rumänischen Aktionskünstler Dan Mihaltianu. Als wir einmal zusammen eine große Flasche Slibowitz geleert hatten, wollte ich ihm unbedingt etwas Angenehmes über die Rumänen und Rumänien sagen. Und mir fiel Radu Teodor ein. »Stell dir vor«, sagte ich, »als ich vor fünf Jahren in München bei Radio Liberty war,

hätten wir uns irgendwo zufällig über den Weg laufen können – im Aufzug zum Beispiel.« Aber Dan widersprach, nein,
vor fünf Jahren nicht mehr. »Die Securitate hat ihn auf persönlichen Befehl Ceauşescus umgebracht«, sagte er. »Sie haben
ihm eine Bombe ins Studio gelegt. Er wurde in seine Elemen-
tarteilchen zerlegt.« Dan Mihaltianu war überzeugt, daß ich
unbedingt darüber schreiben müsse. Zum Beispiel einen Ju-
gendroman mit dem Titel »Mein toter Freund Radu Teodor«.
Vielleicht mache ich das irgendwann noch. Das ist also die
Geschichte von der verbotenen Musik.[*]

In deiner Freizeit hast du also Musik gehört …

… gehört oder überspielt. Zum sechzehnten Geburtstag habe
ich ein Tonbandgerät bekommen – monophon, mit nur zwei
Geschwindigkeiten, es hieß »Daina« und stammte aus Litauen
oder vielleicht auch aus Lettland. In meiner Freizeit packte ich
es in seinen Koffer und besuchte den Türken, also Bohdan
Turezkyj. Der Türke besaß das unübertroffene »Jupiter ste-
reo«. Es hieß, daß Aufnahmen, die mit dem »Jupiter« gemacht
waren, *eins zu eins* dem Ton von der Platte, als dem Vinyl-Ori-
ginal, glichen. Der Türke erzählte, daß er gerade die Werke des
Philosophen Kant lese, wozu »Genesis« oder »Yes« besonders
gut paßten. Aber ich weiß nicht recht – »Genesis« vielleicht,
aber was »Yes« betrifft … Da hab ich meine Zweifel.

---

[*] Kürzlich hat sich herausgestellt, daß die Geschichte so nicht stimmt. Ich weiß
inzwischen, daß die Securitate einen anderen rumänischen Moderator von
»Europa Liberă« ermordet hat, und zwar den legendären Journalisten und Jazzer Cornel Chiriac. Man hat ihn erstochen in seinem Auto aufgefunden. Das
war am 4. März 1975, als ich, glaube ich, noch kein »Metronomul« hörte. Vielleicht hat Radu Teodor die Moderation der Sendung eben nach dem Tod Chi-
riacs übernommen. Was auch bedeutet, daß Radu Teodor vielleicht gar nicht
tot ist. Dann wünsche ich ihm ein langes Leben! Ich werde versuchen, mehr
über sein Schicksal herauszufinden.
(Anmerkung des Verfassers vom 23. 2. 2008)

Trotzdem, Bücher. Hast du gelesen?

Kant habe ich nicht gelesen. Aber jede Menge anderes.

Zum Beispiel ...?

Ich würde da jetzt ungern ins Detail gehen. Es wird schon Abend, und ich habe auch so noch unendlich viel zu erzählen.

Trotzdem, vielleicht wenigstens zwei oder drei Titel – die wichtigsten.

Also gut. Vom Schwejk und dem »Dekameron« hast du ja schon gehört. Dazu Gogol – praktisch alles, angefangen bei den »Abenden auf dem Vorwerk«. Gogol habe ich zigmal wiedergelesen. Ich besaß einen uralten Gogol-Band mit allen Erzählungen. Den hatte ich bei dem Türken geklaut, aus seiner Familienbibliothek, aber nicht ganz geklaut, denn er war damit einverstanden und gab mir den Band zum Behalten, nur daß seine Eltern nichts davon wußten. Aber sie brauchten auch nichts zu wissen, sie hatten sowieso unglaublich viele Bücher, Tausende. Sie waren Szenographen am Theater. Und ganz bestimmt besaßen sie Gogol noch in Dutzenden verschiedenen Ausgaben und Varianten – Gogol, Mogol, Schmogol. Bücher sollten nicht auf Regalen herumstehen, sie müssen von Mensch zu Mensch wandern, stimmt's? *Mein* Gogol war dick und imposant, noch aus der Stalinzeit. Stalin liebte Gogol und Shakespeare. Und auch Bulgakow liebte Gogol. Es ist ja kein Geheimnis, daß er von ihm inspiriert wurde. Wenn mich deine Kollegen, besonders hier im Westen, als *Bulgakowianer* bezeichnen, dann antworte ich, daß das nicht ganz korrekt ist, in Wirklichkeit bin nämlich nicht ich *Bulgakowianer*, sondern Bulgakow und ich sind *Gogolianer*. Der alte Scherech hat absolut ins Schwarze getroffen. Nach dem Erscheinen der »Perversion« schrieb er einen humorigen Artikel mit dem Titel »Ho-Hei-Ho« – über die *drei Quellen und drei Elemente*. Was die beiden »Ho« betrifft, so hat er hundertprozentig recht, das

sind Gogol (ukr. Hohol') und Hoffmann, der deutsche E. T. A.
– Hoffmann ist allerdings erst später in mein Leben getreten,
in den Studentenjahren. Scherech irrt einzig mit dem »Hei«,
also mit Heine, Heinrich, auch eurer. Zu meiner Schande muß
ich gestehen, daß ich seine Italienischen Tagebücher bis heute
nicht gelesen habe, dabei ist Scherech ganz sicher, daß sie mich
beeinflußt haben müssen.

**Lies sie unbedingt. Sie werden dir gefallen. Es ist nie zu spät.
Aber das nur nebenbei. In »Ein Versteck für Boccaccio« er-
wähnst du Thomas Wolfe.**

Ja, die russische Übersetzung seines »Schau heimwärts, Engel!«. Das Buch hat mich tief bewegt. Manchmal nenne ich es
pathetisch das wichtigste Buch in meinem Leben. Es öffnete
mir so viel Raum, daß ich mich erst einmal verschluckte. Und
sofort begann, mein zweites geheimes Notizbuch mit Gedichten vollzuschreiben.

**Das zweite? Es gab damals also schon ein erstes? Womit hat alles
begonnen?**

Eine gute Frage. So gut, daß sie eine sehr lange Antwort erfor-
dert. Bist du sicher, daß du das wirklich willst?

Natürlich. Keine Länge kann mich mehr schrecken.

Dann, wie es so schön heißt, viel Spaß – du hast es nicht anders
gewollt. Im Sommer 1976 fuhr ich mit meiner Mutter ans
Schwarze Meer, irgendwo in die Nähe von Odessa. Wieder einmal hatte ich mir geschworen, in diesen zwei Wochen unbedingt zum Mann zu werden. Obwohl das ja im Prinzip eine
Katastrophe war für einen sechzehnjährigen Jungen – mit seiner Mutter ans Meer fahren! Aber ich hatte keine Alternative,
und es waren meine letzten Ferien. Die letzten Schulferien, um
genau zu sein. Was weiter? Vergessen wir den Zug von Franyk
nach Odessa und die Gespräche, die darin geführt wurden.
Damals gefiel es mir zu glauben, ich wolle Archäologe werden,

und die russischen Kulturtanten in unserem Abteil versuchten
mir das auszureden. Keine Ahnung, warum es ihnen so wichtig war, daß ich niemals Archäologe würde. Egal. Es dauerte
ewig, aber irgendwann haben wir uns bis Odessa geschleppt.
Dort aber stellt sich heraus, daß man zu unserem – wie hieß es
gleich, Delfiniwka? – noch ungefähr eine Stunde mit dem Bus
fahren mußte. In einem überfüllten Bus natürlich. Neben uns
ein Mädchen, okay, eine junge Frau, vielleicht 26, soweit ich
Rotzlöffel das schätzen konnte. Eine, bei der du unweigerlich
einen Ständer kriegst. Dich interessiert nicht, wer sie ist und
woher – du hast einen Ständer und Schluß. Sie aber spricht
auch noch die ganze Zeit mit euch, denn ihr habt etwas gemeinsam – den Delfiniwka-Reisescheck. Stell dir also vor, wie
wir in dem riesigen Bus entsetzlich nah beieinanderstehen,
hunderttausend Passagiere, nicht weniger. Kaum daß ich mit
der Hand an die Haltestange greife, lehnt sie sich mit ihrem
ganzen Körper dagegen, also gegen meine Hand. Und ich
fühle sie, oh, wie ich sie fühle – mit jedem Fingerglied! Was für
ein Anfang, dröhnt es in mir, was für ein cooler Start! Sie
macht das ganz und gar nicht zufällig, aber keiner merkt was,
es ist also eine Sache nur zwischen uns beiden. Und sie weiß,
daß ich weiß. Und ich weiß, daß sie weiß. So fahren wir ungefähr zehn Minuten – Rauschen in den Ohren, Blitze in den
Augen, Wahnsinn und Geschrei, du verstehst schon. »So eine
bist du also«, wiederholte es in mir, »so eine bist du, bist so
eine, so eine bist du!«. Das wurde ihr Name – Einebis Bisdu.
Keine Ahnung, warum ich dir davon erzähle.

**Ich habe nach deinen ersten Gedichten gefragt. Aber ich würde
trotzdem gerne wissen, wie es weitergeht. Obwohl du wahrscheinlich schon gekommen bist?**

Ja, so könnte man sagen. An der nächsten Haltestelle stieg
mehr als die Hälfte der Fahrgäste aus. Wir konnten also ein-

fach nicht mehr so nah beieinanderstehen wie vorher. Man hätte es bemerkt. Sie löste sich also schnell von der Haltestange und meiner taub gewordenen Hand. Dann nur noch Blikke. Und in den folgenden Tagen am Strand genau dasselbe – manchmal kreuzten sich unsere Blicke. Sie war ein *leichtes* Mädchen, denn ich sah sie immer mit einem anderen Kerl. Dabei schien es mir jedesmal, als läse ich in ihren Augen einen Vorwurf, etwas wie »geschieht dir ganz recht, du Trottel, du hast nichts unternommen, jetzt muß ich mit solchen Pennern wie dem da gehen«. Manchmal schwamm ich weit hinaus und wartete dort auf sie. Aber sie kam nicht. Und zu allem Überfluß verloren wir im Halbfinale der Olympiade gegen die DDR und – bis dahin undenkbar – Kolotow verschoß einen Elfmeter. Schluß, genug davon.

Und die Gedichte?

Gedicht ist immer das was neu ist. Ich scherze natürlich. Es ist einfach so, daß mir plötzlich bewußt wurde, daß ich meine inneren Befindlichkeiten in einer von der üblichen Sprache abweichenden Weise aufschreiben wollte, poetisch nämlich. Es fällt mir jetzt schwer, die Folgen dieser sorgfältig vor anderen verborgenen persönlichen Entdeckung in ihrem ganzen Ausmaß zu rekonstruieren. Aber bis heute erinnere ich mich, daß die Freude dominierte – es war einfach, als hätte ich mich selbst gefunden. Außerdem nahm mir das Gefühl der Freiheit fast den Atem – ich konnte schreiben, was ich wollte, da ich ohnehin nicht vorhatte, es zu veröffentlichen oder irgendwem auf der Welt überhaupt zu zeigen. Im Herbst begann ich, in ein kleines Notizbuch zu schreiben, das an einem sicheren Ort versteckt war, und es schien, als hätte ich ein zweites Leben bekommen – ein geheimes, das wirkliche. Die Poesie wurde mir zu einem dem Rest der Menschheit verborgenen Unterschlupf, in dem dieses geheime wirkliche Leben stattfand. Das

russische Wort »ubeshischtsche« scheint hier unglaublich tref-
fend – es kommt von »ubegat'«, fliehen, und eine wahrhaftige
Flucht war es auch – in die Freiheit. Das ukrainische »s-cho-
wok«, also »Versteck«, paßt in gewisser Weise auch, besonders
im Sinne eben jener Freiheit, die sich im *versteckten* Notizbuch
materialisierte. Wie auch in dem Sinn, daß ich nicht nur das
Notizbuch, sondern auch mich selbst versteckte.

Dein erstes Gedicht handelt also von jenem Mädchen?

Pah, überhaupt nicht! Von Napoleon! Ein satirisches Gedicht
über die Gier nach der Macht.

**Totale Sublimation! Klassische Verdrängung einer wachsenden
Unzufriedenheit aus der erotischen Sphäre in die gesellschaft-
lich-soziale.**

Nenn es, wie du willst. Aber über diese Frau habe ich auch geschrieben, ich glaube Gedicht Nummer fünf. *Wieder bin ich
traurig | höre wie das Meer schlug | an das Ufer heftig | auf dem
Sand lagst du mein schöner Trug | du mein holdes Fräulein.* Ent-
setzlich! Obwohl, als gesungene Ballade vielleicht gar nicht
schlecht. Genau so stellte ich es mir auch vor – zwei Gitarren,
Gesang, Streichquartett. Nach dem zweiten Refrain werden es
E-Gitarren, Schlagzeug kommt dazu – »Stairway to Heaven«,
ukrainische Version, Gruppe »Wertep«. Ich fantasierte, ich sei
Leadsänger in einer Gruppe, die »Wertep« hieß.

**Weißt du noch, wie viele Gedichte in diesem ersten Heft stan-
den?**

Ungefähr zwei Dutzend. Mehr Seiten hatte es nicht. Es war
eigentlich kein Heft, sondern ein Büchlein, ein Notizblock in
Form eines Albums, breiter als hoch. Ich hatte es aus den persönlichen Beständen meines Vaters. Auf dem Umschlag stand
FÜR GEDICHTE, und dem konnte ich nicht widerstehen. Wahrscheinlich hat mein Vater das Büchlein Anfang der fünfziger
Jahre im Laden seiner Kaserne gekauft. Während seines Wehr-

dienstes hat er Gedichte in russischer Sprache geschrieben, super patriotisch. Mein Gott, *jakie to pojebane, kurwa*! Aber es ist doch interessant, daß die Stalinschen Politoffiziere zum Schreiben von Gedichten ermuntert haben. Ein Krieger der Roten Armee mußte eine lyrische Seele besitzen. Vielleicht ging es auch ihnen um Sublimation?

Du behauptest, das Dichten hätte dich unglaublich verändert.

Ja, unglaublich. In der zehnten Klasse gelang mir der Durchbruch. Es war, als wäre ich plötzlich ich selbst geworden. Ich begann zu tanzen, mehr oder weniger normal mit Mädchen zu reden und etwas Alkohol zu trinken. Rauchen war bei uns nicht in, aber zu trockenem Weißwein rauchten wir manchmal doch. In der zehnten Klasse schwänzte ich oft die Schule und hörte praktisch auf, Hausaufgaben zu machen. Ich ging nicht mehr zum Boxtraining, von dem mir doch nur die Haare ausfielen. Dazu gehörte eine ziemliche Überwindung – plötzlich nicht mehr hinzugehen, wo es mir doch nie gelungen war, jemandem die Fresse zu polieren. Ich begann zu verstehen, daß es in der Kunst eine Avantgarde gab, oder wie das hieß, jedenfalls war es toll. Ich versuchte, unsere Deutschpraktikantin in mich verliebt zu machen, obwohl mir ihre Beine etwas dünn vorkamen. Sie war vier Jahre älter, studierte an der Universität, trug ganz enge Röcke und benahm sich absolut cool. Wie Eugene Gant aus »Schau heimwärts, Engel!« stellte ich mir vor, wie ich mit ihr nach dem Unterricht allein blieb und wie wir für den Anfang nervös unsere Lippen leckten. Im Unterricht versuchten wir immer, sie mit Gesprächen über Musik von den deutschen Themen abzubringen, und sie ließ es zu. Aber sie hörte auf für mich zu existieren, als sie mich ganz zutraulich fragte: »Hast du die ganze ABBA?« Es traf mich wie ein elektrischer Schlag. ABBA?!!!! Was für ABBA denn, verdammt, ich haßte diese geleckte schwedische Familie! Sofort hörte ich auf sie zu lieben, und wahrscheinlich hätte ich ihn gar nicht mehr hochgekriegt bei ihr. Ob sie das damals gespürt hat?

Aber du warst weiterhin kein schlechter Schüler?

Ich bekam weiterhin keine schlechten Noten. Damals wußte ich schon, daß ich sogenannte Journalistik am Polygraphischen Institut studieren wollte, also pfiff ich auf Chemie, Physik und Geometrie. Dafür gewann ich mehrere Ukrainisch-Olympiaden, diese beschissene Kommission war von meinen Aufsätzen einfach hingerissen, und ich hielt mich endgültig nicht mehr für einen Versager, sondern begann, an eine schwindelerregende Zukunft zu glauben. Die, in der ich jetzt lebe. Sie ist wahr geworden. Im Grunde habe ich mich schon damals darin geübt, überall und nirgends zu sein, nicht faßbar. Niemand auf der Welt sollte sagen können, daß er mich wirklich kennt. Ich schrieb »ausgezeichnete« Aufsätze und rauchte Joints mit dem Georgier und seiner Clique. Die eine Hälfte lebt nicht mehr, und die andere wird die Gefängnisse und Irrenhäuser nie mehr verlassen. Am häufigsten schwänzten wir Geschichte, denn unser siebzigjähriger Lehrer war fast altersschwachsinnig, und man konnte ihm leicht etwas vormachen. Im Frühjahr 1977 wurde ich Zeuge und Mittäter eines Mordes – an Knasti.

Knasti? Wer war das?

Knasti war eigentlich unser Kumpel, ein vierzigjähriger Tölpel. Er war Kinderschänder und hatte schon zweimal dafür gesessen, noch dazu hatte man ihn im Knast zum Kerzenzieher gemacht. Manchmal hängte er sich an uns, einer dieser klebrigen Typen. Er begleitete uns in die *Urwälder* am Fluß, auch in den Wald bei Zenschiw. Am Strand tauchte er plötzlich hinter einem von uns auf und zog ihm die Badehose runter, mit ganz blödem Gelächter. Niemand hätte ihn natürlich als seinen Freund bezeichnet. Aber wir jagten ihn auch nicht weg, so einfach war das. Außerdem hatte er manchmal Geld und kam dann mit ein oder zwei Pullen an. Wenn wir eine Gitarre dabei hatten, brachte er uns auch ein paar Banditenlieder bei. Wir profitierten also durchaus von seiner Gesellschaft. Aber man mußte bei ihm immer auf der Hut sein – jedesmal versuchte er, einem von uns an die Eier zu gehen. Er provozierte gern und trug immer einen abgegriffenen Satz Pornokarten bei sich. An jenem Abend, Ende Mai, hatten wir uns wie üblich *auf der Baustelle* getroffen, an unserem geschützten Lieblingsplatz zwischen dem achten und neunten Stockwerk. Knasti war irgendwo im zehnten – so aufgeladen, so abgedreht hatten wir ihn noch nie gesehen. Und sollten wir ihn auch nie mehr sehen, denn es gab kein *später* mehr. Also ich denke, er hatte sich einen Schuß gesetzt oder was geschluckt. Daß ihm damals die Augen buchstäblich aus den Höhlen traten, können alle, die am Leben sind, noch heute bezeugen. Fiebrig begrüßte er jeden einzelnen von uns mit Handschlag (meine verbrannte fast) und pfiff dem – nennen wir ihn den Kleinen – dem Kleinen zu: »Kleiner, komm, ich zeig dir was!« Der Kleine war wirklich klein, erst zwölf, eine Ausnahme in unserer Clique, sein älterer Bruder, nennen wir ihn Bura, saß zu der Zeit schon, und wir hatten den Kleinen aus Respekt vor seinem Bruder aufgenommen. Das Weitere kann ich nicht mehr in die richtige Reihenfolge bringen. Ich weiß noch, wie der Kleine irgendwo da oben, ein oder zwei Stockwerke höher, zu kreischen beginnt. Ich weiß noch, daß wir nach unseren Eisenstangen greifen – damit kämpfte *Viertel gegen Viertel*, Belweder gegen Hirka, Nimezka Kolonia gegen Majsli und so weiter. Ich weiß noch, wie wir uns alle mit den Stangen in der Hand auf Knasti stürzen, und wie er Schritt für Schritt zurückweicht, die Zähne fletscht und ausspuckt. Die Stangen durchschneiden pfeifend die Luft, und Knasti bleibt immer weniger Raum. Ein Schritt, noch einer. Schau dich um, Blödmann! Aber bevor einer von uns das rufen konnte, stürzte Knasti schon den Aufzugschacht hinunter. Klar, daß er in Stücke zerschellt ist. Andrzej Stasiuk nennt das *w drobne chujki.*

Wie konntest du damit weiterleben?

Jetzt kommt es mir vor wie ein Traum, ich kann den Zustand nicht in all seinen Facetten beschreiben. Natürlich war es schlimm. Andererseits ... Knasti hatte selbst schuld, hundert Prozent. Sogar hundertzwanzig Prozent. Wir haben ja einen Schwächeren verteidigt, stimmt's? Ein Glück, daß die Bullen es mit der Untersuchung nicht so genau nahmen, Knastis Tod wurde als Unfall zu den Akten gelegt. Zwei von uns hatten noch ein Gespräch mit einem Kriminalbeamten – eineinhalb Monate später, nach dem Abschlußball. Angeblich hat er gesagt: Ich kenne die Wahrheit, aber ich will euch euer junges Leben nicht kaputtmachen oder so ähnlich, hoffentlich wird euch das eine Lehre sein. In der Art. Aber ich kann das eigentlich nicht glauben, klingt eher wie erfunden. Höchstens, daß er sie angeworben hat, aber das ist dann schon eine andere Geschichte.

Und auf dem Abschlußball hast du dich gut amüsiert?

Nicht wirklich: amüsiert haben sich eher die *Alten,* also unsere Eltern. Sie hatten sich zu spät um die Musik gekümmert, alle ordentlichen Bands spielten in anderen Schulen, und wir kriegten so ein Tschinderassabum mit Akkordeon, Klarinette und Kontrabaß, so daß unsere Eltern bis zum Umfallen tanzten, während wir uns immer wieder in kleinen Gruppen in den Hof schlichen und ein paar Fläschchen leerten. Den Sonnenaufgang über dem See begrüßten wir in einträchtiger dumpfer Willenlosigkeit. Aber wenn du auf die Geschichte mit Knasti anspielst, auf Gewissensbisse ...

Genau ...

... dann sei versichert, daß die Jugend über ungeahnte Schutz-mechanismen verfügt. Brüche verheilen unglaublich schnell. Viel mehr beschäftigte mich zum Beispiel, daß die Schule zu Ende war und ich immer noch Jungfrau. Da war ich schon an einem Mord beteiligt gewesen und noch immer Jungfrau. Inzwischen hatten es auch die allerletzten meiner Freunde geschafft, die Initiation zu vollziehen. Einer von ihnen hatte dabei sogar eine Mitschülerin gepoppt, die begonnen hatte mir zu gefallen. Und mir in aller Freundschaft erzählt, daß sie *okay* sei. So daß ich eine brennende Mischung aus Neid und Eifersucht durchleben mußte, entsetzlich! *Wobei das bei den Polen ein und dasselbe Wort ist, wie du vielleicht weißt.* Ich konnte also nur auf Lemberg hoffen, darauf, daß ich mein Zuhause verlasse und in eine fremde Stadt ziehe, wo *sie alle* mir gehören werden.

Wie denkst du, sollen wir es für heute dabei belassen?

Behandeln wir noch den Abschied von Franyk. Aber zuerst muß ich das Abitur bestehen. Dann dieser Aufsatzwettbewerb, Note »gut«, und ein blödsinniges Auswahlgespräch, bei dem sich herausstellt, daß die meisten meiner zukünftigen Dozenten totale Zombies sind. Dann noch vier Prüfungen, in Ukrainisch bin ich ein bißchen eingebrochen, sowohl im Schriftlichen als auch im Mündlichen kriegte ich bloß eine Zwei. Was meinen Plan, beim Heimspiel so viele Punkte wie möglich zu sammeln, zunichte machte. Dafür erzielte ich auswärts zwei Siege. Bei der Deutschprüfung zählte ich einfach nur die Namen aller Fußballer von Dynamo auf – mit deutschem Akzent. Zwei Jahre vorher hatten sie den Europapokal der Pokalsieger und den Supercup geholt, und ich liebte sie alle. Der Prüfer liebte sie nicht weniger als ich. Wir trennten uns, jeder völlig mit dem anderen zufrieden. Ich bestand die Aufnahmeprüfung. Die STADT erwartete mich.

Noch etwas?

Ja, schon. Ende August packe ich für Lemberg. Da rufen sie an, meine Klassenkameraden, jetzt schon die ehemaligen. Die Idee: im *Kabak* (im Sinne von Restaurant kam das Wort damals eben erst auf) unseren erfolgreichen Eintritt in die Universität feiern. Acht kommen zusammen, vier Mädchen, vier Jungs. Wir sind sehr schön, weil siebzehn Jahre alt. Wir trinken, ohne uns zu verstecken, Schnaps und Wein. Wir rauchen. Aber nur die Jungs. Unsere Haare sind gewachsen und unsere Krawatten genau richtig. Was die Mädchen angeht, so geben sie uns von Zeit zu Zeit Feuer. Das war damals Mode – an so einem Abend mußte jedes Mädchen seinen Jungen beobachten, seine Bewegungen. Sobald er eine Zigarette in den Mund nahm, mußte sie ihm sofort Feuer geben. Es war ein Ritual. Sie sprachen sich vorher ab, wer wem Feuer gibt. Das hieß: *Mit dem will ich gehen.* Und jetzt stell dir vor: Wir rauchen immer mehr, das Feuer flammt immer anzüglicher. Mir gibt genau das Mädchen Feuer, das angefangen hatte, mir zu gefallen. Ich weiß, daß mein Kumpel sie gepoppt hat, aber scheiß drauf! Später tanzen wir, und sie bewegt sich, atmet, reibt sich so eindeutig an mir, daß mir *süß und schauerlich* zumute wird und ich nicht weiß, was anfangen mit meiner Erektion. »Ich«, flüstere ich, »ruf dich aus Lemberg an, kommst du?« Sie preßt sich mit solcher Kraft an mich, daß jedes »Ja« dagegen verblassen müßte. Wir tanzen noch viele Male, denn der Tanz ist das einzige, was wir haben. Keine sturmfreie *Bude* in Aussicht.

Genug für heute?

Ich denke schon.

2 Suite für »Jethro Tull« und Orchester

Es war das Jahr ...

Es war das Jahr 1977, zwei Siebener am Ende. Die Siebziger ver-
dichtet, das Jahrzehnt in seiner höchsten Konzentration. Im
Juli würde die Welt untergehen – und nicht nur einfach im
Juli, sondern am 7. Juli, am siebten siebten siebenundsiebzig.
In unseren Breiten geriet alles in Bewegung – Tausende Sektie-
rer, vielleicht sogar zehn- oder hunderttausend. Von überall-
her zogen sie zum Fuße dieses Berges – verdammt, wie heißt er
noch? –, keine Ahnung, aber für sie war es der Berg Zion.
Wenn sie diesen Tag – den 7. Juli '77 – im gemeinsamen Gebet
am Fuße des Berges Zion verbrächten, so glaubten sie, würde
sie das strafende Feuer verschonen. Aber der 8. Juli brach
an, und nichts war geschehen. Kein Feuer, nirgendwo. Und
keiner von uns anderen verbrannte, wie sehr sie sich das auch
gewünscht haben mochten. Ihre Prediger fanden bestimmt
schnell eine Erklärung dafür, sie hatten sich ja sicher auf so
etwas eingestellt.

Dein neues Leben begann also mit dem Weltuntergang?

So könnte man sagen. Und der dauert vielleicht bis heute.
Alles, was seitdem mit mir geschehen ist, ist nichts als bloße
Einbildung von jemandem, der die ganze Zeit brennt. Schon
achtundzwanzig Jahre lang. Aber ich muß sagen – es macht
Spaß. Meine Immatrikulationsunterlagen brachte ich am 5. Juli
nach Lemberg. Ich war praktisch zum erstenmal dort – alle
vorherigen Episoden spielten nur auf der Durchfahrt.

Hat es dir gefallen?

Weißt du, wenn es auf dieser Welt etwas wie DIE STADT gibt, dann ist das für mich das damalige Lemberg. Prag war entsetzlich weit weg, im Ausland, Lemberg aber ganz nah und absolut erreichbar. Um es mir jeden Tag zu gönnen, also jeden Tag darin zu leben, mußte ich mich maximal anstrengen, meine neurotische Morgenübelkeit überwinden und die Aufnahmeprüfung bestehen. Ich habe bestanden und mir DIE STADT für die nächsten fünf Jahre gesichert – mindestens.

Was war der Grund? Warum gerade diese Stadt? Das, was du als eine Art »Echo Prags« bezeichnest, überzeugt mich irgendwie nicht.

In Ordnung, ich werde versuchen, es in seine Elementarteilchen zu zerlegen. Visuell erinnerte Lemberg mich an Prag, denn auch hier gab es viel alten europäischen Stein. Dieser Stein verband sich überall mit Vegetation. Der ewige Zerfall Roms im dunklen Zeitalter – Ziegen, die zwischen Keramikscherben Blättchen rupfen. Das hat sich als eine Art ästhetischer Kult in mir festgesetzt, und später habe ich es in der »Legende vom Wunderling« in Worte gefaßt: *Er liebte sehr den alten Stein,* | *kaputter Türme, Mauern Glanz.* Wie ging es weiter? Ach ja, ungefähr so: *Das Grün, ohne je gemäht zu sein* | *wächst es hinauf zum Himmelskranz.* Übrigens, dieser Ausdruck – *Himmelskranz* – ist absolut entsetzlich. Ein paar Jahre später (schon in einem nächsten Leben) hat mir mein Lektor Hera zum Glück diesen »Himmelskranz« unterkringelt und mit Bleistift an den Rand geschrieben: *Horizont oder Firmament.* Ich habe es dann ersetzt ... womit? Mit »Freudentanz«, genau.

... wächst es hinauf zum Freudentanz?

Nein, *rankt es sich hoch im Freudentanz* ... Ein furchtbar naives Gedicht – so, wie ich eben damals war. Allein der Titel – »Legende vom Wunderling«!

Kann man davon ausgehen, daß du schon damals dein Mitteleuropa gesucht hast?

In Lemberg? Um besser vor dir dazustehen, müßte ich das bejahen. Aber damals kannte ich den Ausdruck wahrscheinlich noch gar nicht. Obwohl ich davon gehört hatte, daß sich das *geographische Zentrum Europas* irgendwo bei Rachiw befindet. Es war übrigens der Rachiwer Zug, mit dem ich zum erstenmal von Franyk nach Lemberg gereist bin. Bei uns nennt man solche Züge Cowboy- oder Zigeunerzüge. Mit Cowboys sind natürlich die Huzulen gemeint. Aber egal. Zu meiner großen Freude befand sich unser Polygraphisches Institut oder, wie wir sagten, das Polygraph, mitten in der Altstadt, in der Pidwalna-Straße, ganz in der Nähe der Wirmenska-, Ruska-, Serbska- und Zhydiwska-Straße und des Ringplatzes – das totale Mittelalter: du schreitest zwischen halbtoten, rissigen Mauern, deine Stiefelabsätze klacken, die Sporen klirren, dein Mantel weht im Wind, und der Degen – hm, was macht der? …

Der Degen schabt am Gemäuer …

… gut möglich! – und in dir klingt Musik, so was wie Bach mit Emerson. Genau das war es: eine Stadt, die ganz außergewöhnlich gut zu der Musik paßte, die ich damals hörte. Es gab noch keinen Walkman, ich trug Dutzende Kompositionen in mir, die sich ganz von selbst einschalteten, manchmal alle gleichzeitig. Ich brauchte einfach nur zu gehen und zuzuhören. Smytschok erzählte uns einmal abends, er sei gerade durch die völlig ausgestorbene Altstadt gegangen, außer ihm keine Menschenseele. Da hört er – offenbar in der Küche einer abgelegenen Wohnung –, er hört ein Klirren, ein Klimpern, wie wenn ein Löffel ans Glas schlägt. Kannst du dir das vorstellen? Jemand gibt Zucker in seinen Tee und rührt um, und der Löffel klirrt ans Glas. Und das ist in den angrenzenden Vierteln zu hören, auch nach dreihundert, nach fünfhundert Metern ist der Klang noch da. Das ist für mich Lemberg, verdammt. Eine besondere Akustik. Lemberg ist vor allem Akustik, Audio, nicht Video. Habe ich mich klar ausgedrückt?

Na ja. Macht aber nichts. Stein und Grün. Das ist, wenn ich recht verstehe, der wichtigste visuelle Eindruck? Wenn wir uns doch noch ein bißchen mit Video beschäftigen: Was war da noch?

Im Winter verschwand das Grün. Und Lemberg war nur noch Lemberg. Obwohl der Spätherbst besser zu dieser Stadt paßte, die Patina der Traurigkeit. Und des Drecks. Eine andere visuelle Kombination: alter Stein und amerikanische Jeans. Ich merkte, daß es in Lemberg unglaublich viele Leute gab, die sich *anders* kleideten. Daß es ein geheimer Hafen war, wo alles Verbotene der Welt zusammenfloß – Musik, Kleidung, Habitus, Frisuren. Lange Haare kamen damals schon langsam aus der Mode, aber doch noch nicht ganz, manche von uns schafften es durchaus noch. Ich werde meinem Polygraph ewig dankbar sein, daß wir hingehen konnten, wie es uns gefiel. Niemand triezte uns wegen unserer langen Haare. In diesem Sinne herrschte dort völlige *Libertinage*. Wirklich, wenn man es mit einem einzigen Wort ausdrücken will, dann damit – Freiheit …

Jetzt muß ich dir aber widersprechen. Dafür greife ich auf den schon erwähnten Text zurück, deine »Kleine intime Städtekunde«, Seite 125: »Das reale Lemberg bestand zu fast neunzig Prozent aus grauenhaften Vorstädten und Neubauten. Eine Zusammenballung von Industriegebieten, ein Chaos von Fabrikanlagen und Bahngeleisen, eintönige Wohnblocks aus den siebziger und achtziger Jahren, Eisenbeton, Plattenbauten, Gestank und Zähneknirschen. Ein fatales Unvermögen der Stadtverwaltung, die Wasserversorgung, Kanalisation und den öffentlichen Verkehr zu organisieren. Wenn aus offenen Fenstern etwas wie

Musik drang, dann sowjetische Disco, wie es überhaupt des Russischen etwas zuviel gab. Aber noch schlimmer war, daß die Träger des Ukrainischen fast ausnahmslos dumpfe und passive Bauerntrottel waren. Die Universitätsstudenten glichen im Aussehen, in ihren Umgangsformen und im Lebensstil eher den leicht debilen Zöglingen einer technischen Fachschule. Die sog. Nationale Intelligenz hingegen legte eine wundersame Untertänigkeit an den Tag, sie sublimierte ihr Ukrainertum mit wohlgenährten Physiognomien und bestickten Hemden. Das alles bildete die übelste mir bekannte Spielart des *sowok* – den *sowo-Ukr* *.« Entschuldige das lange Zitat, aber das hast du geschrieben.

Na und?

Worauf ich hinaus will ist das, was du Enttäuschung nennst. Wie du in diesem Text ganz richtig bemerkst, entsteht sie meistens dort, wo Vorstellung und Wirklichkeit aufeinandertreffen. Wenn die Vorstellung der Wirklichkeit unterliegt und den Rückzug antreten muß.

Dann lies doch bitte noch ein Stück weiter. Die nächsten zwei oder drei Sätze in diesem Text ...

»So blieb mir nichts als der Glaube an ein paralleles, geheimes Lemberg. Von Zeit zu Zeit gab mir diese Stadt ein Zeichen zum Beweis ihrer Existenz.«

Na also! Sie gab Zeichen, hörst du nicht? Vergiß nicht, daß ich dabei war, Dichter zu werden. In meinem Fall also war es die Wirklichkeit, die den Rückzug antrat, unter dem Druck der Vorstellung. Wie geht es weiter?

»Mal war es der Schatten einer nicht aus dem hier und heute, sondern aus einem entrückten kaiserlich-königlichen Vogelreich stammenden Gestalt« ...

---

* In: J. A., *Das letzte Territorium*. Essays. Übersetzung von Alois Woldan, Frankfurt 2003; statt Lemberg steht dort Lwiw. (Anm. der Übersetzerin)

Danke, das genügt schon. So war es – manchmal. Mal waren es die Blinden. In Lemberg traf man sie überall, vom ersten Tag an. Ich denke, es gibt dort eine Art Blindenkolonie, ein Heim oder so. Jedenfalls hatte man den Eindruck, daß ihnen die Augen vor ungefähr dreihundert Jahren ausgestochen worden waren. Überall Männer – fast ausschließlich Männer – mit weißen Stöcken, ein ununterbrochenes Ertasten der Wege, Kreuzungen, Straßenecken, ein Stoßen an Regenrinnen, Schwellen, Schienen, Bordsteine. Furchtbar viele Blinde im Verhältnis zur Gesamtbevölkerung. Nur Spinner gab es mehr. Das ist typisch für alle repressierten Städte – eine hohe Zahl von Spinnern oder *Wunderlingen*. In Lemberg befindet sich die Psychiatrische Anstalt in der Kulparkiwska-Straße, und der Stadtteil heißt auch Kulparkiw. Manchmal aber scheint einem dieses Kulparkiw viel größer, größer als das eigentliche Lemberg – als sei Lemberg in Wirklichkeit nur eine Filiale von Kulparkiw.

Mir scheint, je größer die Stadt, desto mehr Spinner gibt es.

Wahrscheinlich. Statistisch gesehen vielleicht. Hast du eine Ahnung, wie viele es hier bei euch in Berlin gibt? Und in Moskau? New York? In New York gibt es sie haufenweise, und sie sind aktiv, suchen permanent Kontakt. Das entspricht dem Charakter dieser Stadt, sogar die Spinner benehmen sich wie Börsenmakler. Virlana Tkacz hat erzählt, wie sie eines Tages in der Subway von einem Kerl mit einer toten Ratte angegriffen wurde. Er hielt die Ratte am Schwanz, schleuderte sie herum und versuchte, damit auf die Passanten einzupeitschen. Sie schaffte es kaum, sich vor ihm in Sicherheit zu bringen, ganz schockiert natürlich. Schließlich traf sie auf einen Polizisten, einen großen schwarzen Mann, so ein betont ruhiger, beherrschter. Wie es sich für einen Polizisten in New York ziemt, vor allem, wenn er schwarz ist. Keine Ahnung, was er gedacht haben muß, als er hörte, daß in der nahen Subway-Station ein *Irrer herumrennt und den Leuten eine Ratte ins Gesicht schleudert.* »Ma'm«, sagte er, »nehmen Sie sich zusammen, Ma'm, Ihnen schwirrt der Kopf, wir aber sind den ganzen Morgen hinter einem her, der den Passanten die Nase abschneidet!«

In Lemberg kam so etwas nicht vor?

Nein, alles war ganz friedlich, null Aggression.

Ist das vielleicht die Freiheit, von der du erzählt hast? Die friedliche Freiheit der Spinner?

Kann sein – der Spinner und Trinker. In jenen Jahren, also Ende der siebziger, gab es in der Stadt einen ganz anderen Trinkertyp als jetzt.

Inwiefern anders?

Es war die Zeit der billigen starken Weine, der so genannten *Tinten* oder *Stinkbrühen.* Einige trugen ganz ungewöhnlich poetische Namen – »Goldener Herbst«, »Aroma der Gärten«, »Sonnengabe«. Stell dir vor, wie schön – Sonnengabe, Gabe der Sonne! Klingt wie der Name einer Hauptstadt, vielleicht des Skythenreichs. Oder die Marke »Sonne im Glas«. Obwohl alle normalerweise »Fliege im Glas« dazu sagten. Daneben gab es ganz nüchterne, nicht-metaphorische Bezeichnungen – »Starker Weißer«, »Frucht-Beeren«, »Rotwein«. Oder »Portwein-72«. Wobei mir bis heute nicht klar ist, warum 72. Was das für eine Zahl ist. Spielte sie auf das Herstellungsdatum an oder was? Keinesfalls war das Jahr der Lese gemeint. Denn von einer Lese konnte überhaupt nicht die Rede sein, genausowenig wie von Trauben. Es gab auch noch alle möglichen exotischen Bezeichnungen. Aus Aserbaidschan zum Beispiel wurde »Agdam« geliefert, den wir »Agdam Iwanowytsch« nannten. Wir konnten kaum erwarten, unser erstes Stipendium zu bekommen, um Stinkbrühe zu kaufen und im Studentenheim ein blutiges Festmahl zu veranstalten.

Blutig?

Da habe ich ein bißchen übertrieben. Eigentlich war alles ganz anders. Anfang September bekam ich einen provisorischen Platz im Studentenheim, nur für drei Monate. Wie überall in der Sowje reichte der Wohnraum nicht für alle. Im Dezember würde ich mein Bett zugunsten eines anderen Studenten räumen müssen. Du kannst das sowieso nicht verstehen, also nimm es als gegeben hin.

Und was dann?

Darüber machte ich mir nicht allzu viele Gedanken. Eines stand fest, eine Wohnung mieten kam nicht in Frage – wie ihr hier in Deutschland sagen würdet, das hätte meine Eltern in den finanziellen Ruin getrieben. In der Zeit waren wir total am Arsch. Mein Vater stieg beruflich ab, verdiente immer weniger und vertrank immer mehr. Alles blieb an meiner Mutter hängen. Mehr als was ich im Monat als Stipendium bekam, konnte sie mir nicht geben. Also zusätzliche vierzig Rubel zu den vierzig, die ich bekam. Plus ein bißchen Futter von zu Hause, nicht zu vergessen. Aber trotzdem. Eine Wohnung hätte wahrscheinlich ein ganzes Stipendium gekostet. Das Studentenheim dagegen war fantastisch billig: zwei Rubel im Monat. Es wird dir schwerfallen, das zu begreifen – zwei Rubel für dreißig Tage! Aber wie gesagt, es gab nicht genug Platz für alle. Bis Dezember wohnten wir zu viert im Zimmer, dann mußten sich diejenigen, die *provisorisch* waren, auf den Boden legen. Also das Bett räumen und sich um eine Matratze auf dem Boden kümmern. Und so gut es ging weiter in diesem Studentenheim wohnen, ohne aufzufallen. So bin ich schon im Dezember '77 Orpheus illegal geworden. Die Ungerechtigkeit bestand darin, daß ich gleich am Anfang des Studiums zum Gruppenältesten ernannt worden war. Einerseits also, verdammt, Teil des *Establishment*, andererseits mit illegalem Status.

Und was bedeutete es, Gruppenältester zu sein?

Es war furchtbar. So eine Art Kapo im Konzentrationslager. Nur in etwas abgemilderter Form. Das ist natürlich ein Scherz. Der Gruppenälteste wurde aus den Studenten ausgewählt, um *administrative Aufgaben des Dekanats* zu erledigen. Bei uns hatten die Studenten Unterricht in Gruppen – wie Schüler in Klassen. In meiner Gruppe waren wir sechsundzwanzig. Und ich war so was wie ein Vorgesetzter, *Vertreter des Dekanats in der Gruppe.* In Wirklichkeit aber, so lehrten es mich ältere und erfahrenere Kumpels bei einem Glas Stinkbrühe, ging es um das Gegenteil: *Vertreter der Gruppe beim Dekanat* zu sein. Ein Doppelspiel – die eigenen Leute gegen Angriffe und Repressionen des Dekanats verteidigen und dabei vorgeben, die administrativen Pflichten akribisch zu erfüllen. Das war ja ganz nett und ehrenhaft, aber warum gerade ich? Warum mußte gerade ich den Pelikan geben? Also die eigene Freiheit opfern, um die Freiheit der anderen zu schützen? Der Gruppenälteste konnte den Unterricht nicht schwänzen. Der Gruppenälteste führte das *Gruppenbuch* und schrieb *Berichte.* Der Gruppenälteste mußte andere vor Schlägen schützen und sie auf sich lenken. Der Gruppenälteste mußte täglich zwischen Scylla und Charybdis hindurchnavigieren – zehnmal hin und her. Dieses verdammte Gruppenältestensein verdarb mir meine Studentenjahre. Bis heute verstehe ich nicht, wie die Wahl des Dekans ausgerechnet auf mich fallen konnte. Normalerweise wurden irgendwelche Bosse ernannt – älter, Parteimitglied, solche, die gedient und Geschmack gefunden hatten am Befehlen und daran, andere zu erniedrigen. Ich erfüllte keines dieser Kriterien. War nicht brutal genug, auch nicht karrieristisch veranlagt. Ich träumte nur von Befreiung. Manchmal provozierte ich entsprechende Situationen, damit ich entlassen, ersetzt würde. Aber ich blieb Gruppenältester, die ganzen fünf Jahre lang. Eigentlich bewundernswert, wie das Sowjetsystem buchstäblich überall, in jeder Form der kollektiven Koexistenz, dasselbe Knast- und Lagersystem installierte. Für uns hatte es die Studi-Räte erfunden (die wir nicht anders nennen konnten als Stasi-Räte – das bot sich einfach an!), die *Kontrollen des sanitären Zustands der Zimmer,* das Diensttun auf den Etagen, das Entfernen nicht korrekter Plakate von den Wänden, das Verbot nicht korrekter Musik, das heimliche Beobachten, das heimliche Zuflüstern … Ganz dasselbe, überall dasselbe System – mal milder, mal …

Bist du nicht von der Geschichte abgekommen, die du erzählen wolltest?

Keine Angst, ich habe den Faden nicht verloren: das erste Stipendium und das blutige Festmahl. Es war der Montag der dritten Semesterwoche. Endlich sollte uns das erste Stipendium unseres Lebens ausgezahlt werden. Schon seit ein paar Tagen rieben wir uns die vor Erwartung feuchten Hände. Und planten ein festliches Abendessen – im Kreise von sechs oder sieben Erstsemestlern. Die Asiaten, die in unserer *Initiativgruppe* ungefähr die Hälfte ausmachten, sollten Plow kochen. An unserem Polygraph studierten teuflisch viele Bewohner Zentralasiens, und es wurde sogar gewitzelt, das große U in der Abkürzung UPI (Ukrainisches Polygraphisches Institut) müsse in Wirklichkeit als »Usbekisch« gelesen werden. Stell dir vor, das alte Lemberg, mittelalterliche Mauern, die Ruinen Europas – und alles voller Usbeken in gestreiften Kaftanen! Etwas Ähnliches hatte die Stadt zuletzt im 17. Jahrhundert erlebt, nachdem Chmelnyzkyj zusammen mit seinen Tatarenfreunden eingedrungen war. Toll!

Erinnerst du dich noch gut an diese Jungs?

An wen, die Asiaten? Natürlich, genau wie an alle anderen. Der erste von ihnen, ein Usbeke, hieß Schuchrat, wollte aber Schu-

rik genannt werden. Witziger Typ, so eine Art Hodscha Nas-
reddin, überzeugter Anhänger des Koran und der Scharia und
dabei Kandidat für die Aufnahme in die Partei. Das war bei
ihnen nicht ungewöhnlich, man braucht sich ja bloß diese
ganzen Rachmonkarimows anschauen. Klar, wo die alle her-
kommen. Ein anderer hieß mit Nachnamen Rukawischnikow,
halb Russe, halb Tadschike. Oder halb Turkmene? Nein, Tadschike – das Wort hat sich mir eingeprägt, Duschanbe. Er
wohnte in einem Zimmer mit Älteren, die schon im dritten
Studienjahr waren, daher legte er früher als wir anderen die
Alkoholprüfung ab. Also nicht, daß er sie bestanden hätte, er
versuchte nur, sie zu bestehen, und das mehr als einmal. Der
Dritte hieß Riso Nasirow, sehr charismatisch, Pamire und Basmači-Kämpfer. Durch ihn hörte ich zum erstenmal von diesem Volk – den Pamiren. Nicht Vampire, sondern Pamiren –
von Pamir. Sie leben hoch in den Bergen, die bekanntlich das
Dach der Welt darstellen, und schauen verächtlich auf die Tad-
schiken unten im Tal herab. Er sagte mir auch, was in ihrer
Sprache »Sklave« bedeutet und daß es ein Synonym für »Tadschike« ist. Sie sprechen eine afghanische Sprache. Außerdem
gibt es unter ihnen viele Blonde, Blauäugige, denn sie sind die
direkten Nachkommen irgendwelcher versprengten Reste der
Armee Alexanders des Großen. Aber warte, ich wollte ja eine
Geschichte erzählen.

**Die rennt uns nicht fort. Gab es noch andere Typen, die der
Erwähnung wert sind?**

Noch zwei. Beide verließen das Polygraph noch im ersten
Studienjahr. Vitjunja studierte mit mir zusammen Journalistik, er war reizbar wie ein Opossum und geriet immer in Raufereien, besonders mit Älteren. Irgendwie übte er eine un-
heimliche Anziehungskraft auf Mädchen aus. Sie schrieben
ihm ellenlange Liebesbriefe. Warum? Ich habe nicht den blas-

sesten Schimmer. Aber es brachte sein seelisches Gleichgewicht derart durcheinander, daß er nicht mehr zum Unterricht erschien, sich im Wohnheim vergrub und seine Fresse mit der Zeit eine graublaue Farbe annahm vom Saufen. Heute ist er irgendwo Staatsanwalt, was in unserem Land nicht der schlechteste Beruf ist. Der andere hieß ganz banal Sascha Schewtschuk. Trotz seines banalen Namens war er, wie die Amerikaner sagen, a character. Er war der Älteste von uns – hatte es schon geschafft, von der Historischen Fakultät der Universität Leningrad zu fliegen und ganze zwei Jahre in der Armee zu dienen. Auch er ging nicht zum Unterricht. Meistens las er und rauchte. Vielleicht war das überhaupt der Grund, warum er am Polygraph studierte – um endlich nach Herzenslust rauchen und lesen zu können. Ich sehe ihn noch heute vor mir: er sitzt am Tisch, gerader Rücken, vor ihm ein aufgeschlagenes Buch, Aschenbecher und ein Päckchen Zigaretten. Sonst nichts. Er liest und raucht. Liest und raucht. Und zu niemandem ein Wort. Stundenlang, tagelang.

Was hat er gelesen?

Alles mögliche. Aber vor allem das »Kapital« von Marx. Er las es aus eigenem Antrieb, solche Sachen interessierten ihn irgendwie – Mehrwert und so. Weil er sich aber im Unterricht nie blicken ließ, hatte er trotzdem immer eine Fünf in Marxismus.

Gut, jetzt kennen wir die handelnden Personen. Jetzt zum Festmahl.

Genau, wir haben mit der Geschichte ja noch gar nicht begonnen. Am Montagnachmittag wurde das Geld angeliefert. Jeder Gruppenälteste mußte es bar in Empfang nehmen und dann in seiner Gruppe verteilen – jedem seinen Betrag. Wir standen also an der Kasse Schlange. Ich sollte noch fünf Jahre lang in dieser Schlange stehen – mindestens fünfzigmal. Meine Finger würden sich an dicke Banknotenbündel gewöhnen. Daran, vom Rascheln der betörend vielen Scheine nicht ins Zittern zu geraten.

Was für Summen waren das?

Soweit ich mich erinnere so um die tausend Rubel – mal mehr, mal weniger. Jedenfalls fast das, was mein Vater im Jahr verdiente.

Im Jahr?

Ja. Du hast richtig gehört. Du kannst dir also vorstellen: eine endlose Schlange, alle raunzen sich an, die Älteren stoßen mit Brust und Ellenbogen die Jüngeren weg, absolutes Chaos, Anfang des Studienjahres, die Mechanismen funktionieren nicht mehr, Sand im Getriebe, das Auto hat den Geist aufgegeben, die Räder drehen sich nicht, die Kolben rotieren nicht, die genervte Kassiererin kreischt hinter ihrem Fensterchen herum – alles, was dazu gehört. Und kein Vorwärtskommen. Nach zwei Komma irgendwas Stunden Getrippel und Gebalge bleibe ich *fucktisch allein*: meine Freunde und Freundinnen aus der Gruppe haben es satt, sie verziehen sich, ich käme schon allein zurecht, würde es schon noch bis zum Fensterchen schaffen, und sie – wie es sich gehört – warten bis morgen, morgen überreiche ich ihnen dann ihr Geld ohne Schubsen und Gezänk, wie es sich gehört, kultiviert und auf dem Silbertablett. Die Aussicht, im Studentenheim mit einem Sack fremden Geldes unter dem Kopfkissen zu übernachten, zieht mir die Gedärme zusammen. Nur Vitjunja, der künftige Staatsanwalt, bleibt bei mir. Aber weder er noch ich kennen seine Zukunft. Ich bekomme die *Gesamtsumme* fast als letzter, als es mir, genau wie draußen auf der Straße, schon fast schwarz wird vor Augen. Das blaue Päckchen sind die Fünfer, das grüne die Dreier. Sieht so aus, als wären es zusammen achthundert. Dazu eine ungeklärte Anzahl *Rubelscheine* – sie fliegen überall herum wie Herbstlaub, krampfhaft rechen wir sie zusammen und kippen sie meinem *Krokodil* in den aufgesperrten Rachen.

Ich nehme an, ihr habt noch am selben Abend den Großteil des Sacks ...

Wenn es das gewesen wäre! Aber nobel trennten wir unseren Teil von dem der anderen (unserer war erbärmlich klein, für jeden nur acht blaue Scheine) und kauften Wein. Wie man damals in den Zeitungen gerne schrieb, *für die festliche Tafel.* Abends tafelten wir dann also so richtig, mächtigen usbekischen Plow und noch mächtigere pamirische Schurpa, und wurden fast gar nicht betrunken. Der Fehler lag offenbar nicht nur im mächtigen Essen, sondern darin, daß wir *Tischwein* statt *starkem* gekauft hatten. Die letzte Flasche kippten wir sogar in den Teekessel, erhitzten sie und mischten großzügig Zigarettenasche darunter. Angeblich würde der mit Asche versetzte Wein uns ganz wundersam die Köpfe verdrehen. Der Effekt aber war gleich null. Wir schlürften das widerlich warme, aschige Gesöff, genannt *Transkarpatischer Rkaziteli,* und legten uns ohne einen Anflug von Trunkenheit schlafen. Zwar erwähnte einer beiläufig die *Mädels,* wurde aber einmütig ausgebuht – was für *Mädels* denn mit nüchternem Kopf?

Kein erotischer Durchbruch also?

Das war scheißschwer. Verstehst du, unser damaliges Land durchlebte alles andere als einfache Zeiten. Jeder steckte bis zum Hals in diesen entsetzlich ärmlichen Zuständen. Stell dir vor: ewig versiffte Flure, Gestank der Mülltonnen, Waschbecken und Klos, Soldatenbetten aus Metall, graue, löchrige Bettwäsche, Trainingshosen *mit Eingriff,* Morgenmäntel, verdammte Scheiße, unglaubliche Krankenhaus-Morgenmäntel! In solchen wird gestorben, nicht gelebt! Dazu Pantoffeln, Miederhöschen, Lockenwickler! Verstehst du, an all das mußte man sich erst gewöhnen. Bevor man sich Liebe unter solchen

Umständen vorstellen konnte, mußte man ein gewisses Stadium der emotional-ästhetischen Abstumpfung durchlaufen. Und die Musik verraten, seine eigene Musik, denn diese Kühe hörten nichts als allen möglichen Schlagerscheiß. Demis Roussos zum Beispiel, vom Sowje-Pop ganz zu schweigen. Natürlich traf man in den Wohnheimkorridoren auch ganz erträglich (oder ganz unerträglich) hübsche Tussen, aber gerade die waren meistens schon *besetzt*. Wie zum Beispiel meine zukünftige Frau, aber davon später. Allen anderen Exemplaren konnte man sich nur in stark alkoholisiertem Zustand nähern.

Okay okay, was war nun mit dem blutigen Festmahl?

Ganz ruhig, das steht uns noch bevor. Der nächste Tag war ein Dienstag, und das bedeutete, daß wir erst um halb zwei *in die Schule* mußten. Fünfmal in der Woche begann unser Unterricht erst nachmittags, nur montags um acht Uhr morgens. Im Polygraph gab es nicht genug Hörsäle, daher studierten wir in Schichten. Ich habe *in die Schule* gesagt, denn so nannten wir unser Polygraph meistens – *Schule*. Es gab da so einen lustigen Spruch: *Jeder einen Rubel – und wir geh'n nicht in die Schule*. Es gab einen noch lustigeren: *Jeder einen Rubel – und uns wird übel*. Und eben das geschah an jenem Morgen. Rukawischnikow (alias Rukaw) schleppte uns ein ganzes Zimmer seiner Dorfältesten an – drittes, viertes, vielleicht sogar fünftes Studienjahr, wilde Kerle mit Schnurrbart und langen Koteletten, in Jeans und gestreiften Matrosenshirts, eins zu eins Veteranen des Vietnamkriegs. Die Idee war human: Annäherung der Generationen, Studentensolidarität, *Initiation der Jüngeren*. Ehe wir uns versahen, erschienen auf dem Tisch, unter dem Tisch und in allen Ecken unzählige Flaschenhälse, die uns aus nächster Nähe anglotzten. Was war es – »Traube Transkarpatiens«? Keine Ahnung … Ich weiß nur noch, daß wir uns ungefähr nach dem zweiten Glas in Rauch hüllten und die Welt als ein immer schnelleres Karussell wahrnahmen. Der Charme der Stinkbrühen bestand darin, daß sie wenig kosteten, verhältnismäßig problemlos auch in großen Dosen, meist auf ex, getrunken werden konnten und praktisch sofort Wirkung zeigten. Indryk kann das besser erklären – er begründet es vom biochemischen Standpunkt aus: Zuckeranteil, Zusatz von Alkohol, Koeffizient der Aufnahme durch die Nase und die anderen Schleimhäute, Konzentration, Konsistenz. Rukaw lief los, neue und neue Flaschen holen, immer er – schließlich war er seit seiner Kindheit Leichtathlet. Um halb zwölf sangen wir das alte Anarchistenlied »Ljubo, bratzy, ljubo!« Es ist bis heute eines meiner Lieblingslieder, dieses »Ljubo, bratzy!«, aber merk dir: wenn ich es singe, dann ist das immer ein Zeichen dafür, daß ich zu viel intus habe. So ist das nun mal.

Und dann floß das erste Blut?

Nein, wo denkst du hin. Stell dir vor – zwölf Uhr mittags, und alle dicht, alle – die Veteranen und die Frischlinge – verkriechen sich irgendwo, das Zimmer hat sich in eine stinkende Müllkippe verwandelt: überquellende Aschenbecher, verdrehte Köpfe, leere Flaschen und – möchte ich hinzufügen – *leere Seelen*. Ich liege auf einem der Betten, auf dem Rücken, um mich nicht zu übergeben, und meine jungen Augen oder, wie es in »Ljubo, bratzy« heißt: *meine Augen so traurig*, sind irgendwo in den Himmel gerichtet, also nach oben, an die Decke, auf den Riß. Und nur ein Gedanke, aber ein sehr komplexer: da kann ich also quasi nicht mehr auf den Beinen stehen, muß mich aber in der nächsten halben Stunde ausnüchtern, losgehen mit meinem *Krokodil* und den tausend Rubeln drin, die nicht mir gehören, ganze fünfzehn Minuten zu Fuß gehen zur Endstation der Straßenbahn, dann noch zwanzig Minuten mit der Bahn fahren, wo mich ätzende Leute, Lemberger und Lembergerinnen, von denen einem ja nur schlecht

werden kann, einquetschen werden, sie zischen ihr *so jung,*
und so besoffen, denn ich bin ja wirklich ein so junger (Dichter!) Siebzehnjähriger (Dichter!) und so einsam und besoffen
und habe noch nie im Leben (Dichter!) jemanden geküßt, also
grapschen sie sich einfach das Geld und meine (Dichter!) Seele
und stopfen sie in ihre unzähligen stinkenden Taschen ... Und
mich verarbeiten sie zu Seife. An jenem Tag habe ich eine meiner stabilen Positionen auf dieser Erde gefunden. Ich sehe
mich, wie ich auf dem Rücken liege, immer auf dem Rücken,
Gesicht zur Decke, auf Dutzenden anderer Betten oder auch
bloß Matratzen des Planeten und der Welt – mit siebzehn,
dann mit achtzehn, als *mein Kopf in einer Zentrifuge rotierte*
und ich *im Nebel die zottigen Umrisse Dems* sah, und mit neunzehn, als sich die anderen über mich beugten und mir letzte
Worte zuflüsterten, mein Lächeln aber einfach nur immer
breiter wurde, und mit zwanzig, als Sadowyj ausflippte und
seine Handkanten an Tellern blutig schlug, und viel später –
immer, wenn mir alkoholbedingt sterbenselend ist und mich
eine solche Traurigkeit befällt, daß ... Daß ich verstehe, was
Gombrowicz meinte, als er vom Schwefelgeruch schrieb, der
aus einem dunklen – kannst du dir das vorstellen? – aus einem
absolut dunklen und tauben Keller steigt.

**An den Schwefelgeruch kann ich mich nicht erinnern. Aber sag
endlich, wie ist die Geschichte ausgegangen?**

Ha, sie ist noch weit davon entfernt auszugehen! Aber gut – in
Stichworten. Stell dir vor, daß ich mich nach ungefähr einer
Stunde doch aufraffe: Sie warten, sie warten, sind hungrig, haben keine Kopeke mehr, ich muß gehen. Dann der unglaublich
lange *historische Marsch durch Lemberg.* Majoriwka, Ruhmes-
hügel, die Gräber der sowjetischen Befreier. Wie argwöhnisch
sie mich ansehen! Dann die Lenin-Straße hinunter (natürlich
nahm ich nicht die Straßenbahn!), am Panzerdenkmal vorbei,

immer die Schienen entlang, weiter hinunter, vorbei am Elternhaus von Djabo Lypa, am Kino – wie heißt es gleich? Schließlich steige ich doch in die Straßenbahn, aber nicht in die Zwei, sondern in die Sieben, gegenüber den Heiligen Peter und Paul mit ihren alkoholfreien Nimben. Dann – Verdunkelung. Ich weiß nur noch, daß ich, als die Dämmerung hereinbrach, durch die labyrinthischen Korridore des Polygraph wanderte, auf der Suche nach dem Hörsaal meiner Gruppe oder vielleicht nach dem irgendwo zurückgelassenen *Attaché-Case* aus falschem Krokodilsleder (und mit tausend fremden Rubeln drin). Keine Ahnung warum, aber ich trug den Koffer nicht mehr bei mir. Wie lange war ich unterwegs gewesen? Wo war ich hingeraten? Unter die Oper? Auf den Janiwsky-Friedhof? Auf das Hohe Schloß? Das Hohe Schloß war ein Wink, eine Art Eingebung. Aus Platzmangel hörten wir manche Vorlesungen nicht im Hauptgebäude, sondern in nahe gelegenen Schulen, der 28. und der 19. Letztere stand am Abhang des Schloßbergs. Fast wieder nüchtern stieg ich zu ihr hinauf. *Geld oder Leben* tönte es unaufhörlich in meinem Kopf. Die Leere der abendlichen, kaum beleuchteten Treppen und Flure atmete existentielle Furcht. Im dritten Stock erschütterte mich ein Déjà-vu. Mir schien, als sei ich heute schon hier gewesen. Auf dem Fensterbrett stand unbeachtet mein *Krokodil* und erwartete mich. Wie lange hatte es so dagestanden, unsichtbar in seiner vierten Dimension? *Geld oder Leben*, stöhnte ich und hob den Deckel. Die Knete war an Ort und Stelle: das blaue (geöffnete) Päckchen, das grüne (unangetastete) und der Haufen herbstlicher Einrubelscheine. Siegessicher und ein bißchen dreist öffnete ich die Tür zum Klassenraum gegenüber. Die Dozentin für antike Literatur erging sich gerade in der Beschreibung des *Schild des Achill*. Im Schein von fünfundzwanzig begeistert leuchtenden Augenpaaren (Held! Held!) bat ich lässig darum, mich setzen zu dürfen. »Setzen Sie sich, Genosse Gruppenältester«, antwortete sie mit so säuerlicher, unzufriedener Miene, daß ich verstand: Freunde würden wir nie werden. Dabei hätte ich mich eben noch beinahe aus dem Fenster gestürzt, Halyna Stepaniwna!

Also doch ein Happy-End. Du hast Glück gehabt. Hast du immer so viel Glück?

Glück hatte ich eigentlich erst im Dezember. Ja, im Dezember war es, als geriete ich auf einen anderen Planeten. Ohne das Wohnheim zu verlassen. Ich wechselte nur das Zimmer. Vorher aber brach Koljoruk in mein Leben ein. Er war der erste auf der Welt, dem ich das Heft mit meinen Gedichten zeigte. Er *war jemand.*

Dann zu deinen Gedichten. Hast du auch weiter welche geschrieben?

Praktisch nicht. Der Ortswechsel hatte zuerst eine lähmende Wirkung. Aber trotzdem lebte ich auch weiter mit dem geheimen Gedanken, Dichter zu sein. Schließlich ist das entscheidende nicht, ob man die Gedichte aufschreibt. Wichtig ist, daß man sie lebt. Doch wurde ich dieses *Vorgefühls* langsam müde, und wahrscheinlich hatte ich deswegen mein Heft immer greifbar – nicht mehr als eine Armeslänge entfernt. Wie es kam, daß ich es eines Abends Koljoruk zeigte? Ha, wenn du nur wüßtest, wie mir zumute war – ich rauchte eine »Orbit« nach der anderen und schaute bemüht nicht in seine Richtung, während er las. Natürlich habe ich trotzdem geschaut – nicht mit den Augen, sondern mit meinem ganzen Ich. Mein Herz schlug als *wahnsinniger Vogel* in meiner Brust. Ich erlaube mir diesen Ausdruck, denn damals ließ ich ähnliche Ausdrücke noch durchgehen. Die Qual dauerte nicht weniger als eine halbe Stunde. Koljoruk war eine Berühmtheit an unserem Institut, ein Monstrum, ein Dinosaurier. Er war mindestens fünfundzwanzig und schien schon ewig hier zu sein – der ewige Student oder der Ewige Jude, der die Krim und Rom gesehen hatte, in den Kosmos geflogen war, im Panzer fast verbrannt wäre und so weiter. Äußerlich erinnerte er ein wenig an Taras Schewtschenko und ein wenig an Wolodja Muljawin von der Gruppe »Pjesnjary«, nur viel hagerer und heiserer. Im Wohnheim gab es niemanden, den er nicht schon genötigt hätte, seinen Gedichten zu lauschen. Er stürzte einfach in fremde Zimmer oder hielt die erstbesten im Flur an – und nötigte sie. Seine Stimme war genial, und er schrieb Sachen wie: *Sie legten das Brot in die Esse | und beteten zu Gott. | Fiedel, kleine Fiedel flott | erklingt trotz Nässe. | Bogen wie ein Vogel tanzt – | hüpf-hüpf-ziziben! | Nachbarlicher Seelenglanz. | Schatten.* Ihm also habe ich mein Heft gezeigt.

Und er hat es gelesen und …

Weißt du, er hat sich durchaus lobend geäußert. Ließ allerdings eine Bemerkung fallen, also daß ich *mehr Metaphern aus dem Leben* wählen sollte, aber damals warfen alle mit solchen Bemerkungen um sich, es war wie ein Slogan: *Die Literatur muß aus dem Leben hervorgehen.* Dem kann man ja auch wirklich kaum widersprechen. Literatur? Leben? Das sind doch künstliche Unterscheidungen. Aber ich wollte etwas anderes erzählen: Meine poetische Selbstöffnung zog eine ganze Kette von Ereignissen nach sich. Urplötzlich wollte Koljoruk bei uns wohnen, in unserem Zimmer, also nutzte er seinen administrativen Einfluß und zwang den Usbeken Schuchrat, anderswohin zu ziehen. Damit begann es: Preference, Gedichte, schlaflose Nächte, tausend Zigaretten, *die käuflichen Dichter der Sechziger*, Suche nach dem richtigen Reim, Streitereien über Salvador Dalí oder den Kommunismus, rituelles Abspielen von »Pink Floyd« in der Dunkelheit. Die Platte »Wish You Were Here« – mit dieser kolossalen Suite am Anfang und am Schluß, du weißt schon …

»Shine On You Crazy Diamond«.

Genau. Jede Nacht dasselbe: Reserveunteroffizier Koljoruk befahl hinlegen, Licht aus und Ton ab – »Pink Floyd« im Dunkeln. Wir lagen ganz still jeder in seinem Bett, den Leuchtpunkt der Zigarette schwärmerisch zwischen den Zähnen, ich, Witjunja, Schewtschuk und Karluscha Woloch, glaube ich. Nach den ersten Seufzern der Gitarre, diesen irgendwie esoterischen, du erinnerst dich, stieß Koljoruk jedes Mal ein *fickdich* aus. Nacht für Nacht, immer an derselben Stelle. *Fickdich*. Sascha Schewtschuk mochte ihn überhaupt nicht und machte sich in seiner Abwesenheit über ihn lustig. Für mich grenzte das an Gotteslästerung. Ich verehrte Koljoruk, er war einer meiner wenigen Heiligen – Nimbus, tiefe Augenhöhlen, zitternde, feine Hände und Ausdruckskraft der Stimme. Ein orientalischer Prophet, wie er leibt und lebt. Ich löste mich erst von ihm, als er sich etwas zu brutal in meine *erste*, hm, *Liebe* mischte. Antonytschs »Schwarzes Buch« hat er mir übrigens auch geliehen – es war mehrere Monate lang ein fester Bestandteil meines Lebens. Was für eine Abfolge von Eindrükken, verdammt! So viel neue Poesie, so viele Nächte, so viele Preference-Spiele, die ich verloren habe, Antonytsch, Antonytsch, den ich von Hand abschrieb. Und dann schließlich jener Dezember.

Was ist denn nun eigentlich passiert im Dezember?

Ein Wunder. Die Künstler luden mich ein, zu ihnen zu ziehen. Bevor uns Koljoruk verließ, um ein mehrmonatiges Praktikum zu absolvieren, hatte er als sein geistiges Vermächtnis offenbar die Information gestreut, ich sei ein *gottbegnadeter Dichter*. Also persönlich hat er mir das nie gesagt, vielleicht aus pädagogischen Erwägungen. Vielmehr machte er mich fertig und sagte mir Dinge ins Gesicht wie: *ach du verkommener Intelligenzler*. Aber wenn ich nicht dabei war, erzählte er al-

len, ich sei ein *gottbegnadeter Dichter*. Obwohl er damals
gar nicht an Gott glaubte. Womöglich aber an Gottes Gnade?
Jedenfalls kam ich dank seiner offenbar sehr eindrucksvol-
len PR-Kampagne in jenes mystische Zimmer. Dort lebten
Künstler – ein für das Polygraph außergewöhnlicher Men-
schenschlag. Sie studierten »Buchkunst« und glichen mittelalterlichen Rittern eines Geheimen Ordens, sie trugen dicke
Pullover, zerrissene Trenchcoats, lange Haare, Bärte und –
manchmal – Barette. Sie wollten keinesfalls, daß man ihnen in
die zeitweilig freie *Koje* irgendeine einzellige Mißgeburt legte,
einen Techniker oder Mechaniker. Ein *verkommener Intelligenzler* war genau das, was sie suchten. Denn in ihrem Zimmer hatten sie sich eine andere, eine wunderbare Welt geschaffen: Bücherregale, Kerzen, Kunstdrucke, Platten, Engel,
Flügel, Seufzer, Äpfel, Tee und trockener Wein. So gelangte
ich nach Kastalien. Und das erste, was ich dort erfuhr, war
Freude an der Arbeit. Kannst du dir das vorstellen? Sie liebten
es zu arbeiten, sich Stunden, Tage und Nächte in ihre Projekte
zu versenken: Illustrationen, Schrifttypen, Umschläge, Titel,
vertikale Kolonnen und Kolophone, sie arbeiteten mit Tu-
sche, Gouache, Tinte, Bleistift, Pinsel und Pastell – mit allem,
das malte und zeichnete. Sie genossen ihre Arbeit. Ihr Alltag
ordnete sich diesem Genuß völlig unter, verlief also sehr geregelt. Und wie alle Mönche ließen sie sich nur von Mädchen
ablenken – den allerschönsten. Obwohl sie auch die Mädchen
meist nur aus einem einzigen Grund in ihr Zimmer holten.
Du verstehst?

Ich denke schon.

Nein. Sie bewirteten sie mit Wein, Tee und Äpfeln und zeich-
neten ihre Porträts. Ich wollte auch Künstler sein, und plötzlich konnte ich schreiben. Manchmal baten sie mich, etwas
vorzulesen. Ich starb fast vor Angst, mein Mund wurde trok-

ken, meine Stimme verflüchtigte sich vor Panik Gott weiß wohin, ich las, als säße ich am Boden eines tiefen Fasses, aber ihnen gefiel es trotzdem. Sie liebten mich und hielten mich für Ihresgleichen, und insgeheim war ich natürlich stolz darauf. Unter ihnen fand ich noch einen Heiligen. Smytschok. Ich kann es nicht anders sagen – er war genial. Vereinte alles in sich – Zeichnung, Malerei, Schauspielkunst, Gesang, Spiel auf vielen Musikinstrumenten, Surrealismus, Humor, Freiheit. Hans Holbein der Jüngere – nicht weniger! Schau dir hier in Berlin in der Gemäldegalerie mal wieder die Werke von Hans Holbein dem Jüngeren an, nur so kannst du verstehen, wer Smytschok war! Er brauchte nur einen Satz aus einem x-beliebigen Buch zu zitieren, und ich wollte es sofort ganz lesen. Er konnte Filme so nacherzählen, daß auch das Offensichtlichste geheimnisvoll wirkte und zur Hauptsache wurde. Bis heute singe ich immer und überall die Lieder, die ich ihm abgelauscht habe – lemkische und türkisch-kosakische. Von ihm lernte ich, mich in den Choral zu vertiefen, in Magnifikat und Oratorium. Er war Rocker und Beatnik und blies ganz durchdringend ein altertümliches Horn aus irgendeiner südlichen Steppe. Viele Jahre später habe ich die »Elegie eines Neujahrsmorgens« geschrieben, die auch von ihm handelt: *Du, Ihor, stießest in dein Horn, | in dem Musik dreihundert Jahre alt ist | wir suchten Spaß und tiefere Erkenntnis | und fanden Schock und wilden Zorn ...* und so weiter, und dann gegen Ende: *Wir waren wandernde Komödianten | wir hatten Ihor – und er blies das Horn!* Manche Rezensenten neigen übrigens dazu, in diesem Ihor vollkommen andere Personen zu sehen. Daher nutze ich die Gelegenheit zu erklären: Dieser Ihor – ist Smytschok! Ein euch Dumpfbacken völlig unbekanntes Genie.

Ich glaube, du bist soweit.

Wie weit?

Du hast dich selbst in lyrische Stimmung gebracht. Genug, um von der Liebe zu reden.

Okay. Auf deine Verantwortung! Obwohl das wirklich schon in der Luft lag. Zu Silvester veranstalteten wir in unserem Zimmer ein Fest, und wieder schwor ich mir, zum Mann zu werden.

Du hattest immer noch nicht ...?

Das war es ja. Vergiß nicht, einer meiner Namen ist Narziß. Manchmal hätte ich einfach nur die Hand ausstrecken brauchen. Aber ich streckte sie nicht aus. Dazu kommen wir noch. In jener Nacht zogen bei uns alle möglichen Leute durch, das Studiheim stand die ganze Nacht offen, Tausende von Gästen, auf jeder Etage Disco, Party, Flirt, Konfetti, Röcke, Hintern, Dekolletés, explosiv aufgeladene Atmosphäre, Brasilien, Karneval. Alle waren plötzlich ganz anders, jung und schön. Wir feierten in einer sehr gemischten Gesellschaft, mit irgendwelchen Koreanerinnen von der technologischen Fakultät, und eine von ihnen schmiß sich richtig an mich ran. Ich phantasierte, sie sei Yoko Ono und ich John Lennon, der damals übrigens noch lebte. Wir tanzten eng umschlungen zu allem möglichen, sogar zu Bach. In einem ganz dunklen Flur auf einer völlig fremden Etage versuchte ich dann, meine Lippen auf ihre zu pressen. Aber Yoko entschlüpfte mir. Wir waren wohl alle sehr müde. Das ist die Geschichte.

Pah! Und damit ist sie zu Ende?

Okay, also weiter. Am nächsten Tag, nachdem wir ein bißchen geschlafen haben, tanzen und trinken wir weiter. Der nächste Tag ist der erste Januar, verstehst du? Der 1. Januar 1978. Und Yoko schmeißt sich wieder an mich ran. Wir geraten richtig ins Schwitzen davon. Und plötzlich – bumm! Wo kommt *die* nun wieder her? Von solchen Mädchen hatte ich bisher nur geträumt.

Noch eine Koreanerin?

Nein, eine Lembergerin. Sie tanzt die ganze Zeit mit anderen, aber so, als ob sie mit mir tanze. You know what I mean. Noch am selben Abend wechselten wir ein paar Worte. Aber wie entsetzlich war es zu erfahren, daß sie – stell dir vor! – ganze vier Jahre älter war! Was bedeutete, daß sie schon bald zweiundzwanzig würde, eine erwachsene, ältliche Frau! Irgendwie überlebte ich die folgenden Tage ohne sie. Am dritten klopfte sie an unsere Tür, als ich gerade allein war, ganz allein. Zwar tauchte kurz darauf Smytschok auf, aber als echter Freund zischte er gleich wieder ab, unter den Signalblitzen seines elektrischen Nimbus. Wir hörten die Bach-Sonaten für Altgeige und Klavizimbel und sprachen darüber, also über die Bach-Sonaten für Viola da gamba und Cembalo. Nach ungefähr acht Minuten dachte ich, wie idiotisch das doch war – sich immer noch nicht zu küssen. Ich hörte auf zu reden und sie auch. Vorhang.

Verstehe.

Nein, wohl kaum. Ich verstehe es ja selbst nicht mehr. Wenn dir das alles zum erstenmal passiert und in dir so viel dumpfes Glück pulsiert und du von dem einen kleinen Wort fast zerrissen wirst: *oho*. Oho, durchdringt es dich, oho, sie macht das mit der Zunge, oho, wie gut sie sich unter dem Pullover anfühlt, oho, wie dreist ich doch bin, oho, wo bin ich denn da gelandet, oho, was ist das für eine Warze, so ist das also, oho, oho, oho. Nichts als *oho*. Es sah wohl aus wie der Anfang des Pornos »My First Sex Teacher« aus der Kategorie »Mom + Boy« – aber nur wie der Anfang. Später rannten wir hinaus in den Schnee, voll wilder Freude. Und auf diese Art und Weise quälten wir uns durch den Winter und ein gutes Stück Frühling, immer nur Petting, lauern vor dem Fenster, verpatzte Rendezvous. Eigentlich aber war nur der Januar unser Monat gewesen. Dann zerbrach etwas und alles lief schief. Am schlimmsten war der Altersunterschied. Oder besser gesagt – meine Unerfahrenheit. Ich mochte es überhaupt nicht, mit ihr unter Leute zu gehen. Alle schauten mich so mitfühlend an, als ob ich ein Versuchskaninchen wäre. Oder ein junger Opferstier. Um mich ihr ebenbürtig zu fühlen, log ich, wir seien gleichaltrig. Und wurde mühelos entlarvt – wie man eine Nuß knackt. *(Wirklich? Sie sind schon zweiundzwanzig? Dabei sehen Sie noch so jung aus!)* Meine Haare waren lang genug für einen Musketier, aber der Schnurrbart blieb völlig ungenügend. Er spitzelte ganz vorsichtig heraus, als überlege er, ob er weiterwachsen solle oder nicht. Damals lernte ich eine ganz besondere menschliche Spezies kennen – das Lemberger Bürgertum. Ein sehr eindrucksvolles Phänomen, dieses Bestiarium, eine endlose, ungelöste Patience aus Klatsch, Intrigen, vertuschten Skandalen, Heiratspartien, fein gesponnenem Verrat, dem Versuch, die Familie rein zu halten, die Rasse, die Konfession oder was auch immer. Stell dir vor – ich hätte Teil davon werden können! Ich hätte sie heiraten können in jenem Frühling, ohne meinen Eltern davon zu erzählen, und in jenen Palast einziehen als 18jähriger fremder Prinz, als fremdblütiger Parvenü, tumb und unerfahren.

Wobei du in der »Kleinen intimen Städtekunde« die hermetische Abgeschlossenheit Lembergs verteidigst. Du schreibst: »Dank dessen hat die Stadt überlebt und konnte sich in den schwersten Zeiten halten. Gerüchte und Klatsch sind auch eine Art gegenseitiger Unterstützung. Denn die echten Einwohner von Lemberg sind eine große Familie, la familia, Mafia, wo jeder jeden unterstützt mit Tratsch, Neugier, Eifersucht, an Liebe grenzenden Haß, zudringlicher Aufmerksamkeit. Es ist quicklebendig, dieses Lemberg, nicht umsonst gehört es zur Familie der Katzentiere.«

Natürlich, auch jetzt verteidige ich es. Ich habe doch über Lemberg kein böses Wort gesagt!

Was war es – Liebe?

Jedenfalls das brennendste Gefühl auf Erden. Doch ich beschloß zu fliehen. Und nicht unbedingt deshalb, weil im Frühling Koljoruk wie ein erzürnter, kämpferischer Dschihad-Reiter vom Himmel fiel und mit aller Kraft seiner verrauchten Lungen trompetete: *Spinner! Idiot! Flieh, solange es noch nicht zu spät ist, flieh!* Aber gerade auf ihn wollte ich nicht hören, zu pathetisch krächzte er aus seiner genialen Kehle. Nein, irgendwie spürte ich es selbst, ganz allein. Es klang zu radikal – Heirat. Vielleicht klang es auch einfach überhaupt nicht?

Das ist wahnsinnig interessant – ein Fächer von Möglichkeiten. Du stehst immer wieder vor einer Wahl und triffst sie, aber wieviel läßt du zurück, das du nicht ausprobiert hast. Tut es dir nicht leid um das, was du nicht geworden bist? Zum Beispiel dieser Prinz aus der Provinz?

Auch tausend andere Personen bin ich nicht geworden. Offizier der Sowjetarmee, Landstreicher, Zeuge Jehovas, Ingenieur der menschlichen Seele, Jäger nach Schrumpfköpfen, Massenmörder, Kamasutra-Lehrer, ich habe mich nie zum Mönch scheren lassen und bin nicht zu Fuß nach Tibet gepilgert, saß nicht wegen Homosexualität oder wenigstens wegen Veruntreuung von Staatsgeldern im Gefängnis, habe noch nie mit einer farbigen Frau Liebe gemacht …

Moment, und die Duschszene in der »Moscoviada«?

Davon später, okay? Jetzt ist mir etwas anderes wichtig: Die Künstler mit ihren Dias, Nimben, Trenchcoats und Schallplatten zogen mich immer wieder aus dem Schlamassel – allen voran Smytschok, aber auch Wano. Fast unbewußt übertrugen sie mir ihr Wissen um die unerschöpflichen inneren Reserven in einer von Äußerlichkeiten geprägten Welt – und daß man sich in diesem Inneren sein ganzes Leben lang aufhalten kann, wie ein Wurm im Apfel. Besonders wenn man umgeben ist von nichts als Sowje, einer grauen Zone, die vom betrügerischen System hinterlistig Wirklichkeit genannt wird. Von ihnen also übernahm ich das geheime Wissen, daß die Wirklichkeit anderswo ist. Unter ihrem Einfluß geriet ich so sehr ins Schreiben, daß zu Beginn des Frühlings – im Moment des unvorstellbar vernichtenden Scheiterns meiner ersten Love Story und des damit verbundenen Gefühlseinbruchs – eine ekstatische Lemberger Prosa aus mir floß, geschrieben in Ekstaseschüben zu Bach, Pachelbel, Händel, Purcell, Geminiani, Marcello, Telemann, Schütz …

Vivaldi?

Natürlich. Corelli. Scarlatti. Das alles paßte unglaublich gut zu unserem damaligen Lemberg. So ein Lemberg gab es in Wirklichkeit nicht, aber wir bewohnten es. Ein Leben in alten Stichen. Man mußte versuchen hineinzugelangen, auf die Größe eines *kleinen Holländers* zu schrumpfen, eine Figur zu werden, ein Held, ein wandernder Windhundtreiber. Hinter jeder Ecke öffnete sich die betörende Aussicht auf ferne Hügel, jeden Moment konnte man in ihre Richtung wandern und zwischen ihnen für immer verschwinden. Abends tranken wir Lindenblütentee und lasen uns gegenseitig Edgar Allan Poe vor, aus einem schweren Band mit fast tausend Seiten, erschienen in der Serie »Literaturdenkmäler«.

Auf Russisch?

Ja. Die besten Bücher kamen damals auf Russisch heraus. In der Ukraine wütete die Zensur. Ich lernte, Polnisch zu lesen, und ging mindestens zweimal in der Woche auf Jagd ins Buchgeschäft »Freundschaft«, wo ich mir ohne Zögern Carpentier oder Cortázar auf Polnisch griff, dann weiter lief ins Geschäft »Melodia« mit seinen lächerlich billigen Beständen von Renaissance- und Barockmusik. Außerdem war da noch der Laden »Poesie«, aber dort hatte ich nie Glück. Ich schützte meine eigene Welt mit einer Mauer. Und dieses ganze *Haus des Seins* gab mir immer mehr Drive. Ich ging in den Wald, dort war eine stillgelegte Eisenbahnstrecke, und man konnte unendlich lange den Schienen folgen und sich eine Suite für »Jethro Tull« und Orchester komponieren. Als im Juni fast alle wegfuhren, Praktika machten oder einfach nur Ferien, wurden Inga und ich Bruder und Schwester. Sie war etwas größer als ich, Männer über vierzig verschlangen sie mit den Augen. Sie war Kapitän einer Basketballmannschaft und die Freundin meines Kumpels Langer, auch ein Künstler und auch ein Genie.

Wie wird man Bruder und Schwester?

Man muß sich sehr lieben und über die intimsten Dinge sprechen. Gemeinsam reisen – zum Oleskyj-Schloß, zum Beispiel. Sich dort zusammen mit Rotwein betrinken und sich zusammen aus Kletten und Schlingpflanzen in den mittelalterlichen Schluchten befreien. Man muß in einem Zimmer wohnen, von einem Teller essen und einander aus der Hand. Einander von den Lippen trinken. Außerdem in einem Bett schlafen, ohne sich je *anders* zu berühren. Inga überredete mich, mir einen Bart stehen zu lassen. Es war schlimm, mein erstes buschiges Gewächs, aber Inga redete mir gut zu und sagte, es passe zu mir. Langer hatte ein fantastisches, besser gesagt – ein Fantasy-Äußeres, eine Mischung aus Wikinger und Templer, dazu ist er auch noch zwei Meter groß. Er sieht bis heute so aus*, selbst am Broadway drehte man sich nach ihm um, und dort dreht man sich normalerweise nach niemandem mehr um. 1998 schlenderte ich mit ihm ein paar Stunden lang über

---

* Nein, nicht mehr. Im Juni 2006 ist er irgendwo in Pennsylvania ertrunken, fuck.

den Broadway, und das war *something*! Aber ich war nicht neidisch, denn ich liebte Inga auf eine andere Art. Im Schlaf sah ich mich als Minnesänger. Und dann passierte in unserer Familie die Katastrophe.

??????

Mein Vater wäre im Krankenhaus fast gestorben. Es war ein Blitzschlag – nein, nicht aus heiterem Himmel, ich hätte auf dessen Zorn gefaßt sein müssen. Aber trotzdem. Meine Mutter hatte ihn selbst in Behandlung gegeben. Sie war der Meinung, daß er Alkoholiker war und setzte sich schließlich durch. Aber das, was sie im Krankenhaus mit ihm machten, brachte ihn fast um. Eine Spritze oder so, ich weiß es bis heute nicht. Nur mit einer Rückenmarkspunktion konnten sie ihn aus dem Jenseits zurückholen. Mit seinen 48 Jahren überlebte er zwar, wurde aber nie mehr der alte. Vor allem gab er den Wald und die Försterei auf, was für ihn gleichbedeutend war mit der Aufgabe des einzig möglichen Lebens. Er hielt danach noch zwei Jahrzehnte durch, aber es glich eher dem Bemühen, sich endgültig zugrunde zu richten. Verwandte schusterten ihm eine Stelle als Maschinist im Heizkraftwerk zu – er akzeptierte schicksalsergeben, konnte es aber trotzdem niemals verwinden. Als im Juli endlich die Ferien begannen, mußte ich also nach Hause. Ich wurde wahnsinnig ohne Lemberg, und nur das Schreiben über Lemberg rettete mich. Natürlich hörte ich dabei Musik. Die geschriebenen Stücke erschienen mir genial, und vielleicht waren sie es auch – dort und damals. Genie ist subjektiv, nicht wahr? Die Einsamkeit zerriß mich, ich wollte niemanden sehen, lebte zu zweit mit meiner Oma, der die Beine immer öfter versagten und die unsere dritte Etage schon nicht mehr verließ. Mutter war am Meer und Vater im Krankenhaus. Meine Ferien vergingen mit Schlangestehen nach irgendwelchem Futter, ich haßte diesen verdörrten Sommer und mein verdörrtes Heim und die Besuche in der Klapse jeden Tag, um meinem Vater etwas vorbeizubringen. Ich wollte weg, mich in der weiten Welt verlieren, in Lemberg, zwischen seinen Hügeln verschwinden. Aber nein, manchmal liebte ich es, die Einmachgläser fürs Krankenhaus mit Omas *Krankensüppchen* zu füllen, es gefiel mir, Vaters übliche Packung »Filters« vor ihr in meinem Rucksack zu verstecken, ich mochte es, an die Mauern des Krankenhauses heranzutreten, ihn zu rufen, auf ihn zu warten, während er – es dauerte eine Ewigkeit – die Gläser in sein Zimmer trug, und dann hinter einem Busch heimlich mit ihm zu rauchen und zu versuchen, über seine Witze zum Thema Alkoholiker in Krankenhauspyjamas zu lachen. Er vergaß, was er mir schon erzählt hatte, und wiederholte sich. »Weißt du«, sagte er und kniff im Rauch ein Auge zusammen, »fast hättest du keinen Vater mehr gehabt.« Wir taten beide so, als würden wir darüber fröhlich lachen, lachten Tränen und wischten uns die Augen. Manchmal traf ich ihn beim Nachmittagstee im Speisesaal, er saß mit anderen Männern im Pyjama an einem Tisch, und es war entsetzlich – zu sehen, wie er mit fremden Leuten ißt, als ob er für immer von zu Hause weggegangen wäre, um einer anderen Gemeinschaft anzugehören. Es brachte mich zur Verzweiflung, daß er sich so ganz plötzlich selbst verloren hatte. Langsam verstand ich, daß wir niemals mehr nach Herzenslust miteinander boxen würden. Nicht mehr zu zweit im See schwimmen gehen. Oder ins Stadion – wo »Hurrikan« es irgendeiner »Kolchostschi« aus Aschgabat so richtig besorgte. Von Autorennen an Steilwänden oder Motocross in den Wowtschynezkyj-Bergen ganz zu schweigen.

Und da hast du ihn verlassen?

Wie bitte?

Eine Anspielung auf das, was du im »Mittelöstlichen Memento«

schreibst: »... Damals, als ich mich vom Vater und von allem Elterlichen distanzierte, war ich zum erstenmal dem Angriff der Zukunft ausgesetzt. ... Möglicherweise war das meine erste große Befreiung; ich wurde eine der stärksten Abhängigkeiten los. Aber das stimmt doch gar nicht: Es war eigentlich keine Befreiung, sondern eine Enttäuschung. Der Held des Waldes und charismatische Geschichtenerzähler löste sich vor meinen Augen auf und verschwand in der Vergangenheit. Übrig blieb ein unaufhaltsam alternder Mann, vergeßlich und langsam, der zum lästigen Wiederholen immer derselben Themen neigte (durch zu häufigen Gebrauch welkten sie, nutzten sich ab, ermatteten, verloren ihre ehemalige Elastizität und Unbezweifelbarkeit), übrig blieb ein chronologischer Patiencenleger und Griesgram.«

Ja, genau das ist es. Nein, so war es nicht. Nicht ganz so. Einerseits ging ich wirklich weg, wie alle verlorenen Söhne, klar. Andererseits konnte ich trotz allem nicht ohne ihn leben. Ein oder zwei Jahre später, auch während der Ferien, fand ich sein Notizbuch. Er hatte es daheim vergessen. Nehmen wir an, daß er es vergessen hat. Während der Arbeit als Maschinist im Heizkraftwerk mußte er sich irgendwie beschäftigen. In seinem Notizbuch fanden sich Zeichnungen, Humoresken, Verse, sogar Kreuzworträtsel, die er versucht hatte zu bilden. Und ich fand darin seine letzten Worte. In sehr offiziellem Stil wandte er sich an seine Frau, erklärte, warum er in den Tod gegangen war, wünschte ihr, sich in der Welt so bald wie möglich auch ohne ihn gut einzurichten, hoffte, daß ich, sein Sohn, ihn wenigstens ein bißchen verstünde. Es war fünf Uhr nachmittags, seine Schicht dauerte bis acht Uhr abends. Ich stürzte ans Telefon und versuchte, ihn anzurufen. Wann hatte er das geschrieben? Vor einem Jahr? Letzte Woche? Letzte Nacht? Hatte er *es* vielleicht schon getan? Soeben, vor zwei Minuten? Warum ging er nicht ans Telefon? Es tutete fünfmal, sechsmal.

Als er endlich abnahm, seufzte ich nur erleichtert etwas wie: »He-e-e-e, Papa? Weißt du ... Wenn du heimkommst, könnten wir doch Schach spielen, okay?« Er war verwirrt – was ich meinte, wieso Schach, dreihundert Jahre hätten wir das nicht mehr gespielt. Am Abend erwähnten wir die Sache nicht. Wir erwähnten sie überhaupt nie. Ich wollte ihn mit Aufmerksamkeit umgeben und von den Selbstmordgedanken ablenken. Vielleicht hat er mir die Notiz bewußt untergeschoben. Als Signal, daß er *allzeit bereit* war. Ich habe ihn nie danach gefragt: Es erschien mir zu gefährlich, das Thema auch nur anzuschneiden. Aber nein, ich war einfach nicht fähig, so etwas auszusprechen – mit Mund, Lippen, Zunge. Gott sei Dank ging diese Zeitbombe nie los. Wir Leute, die davon leben, Geschichten zu erfinden, denken uns immer neuen Schrecken aus, was hier und jetzt mit denen passieren könnte, die wir lieben, Unfälle, Krankheiten, Kometen, Naturkatastrophen. Ich halte das für ein untrügliches Zeichen der Liebe. Ich weiß noch, wie Nina und ich uns im Sommer '79 in Kiew für eineinhalb Monate trennen mußten. Sie fuhr mit dem Bus nach Tschernihiw und ich mit der Straßenbahn zum Bahnhof. Noch bevor ich den erreichte, war ich mir sicher, daß ihr Bus sich überschlagen hatte und ausgebrannt war und sie wahrscheinlich tot. Das war klar wie Gottes heller Tag, konnte gar nicht anders sein. '79 gab es noch keine Handys – und das nicht nur bei uns, sondern sogar bei euch. Daher quälte ich mich fünfzehn Stunden lang im Zug wie auf glühenden Kohlen mit dem Gefühl ihres sicheren Todes herum. Am nächsten Morgen zu Hause angelangt, fragte ich meine Oma vorsichtig, ob es nicht irgendwelche Nachrichten von Busunfällen gegeben hatte. Damals aber gab es solche Nachrichten überhaupt nicht. Unfälle und Katastrophen konnten nur im WESTEN passieren. Mir blieb nichts anderes übrig, als sie heimlich anzurufen. Und als ich ihre veränderte Tschernihiwer Stimme im Hörer vernahm, brachte ich kein Wort heraus.

Wie hatte alles angefangen?

Wir kannten uns schon ein Jahr. Und hatten beide unsere Beziehungen. Meine kennst du ja mehr oder weniger. Aber laß uns anders anfangen. Es begann damit, daß wir zusammen im Heu lagen. Im September karrte man uns zum Ernteeinsatz, zur sog. *La-Wi-Arbeit*. Es war dunkel, feucht und lustig – wir tranken Apfelpunsch und hielten am Himmel Ausschau nach UFOs, von denen damals viel die Rede war. Wir gründeten die Rockband »Engelshaar« und wollten mit nächtlichen Konzerten die UFOs anlocken. Mit Nina, aber auch mit Dara und Sadowyj, schlüpfte ich allabendlich hinaus in die Dunkelheit. In der Dunkelheit sprachen wir über Joyce, Freud und Gott, durchstreiften alle Ruinen der Gegend, scheuchten in den baufälligen Glockentürmen Fledermäuse auf. Wir widerlegten Marx. Außerdem spazierten wir über die nächtliche Landstraße, verfolgt vom Flackern der Scheinwerfer und der blauen Lichter auf den Friedhöfen. Es vergingen kaum drei solcher Abende, und es hatte mich erwischt. Aber was sage ich, es vergingen nicht einmal zwei solcher Abende und schon hatte es mich erwischt! Dann fiel ich in eine Düngegrube, die ich in der Dunkelheit für festen Erdboden gehalten hatte. Dann geriet ich unter einen Lastwagen mit fünf Tonnen regennasser Krautköpfe. Das Rad preßte mein Bein in den Schlamm, und unter (meinem?) Kreischen kam der Wagen zum Stehen. Wenn es Asphalt gewesen wäre, hätte ich wohl mein Bein verloren – was mich rettete, war der metaphysische Schlamm unserer Straßen. Ich lag mit meinem Bein unter dem Rad und schrie *leck mich, leck mich* – zig Mal dasselbe, irgendwie hatte ich mich auf diese magische Formel versteift –, LmaA, und vielleicht hat sie mich sogar gerettet. Als er durchstartete und von meinem Bein fuhr, war der Fahrer blasser als ich. »Ich sterbe an Wundstarrkrampf, und du erfährst nie von meiner letzten Liebe, du meine Einzige«, sagte ich zu Nina, als ich in dieser Nacht im Fieber lag. Dann stürzte ich auf dem Janiwskyj-Friedhof in eine offene Gruft. Wir waren zu fünft auf der Suche nach dem Grab Antonytschs. Wir haben es gefunden, auch wenn es aussichtslos war, denn uns leiteten die *hundert Dukaten des Wahnsinns*, die hier und da auf den Friedhofswegen ausgestreut lagen. Ich begeisterte mich für versteckte Seitenpfade und wurde sofort mit dem Sturz in die stinkende Gruft dafür bestraft. Damals machte ich kaum etwas anderes als zu fallen und zu stürzen. Wie ein Stuntman brach ich mir Arme, Beine und Rippen, vierzigmal wurde ich gegen Tollwut geimpft. Anfang November holte ich mit ausgetrocknetem Mund einen Rest Luft und zwang mich zu einem Bekenntnis. Nina antwortete mit einem Zitat: »Du kannst davon ausgehen, daß ich mich geohrfeigt habe.« Wer den Fernsehfilm »Der Hund im Heu« mit Bojarskyj und Terechowa kennt, versteht, daß sie mir auf diese Weise einen Korb gab.

Warum?

Das weiß ich auch nicht. Aber so war es: Eines Morgens erwachte ich in einem entsetzlich kalten, mit fahler Novemberfeuchte gefüllten Zimmer. Ich blickte an die Wohnheimsdecke, an die ich mich zwar nicht erinnere, von der ich aber sicher weiß, daß sie genauso unerträglich war wie das ganze Zimmer, der ganze Herbst. Mein Kopf pulsierte in einer einzigen Beschwörung: *Guten Tag, du meine Einsamkeit.* In dem Moment erschien sie mir als vollendete Formulierung, weil sich in ihr mein ganzes Ich wiederfand, konzentriert und schmerzhaft zusammengeschrumpft. Es vergingen ein paar sinnlose Tage voll schmerzhaft zusammengeschrumpftem Nichts, und dann traf in unserem Polygraph eine große Brigade von Menschen in rituellen Masken und Flanellkitteln von tödlich schmutziger Farbe ein. Der Geruch nach schwarzen afrikanischen Kulten hing in der Luft. Es handelte sich um Ärzte und Sanitäter von der Blutbank, eine ganze Blutbank Ärzte und Sanitäter, und sie wollten unser junges und dummes Spenderblut. Mein Kumpel und ich – es war Sadowyj, an den ich mich nach diesen ganzen Eskapaden enger angeschlossen hatte – gaben jeder zweihundert Milliliter, dafür waren wir vom Unterricht befreit und konnten uns zwei Flaschen Stinkbrühe kaufen und sie auf dem Hohen Schloß trinken. Wir saßen auf den vom ersten Schnee bestäubten Wurzeln einer alten Eiche (Buche?) und schauten auf die Stadt da unten. Unsere Augen begannen zu schwimmen, und *vor Liebe hätte man sterben mögen*. Wie ein Wunder schleppte ich mich danach zurück ins Wohnheim und fiel auf mein Bett. Es war gerade keiner da – alle Zimmergenossen hatten sich irgendwohin verlaufen. Die frühe Novemberdämmerung brach herein. Hinter der Wand hörte jemand rücksichtslos die »Goldberg-Variationen«. Ich zog den Pullover aus, und dabei fiel das Pflaster über dem Loch ab, das die Spritze in meiner Vene hinterlassen hatte. Ich sah, wie aus der Vene Blut tropfte und entschied, daß es so am besten war. Meine Augen schlossen sich vor Müdigkeit, Alkohol und unglücklicher Liebe. Es war ein super Gefühl – körperlich wie seelisch. In letzter Sekunde drückte jemand die Stop-Taste, hielt Bach an und befahl mir, die tonnenschweren Lider zu heben und im Halbdunkel das Pflaster zu suchen, es auf die Wunde zu legen und den Ellenbogen fest anzuwinkeln. So blieb ich am Leben. Das nächste Mal mühte ich mich nicht mehr mit irgendwelchen Bekenntnissen ab – wir fingen einfach an, uns zu küssen. Aber das passierte erst im Februar, nach den Winterferien. Von November bis Februar aber wurden wir *repressiert*, Nina, der Major und ich.

Erstens – auf welche Weise, und zweitens – wer ist der Major?

Der Major war einer von uns, aus unserer Studiengruppe. Und auf welche Weise man uns repressierte, das ist eine Geschichte, die eines viel zu langen Vorwortes bedarf. Am Rande müssen zwei Juriks auftauchen, einer K., der andere F., Djabo, Dzhana, Kaputt und andere. Im Zentrum aber steht Serjoga. Alle waren mit uns im Herbst, in eben jenem Herbst, beim Ernteeinsatz, alle außer Serjoga. Aber das spielt keine Rolle. Außer daß er uns eines Nachmittags besuchte und wir nicht nur ein Meer von Schnaps, sondern auch die Restbestände des Apfelpunschs aus dem Dorfladen austranken. *Danach war alles dunkel*, singen die Hadjukiny. Ich erinnere mich zwar, aber an etwas ganz anderes: Wie wir im Heu lagen – ich, Nina, Dara, Sadowyj –, in den Nachthimmel blickten und ein lemkisches Lied sangen: *Paß nur auf, lieber Junge | in der Scheune auf die Garbe, | Paß nur auf, aufs Gemüse | denn mir sind kalt die Füße*. Ich denke, daß sie, die Mädchen, auch ein bißchen kalte Füße hatten, deshalb gefiel ihnen das Lied so gut.

Ich kann noch nichts Bedrohliches erkennen.

Das konnten wir vier auch nicht, uns ging es gut nachts im Feld – das war alles. Inzwischen aber passierten im Dorf fatale Dinge. Ein schöner letzter Satz für den Prolog eines Abenteuerromans: »Inzwischen aber passierten im Dorf fatale Dinge.«

Mhm. Was für Dinge?

Ich will da nicht ins Detail gehen. Am nächsten Morgen erfuhren wir, daß Serjoga es mit der Miliz zu tun bekommen hatte. Angeblich war er in der Nacht durch das Dorf gestrichen und hatte jemanden *durch seine Taten schwer beleidigt*. Am Morgen stellte man ihn und übergab ihn *in die Hände der Rechtsschutzorgane*. Während er in der Arrestzelle saß, kamen alle möglichen Leute aus der Institutsleitung angerannt und drehten uns durch die Mangel, Einzelverhöre usw. Zu allem Übel nahmen sie eine gewaltsame Durchsuchung der Kaserne vor, in der wir Jungs untergebracht waren, und stießen natürlich auf eine fantastische Zahl von Schnaps- und Punschflaschen. Interessant, eigentlich waren sie doch alle Wissenschaftler, Dozenten, Doktoren, aber tief im Herzen, wie sich zeigte, bloß Schnüffler. Sonst hätten sie das alles nicht so professionell angepackt – Verhöre *unter Druck, engagierte* Hausdurchsuchungen. Die gute alte Schule von Porfirij Petrowitsch!

Okay, und ihr wurdet bestraft.

Genau das ist ja der Schlamassel – zuerst sah es gar nicht danach aus. Sogar Serjoga ließen sie aus dem Karzer raus. Im Oktober kehrten wir nach Lemberg zurück, und alles war wie immer. Erst im November, als schon der erste Schnee gefallen war, wurden wir drei repressiert. Man nahm uns die Wohnung weg. Beim Umzug vom alten Wohnheim in der Majoriwka ins neue in Pidholosko stellte sich heraus, daß wir *nicht auf der Liste* standen. Und wir zerstreuten uns in alle Richtungen. Also jeder, wohin er konnte. In Lemberg wurde es immer dunkler und kälter, man mußte den Winter in irgendeinem Winkel aussitzen, wo wenigstens nicht das Wasser in den Rohren gefror. Serjoga, die gute Seele, lud mich zu sich ein – schließlich war er der Hauptschuldige. Aber bei ihm und seinen Eltern hielt ich es nur einen einzigen Abend aus. Überhaupt erwies sich die Zeit der Unbehaustheit als unerwartet schöne Zeit. Meine Sachen ruhten in der Gepäckaufbewahrung am Bahnhof, und allabendlich stellte ich mir die Frage: wohin. Wie Marmeladow bei Dostojewski, erinnerst du dich? Oho, wieder Dostojewski, zum zweiten Mal – ist das nicht zu oft? Erinnerst du dich: *Der Mensch muß doch etwas haben, wohin er gehen kann!* Oder so ähnlich.

Und wohin?

Jeden Abend woandershin. Mal kroch ich durch Fenster, mal

schlüpfte ich durch geheime Türen. Ein paar Nächte lief ich einfach nur durch die Straßen und über die Plätze *der alten, aber ewig jungen Löwenstadt.* Am schlimmsten stand es um meine Schuhe. Ich mußte Geld verdienen und ein Zimmer mieten. Ich war Student, noch nicht mal neunzehn, und saß in der fremden Stadt auf der Straße. Da riet mir Langer, beim Leichenschauhaus vorzusprechen, dort brauche man immer Hilfe. Noch dazu zahle man den Pennern dort gar nicht schlecht, und Alkohol süffelten die literweise. Alkohol ist das einzige, was ihren Verstand beisammen hält. In der Stadt gab es Gerüchte um einen inoffiziellen Künstler mit Namen Sur, der angeblich im Leichenschauhaus seinen Lebensunterhalt verdiente. Er schminkte die Toten vor ihrer letzten Party. Natürlich, geh nur, sagten meine besten Freunde. Denk doch, wie du danach schreiben wirst, redete mir der anspruchsvollste zu. Weder er noch ich wußten damals, daß es auf der Welt schon einmal so einen Dichter gegeben hatte und daß er Gottfried Benn hieß. Eines Tages klopfte ich also an *jene* Tür.

Die Tür zum Leichenschauhaus?

Die Tür zum GEHEIMNIS. Danach beschloß ich abzuhauen. Der Winter war hereingebrochen, ich hatte keine Unterkunft, das Studium war am Arsch, das Mädchen, das ich liebte, *hatte sich geohrfeigt*, in Lemberg hielt mich nichts mehr. Ich hatte Lust, nach Moskau zu gehen, aufs Literaturinstitut. Ob sie mich damals wohl genommen hätten, mit meinen Texten? Eines Samstags fuhr ich nach Hause und erklärte, man habe mich auf die Straße geworfen. Endlich saß ich im Warmen, mit Hausschuhen an den Füßen. Ich aß ein riesiges Rührei mit Buchweizengrütze, dann Brote mit Wurst und Käse, Dutzende Brote, dann irgendwelche aufgewärmten Fleischreste, wieder mit Buchweizengrütze, ich aß und aß und aß, verwandelte mich dabei in Pantagruel, und Pantagruels Mutter legte immer Neues auf den Teller und redete, redete, redete, dann trank ich Tee mit Himbeerkompott und die Augen fielen mir zu vom guten Essen, der Ruhe und der Wärme, doch bevor ich in Schlafes Federn versank, versprach ich, nach Lemberg zurückzukehren, bei ihren alten Bekannten zu wohnen und weiter zu studieren. Ende Dezember begnadigte man den Major und mich, und wir bekamen ein Zweierzimmer im neuen Studiheim in der Pidholosko-Straße.

Und deine zukünftige Frau?

Ihr wurde, glaube ich, etwas früher verziehen. Ich weiß bis heute nicht, wessen man sie *beschuldigte*. Den Major und mich – der Sauferei, die Serjoga fast in den Knast brachte. Aber sie? Vom Dekan bekamen wir nur ausweichend Antwort: »Sie weiß schon warum.« Nein, in Wirklichkeit haben sie uns bespitzelt. Denn schließlich lasen wir *das Falsche*, hörten *etwas anderes*, *redeten* über anrüchige Themen. Zum Beispiel stritten wir gern über den Kommunismus. Ich erklärte, daß er niemals kommt, weil Freud recht hat. Und sie – daß er niemals kommt, weil die indischen Yogi recht haben. Während wir die Gedichte Tuwims oder Różewiczs hörten, saß sie im Lotossitz. Wir lasen uns an E. T. A. Hoffmann satt und fanden in jedem seiner Märchen klar erkennbar das hinduistisch-brahmanische Weltenmodell. Bei Hoffmann gibt es ja wirklich unglaublich viele Reinkarnationen. Und ein virtuoses Spiel mit den äußeren und inneren Sinnen. Danach lasen wir uns stundenlang, ganze Abende lang Bulgakow vor. »Der Meister und Margarita« in der stark zensierten und trotzdem noch verbotenen Zeitschriftenversion. Aber glaub nicht, daß es eine Fotokopie war, damals gab es noch keine Fotokopierer, sondern nur den Hektographen »Ära«. Irgendwelche ganz Verwegenen in irgendwelchen wissenschaftlichen Forschungseinrichtungen gingen das beschissene Risiko ein, verhaftet und angeklagt zu werden, und machten auf dem »Ära« für unbekannte Benutzer *Abzüge* aller möglichen geheimen Texte. Wie zum Beispiel »Die Grundlagen der Weltanschauung der indischen Yogi« von Ramacharaka. Ich studierte sie ausführlich, was mein Weltbild tiefgreifend veränderte. Plötzlich erkannte ich den SINN VON ALLEM. Das wichtigste war, sich des Bewußtseins bewußt zu werden. Und zu erkennen, daß die Welt eine STRUKTUR ist, wo unweigerlich eins aus dem anderen erwächst und das Kleinere unweigerlich Teil des Größeren ist. Meine Gedichte von damals sind mit mystischen Anspielungen übersättigt: Brahman, Atman, Ozean, Tropfen, Baum, Blatt, der Teil und das Ganze. Nachdem er sich mehr als zehn solcher Opusse hatte anhören müssen (ich schrieb zu der Zeit vor allem Sonett-Zyklen), sagte Ihor Kaputt – wo er jetzt wohl ist, die reine Seele? – zu mir: »Also, Alter, wahrscheinlich wirst du doch noch mal Prediger bei den Baptisten.«

Was hast du sonst noch gelesen? Oder laß mich anders fragen: Wessen Bücher würdest du auswendig lernen, wenn man begänne, sie zu verbrennen?

Dostojewski. Scheiße, schon zum dritten Mal! Aber das liegt ja auf der Hand. Hesse. Hesse war alles für mich. Vor ein paar Jahren habe ich zu irgendeinem Jubiläum einen Essay geschrieben – »Das halbe Leben plus minus Hesse«. Dort nenne ich ihn den *Lehrmeister des rettenden Eskapismus*. Ihm hatte ich, hatten wir es zu verdanken, daß unsere Flucht weit, tief und konsequent war.

Du und ihr?

Ja, wir waren wenige, ungefähr fünf: Nina, Dara, Oxana, Sadowyj und ich. Manchmal verstärkt durch den Major und Vjerka Bratschyk. Das hielt sehr lange – in verschiedenen, manchmal schmerzhaften Kombinationen. Unglaublich – Oxana und Vjerka sind schon tot! Vielleicht hatte sich unser Fünfgestirn am Grab Antonytschs gebildet. Habe ich schon erzählt, wie wir es auf dem Janiwsky-Friedhof gefunden haben? Wir folgten der Logik des Friedhofsbuchs von 1937. Ein Eintrag vom Juli 1937 bezeichnete den Sektor, in dem sich das Grab von Antonytsch, Bohdan-Ihor, befand. Wir brauchten also nur den Sektor zu durchkämmen, uns durch sein mit Herbstlaub bedecktes, dekadentes Terrain zu wühlen. Was wir damals nicht wußten war, daß das Grab, das wir fanden, nicht authentisch war, daß *andere junge Leute* es zwanzig Jahre früher restauriert hatten. Damalige junge Leute.

Was war es – Freundschaft, Liebe?

Manchmal war es komisch. Im Inneren des Fünfecks, das auch zum Siebeneck werden konnte, bildeten sich immer mal wieder neue Figuren. Nina und ich waren ein Paar, Sadowyj fühlte sich sehr zu Oxana hingezogen, aber sie und Dara zogen ihn immer nur auf. Auch sie waren ein Paar – Dara und Oxana. Als wir im Sommer 1980 zum Praktikum nach Ushgorod kamen, hatten wir zuerst keine Unterkunft und mieteten ein riesiges Zimmer für uns alle fünf. Das »Gebirge« war ein Hotel von der Sorte, die früher »Habsburg« oder »Savoy« hießen – ein kaiserlich-königliches Hotel, bloß völlig heruntergekommen. Dort schliefen wir also alle zusammen in einem riesigen Zimmer mit Fenstern auf den Zentralplatz und die Fußgängerbrücke über die Ush. Die Hoteltussen waren absolut überzeugt, daß wir nichts anderes im Sinn hatten als es zu fünft zu treiben. Einmal morgens sagte eine zu mir: »*Oi, rebjata, wie unangenehm ihr nach Wein riecht.*« Obwohl wir morgens nur Kaffee tranken – löslichen. Dieser Typ sowjetische Frau hat sich in unserem Land bis heute gehalten – es sind meist Offiziersfrauen, ehemalige Zimmermädchen, Buffetdamen und IM. Was letztere betrifft, so weiß man gar nicht, ob ehemalig. Sie sind abstoßend, dick, russischsprachig, na gut – meistens russischsprachig, und mit allem auf der Welt unzufrieden. Sie sind pathologisch lüstern und glauben, daß alle um sie herum permanent ficken – aber eben, verdammt, ohne sie! Daher sind sie so schlimm – sie sind neidisch. Uns gelang es, sie mit Schachteln Lemberger »Switotsch«-Pralinen irgendwie zu bestechen. Aber genug davon. Mir geht es jetzt nicht um sie, sondern um uns. Wir waren jung und fröhlich. Und wenn irgend möglich, verreisten wir zusammen.

»In einem regnerischen Sommer vor vielen Jahren wanderte ich mit Freunden durch die Weinberge, auf der Suche nach alten, verfallenen Burgen. Wir waren Studenten und wollten alles vom Leben: Eindrücke, Freundschaft, Sex, Wein, Musik.« – **»Mittelöstliches Memento«.**

Genau. Transkarpatien. Um fünf Uhr morgens stiegen wir am Bahnhof Ushgorod aus dem Zug – und befanden uns im Paradies. Nur wir fünf zwischen diesen ganzen Steinen und Rosenbüschen. Bis auf einen schlaflosen Opa mit wenigen Zähnen, der fragte »Wohin des Wegs?«, aber es klang bei ihm wie »Nichts wie weg«, was wir als Drohung auffaßten und ihn also lieber in Ruhe in seinem Sandkasten ließen. Es regnete wirklich verdammt viel in jenem Sommer. Geld hatten wir praktisch keines, und um nicht Hungers zu sterben, nahmen Sadowyj und ich den Bummelzug bis Tsehlowka, wo wir über die Pfützen von Haus zu Haus hüpften und billige *alte Grumbeeren* aufkauften. Zwei Rucksäcke voll reichten für ein paar Tage. Aber die Einheimischen verkauften sie uns nicht sehr bereitwillig. Sie antworteten auf Ungarisch, und außer dem Wort *Schwanz* verstanden wir nicht viel.

Und der Wein? Rot- und Weißwein, hausgemachter, den ihr bei den Bauern gekauft habt? Und dann zusammengemischt – Roten und Weißen?

Das war später, in Seredne, Mitteldorf. Es lag wirklich in der

Mitte der alten Straße zwischen Ushgorod und Mukatschewo. Dort konnte man die Ruinen einer Ritterburg besichtigen. Der Tempelritter, wie es hieß. Vor 25 Jahren waren sie noch da. Die Ruinen meine ich, nicht die Templer.

Und jetzt?

Keine Ahnung. Ich war nie mehr dort.

Noch irgendwelche Abenteuer?

Aber natürlich. Wir hatten etwas an uns, das Kinder, Spinner und Knastis anzog. Wir fielen auf, klar. Und immer passierte etwas. Das nächste Praktikum – im Herbst '81 – verbrachten wir in Leningrad. Wohnten illegal in einem Studiheim auf der Wassiljew-Insel, wo eine gar nicht unattraktive Kommandantin herrschte, die sich von eben jenen »Switotsch«-Pralinen erweichen ließ. »Switotsch«-Pralinen waren damals die harte Lemberger Währung. Außerdem kauften wir ihr Kognak, den sie mit Valera, einem Offizier der Gegenspionage, trank. Wir hatten keine Ahnung, daß der große Brodski schon damals dort hätte sterben mögen. Wieder wohnten wir alle in einem Zimmer – das aber viel kleiner war, wahrscheinlich nur für zwei Leute gedacht. Sadowyj schlief einsam in einem engen Einzelbett, und ich mit den drei Mädchen in dem breiteren.

Wirklich?

Ja. Ich lag außen, dann Nina, dann Dara, dann Oxana. Oder umgekehrt – Oxana, dann Dara. Keine Ahnung, Nina lag ja zwischen uns. Nachts glaubten wir, *es* ganz unhörbar zu machen. Ich bezweifle, daß es wirklich so war. Unhörbar könnten es nur die Engel, aber die machen ja bekanntlich keine Liebe. Wie immer hatten wir Hunger und kein Geld. Einmal, im Zug unterwegs nach Peterhof, entdeckten die Mädchen ein unbewachtes Krautfeld. Unendliche graue russische Ebene, die in den unendlich grauen Himmel überging – und bis zum Horizont grüne Köpfe in der Erde. Ein surrealistisches Bild. Hunderte Werst Kohlfelder! Wir merkten uns die Station und sprangen auf dem Rückweg dort aus dem Zug. Die Kohlköpfe waren entsetzlich naß und schwer, aber wir stopften sie in einen großen Sack. Ha! Vielleicht prägte sich damals die Zeile aus der zukünftigen »Aspide« in mein Unterbewußtsein: *Mädchen smaragden wie Kohl?* Das ist ein interessanter Gedanke.

Den Sack hattet ihr dabei?

Wir zogen ihn in Peterhof unbemerkt von einer der Skulpturen im Park, ich glaube von Laokoon.

Dann war es wirklich ein großer Sack.

Falls es in Peterhof einen Laokoon gibt. Eine ganze Woche lang lebten wir von nichts anderem als Kraut. Von Kraut und Poesie. Eine Woche von Kraut, und von Poesie immer. Damals lasen wir abgetippte Gedichte von Achmatowa, Pasternak, und die Elegie der Zwetajewa an Rilke. Besser gesagt, zu seinem Tod.

Wie wir sehen, dominierte die russische Literatur.

Vielleicht ja, vielleicht nein. Nein, absolut nicht. Diese ganzen Namen sind mir eben nur im Kontext von Leningrad eingefallen. In meinen fünf Studentenjahren habe ich Tausende Seiten gelesen. Und der russische Teil machte bestimmt nicht mehr als zwanzig Prozent aus. Manchmal stellte ich mir ganz naive *professionelle* Aufgaben und beschloß: Diesen Sommer lese ich ausschließlich französische Klassik. Wonach ich mich mit Dutzenden Bänden eindeckte und mich auf die Reise begab, von Roman zu Roman – Mérimée, Flaubert, Maupassant, France. Oder ich stürzte mich kopfüber in altertümliche Blockbuster vom Typ Erasmus, Cervantes oder Rabelais. Oder Gozzi, dieses ganze verquere Theater, du weißt schon. Hoffmanns »Kater Murr« habe ich dreimal gelesen. Und eine Art Poem mit dem Titel »Die wahre Geschichte der tödlichen Krankheit des mondsüchtigen Kapellmeisters E.T.A. Hoffmann« geschrieben. Was die Russen betrifft, so ging es mir vor allem um die verbotenen. Für die Zeit meines letzten Praktikums vor dem Diplom, für das ich wieder in Ushgorod landete, belud mich mein damaliger Guru Petro Iwanowytsch mit Solowjew. Dem Philosophen Solowjew. Petro Iwanowytsch besaß dessen gesammelte Werke, natürlich aus vorrevolutionärer Zeit. Ich meisterte diese phänomenale Prosa mit ihren Jats und Härtezeichen und notierte mir sogleich die meiner Meinung nach bombigsten Zitate, wie zum Beispiel, daß in den Formen des weiblichen Körpers, in seinen Rundungen, Wölbungen und Biegungen, die absolute Vereinigung der höchsten Erscheinungen irdischer Schönheit der Pflanzen- und Tierwelt erreicht ist. Ungefähr so. Meine Religiosität war äußerst erotisch. Ich hielt es nicht mehr aus, unterbrach mein sogenanntes Praktikum (tatsächlich also die *Solowjew-Studien*) und eilte am Wochenende nach Lemberg. Es war Mitte Februar, Winter, ein finsteres und leeres Studiheim auf verschneiten Hügeln am Waldrand. Ekstatisch stürzten wir uns aufeinander und kamen ein paar Tage und Nächte nicht aus dem Bett heraus. Jedesmal, wenn ich unerträglich lange und süß in ihr kam, konnte ich mich des Gedankens nicht erwehren, daß wir ein Kind machten. Im März hatten wir dann die Bestätigung.

Wie hast du reagiert?

Mit einem Freudenschrei. Das Gefühl könnte ich höchstens mit dem ersten Mal vergleichen, nachdem *alles gelungen ist*. Oder sogar mit dem Moment, wenn es zum erstenmal *gelingt*. Als ob man an allen Freuden der Welt teil hätte. Aber am Entstehen eines neuen Lebens teil zu haben – das ist die absolute Freude. Wir brauchten nur noch zu heiraten und irgendwie die Zukunft zu regeln. Mit einem Mal wurde das Leben erwachsen. Plötzlich mußten wir an tausend Notwendigkeiten denken, von denen jede sich zur Katastrophe auswachsen konnte. Vor allem wollten wir in Lemberg wohnen, die anderen Städte schienen uns nur Scheißhaufen zu sein, alle außer Ushgorod, aber zu Ushgorod paßten wir nicht, denn wir waren keine Transkarpatier. Aber Lemberg nahm uns nicht auf. Krampfhaft suchten wir Arbeit, um uns hier *festzukrallen*. Wir liefen uns die Hacken ab. Es gab zwei Möglichkeiten: Arbeit finden, wenigstens für einen von uns, *dann bleibt denen keine andere Wahl*. Oder eine Wohnung finden, einer verrückten Alten die Hälfte ihres Hauses irgendwo in Sbojischtsche abkaufen und das Wasser eimerweise vom Hof der gutherzigen Nachbarn hereintragen. Vom Nachttopf der verrückten Alten schweige ich lieber. Wir machten uns keine Vorstellung davon, wieviel dieser Segen kosten könnte. Denn wir hatten ja sowieso kein Geld, nachfragen war also zwecklos. In der zweiten Märzhälfte wurde Nina von einer entsetzlichen Toxikose geplagt. Sie kotzte und magerte ab, kotzte und magerte ab. Unsere *Frucht* ließ uns wissen, daß sie Schluß machen wollte mit sich. Irgend so ein Moralapostel hätte gesagt, das sei die Strafe für voreheliche Beziehungen. Jemand Zynischeres – für Sex ohne Kondom. Jedenfalls hätten sie gesagt, daß es eine Strafe ist. Aber in Wirklichkeit war es eine Auszeichnung. Ich weiß nicht, ob du das Echo jener Tage in der »Perversion« bemerkt hast. Du hast doch die »Perversion« gelesen?

So gut ich konnte.

Egal. Dort ist jener Zustand beschrieben – »... *eine idiotische Hetze, ewig zu spät, schnell vom Autobus in den Trolleybus, dann in die Toreinfahrt, auf der Suche nach einem sicheren Hinterhof, nach Schutz unter einem Baum oder einfach – in der Dunkelheit. Argwöhnische Blicke der Passanten, was machen die denn da. Hunde, die an ihren Ketten zerren, wenn sie uns zwei fremde Zweibeiner in der bewachten Zone entdecken; unsichtbare Beobachter alarmieren die Polizei und kleben weiter an der Scheibe, um jeden Schritt des verdächtigen Pärchens da unten zu verfol-*

gen. Wir verstecken uns vor der Streife – hinter einem Baumstamm, der Ecke des Schuppens, aufgespannten Bettlaken, Mülltonnen.« Und etwas weiter: »IHR *war dauernd übel,* SIE *fiel in den überfüllten Bussen in Ohnmacht (in den leeren auch, aber leere gab es nicht), manchmal bot man* IHR *einen Fensterplatz an, aber das half nicht, ich hielt ihre Hand, aber die gräuliche Farbe stieg langsam ihr Gesicht hoch, kaum schafften wir es, an der nächsten Haltestelle hinauszuspringen und in die erste beste Toreinfahrt zu eilen, wo endlich die lang zurückgehaltene Kotze aus* IHR *herausbrach, sie war blaß, obdachlos und bemitleidenswert, ich umkreiste* SIE *wie ein Hirte, wie ein Rabe, wie ihr Wächter, wie ihr Sklave, wie ihr Besitzer, wie ihr Sklavenhalter.«* Natürlich ist es in »Perversion« eine ganz andere Geschichte, aber die Motive – Heimatlosigkeit und grenzenlose Übelkeit – sind ganz klar ein Echo.

Warum war dir Lemberg so wichtig?

Weil Lemberg eine magische Stadt ist. Okay, ernsthaft. Es war unsere Stadt – in keiner anderen hatten wir je zusammengelebt. Wahrscheinlich war es eher eine fixe Idee von mir: tagtäglich die Berührung der alten europäischen Steine spüren. Interessant, wenn ich jetzt zurückdenke und sehe, wie ich mir damals meine Zukunft vorstellte. Vor allem existierte ein System, vielmehr nicht ein, sondern das SYSTEM, das im Frühjahr 1982 ewig zu sein schien. Ich mußte also akzeptieren, daß ich nie »herauskommen«, meine Texte nicht publizieren können würde, weil sie dem SYSTEM absolut nicht paßten. Natürlich könnte ich *für das System* schreiben, aber das war für mich undenkbar. Ich haßte die offizielle ukrainische Literatur jener Tage und wollte unter keinen Umständen ihr integraler Bestandteil werden. In seinen Briefen aus Ushgorod drückte sich mein Guru ungefähr so aus: Der Wunsch, die eigenen Texte gedruckt zu sehen, darf nie größer sein als der andere

Wunsch – zu schreiben. Mir gefiel dieser Gedanke, weil er das Äußere und das Innere klar voneinander abgrenzte, und zwar zugunsten des Inneren. So ging ich also davon aus, daß ich mein ganzes Leben bewußt für die Schublade und für einen Kreis *zuverlässiger* Freunde schreiben würde, reich im Innern, das Äußere völlig ignorierend, um aber meine Feinde zu täuschen und mein täglich Brot zu verdienen, würde ich irgendeine unauffällige Arbeit ausführen, also zum Beispiel skrupulös Medikamenten-Rezepte redigieren. Wie sagte Hamlet, Prinz von Dänemark? »O Gott, ich könnte in eine Nußschale eingesperrt sein und mich für einen König von unermeßlichem Gebiete halten, wenn nur meine bösen Träume nicht wären.« Natürlich würde ein solcher Weg emotionale Kompensation erfordern. Eine ihrer Quellen – die wichtigste – sollte die STADT werden: von ihr umgeben sein, in einer reichhaltigen, zu unendlicher Stimulation und Erneuerung fähigen Szenerie leben. Aber das SYSTEM zerriß meine Pläne und stellte sich mir mit seinem machtvollen »Njet« in den Weg.

So weit ging das?

Ja. Es war unmöglich, den Ort zu wählen, an dem ich mich mein Leben lang hätte verstecken können. Wie es überhaupt ganz unmöglich war, irgend etwas zu wählen. Das stand ja gerade hinter diesem ganzen Sowjetschwachsinn – deine Wahlmöglichkeiten maximal einzuschränken. Dich zu zwingen, blind das zu akzeptieren, was man dir zuzugestehen bereit ist. Wir – sowohl Nina als auch ich – wurden ganz einfach vor die Tür gesetzt. Das System verfügte über eine große Auswahl an Schlingen und Fallstricken: Propiska, Dienstjahre, Wehrpflicht, tausend und eine Registrierung, erste Abteilung, zweite Abteilung, dritter Abtritt. Wie sich herausstellte, mußte der Kampf um das eigene Ich mit Methoden geführt werden, die noch mehr dem Partisanenkampf glichen, als wir uns das anfangs vorgestellt hatten. Die Schützengräben gegen das System konnte man nicht an einem selbstgewählten Ort ausheben, sondern nur dort, wo das System selbst dich hinschmiß. Wir gewöhnten uns also an den Gedanken, daß wir in Franyk leben würden. Überhaupt gewöhnten wir uns. Gewöhnten uns an den Gedanken, daß wir uns von nun an immer öfter *an den Gedanken gewöhnen* mußten. Erst mal das Kind bekommen. Und den Wehrdienst ableisten, damit *sie* sich endlich verpißten mit ihren allgemeinen Pflichten und man sich endlich in seiner Nische einrichten konnte.

Wie sah dein Abschied von Lemberg aus?

Vielleicht wie unsere Hochzeit. Es war Ende April, an einem Donnerstag. Wir hatten die Schlange am Potocki-Palast hinter uns gebracht und uns ins Buch eingetragen. Unsere Mütter vergossen natürlich ein Tränchen, ich aber krümmte mich unter den folkloristischen Gesängen – die ganze Zeremonie durch. Vielleicht kam mir das unaussprechlich existentielle *Gewicht* dessen, was mit uns passierte, zu Bewußtsein. Es gibt nichts Dümmeres als diese Rolle – ein junges Paar auf der eigenen Hochzeit! Kannst du dir vorstellen, mit welch wilder Lust ich viele Jahre später »Marriage« von Gregory Corso übersetzt habe? Und wir waren ja wirklich jung, sehr sogar. Irgendwie mogelten wir uns durch. Unsere Kleidung zum Beispiel war ein stiller Protest: Nina trug nicht Weiß und auch keinen Schleier, und ich kam ganz in Braun, wie ein Kartoffelkäfer. Außerdem ging uns das Ewige Feuer am Arsch vorbei, das heißt, wir fuhren nicht dorthin. Eigentlich legten alle Neuvermählten an diesem entsetzlichen patriotischen Monument am Anfang der Stryjska Blumen nieder. Statt dessen fuhren wir in eine ganz beengte und dubiose Kneipe in der Krakauer Vorstadt, wo wir mit einem kleinen Haufen Freunde und Verwandte tanzten und feierten. Der dortige *Administrator* sah eins zu eins wie ein Säufer und Gauner aus, dauernd versuchte er, irgendwelche dunklen und nur ihm bekannten Kombinationen auszuspielen. Zum Beispiel schlug er meinem Vater vor, zwei Stunden lang die Eingangstür zu bewachen und sich gegenüber jedem, der versuchen sollte hereinzukommen, als Oberst der Miliz auszugeben. Weil meinem Vater die Idee nicht gefiel, schickte er ihn zum Teufel. Mein Vater den *Administrator*, nicht umgekehrt. Seine Nerven waren auch so schon zum Zerreißen angespannt. Der *Administrator* war daraufhin beleidigt und besoff sich endgültig, worauf er nur ihm bekannte Typen und Tussen einließ, die bald die halbe Kneipe füllten und sich ohne mit der Wimper zu zucken über alles hermachten, was sie auf den Tischen fanden, und – noch schlimmer – anfingen in unserem Kreis zu tanzen. Es war total lustig – und das meine ich nicht ironisch. Die *erste Nacht* verbrachten wir in einer Hotelsuite, die mein jetzt schon Schwiegervater gemietet hatte. Im Hinblick auf die *Frucht* und ihre Sicherheit fand das heilige Geheimnis auf rein oraler Ebene statt. Wir umarmten uns in der Weite des königlich grenzenlosen Bettes, auf dem seinerzeit der Kosmonaut Valeri Bykowskyj genächtigt hatte, stießen uns leicht von der Erde ab und schwebten ins All. Unsere Schluchzer waren Kinderschluchzer, und die Sprache der Nacht – eine Nachtigallensprache. In diesem Zimmer verbrachten wir zwei Tage, bis alle wieder nach Hause gefahren waren. Danach blieben wir noch zwei Monate in Lemberg.

Genug Geschichten für heute?

Nur noch eine. Es ist eigentlich keine Geschichte, sondern mehr als das. Ich denke, es passierte mir ganz am Ende, vielleicht eine oder zwei Wochen vor der endgültigen Abreise. Ich wachte mitten in der Nacht auf. In dem Zimmer, das ich mir mit dem Major teilte, war nichts, kein Rollo oder Vorhang. Ich wachte also auf und sah den Himmel vor dem Fenster. An ihm glänzten die Sterne, es war also der *gestirnte Himmel über mir.* Was dann geschah, steht in keinerlei Zusammenhang mit diesem Sternenhimmel. Oder im Gegenteil – nur mit ihm hat es zu tun.

Und was ist genau passiert?

Mich ergriff – zum erstenmal im Leben – die Furcht vor der Vergänglichkeit. So rücksichtslos, mit – wie heißt es in Romanen? – so eisigem Griff, daß ich nicht weiß, wieso ich nicht aufschrie. Mir fiel ein, daß ich schon zweiundzwanzig war. Daß man mich schon in ein paar Monaten, im Herbst, in die Armee stecken und mir dort, zusammen mit meiner Seele, ganze eineinhalb Jahre Lebenszeit stehlen würde. Und wenn ich wieder *freikäme,* wäre ich schon fast fünfundzwanzig! Fünfundzwanzig Jahre alt! Absolutes Greisenalter, das Ende von allem, finito.

3 Song von der Unzerstörbarkeit der Materie

Heute werde ich versuchen, dir einen Haufen militärischer Geheimnisse zu entlocken. Das Motto unseres Gesprächs lautet »you're in the army now«. Wahrscheinlich kennst du das Lied von ...

Status Quo.

Jawohl. Du wurdest ein paar Monate nach Abschluß deines Studiums eingezogen, also im Herbst 1982 ...

Falsch. Dem Gesetz nach hätte ich wirklich im Herbst zur Armee gemußt, aber vor den Militärbürokraten taten sich gewisse Hindernisse auf ...

Hindernisse vor den Militärbürokraten? Hindernisse, dich einzuziehen?

Erstens erwarteten wir ein Kind. Es gab da so einen Subparagraphen, daß die *Stellungspflichtigen*, denen *zur Zeit des Stellungsbefehls* ein Kind geboren werden sollte, einen *Aufschub* bis zum nächsten *Stellungsbefehl* erhalten können, also ein halbes Jahr. Das war bei mir der Fall. Ich wurde also erst im kommenden Frühjahr eingezogen, Anfang Mai 1983.

Okay. Dann frage ich anders. Aus allem, was du bisher erzählt hast, entsteht der Eindruck, daß du das System und all seine Komponenten ganz bewußt abgelehnt hast. Die Armee war eine der brutalsten Komponenten dieses brutalen Systems. Ich komme nicht auf das genaue Zitat, aber ein bekannter Anarchist der Vergangenheit, ich glaube Camus, hat eine besondere Tapferkeit beschrieben – die, im Krieg zu desertieren. Denn eigentlich ist es überhaupt nicht heldenhaft, dem Befehl der Vorgesetzten zu gehorchen und als organisierte Herde feindliche Stellungen anzugreifen. Der Deserteur aber ist einsam, alle sind gegen ihn: seine eigenen Kommandeure und Waffenbrüder, die feindliche Armee, die Zivilbevölkerung. Wer desertiert, trifft eine ganz persönliche Entscheidung, es ist ein Aufstand des Individuums. Stimmt doch: Wenn alle Männer desertieren würden, gäbe es eine Spielart von Gewalt weniger auf der Welt – den Krieg. Warum bist du nicht desertiert?

Ich bin nicht desertiert, aber ich hatte Deserteursträume. Mehrmals in den ersten Wochen meines Militärdienstes – daß ich in einen Hinterhalt geraten bin und entschlossen, mich bis zur letzten Kugel zu verteidigen. Natürlich hatte ich ein MG dabei. Mein erstes Opfer war der Kommandeur des vierten Zuges, Hauptmann Rjadnow. Keine Ahnung warum er. Irgendwie kroch er als erster aus der Deckung und blies zur Attacke. Daher tötete ich ihn auch als ersten.

Aber warum bist du nicht wirklich desertiert?

Weil die Armee das kleinere Übel war, verglichen mit dem Gefängnis. Übrigens mußten die Deserteure in den sowjetischen Gefängnissen ungefähr dasselbe Schicksal erdulden wie die, die wegen Vergewaltigung saßen: Man trieb *Unzucht* mit ihnen. Aus Sicht der Kriminellen sank man durch das Desertieren ganz tief, selbst in der Gefängnishierarchie, und stellte sich außerhalb aller Regeln und Gesetze. Das ist übrigens nur ein weiterer Beweis dafür, daß die Kriminellen in der *CCCP* Element des Systems waren und mit ihm im Gleichklang handelten. Bei ihnen hieß es: *Tu erst deine Soldatenpflicht vor der Heimat, dann kannst du dich ins Gefängnis hocken.* Wenn Andrzej Stasiuk in »Wie ich Schriftsteller wurde« erzählt, welche Welle von Mitgefühl und Sympathie ihm als Deserteur von Seiten der Kriminellen im polnischen Gefängnis entgegenschlug, werde ich ganz neidisch. Es bedeutet, daß die kriminelle Welt Polens genauso gegen das Regime war wie Polen überhaupt. Die sowjetischen Ganoven aber waren Patrioten des Systems, sie tätowierten sich doppelköpfige Lenin-Stalin-Porträts auf die Brust und führten, ohne mit der Wimper zu zucken, die schmutzigsten Aufträge der Staatsmacht aus.

Interessant, was du erzählst, aber so einen radikalen Weg habe ich gar nicht gemeint. Nicht die Alternative Armee oder Gefängnis. Es muß doch noch etwas anderes gegeben haben.

Die weniger radikale Variante war, zum Beispiel, den Kranken zu simulieren. Manch einer nahm wirklich Zuflucht zu den Ärzten, aber das war eine widerliche und gefährliche Sache. Das letzte Wort hatte sowieso die Musterungskommission, und die befand üblicherweise sogar wirklich kranke Rekruten für *tauglich*, ganz zu schweigen von den Simulanten. Man hätte natürlich einen auf verrückt machen können, aber das hätte ein noch größeres Übel als die Armee oder das Gefängnis zur Folge gehabt: die Klapse. Und einen lebenslangen *Eintrag*, aus dem hervorging, daß du grade mal dazu geeignet bist, Hundescheiße vom Trottoir zu kratzen. Das schien mir keine erstrebenswerte Perspektive. Nicht schlecht wäre gewesen, sich irgendwo die Hälfte der Finger der rechten Hand abzusäbeln, aber das hätte eine knallharte Untersuchung nach sich gezogen, und wiederum eine Freiheitsstrafe – wegen *Selbstverstümmelung*. Sogar wenn man diese Hälfte seiner Finger ganz ehrlich, also infolge eines Unfalls, verlor. Denn im Sowjetsystem war man a priori verdächtig, es galt sozusagen die Schuldvermutung. Das System auf diesem Niveau zu betrügen war nicht einfach nur schwierig und wenig erfolgversprechend, es war praktisch unmöglich und hochriskant, wobei *hochriskant* ein fast zu schwacher Ausdruck ist.

Dann müssen wir also feststellen, daß es keinen Ausweg gab.

Stell dir vor, es gab einen, eine einzige Möglichkeit, eine absolut akzeptable und in den Augen des Systems völlig legale Möglichkeit. Wenn man zwei Kinder hatte. Hätte Nina am 17. November 1982 plötzlich Zwillinge bekommen, dann wäre ich nicht mehr gezogen worden. Was das Erbgut betrifft, lag das durchaus im Bereich des Möglichen – Nina ist nicht nur selbst ein Zwilling, in ihrer weiblichen Linie hatte es auch schon häufiger Zwillinge gegeben. Aber es heißt, so was passiert nur in jeder zweiten Generation. Trotzdem, als am späten Abend des 17. November eine Praktikantin aus dem Krankenhaus anrief und *Mädchen* sagte, stieß ich fast automatisch *wie viele?* hervor. Und hörte als Antwort *eines.* Damals gab es diese ganzen Apparate noch nicht, mit denen man alles schon vorher sehen kann, die Spannung hielt bis zum letzten Augenblick. Also in Wirklichkeit dachte ich natürlich an das Gewicht in Gramm, als ich *wie viele* fragte. Aber die Medizinstudentin, die mir an jenem Abend meine Vaterschaft verkündete, stimmte offensichtlich emotional in mein, in unser Unterbewußtes ein.

So hast du also daheim überwintert und …

… und kam dann im Frühling zu dem Schluß, daß ich keine Wahl hatte. Und wollte diese *Etappe* so rasch wie möglich hinter mich bringen. Es gibt da so einen Gaunerspruch: *Wer früher sitzt, kommt früher wieder raus.* Okay, dachte ich, eineinhalb Jahre verlorene Lebenszeit. Aber eineinhalb sind nicht zwei. Es könnte schlimmer sein. Wie schon berichtet, hatte mein Vater komischerweise schöne Erinnerungen an die Rote Armee. Er diente noch unter Stalin, Anfang der Fünfziger. Hundertmal hat er erzählt, wie er Silvester 1952 in der Funkkabine seines Flugabwehrregiments in den weißrussischen Wäldern verbracht hat, daß klirrender Frost herrschte und er und seine Kumpels für diesen Anlaß Alkohol angespart hatten, und wie sie ihn in ihre Kampftassen aus Zinn gossen und diese

Schlag zwölf zusammen leerten, nachdem sie der Radioansprache Molotows gelauscht hatten. Das klang absolut sympathisch: draußen minus zwanzig Grad, im Ofen knackt gemütlich das Feuerholz, ein ebenso gemütliches Rauschen im Äther, Nudeln *po-flotski* bis zum Abwinken, eine Flasche Alkohol, junge Männerfreundschaft und dazu die Worte des legendären Ministers. Schade nur, daß dessen Partner Ribbentrop nicht auch noch etwas sagen konnte.

Glaubst du, daß eure Armee die Menschen loyaler gemacht hat?

Damals bestimmt. Wenn sogar mein Vater mit seinem geheimen Haß auf das Regime so begeistert vom Militärdienst erzählte ... Vielleicht lag es aber auch nur am Hunger. Vielleicht hat er einfach nur in der Armee nach vielen Jahren zum erstenmal wieder genug zu essen bekommen. Jedenfalls steht er mit seiner Meinung nicht allein. Bevor ich eingezogen wurde, hörte ich von Älteren viel über dieses Thema. Alles hatte offensichtlich seine Richtigkeit, denn die Armee *ist eine wunderbare Schule fürs Leben*. Dort *sorgt man für dich*. Von anderen, etwas jüngeren Vorgängern hörte ich jedoch, daß man weniger für dich sorgte als dich piesackte. Zwischen *man sorgt für dich* und *man piesackt dich* besteht ein kolossaler Unterschied. Mir scheint, daß irgendwann eine Linie überschritten wurde, eine zeitliche. Wahrscheinlich ist es irgendwann in den Siebzigern passiert, vielleicht auch schon eher: Die a priori positive Einstellung zum einfachen Soldaten verkehrte sich in ihr Gegenteil, die *Schule* wurde zum *Gefängnis*, aus Drill wurde Drangsalieren. Das Drangsalieren war dabei Selbstzweck, Drangsalieren um des Drangsalierens willen. Dazu der absolute Niedergang des Offiziersstandes. Mein Vater wollte mir nicht glauben, als ich ihm erzählte, daß unsere Offiziere sich ganz ungeniert aus den Paketen der Soldaten mit Zigaretten und Plätzchen bedienten. Der Vorschrift nach waren sie verpflichtet, den Inhalt jedes

Pakets zu kontrollieren, das ein Soldat von zu Hause erhielt – es hätte ja Selbstgebrannter, Hasch oder Zyankali drin sein können. Okay, das war gerade noch hinnehmbar. Aber daß sie sich dabei demonstrativ Zigaretten und Süßigkeiten nahmen oder irgendwelche absolut erlaubten Dinge wie zum Beispiel ein Uhrband oder einen Kugelschreiber, das entlarvte das ganze System. Zeigte, wie verrottet es schon war. Mein Vater jedoch geriet in Wut und erklärte als Reaktion auf meine Berichte, *solche Offiziere* gebe es nicht. Demnach blieb ihm nichts anderes übrig, als anzunehmen, daß sein einziger Sohn unglaublich verstockt die von ihm so geliebte Armee verleumdete. Eine Tragödie. Unsere Gespräche fanden nie ein gutes Ende.

Vorgestern haben wir uns ausführlich über die sowjetische Aggression gegen die Tschechoslowakei unterhalten. Als du zur Armee gingst, war gerade die Zeit Afghanistans. Wie habt ihr darüber gedacht?

Kurz vorher war noch Polen. Hätte Polen sein können. Im Dezember 1981, als Jaruzelski daran ging, die *Ordnung wiederherzustellen*, war ich mit dem Studium fast fertig. Es heißt, sowjetische Einheiten wären damals demonstrativ von Lemberg nach Mostyska marschiert, also direkt zur polnischen Grenze. Es heißt, den gewöhnlichen Reisenden wäre von den ganzen Panzern und Kanonen ganz grün vor Augen geworden. In Lemberg war die sogenannte Eiserne Division stationiert – wahrscheinlich war sie es, die im Dezember mobil machte. Aber Jaruzel hat Moskau offensichtlich davon überzeugen können, daß seine Volksarmee mit der Sache allein fertig würde. Obwohl in ihren Reihen der brave Soldat Stasiuk diente. Afghanistan?

Ja, Afghanistan.

Es war zu weit weg, als daß wir hätten richtig verstehen können, was dort vor sich ging. Wir wußten ja nicht einmal ordentlich über unser Nachbarland Polen Bescheid. Ich war zwanzig, als *dort alles* anfing – und hatte keinerlei Kontakt zu Dissidenten oder irgendeiner Oppositionsbewegung. Ich konnte Gedichte in ein geheimes Notizbuch schreiben, nicht mehr. Und diese Gedichte waren noch dazu absolut apolitisch, ein Wort wie *Solidarität* hatte darin keinen Platz. Ich mochte dieses Wort auch nicht, denn ich assoziierte es mit dem *internationalen Tag der Solidarität der Werktätigen*, und es schien mir viel zu offiziell und rot. Nach dem September 1980 begann ich, es heimlich zu lieben, denn wie sich herausstellte, konnte es auch das genaue Gegenteil von hoffnungsloser kommunistischer Langeweile bedeuten. Ich weiß noch, wie ich versuchte, die letzten Exemplare der Zeitschrift »Szpilki« zu ergattern, die zu uns hereingelassen wurden, wie ich die Musik Niemens zu Norwids Texten hörte. Dann schien es, als sei *alles dort* beendet, aber mein Opa, der Vater meiner Mutter, der im Keller an seinem antisowjetischen Radioempfänger klebte, beruhigte uns mit den Worten: »Macht nichts. Im Frühjahr beginnt der Partisanenkampf.« Er verstand mehr von der Sache als sein Schwiegersohn.

Trotzdem – Afghanistan.

Es war bekannt, daß unsere Soldaten tot von dort zurückkehrten. Besser gesagt, einige von ihnen kehrten tot zurück. Aber einige von denen, die lebend zurückkehrten, konnten die Toten nur beneiden. Das ist ein Zitat. Natürlich murrte das Volk hinter vorgehaltener Hand. Aber das trug eher folkloristische Züge. Zum Beispiel nannte man die Flugzeuge, die in regelmäßigen Abständen die zugelöteten Zinksärge brachten, *schwarze Tulpen*. Einen organisierten Widerstand gab es natürlich nicht. Keine Eltern, die demonstriert hätten mit der Forderung, ihre Jungs heimzubringen. Wenn ein junger Mann nach Afghanistan geschickt wurde, war das eben Schicksal, und er mußte versuchen, das Beste draus zu machen und zu überleben. Andererseits war das Thema Tod überall präsent, ohne Übertreibung kann man sagen, es war die Luft, die wir damals atmeten. Es schien, als kämpfe dort mindestens die Hälfte unserer jungen Leute. Deswegen wundert es mich bis heute, wenn ich irgendwo die Zahl dreizehntausendundetwas höre. So viele Leben haben die zehn Jahre Invasion der UdSSR angeblich abgefordert. Es wundert mich, denn – entschuldige bitte unbedingt diese statistische Kälte – das ist nicht viel. Nicht viel angesichts des Ausmaßes, oder sagen wir besser angesichts der allgemeinen täglichen Erwartung, am Himmel *schwarze Tulpen* zu sehen. Um es klar und deutlich zu sagen, ich zweifle stark an der Zahl dreizehntausendundetwas.

An dem Tag, als du zur Armee gingst, zur ... wie heißt das ...
Sammelstelle.

... zur Sammelstelle, wußtest du da schon, daß man dich nicht nach Afghanistan schickt?
Nein. Wie hätte ich das wissen können? Erst später, in der *Grundausbildung* in Czernowitz, erfuhr ich inoffiziell, daß ich kaum Aussicht hatte, dorthin geschickt zu werden. Weil ich ein Studium abgeschlossen hatte. Schließlich hatte der Staat fünf Jahre lang verdammt viel Geld in meine Ausbildung gesteckt und beabsichtigte daher nicht, mich so schnell durch die zufällige Kugel eines Mudschaheddin ins Jenseits befördern zu lassen. Andererseits aber wußte keiner der Rekruten, wohin man ihn *abtransportieren* würde. Wenn es nicht mit dem Flugzeug geschah, sondern mit dem Zug – und meistens waren es Züge –, dann gab es aus unserem Franyk mehrere Möglichkeiten. Züge fuhren in Richtung Kiew, Moskau, Odessa, Kosjatyn und Lemberg. Gleichzeitig aber waren die Armeerouten so beschissen kompliziert, durch tausend unbekannte interne Ar-

mee-Umstände bestimmt, daß der Zug selbst noch gar nichts besagte. Man verfrachtete dich zum Beispiel in den Zug Lemberg–Rachiw, ließ die ganze *Einheit* aber in Nadwirna aussteigen und transportierte euch vom dortigen Militärflugplatz in Hubschraubern nach irgend so einem Mogilew oder Owrutsch und von dort – wieder mit dem Zug – nach Saratow und vielleicht weiter nach Samarkand. Das bedeutete dann mit großer Wahrscheinlichkeit wirklich Afghanistan. Meistens wurde das Kanonenfutter von den Ausbildungsstützpunkten in Zentralasien dorthin gebracht. Niemand konnte sich also sicher sein. Auch wenn du in Richtung Mitteleuropa unterwegs warst, schon einen Tag später würdest du vielleicht irgendwo in Kandahar oder Dshelalabad landen. Na und?

Na und?

Die Wege des Verteidigungsministeriums waren unergründlich. Ich habe sowieso starke Anhaltspunkte dafür, daß dort, wie in der ganzen Armee, absolutes Chaos herrschte und die Bewegungen der Rekruten durch die Weiten des *unendlichen Landes* reine Improvisation waren. Vielleicht war es die einzig erprobte Methode, die ausländischen Geheimdienste zu verwirren. Daß ich am 8. Mai 1983 kurz nach 23 Uhr mit ein paar hundert anderen kurzgeschorenen jungen Männern den Franyker Bahnhof mit dem Moskauer Zug verließ, bedeutete auch nicht, daß wir nach Moskau fuhren. Schon ein paar Stunden später stiegen wir aus: in Czernowitz.

So fing alles an?

Ungefähr. Ungefähr um sieben Uhr morgens war ich zur Sammelstelle gegangen. Abtransportiert wurden wir aber erst kurz vor Mitternacht. Den ganzen Tag hielt man uns in den Betonmauern des Kultur- und Sportzentrums »Patriot«. Dort fühlten wir uns wie echte Internierte. Erkundeten den asphaltierten Platz, suchten Schatten, spuckten aus, kratzten uns am

Hintern, betraten den Kinosaal, wo ohne Ende irgendwelcher patriotischer Tschekisten-Scheiß lief, stiegen den weiblichen Feldwebeln mit ihren großen Titten und enganliegenden Rökken hinterher. Die Offiziere waren ausnahmslos bedudelt, obwohl der Tag ihres Sieges, der 9. Mai, erst morgen war. Von Zeit zu Zeit versuchte so ein Depp in Schulterklappen, uns in Reih und Glied aufzustellen und herumzukommandieren, aber mit Leuten, die noch Zivil tragen, funktioniert das nicht. Wir kicherten und benahmen uns wie Schwachköpfe. Ungefähr um drei Uhr nachmittags kam ein Kesselwagen mit warmer Kohlsuppe und einer Ladung Brot in unser Lager gefahren. Fast alle Städter begrüßten dieses Festmahl mit Pfiffen und Fürzen. Die Dörfler aber vertilgten alles, was sie kriegen konnten. Sogar die, deren Taschen von zu Hause gut gefüllt waren. Ich konnte mich nicht einmal überwinden, den Kesselwagen auch nur anzusehen – ich hatte sowieso schon entsetzliches Magengrimmen. Wahrscheinlich nervös bedingt. Inzwischen waren wir draufgekommen, daß man den Wachhabenden am Tor mit ein paar Zigaretten bestechen und, ohne das Gelände zu verlassen, mit *den Seinigen* draußen reden konnte. In meinem Fall waren das Nina mit dem Kinderwagen sowie meine Eltern, ein paar Verwandte und Kubyk. Ein untersetzter und vom Alkohol ganz verschrumpelter Typ, gescheiterter, abgestürzter Nomenklatur-Journalist. Er hatte mit meinem Vater zusammen gedient. Wahrscheinlich glaubte er, daß seine Anwesenheit an jenem Tag die *Weitergabe des Staffelholzes* von einer Generation an die nächste symbolisierte. Ganz sicher schrieb er für die Zeitung eine Notiz in diesem Sinne, aber seine Notizen wurden schon lange nicht mehr gedruckt. Er und mein Vater hatten gerade einen auf mein Kriegsglück gekippt und fragten, ob es schon einen *Appell* gegeben habe. Freundlich bat ich sie, den Mund zu halten. Ich litt unter entsetzlichem Seelenkater. Nina tat so, als sei alles in Ordnung, und erzählte angestrengt ein paar lustige Neuigkeiten von Sofijka in ihrem Kinderwagen. Wir unterhielten uns durch das Tor hindurch, zwischen uns die Mauer des »Patrioten«. Und ich schwor mir, lebendig zu ihnen zurückzukehren.

So dramatisch?

Dramatisch oder nicht, das kannst du selbst entscheiden. Ich verbrachte nicht ganz achtzehn Monate bei der Armee. Dabei hatte ich riesiges Glück, kam weder nach Afghanistan noch an irgendeinen anderen *heißen Punkt*. In Kampfhandlungen wurde ich nicht verwickelt. Zwar habe ich viel geschossen, aber nur auf Zielscheiben. Für die Verhältnisse des damaligen Imperiums diente ich praktisch daheim – im ersten halben Jahr bloß 150 Kilometer von meiner Heimatstadt entfernt, dann 250 oder höchstens 300 Kilometer. Also noch mal: ich hatte riesiges Glück. Gleichzeitig aber wurde ich Zeuge von drei Todesfällen, verstehst du? In nicht ganz 18 Monaten, unter völlig friedlichen, keineswegs extremen Umständen! Der Sinn jener 18 Monate bestand also im Überleben, nicht mehr und nicht weniger: einfach überleben.

Was war die Ursache jener Todesfälle?

Es waren Ursachen, bei jedem eine andere. Krankheit, Unfall, Selbstmord. Über den *Unfall* habe ich eine meiner ersten Erzählungen geschrieben – »Wie wir Piatras töteten«. Es war gar kein wirklicher *Unfall*.

Und die anderen? Was für eine Krankheit?

Der junge Kerl hatte schon ein paar Tage lang über immer stärker werdende Kopfschmerzen geklagt, aber keiner glaubte ihm, denn man hielt ihn für einen Simulanten. Noch dazu vergatterte man ihn dazu, permanent Gehilfe des Wachhabenden zu sein – vier Aufzüge hintereinander! Auch ein Gesunder hätte das nicht ausgehalten. Eines Morgens kippte er um, bekam

Krämpfe, und man brachte ihn eilig ins Spital, denn natürlich wollte keiner seinen Tod. Aber die Meningitis war schon zu weit fortgeschritten.

Kürzlich habe ich mir einmal wieder »Oxygen Starvation« angesehen. Du hast das Drehbuch geschrieben, stimmt's? Es gibt da so eine Szene, wo die Rekruten die Zivilkleidung ablegen und, bevor sie Uniform anziehen, nackt in die Waschräume gehen. Während sie dort sind, zerhacken andere Soldaten mit Äxten brutal die abgelegte Zivilkleidung in kleine Stücke. Hast du diese Szene persönlich erlebt?

Nein, der Regisseur Andrij Dontschyk hat darauf bestanden. Aber was heißt *darauf bestanden*? Das Kino ist die Kunst des Regisseurs, der Drehbuchautor hilft und unterstützt nur. Für Andrij war diese Szene – Vernichtung der Zivilkleidung – unglaublich wichtig, er nannte sie das Gemetzel. Sie verbindet mehrere drastische Sujets. Erstens die Zerstörung einer schützenden Schale – des ersten, äußeren Verteidigungsrings. Zweitens das Verbrennen von Brücken – kein Weg zurück, you're in the army now. Drittens das brutale Eindringen des Fremden in dein Privatleben – *djedy*, »Opas«, die deine persönlichen Sachen ruinieren. Und so weiter. Es sind sehr vielschichtige Bilder.

Und wie war es in deinem Fall?

Nicht ganz so. Soll ich ins Detail gehen?

Wenn du kannst.

Wir verließen den Zug mitten in der Nacht am Bahnhof von Czernowitz, und von dort brachte man uns in Lastwagen zum Stützpunkt des Artillerieregiments, ganz in der Nähe des Divisionsstabs. Aber nein, damals sagten mir diese Begriffe noch nichts – Artreg, Divisionsstab. Ich war also *irgendwohin* geraten, an einen abscheulichen Ort, denn er stank nach Gutalin. Wir dösten ein paar Stunden in der Turnhalle auf dem Boden.

Vielmehr auf Matten, den Tornister unter den Kopf geschoben. Manchmal kam jemand von draußen hereingerannt und schrie, wir sollten *Aufstellung nehmen*. Aber wir pfiffen drauf. Am nächsten Morgen setzten wir uns ins Gras, wie ganz normale Zivilisten, und einer nach dem anderen kamen die *Käufer*. Das hieß, man verteilte uns auf die verschiedenen Einheiten. Die Käufer waren vor allem an *Spezis* interessiert.

Moment, was sind Käufer?

Offiziere, die Rekruten für ihre Einheiten auswählen. Die verantwortlich dafür sind, bestehende Lücken zu füllen. Also die einen brauchen zum Beispiel Fahrer, die anderen Maler und wieder andere Posaunisten. Überhaupt braucht die Armee immer Spezis: Köche, Hilfsdentisten, Geburtshelfer, Feldkaplane, Astrologen, Bioenergetiker. Und was keiner brauchen kann, das sind die Vertreter der transkaukasischen und zentralasiatischen Reitervölker. Daher balgten sich die Käufer vor allem um die slawische Ware. Ein bißchen erinnerte es an Sklavenmarkt in einem Mittelmeerhafen. Ein Major in der Uniform eines Infanteristen fragte, ob jemand Schreibmaschine schreiben könne. Ich meldete mich.

Konntest du es wirklich?

Nicht sehr gut, wie sich später zeigte, obwohl ich glaubte, ich könne es. Nina und ich hatten ein paar Monate vorher vom Rest des Hochzeitsgeldes eine Schreibmaschine erstanden. Eine Art Investition in mein heimliches Schaffen. Ich gewöhnte mich langsam daran, etwas in sie hineinzuhämmern, und für den Anfang tippte ich lustvoll meine ganze Prosa ab – die aus Lemberg. Ich tippte sie in Rot, denn es gefiel mir, daß das Farbband aus zwei Streifen bestand, einem roten und einem schwarzen. Von da an war mir das Schreibmaschineschreiben eine echte, intime Freude. Ich liebte die Konturen der Buchstaben, die Berührungen, Geräusche, das Hämmern auf die Tastatur, das schwerfällige Ächzen der Walze, das Klingeln des Wagens. Im April hatte ich um die hundert ausgewählte Gedichte abgetippt, das ganze mit dem, wie es mir damals schien, magischen Wort »Kalamar« überschrieben und Mykola Rjabtschuk übergeben. Er war es übrigens auch, der mich dazu überredete, eine Schreibmaschine zu kaufen und so zu lernen, die eigenen Texte mit Distanz zu betrachten. Es ist eine Sache, sagte Mykola Rjabtschuk, wenn du es in deiner Handschrift siehst. Und eine andere, wenn es maschinengeschrieben ist. Aber davon lieber später. Als Major Djerjabin fragte, ob jemand tippen könne, wäre ich fast aufgesprungen. Mir schien, als hätte ich das Goldene Los gezogen.

Das sich aber als Niete erwies?

So ziemlich. In den folgenden sechs Monaten tippte ich wirklich oft und viel allen möglichen Armeeschmarren. Aber das bedeutete nicht, daß ich vom Rest freigestellt gewesen wäre. Tagsüber also hob ich Gräben aus, nachts tippte ich. Trotzdem machte mich das ein ganz klein bißchen unabhängiger. Jener Major Djerjabin war, wie sich herausstellte, ein durchaus verträglicher Typ, und manchmal, wenn er mich dringend rufen ließ, befreite mich das von einer allzu öden *Aufgabe*, wie zum Beispiel der, Eisenschrott von einer Ecke in eine andere zu schleppen. Noch häufiger als er, aber in seinem Namen, machte das Bob. Ich und er, dieser Bob, hatten uns schon im Polygraph ganz gut gekannt, er war Künstler und – in seiner gegenwärtigen Inkarnation – Regimentsschreiber mit unbegrenztem Freiraum. Er verstand es, auf artistische Art und Weise die militärische Dummheit auszunutzen und, indem er seiner Stimme ein anderes Timbre gab, mit Generalsaplomb mein sofortiges Erscheinen in der Kommandostelle zu fordern, um dringende Unterlagen abzutippen. Aber an jenem ersten Tag, als ich mich auf die Frage des Majors Djerjabin meldete,

konnte ich natürlich noch nicht wissen, auf was ich mich einließ.

Und auf was?

Infanterieausbildungsregiment in Sadhora. Sagt dir dieser
Name etwas, Sadhora?

Nein.

Früher einmal war es ein eigenes Städtchen in der Nähe von
Czernowitz. Ein Stedtl, um genau zu sein. Zentrum des Chas-
sidismus in seiner betont orientalischen, exotisch-reichhal-
tigen Spielart. In Sadhora befand sich der sogenannte HOF –
die sagenhafte Residenz der Nachkommen des Wunderrabbis
Israel der Ruschiner. Ich bin sicher, daß du davon gehört hast.

Sadagura?

Na siehst du. Aber das nur nebenbei. Ich habe selbst erst viele
Jahre später davon erfahren, lange nachdem ich dort die sechs
entsetzlichsten Monate meines Lebens dahinvegetiert hatte.
Für unser Gespräch ist es ohne Bedeutung. Es gibt dem Ort
höchstens Authentizität. Seine Magie also.

Was heißt »die entsetzlichsten«?

Habe ich »die entsetzlichsten« gesagt?

**Du hast eben gesagt »die sechs entsetzlichsten Monate meines
Lebens«.**

Du wirst es gleich verstehen. Hör zu. Da transportiert man uns
also vom Stützpunkt des Artillerieregiments ab – ein paar
Dutzend geschorene Schädel. Da fahren wir also durch das Tor
des Kontrollpunktes und springen von der Ladefläche des
Lastwagens. Wir springen auf Befehl. Das zum ersten. Man
gibt uns einen Befehl, und wir gehorchen. Keiner, der nicht
gehorcht hätte. Keinem kommt auch nur der Gedanke, auch
nur der Schatten eines solchen Gedankens. Man heißt uns
Aufstellung nehmen – in Dreierreihen, glaube ich. Eilig nehmen wir Aufstellung. Man heißt uns mit dem linken Bein

zuerst gehen, zwingt uns einen Rhythmus auf. Ausnahmslos alle gehen mit dem linken Bein zuerst. Wieso eigentlich nicht mit dem rechten, hm? Man führt uns zwischen allen möglichen Gebäuden durch, deren Bestimmung wir nicht kennen. Unser Erscheinen löst ein unglaubliches Krähengekrächze aus. Die alten Kämpen aus der Kfz-Gruppe lassen sich die Sonne auf den Bauch scheinen. Sie erheben ein Gepfeife und Gejohle, und automatisch ducken wir uns. »Erhängt euch, ihr Maden!« Wir kennen diese Sprache noch nicht (wieso »Maden«, was sind das, »Maden«?), aber wir verstehen intuitiv. Ich häng mich nicht auf, sage ich zu mir selbst, da können diese Scheißkerle ihr *Erhäng dich* so oft kläffen wie sie wollen. Nach ein oder zwei Wochen haben wir uns ihre Sprache schon zu eigen gemacht und kläffen uns gegenseitig mit ihrem *Erhäng dich* an. In Zeiten der Repression ist die Sprache das erste, was übernommen wird. Aber genug davon, uns ist jetzt nicht nach tiefgreifenden Gedanken. Der hinkende Leuti, der uns führt – ja, er hinkt wirklich –, befiehlt *Laufschritt*, wohl um sich bei den Nichtsnutzen von der Kfz-Gruppe einzuschleimen. Wir sind uns nicht sicher, ob er das ernst meint. Warum plötzlich? Wir *zögern*, denn wir sind noch halb zivil. Was soll das, wieso will dieser hinkende Eiterpickel, daß wir laufen? Wir verstehen den Sinn einer solchen Schikane nicht. Unsere Blödheit treibt ihn zur Weißglut: *Im Lauf-schritt-hab-ich-ge-sagt-Scheißßßßkerrrr-le-ver-damm-te-Stink-säu-e!* Die Kfz-Gruppe brüllt in viehischer Lust. Wir zögern immer noch – manche laufen schon, andere nicht, die Kolonne reißt auseinander, die *Maden* stolpern und schubsen sich, *verdammte Stinksäue* hat man sie noch nie im Leben genannt, in ein oder zwei Wochen werden sie sich daran gewöhnt haben, aber jetzt, jetzt noch nicht. Erst nach ein oder zwei Wochen wird es zur Gewohnheit. Wer bist du? Ich bin ein Scheißkerl, eine Made, eine Stinksau, Schütze

Arsch und Nacktschädel. Inzwischen explodiert der Leutnant fast vor Wut, und wir fangen an zu laufen, damit er nicht vom stinkenden Gas in seinem Innern zerrissen wird, wie ein Irrer spritzt er seinen grünen Schleim auf den Asphalt, auf das Gras, auf die Bäume, auf uns, noch ein bißchen – und giftige afghanische Schlangen kriechen aus ihm heraus: *Af-gha-ni-stan-ihr-Scheißßßßkerrrrle-alle-soffforrrt-nach-Af-gha-ni-stan!* Ungefähr so klang es am allerersten Tag, in dem Moment, als wir schließlich losliefen.

Wohin?

Das ist eine gute Frage. Hauptsache wir liefen. Wir sollten nicht einfach nur gehen. Das hätte ja bedeutet, daß es uns zu gut geht. Ein Schütze – und man nannte uns Schützen – durfte sich nur laufend oder *im Gleichschritt* fortbewegen. An jenem ersten Tag trieb man uns in die Waschräume. Tatsächlich nannte man das nur so: eine Reihe offener Verschläge, mit Schotter bestreuter Boden, kaltes Wasser, graue Seife, gekocht aus streunenden Hunden. Jeder bekam fünf Minuten. Das war ein beliebter Trick, ihre Strategie, ihre Taktik – für alles so wenig Zeit wie möglich geben. Unrealistisch wenig Zeit. Drei Minuten futtern, drei Minuten waschen, eine halbe Minute defäkalisieren, vierzig Sekunden für den *Stellungswechsel.* Wenn man auf Schritt und Tritt unter Druck gesetzt wird, verblödet man. Kann nur noch mit dem Kopf wackeln. Hört aber sofort: »Nicht mit dem Kopf wackeln!« Wir haben ja über Dontschyks Gemetzel gesprochen. Bei uns war es anders. Man befahl uns, unsere Zivilkleidung zusammenzupacken – einschließlich der Unterhosen. Und in den Ofen zu schmeißen. Wir verbrannten unsere Vergangenheit, die Türen schlossen sich. Eine halbe Stunde später trieb man uns wieder über das Kasernengelände, ganz dicht vorbei an der keifenden geifernden Kfz-Gruppe. Wieder pfiffen und johlten sie – natürlich, jetzt hatte man den Scheißkerlen auch noch dieselben Lumpen angezogen, wie sie sie trugen, ihre beschissenen Tarnlumpen. Als ich mich zum erstenmal so im Spiegel sah, im Wandspiegel in der Kaserne, hätte ich beinahe laut aufgeheult. Ja, das war wirklich ein Grund, sich aufzuhängen. Ich war fast dreiundzwanzig, ich tat viel dafür, damit mir mein Spiegelbild gefiel, daß mir alles an mir gefiel, ich bemühte mich um eine entsprechende Lebensweise und hatte Erfolg damit, gefiel anderen Leuten, ich hatte eine wunderbare junge Frau und eine noch ganz winzige Tochter, ich schrieb Gedichte und las kluge gute Bücher, außerdem hörte ich Musik, mehr verlangte ich nicht von dieser Welt, denn ich hatte gelernt, sogar in ihr glücklich zu sein. Der, den ich im Spiegel sah, war ein ganz anderer, vor allem sah er wirklich wie ein *Scheißkerl* aus. Wie in einem grausamen Märchen, wenn der Held sich plötzlich in ein Ungeheuer verwandelt. Mir blieb nur, die Fäuste zu ballen und auf den Tag zu warten, an dem alles vorbei wäre. Wenn so ein Tag überhaupt kommt – der Tag der Rückkehr in den früheren Körper, in die früheren, zivilen Kleider. Aber was, wenn es für immer ist? Wenn das Haar nie mehr nachwächst? Noch am ersten Abend befahl man uns, auch die Reste davon vom Schädel zu scheren. Es gibt da so Geräte, erdacht für Schafe und Soldaten, die weniger schneiden als rupfen. Wir quälten einander, so gut es ging. Für jeden hatten wir sechs Minuten Zeit. Danach erkannte ich, daß mein Kopf eine ideale Kugelform hat. Und daß die Ohren leider doch ziemlich groß sind. Obwohl, nicht mein Kopf, nicht mehr mein Kopf. Sie hatten recht damit, uns Brom zu verabreichen.

Brom?

Bekanntlich übt Brom eine beruhigende Wirkung aus. Aber es beruhigt nicht nur, sondern es lähmt auch. Außerdem ist es farb- und fast geruchlos. Also gut geeignet, in Suppen und

Säfte gemischt zu werden. Wir alle spürten diesen metallischen Apothekengeschmack auf der Zunge. Offiziell erlaubt war das natürlich nicht – Brom gehörte zu den Geheimpraktiken. Es ging wohl vor allem darum, uns die *Lust auf Weiber* zu nehmen. Denn man war der Ansicht, daß ein junger Soldat mit gedämpftem »basic instinct« sozial zuverlässiger war. Folge des Broms war die totale Gleichgültigkeit. Wir wurden zu Geiseln unserer Apathie. Eine Art Koma. Du wolltest nur eines – in Ruhe gelassen werden. Dich nicht bewegen und über nichts nachdenken. Was eine Erektion war, vergaßen wir einfach. Ich weiß noch, eines Morgens verkündete Boris Koselezkij der ganzen Kaserne siegestrunken: »Leute, ich hab nen Ständer!« Das war das Ereignis des Jahres, es säte Hoffnung.

Der »basic instinct« kehrte also zurück, rief sich irgendwie in Erinnerung?

Ich denke schon. Wahrscheinlich ist es ein Beispiel für die Fähigkeit des Organismus, sich allmählich anzupassen. Zuerst geht es ihm schlecht, so plötzlich eingezwängt in einen Schraubstock, er wird gequält mit ekligem Essen, Bromiden, physischer Belastung, psychischer Tortur, Schlafentzug …

Auch mit Schlafentzug?

O ja, mit Schlafentzug vor allem. Auch das war eine Disziplinierungsmethode. Man ließ uns nicht schlafen. Nicht die in den Vorschriften genannten acht Stunden, ja nicht einmal vier oder fünf. Sie dachten sich immer neue nächtliche Aufgaben aus. Zum Beispiel den Holzfußboden im *Schlafgebäude* mit Flaschenscherben säubern. Die Spieße formulierten unsere Aussichten klar und verständlich: je eher wir fertig sind, desto eher legen wir uns schlafen. Sind wir um zwei fertig, schlafen wir um zwei, sind wir um fünf fertig, dann um fünf. Das Ganze basierte auf dem Prinzip der totalen Verantwortlichkeit aller für alle. Wenn es einer nicht schafft, schläft die ganze Kompanie nicht.

Einer kommt zu spät zum *Appell* – und die ganze Kompanie robbt zwei Stunden lang durch den Schlamm. Und so weiter. Es sollte uns wohl gegeneinander aufbringen. Wie zwischen Sklaven konnte zwischen uns keine zu Protest fähige Einheit entstehen. Konflikte gab es nur innerhalb der Gruppe, horizontal. Sie hetzten uns Dummbeutel gegeneinander auf, so heißt das heute. Obwohl wir es eigentlich hätten merken müssen. Unsere Kompanie – die sechste – war in gewissem Sinne privilegiert und bestand zu ganzen zwei Dritteln aus alten Hasen und großen Nummern, solchen also, die schon ein Studium hinter sich hatten. Wir waren zweiundzwanzig oder dreiundzwanzig Jahre alt, ein paar, wie ich, verheiratet mit Kind. Arkascha Tschaikowsky war siebenundzwanzig und von Beruf Dirigent eines Symphonieorchesters. Stell dir vor, der Dirigent eines Symphonieorchesters, den man um drei Uhr morgens zwingt, mit einer Glasscherbe die Blut- und Schuhwichsflecken vom Boden zu kratzen! Es gab auch ein paar Schuldirektoren unter uns und sogar den Direktor eines Gastronoms oder vielleicht auch Restaurants und eine ganze Menge Hauptbuchhalter, Agronome, Veterinäre und Ingenieure. Oleh Zjapa war Zahnarzt, er wurde sogleich ins Lazarett abgezogen, wo er dem Chef des Stabes höchstpersönlich die Zähne plombierte. Rostyk war Assistent an der Uni und konnte über jedes beliebige Thema interessant plaudern. Mit ihm war es sogar ein Vergnügen, die Kanalisation zu reinigen, denn er zitierte die ganze Zeit »Alice im Wunderland«. Und natürlich den Schwejk. Solche Diamanten fanden sich in dieser ganzen Scheiße! Alles außergewöhnlich nette Typen mit fast schon unanständig ukrainischen Nachnamen – Boljuk, Duljuk, Palahnjuk, Nesnajuk, Onufrak. Aber trotzdem ließen wir es leider viel zu oft zu, daß uns das System entzweite; unsere Erfahrung verpuffte, und wir begannen, uns zu fetzen und gegenseitig niederzumachen.

Und wer war deiner Meinung nach die Inkarnation des Bösen?

Wir hatten es mit einer vielstöckigen Pyramide zu tun. Am nächsten waren uns die Feldwebel. Sie kommandierten. Der damalige Verteidigungsminister hat sogar einmal erklärt, in seiner Armee hätten nur er und die Feldwebel das Sagen. Einige waren noch vor einem halben Jahr in derselben Situation gewesen wie wir jetzt. Aber das hieß nicht, daß man mit ihnen besser auskommen konnte, eher im Gegenteil. Besonders kurios war das Verhältnis zwischen ehemaligen Kommilitonen. Hier wurde die innere Prostitution besonders augenfällig. Die Feldwebel mußten wir mit Sie und auf Russisch anreden. Sie hingegen duzten uns natürlich fast durchgängig. Besonders pervers war das, wenn zwei Menschen fünf Jahre lang im Hörsaal nebeneinander gesessen und, wie es so schön heißt, ihr Brot geteilt hatten. Aber ich sollte nicht so schlecht über unsere Feldwebel reden. Ich muß zugeben, daß praktisch keine Sados darunter waren. Das Hirn ein bißchen von Armeepisse zerfressen, mehr nicht. In der vierten Kompanie, da gab es wirkliche Tiere! Die vierte Kompanie galt als die schlimmste, als würden dort ganz bewußt nur Degenerierte hingesteckt. Die Feldwebel der vierten Kompanie dachten sich alle möglichen, überwiegend nächtlichen Vergnügungen aus. So trieben sie ihre Schützen Arsch nachts zur Toilette – Zug für Zug, Gruppe für Gruppe – und zwangen sie, über dem – wie soll ich es nennen – Kübel Liegestütze zu machen. Wie heißt das auf Deutsch, so ein Loch für die Exkremente?

Scheißloch.

Genau. Das ging so lange, bis die Arme endgültig nachgaben, und jeder einzelne dieser armen Kerle klatschte mit dem Gesicht in die Scheiße. Das stimmt, ich erfinde nichts.

Woher kam das?

Was – der Drang zu drangsalieren?

Ja.

Es ist wahrscheinlich ganz einfach. Die Umstände in der Armee brachten das Abstoßendste im Menschen an den Tag. Über den Feldwebeln standen die Offiziere – die Kommandeure der Züge und Kompanien. Unglaublich verkommene Trinker. Mit ihren fünfundzwanzig Jahren sah diese Junta mindestens wie vierzig aus. Vor allem wegen des Alkohols, denn was hatten sie für eine Alternative? Die Feldwebel triezten uns, und die Offiziere triezten die Feldwebel und uns. Ursache war vor allem der Überdruß, das ist das Typische daran! Über ihnen standen die höheren Offiziere, Kommandeure des Regiments, vor denen unsere Offiziere – die der Kompanie – schamlos krochen, also auf allen vieren standen und mit dem Schwanz wedelten. Und diese höheren Offiziere triezten schon nicht mehr nur uns und unsere Spieße, sondern auch unsere Offiziere. Und oft auch deren Frauen. Und so weiter. Gekrönt wurde die Pyramide des Bösen vom Genossen Andropow im fernen Kreml. Einem bösen KGBisten-Illusionisten. Aber vielleicht sollte man ihn gar nicht für die Verkörperung des absoluten Bösen halten. Wohl wirklich nicht. Zuviel der Ehre.

Du hast von Schlaflosigkeit gesprochen. Darüber würde ich gerne etwas mehr erfahren.

Uns wurde der Schlaf so sinn- und rücksichtslos entzogen, daß unsere Schläfrigkeit chronisch wurde. Wir schliefen dauernd überall ein – für drei Sekunden, für fünf. Es gelang mir, in drei Sekunden einen ganzen Traum zu träumen. Wir konnten in jeder beliebigen Pose und Konfiguration schlafen. Sitzend schlafen. Stehend schlafen – als Tagesarsch in der Kaserne oder draußen beim Wacheschieben mit dem MG. Besonders auf dem ersten Posten, an der Regimentsfahne. Oder im Gehen schlafen. Wenn du im Gleichschritt gehst, immer im selben Rhythmus, kann man wunderbar für drei oder fünf Sekunden schlafen.

Was hast du geträumt?

Keine Ahnung mehr. Aber seitdem gibt es in meinem Leben einen Traum, den ich von Zeit zu Zeit träume: daß ich wieder in der Armee bin. Also irgendwas hat sich in der Gesetzgebung geändert oder so, und man zieht mich wieder ein. Es ist so schrecklich, daß ich laut aufschreien möchte. Was für eine entsetzliche Ungerechtigkeit – ich habe doch schon gedient! Ich winde mich allein bei dem Gedanken daran, daß wieder jemand meine Lebenszeit stehlen könnte. Aber eines tröstet mich: Im Schlaf weiß ich, daß ich inzwischen Erfahrung habe und mich nicht so leicht werde unterkriegen lassen. Ich kenne die wunden Punkte dieses nach Menschfleisch stinkenden Ungeheuers.

Wie zum Beispiel ...?

Seine Schwerfälligkeit und Dummheit. Daß es also möglich ist, mit ihm zu spielen. Man muß nur die ersten Zumutungen wegstecken – die Schimpfworte, das üble Essen, die Schlaflosigkeit, die ganze Absurdität. Die Absurdität ist die schwerste Prüfung. Einmal schickte man mich *vom Appell* irgendwelche rostigen Eisenteile durch die Gegend schleppen. Hier, sagte man zu mir, siehst du den Haufen rostigen Schrott? Den mußt du do-o-o-ort drüben hintragen. Ich spuckte in die Hände und begann. Dabei hielt ich mich eisern an das oberste Gebot des Soldaten: jeden Befehl so langsam wie möglich auszuführen. Denn ein dummer Befehl kann jeden Moment durch einen noch dümmeren ersetzt werden. Am Ende des Tages hatte ich nicht mal ein Fünftel der Eisenteile hinübergetragen. Ich war die lebendige Verkörperung des Marxismus – der These von der unproduktiven und maximal schädlichen Sklavenarbeit. Ein paar Tage später sehe ich dann, wie ein anderer Rekrut dasselbe Eisen schleppt, aber in die umgekehrte Richtung, von meinem Haufen auf den ursprünglichen. Es ging vor allem darum, uns zu quälen. Ein tieferer Sinn läßt sich in den Befehlen nicht erkennen.

Aber was hatten sie davon? Das System konnte doch an so einer Armee nicht interessiert sein.

Wahrscheinlich war es wirklich nicht daran interessiert, aber eine andere war eben nicht mehr möglich. Was haben wir in jenem Sommer bei der Grundausbildung nicht alles gemacht. Gräben gegraben, Reifen aufgeladen, die Autos der Offiziere gewaschen, Zement gemischt, Eisenteile von einem Haufen auf einen anderen getragen. Was noch? Zäune gestrichen, Mauern gemauert, heiße Ziegelsteine, frisch aus dem Ofen, getragen, Kanalröhren gereinigt, Waggons entladen – Koks, Getreide, Zement und Tomaten; mit unseren Pionierspaten das Gras vernichtet, das durch den Asphalt wuchs. Und vieles mehr. Ich denke, man versuchte einfach, mit uns alle möglichen Löcher zu stopfen, die sich in der Sowjetökonomie auftaten. Wir kosteten ja praktisch nichts.

Und deswegen hat man euch das eigentliche Kriegshandwerk nicht beigebracht?

Ganz so war es nicht. Man hat uns meiner Meinung nach etwa zwanzig Prozent dessen beigebracht, was man uns hätte beibringen müssen. Ein dutzendmal wurden wir aber schon auf den Truppenübungsplatz in Storoshynez getrieben, damit wir das Schießen lernten – vor allem aus »Kalaschis«. Unsere Mission ist das Töten, verkündeten die Offiziere unseres Zugs stolz, besonders wenn sie betrunken waren. Und auf dem Truppenübungsplatz gaben sie sich so richtig die Kanne – selbstgemachter Wein und Schwarzgebrannter. Abends bekamen sie Besuch von den örtlichen Nutten, Rumäninnen. Wir schossen aus AK-74 und benutzten Kugeln mit verschobenem Schwerpunkt. Kugeln, die laut internationalen Übereinkommen verboten sind. Sie lassen kaum Verwundete zurück. Also, so eine

Kugel trifft dich zum Beispiel an der Schulter und dringt dir dann noch in Bauch und Nieren. Einmal habe ich aus meinem Versteck heraus auf kurze Entfernung den Tschuwaschen Stoljarow erschossen. Ich weiß noch, wie er mit dem Gesicht auf den Boden plumpste und lange im Gras liegen blieb. Ich habe ihn wohl ein bißchen betäubt. Zum Glück aber nicht verwundet. Obwohl das hätte passieren können.

?????????????????

Ach, ich habe vergessen zu sagen, daß es ein Manöver mit Platzpatronen war. Ein Teil unseres Zugs spielte *uns*, der andere die Gegner aus der NATO. Irgendwie ging man davon aus, daß uns auf der europäischen Bühne das 162. belgische motorisierte Regiment gegenüberstehen würde. Warum gerade das?

Ha! Sich diese Belgier nur vorzustellen, wie sie die *CCCP* überfallen!

Eben – mit gepiercten Augenbrauen! Oder gepiercten Eiern...

Aber was – ich meine das ganz ernst –, wenn es wirklich zu einem bewaffneten Konflikt gekommen wäre? Vielleicht auf einem mehr oder weniger entlegenen europäischen Gebiet? Zum Beispiel ein Aufstand in Polen, der vom Westen militärisch unterstützt wird? Und man hätte eure Abteilung zusammen mit ein paar Dutzend anderen den Westlern entgegengeworfen?

Das lag durchaus im Bereich des Möglichen. Unseren damaligen Boß, den Genossen Andropow, habe ich ja schon erwähnt. Was den Westen betraf, war er entsetzlich orthodox. Also nicht nur, was den Westen betraf, aber vor allem. Feindbild, Konflikt der Systeme, Weltherrschaft und dieser ganze Scheiß. Von seinem Vorgänger Breschnew unterschied er sich vor allem dadurch, daß er kein Weichling war. Nichts freute ihn, er haßte das Leben. Ihn konnte man nicht mit einem neuen Mercedes umgarnen oder mit einer diamantbesetzten Uhr. Unter seiner

Führung konnte alles Mögliche geschehen. Gott sei Dank dauerte sie nicht lange.

Du hast also darüber nachgedacht, wie du dich in so einem Falle verhalten würdest?

Nein. Oder doch. Ja, ich habe darüber nachgedacht. Obwohl, nein – *nachgedacht* ist nicht das richtige Wort. Für solche Fälle hat die Staatsmaschinerie – und ich meine jetzt nicht nur die sowjetische – listig den Fahneneid erfunden. Der befreit dich von der Notwendigkeit nachzudenken. Treibt dich in die einzig mögliche Ecke, wo du dann hilflos die Fäuste ballst. Zu unserem Gelöbnis durften übrigens unsere Eltern und sonstigen Verwandten anreisen. Aber das ist ja nichts Besonderes. Mir ist nur gerade eingefallen, daß mich an diesem Tag die drei Frauen meines Lebens besucht haben: meine Mutter, meine Frau und meine Tochter. O Gott, wie pathetisch ich mich ausdrücke – *Frauen meines Lebens!* Pervers. Aber vielleicht drücke ich mich so pathetisch aus, weil sie es in diesem Falle wirklich verdienten, meine Dekabristenfrauen. Um rechtzeitig anzukommen, mußten sie um vier Uhr morgens aufstehen und sich mit dem Kinderwagen in einen überfüllten Zug drängeln. Bis heute bekomme ich feuchte Augen, wenn ich nur daran denke. Nach Beendigung der ganzen Zeremonie hat man uns für ein paar Stunden entlassen. Es war ein erstes, gespenstisches Luftholen. Wir setzten uns bei einem Gebüsch in den Schatten, und Sofijka wäre beinahe an einem Blatt erstickt. Wie konnte es nur passieren, daß sie anfing, darauf herumzukauen? Ich erzählte und schaufelte eine unglaubliche Menge von Essen in mich hinein, das sie von zu Hause mitgebracht hatten. Viele Jahre später habe ich eine Erzählung von Rilke gelesen, dort fährt ein Junge nach den Ferien in seine Militärschule zurück. Er zählt die Stunden, die ihm noch bleiben, und immer wieder bittet er seine Maman, die ihn begleitet, um etwas zu essen. In jenem Sommer waren wir alle ganz verrückt auf Süßigkeiten. Stell dir vor, fünfundzwanzigjährige Kerle laufen bei jeder sich bietenden Gelegenheit in die Cafeteria der Kaserne und kaufen *Waffeln, Kekse* und *Katzenzungen.* Es war wohl Sublimation – die ganze Bitternis, Sorge, die ganze Existenzangst kanalisiert sich in einem einzigen Verlangen, dem nach Süßem. Aha, noch ein Detail des Gelöbnisses. Am Tag nach dieser Feier waren überall in der Kaserne die Klos versifft – unsere Mägen wehrten sich gegen das Essen unserer Eltern.

In welchem Monat war das?

Im Juni. Im Oktober legten wir schon unsere Prüfungen ab und krönten unsere Schultern mit den Unteroffiziersstreifen. Ich erreichte die minimale Punktzahl – zwei. Wurde also Unterfeldwebel. Meine Leistung war grottenschlecht, trotzdem wurde ich *befördert.* Es war fast unmöglich, nicht Unteroffizier zu werden. In den ersten Novembertagen erfuhr ich, daß ich in Zukunft bei einer Einheit in der Nähe von Haisyn im Gebiet Vinnycja dienen würde. Alles, was ich von den ersten sechs Monaten mitnahm – von den zwei Streifen einmal abgesehen –, waren ein frisch verheilter Bruch am rechten Bein, größere und kleinere Schürfwunden an den Händen, die nicht heilen wollten, Zementstaub, der sich in alle Poren gesetzt hatte und sich nicht mehr abwaschen ließ, und außerdem die Worte des patriotischen Liedes »Vom Soldaten bis zum Marschall – eine Familie, eine Familie«. Ach ja, und hochansteckende Hepatitis B, aber davon wußte ich noch nichts.

Aber irgendwann hast du davon erfahren?

Es ging schon den ganzen Sommer so – ab und zu bekam einer gelbe Augen und verschwand für zwei Monate. Manche tauchten gar nicht mehr auf. Eine schleichende Epidemie. Wenn du gesehen hättest, wie und worin man das Geschirr spülte! Ich

aber glaubte aus irgendeinem Grunde, daß ich mich nicht in-
fizieren würde. Aber warte, dazu kommen wir später.

Ich hoffe, daß wir dazu kommen. Inzwischen bist du also wieder unterwegs.

Nein, schon angekommen. Ich bin schon im Wald bei Haisyn. Stell dir vor: ein verblaßter Novemberwald, 12 km vom näch-sten Ort entfernt, eine Betontrasse, auf der nichts fährt außer einem Pferdewagen und, zweimal täglich, der »UAS«-Gelän-dewagen unseres Kommandeurs. Und du bist endlich an dem Ort angekommen, wo du ein Jahr festsitzen wirst: eine verlas-sene Ecke des Waldes, Holzhütten mit komischen Anbauten, blätterbedeckte Wege, das zweistöckige Stabsgebäude, voller Spinnweben und Patina, kein Anzeichen von Leben, absolute décadence und Verwahrlosung oder noch anders – der roman-tische Park der Dichter von der Seeschule, Wasser der Trauer und Melancholie.

Super! Mir hätte das gefallen …

Natürlich gefällt dir das, genau wie der gutmütige Fähnrich, der dich hergebracht hat, sein großes ukrainisches Herz und seine riesigen Pranken, denen man ansieht, daß sie alles kön-nen – Fähnrich Kotscherschuk. Und auch, daß hier alle ir-gendwie ganz anders sind, als ob es nicht die Armee wäre, sondern ein Partisanenlager im Wald: alle furchtbar behaart, tragen Schnurrbärte und lange Koteletten, zivile verfilzte Pul-lis und Hosenträger, Ziehharmonikastiefel mit erhöhten Ab-sätzen, Hosen, eng wie Balletttrikots, taillierte Uniformmäntel mit aufgestellten Krägen: eine Haute-Couture-Schau im Ar-meestil, die alternative Abteilung. Erst dann bemerkst du: Das ist nicht alles, es gibt auch andere hier, abgerissen und sackig. Zwei Kasten. Oder anders – eine Kaste und die Paria. Verstehst du, da war es. Das, was es in der Grundausbildung quasi nicht gibt, wovon ich bisher also nur gehört hatte. Auf Russisch heißt es »djedowschtschina«, die brutale Herrschaft älterer Soldaten über dienstjüngere.

Ich habe zwar eine gewisse Vorstellung davon – vor allem aus »Oxygen Starvation«, aber trotzdem würde mich interessieren, wie du dieses Phänomen beschreibst.

Ich werde versuchen, mich kurz zu fassen. Die Stellung eines Soldaten in der Sowjetarmee hing vor allem davon ab, wie lange er schon gedient hatte. Wenn also der Wehrdienst insgesamt zwei Jahre dauerte, dann war das erste das Jahr des Unterdrückt- und Geschundenwerdens und das zweite das, in dem du andere unterdrücken und schinden durftest. Ich will mich hier nicht in Tausenden von Details verlieren, die mit den vier Stufen der internen Soldatenhierarchie zu tun haben, mit den Ritualen der *Beförderung,* dem sakralen Zählen der Tage bis zur Demobilisierung und so weiter. Im Kern geht es darum, daß die Situation der *Maden* im ersten Dienstjahr an totale Rechtlosigkeit grenzte, eine absolut beschissene Situation. Erst nachdem deine dienstliche Zeitanzeige auf »Zenit« stand und den Beginn des zweiten Jahres markierte, wurdest du langsam zum *Menschen.* Du hattest immer mehr geheime Rechte und immer weniger offizielle Pflichten. In der letzten, vierten Phase des Militärdienstes gab es nur noch eine Pflicht – nichts zu tun. Nicht mal Däumchen drehen. Einfach nur ausruhen und auf den Abgang warten. Und diese sich endlos dehnende Zeit füllte man, indem man gemächlich und liebevoll sein Abgänger-Album zusammenstellte – Fotos, Zeichnungen, Mädels in Bikinis, die man aus Illustrierten ausschnitt –, dieser ganze Kitsch. Außerdem bereitete man die *Paradeuniform* für den Abgang vor: Achselschnüre, Epauletten und harte Einlagen für die Schulterklappen. Alles andere machten die *Maden* für dich und statt deiner. In manchen Einheiten brachten sie den *Opas* sogar das Frühstück ans Bett.

Auch dort, wo du gelandet warst?

Man hat mir erzählt, daß es vorgekommen ist. Selbst habe ich es nicht gesehen. Übrigens ist das mit dem Frühstück eigentlich gar keine wirkliche Erniedrigung. Auch nicht das Bettenmachen oder Kleiderwaschen. Manchmal wurden von den Kleinen viel ausgeklügeltere Dinge erwartet – zum Beispiel, die Mücken fernzuhalten, während der *Opa* döste.

Klingt ja sympathisch … Worauf gründete sich der Zwang? Unter den Kleinen konnte es theoretisch doch welche geben, die sich widersetzten.

Ja, es gab welche. In solchen Fällen trat das System in Aktion und strafte. Meistens endete es damit, daß der Kleine kollektiv verprügelt wurde – je verstockter er sich zeigte, desto brutaler. Das war nicht lustig. Es kam zu schweren Körperverletzungen. Manchmal ging es um Leben und Tod.

Du sprichst von »kollektivem Verprügeln«. Aber die Kleinen hätten sich dem doch kollektiv widersetzen können.

So etwas habe ich leider nie gehört. Theoretisch war es möglich, vor allem dort, wo es ein quantitatives Übergewicht gab, also zum Beispiel zwanzig Kleine auf drei oder vier Opas kamen. Aber wahrscheinlich haben sich dort die Opas flexibler gezeigt und es nicht auf einen Aufstand ankommen lassen. Eines ist aber klar: ganz übel war die umgekehrte Situation – wenn drei oder vier Kleine einige Dutzend Kandidaten, Opas oder Abgänger bedienen mußten. In so einem Fall – wie nannte sich das noch? – *flogen* sie einfach. Interessant, warum man das gerade so bezeichnete. Warum so poetisch?

Könnte man es als eine Art Staat im Staat bezeichnen?

Ja, im Sinne einer parallelen Hierarchie. Die offizielle Hierarchie richtete sich nach Rängen und Posten. Die inoffizielle nach der schon abgedienten Zeit. Nach außen herrschte die offizielle, nach innen die inoffizielle.

Den Kommandeuren hat das doch wohl kaum gefallen.

Eigentlich nicht, und sie taten so, als gingen sie dagegen vor. Aber wo die Erniedrigung zur wichtigsten Form der zwischenmenschlichen Beziehungen geworden war, kam man nicht dagegen an. Sie hätten bei sich selbst, bei ihren Generälen und Marschällen anfangen müssen. Außerdem bin ich hundertprozentig davon überzeugt, daß eine maßvolle Djedowschtschina – ohne herausgerissene Därme oder zerschlagene Lungen – unseren Offizieren zupaß kam. Denn es handelte sich schließlich um eine Art *Ordnung*. Egal, mit welchen Mitteln sie erreicht wurde und dank welcher Spur aus Blut und Schleim sie sich aufrechterhalten ließ. Es ist nur ein weiterer Beweis dafür, wie die Armee das Gefängnis kopierte. Aber weiß der Teufel, vielleicht ist es ja umgekehrt! Vielleicht haben die Lager und Gefängnisse in Rußland schon immer die Armee kopiert! Jedenfalls war es komisch sich vorzustellen, wie diese Djedowschtschina zu Zarenzeiten ausgesehen hat. Also zum Beispiel das Verhältnis von einem Soldaten im ersten und einem im fünfundzwanzigsten Dienstjahr. Das waren doch schon Vater und Sohn! Echt easy, Mann, wie sich Otto von F. ausgedrückt hätte!

Und zu welcher Kategorie gehörtest du?

Was uns betraf, also diejenigen, die ein abgeschlossenes Studium hatten und deshalb statt zwei nur eineinhalb Jahre dienen mußten, so war das strittig. Da kam es ganz auf die Perspektive an. Manchmal entwickelten sich in Opa-Kreisen richtige interne Armee-Disputationen, so wie die mittelalterlichen Theologen die Zahl der Hexen auf einer Nadelspitze diskutierten. Nach der offiziellen Hierarchie sollte ich im Rang eines Unteroffiziers die mir unterstellten einfachen Soldaten kommandieren, unabhängig davon, wie lange jeder einzelne von ihnen gedient hatte. Nach der inoffiziellen jedoch hatte es kaum irgendeinen Sinn, den Opas etwas zu befehlen. Mehr noch, ein paar haben sogar in den ersten Tagen versucht, mich unterzukriegen.

Auf welche Art und Weise?

Ein paar Episoden, mehr nicht. Am zweiten oder dritten Morgen rasierte ich mich im Gemeinschaftswaschraum und ließ nur meinen frisch gewachsenen Schnurrbart stehen. Ein Georgier, der, Scheiße auch, neben mir stand, forderte, ich solle ihn abrasieren. Ich bin fast 24, antwortete ich. Es ist mein gutes Recht, einen Schnurrbart zu tragen oder nicht – wie es mir gefällt. Der Georgier war ungefähr vier Jahre jünger, aber ein Opa. Dein Alter geht uns hier allen am Arsch vorbei, sagte er äußerst aggressiv. Du bist eine Made, weil du erst sechs Monate gedient hast. Es gehört sich nicht, daß Maden einen Schnurrbart tragen. Dabei blitzte es gefährlich in seinen Augen – so, wie nur die Kaukasier das können. Ich will sehen, wie du dir jetzt in meiner Gegenwart den Schnurrbart abrasierst. Ich aber überlegte, daß es mir nur noch schlimmer ergehen würde, wenn ich jetzt einknickte. Darum versuchte ich vor allem, seinem Blick standzuhalten. Und nahm – als ob ich die Rasur fortsetzen wollte – die Klinge wieder zur Hand. Shik, glaube ich, das sind scharfe und gute Klingen. Dabei stieß ich etwas hervor wie *dieser Schnurrbart läßt sich nicht einfach so abrasieren, man kann ihn nur zusammen mit dem Kopf entfernen.* Er wußte natürlich nicht, daß das ein Zitat aus einem vorsintflutlichen Kosakenfilm war, den ich als Kind einmal gesehen hatte. Es macht wirklich viel aus, wenn man einem Blick standzuhalten und der Stimme das richtige Timbre zu geben versteht. Der Georgier knurrte noch ein bißchen und verzog sich dann mit den Worten »Heute Nacht, Verschlag«.

Was bedeutete das?

Die sogenannten *Verschläge* waren traditionell Orte des kollektiven Verprügelns.

Vom Wort »schlagen«?

Nein, es waren Wirtschaftsräume, wo zum Beispiel genäht und gebügelt wurde. Jedenfalls sollte ich in der kommenden Nacht verschlagen werden. Im Verschlag verschlagen. Um so sicherer, als ich mich als nächstes weigerte, mit den anderen Kleinen den Kasernenboden zu wischen. Ein weiterer Opa, ein Kirgise, blitzte mich aus seinen Schlitzaugen unheilschwanger an. Ich aber war der Meinung, daß ich es auf die Spitze treiben mußte, alles andere wäre mein Untergang, sie würden mich fertigmachen. Mein Hauptargument mußte sein, daß ich de facto schon im zweiten Dienstjahr war, genau wie sie. Es kam also darauf an, mein Recht durchzusetzen, in ihren Augen nicht mehr als Kleiner zu gelten.

Ein Dialog war also doch möglich?

Keine Ahnung. Jedenfalls versuchte ich, ihn zu beginnen. Aber da geschah ein Weltwunder. Nach dem Mittagessen wurde ich zum Obersten persönlich gerufen – dem Kommandeur unserer Brigade, ein mißmutiger Alter mit Glasauge und ewig verknarzter Fresse. Er nannte uns nicht anders als *Verbrecher*: Guten Tag, Genossen Verbrecher! Aber wir waren ja auch welche. Aus seiner Frage konnte ich schließen, daß meine persönlichen Unterlagen schon eingetroffen waren. Er fragte, ob ich wirklich vor der Armee in einer Druckerei gearbeitet hätte. Ich sagte, jawohl. Er fragte, ob ich nicht für einen Kurzurlaub nach Hause fahren wolle. Ich sagte nichts, weil ich glaubte, er sei verrückt geworden oder *verarsche* mich aus purer Langeweile. Aber er erklärte mir, worum es ihm ging – er benötige, sagte er, eine ganz bestimmte Mappe mit Golddruck, und wenn ich das in meiner Druckerei besorgen könnte, würde er mir fünf Tage Sonderurlaub gewähren. So daß ich also schon ein paar Stunden später auf der dämmrigen Betontrasse glücklich in Richtung Landstraße trabte, wo mich das erstbeste Auto mitnahm.

Statt im *Verschlag* fand ich mich also im Nachtzug von Vinnycja nach Franyk wieder. Ich lag auf der oberen Liege, fiel immer wieder blitzartig in einen Fünfsekundenschlaf und wachte mit schrecklichem Schüttelfrost auf. Ich weiß nicht, wie es dir geht, mir gefällt dieses Gefühl – wenn das Fieber kommt. Natürlich hätte ich glauben können, es sei eine ganz gewöhnliche Erkältung, die ich daheim schnell auskurieren könnte. Aber es war keine Erkältung, sondern Hepatitis B, im Volksmund Gelbsucht genannt, so daß ich erst zwei Monate später in den Partisanenwald bei Haisyn zurückkehrte.

Das alles bedeutet also, daß der Aufstand gegen die, wie du es nennst, inoffizielle Hierarchie im Grunde unmöglich war?

Ja, fast. Also gut, ich habe eine Geschichte dazu. Aber ich muß weit ausholen.

Wie immer.

Immer oder nicht, es gibt eben Dinge, die ich dir Schritt für Schritt erklären muß. Also. In dem Wald, in dem wir stationiert waren, lagerte ein Haufen Gerät, Bau- und Kriegsmaschinen. Wir trugen sogar Ingenieursabzeichen am Kragen, meine roten von der Infanterie mußte ich abtrennen und die neuen, schwarzen, aufnähen. Obwohl wir natürlich trotzdem zur Infanterie gehörten. Unsere Infanteristenaufgabe bestand darin, daß wir dumpf immer nur ein und dasselbe taten – mit der Waffe in der Hand diesen ganzen Schrott bewachen. Wir waren Wachhunde. Es war ein lächerlich kleiner Truppenteil, der aus nicht mehr als dreißig Soldaten bestand. Vielleicht auch fünfunddreißig. Zwei Einheiten Infanteristen, die sich täglich ablösten – das waren wir. Außer uns, den Infanteristen, gab es noch die *Schmierer*. Also Fahrer, Mechaniker usw. Sie waren es, die uns Wachhunde getauft hatten. Und wir verachteten sie, weil sie Schmierer waren und ewig nach Dieselöl stanken. All dies kommandierten an die zehn Fähnriche. Was für eine

Show, Fähnriche auf Offiziersposten! Du glaubst es nicht! Und darüber – vier Offiziere, angefangen aber nicht etwa bei irgend so einem Scheiß Leutnant, sondern gleich beim Major. Ein Major, zwei Oberstleutnants und ein Oberst. Pervers!

Vergißt du auch nicht, was du erzählen wolltest?

Ich erzähle doch! Du mußt versuchen, dir die Situation so präzise wie möglich vorzustellen. Sonst kapierst du nichts. In der zweiten Januarhälfte, als ich gerade aus dem Krankenhaus gekommen war, mußte ich gleich die Wache kommandieren. Also erst war ich kurz Stellvertreter, dann wurde ich selbst Chef.

Das hat dir gefallen?

Unterbrich mich nicht, wenn du die Geschichte bis zum Ende hören willst. In Wirklichkeit klingt das nur wichtig – Wachleiter. Unter meiner Obhut befanden sich ganze neun Soldaten und mein Stellvertreter als zehnter. Der ließ es sich gutgehen und tat nichts anderes als schlafen. In der Wachstube beim Heizkörper, *sich an die Rippen schmiegen* nannte er das. Und jetzt hör gut zu.

Ich höre gut zu.

Gut. Neun Soldaten, das sind drei Posten. Drei mal drei ist neun.

Warum dreimal drei?

Weil eine Wache aus drei Schichten besteht! Ist das bei euch nicht so? Eine Schicht ist auf Posten. Die zweite hängt in der Wachstube ab. Die dritte schläft. Und so einmal rund um die Uhr, alle zwei Stunden wird gewechselt. Eine Art Staffellauf der Schichten. Dabei müssen die Wachen jedesmal auf Posten geführt werden. Einer muß vorangehen. Der Wachleiter, also ich. Nur zweimal, tagsüber, ersetzte mich dabei mein Stellvertreter, während ich die mir zustehenden vier Stunden schlief. Okay, jetzt hast du das grobe Bild. Wenden wir uns also den Nuancen zu.

Und vergiß nicht, daß du eigentlich eine Geschichte erzählst.
Sie lebt voll und ganz von den Nuancen. Also. Wir haben drei
Posten. Der erste und der zweite gleich hier, neben der Wachstube, weit weg vom Städtchen. Der dritte ist im Städtchen
selbst. *Städtchen* nenne ich jetzt unsere Kasernen, den Stab, die
Kantine, den technischen Kontrollpunkt – die ganze Struktur
eben. Vom Städtchen zu unserer Wachstube sind es eineinhalb
Kilometer, wenn nicht mehr. Alle zwei Stunden muß ich eine
Schicht von drei Soldaten auf ihre Posten führen. Muß vorangehen, sie mir nach. Dabei wird ein eingespieltes Ritual ausge-
führt – Frage, Antwort, Ablösung. Wie wenn Kinder Soldat
spielen. Meine Aufgabe ist es, die einen hinzubringen und die
anderen zurück. Aber wer hätte sich denn daran gehalten? Nur
ein Kleiner. Die mußten natürlich wirklich Posten beziehen
und dort ausharren, wie es sich gehört. Was die Opas betrifft,
die blieben lieber in der Wachstube. Das Schicksal dieser ganzen beschissenen Maschinen interessierte sie nicht genug, um
nachts neben ihnen herumzufrieren, mit der Kalaschnikow in
der Hand. Wenn sie schon einmal Posten bezogen, dann höchstens den dritten. Vom dritten hing übrigens ab, ob wir vor
Gott Gnade finden oder aber eines Tages alle im Gefängnis
landen würden. Denn der dritte Posten mußte uns in der
Wachstube warnen, wenn eine Kontrolle kam. Der dritte Posten hieß der Kiebitz. Wenn also zum Beispiel der Öberste am
Stab sein Auto anließ und in Richtung Wachstube fuhr, um
nachzusehen, wie es den *Verbrechern* dort ging, warnte uns der
Wachhabende auf dem dritten Posten mit einem Telefonanruf.
Bis der Öberste bei uns ankommt, verziehen sich alle schnell
aus der Wachstube auf ihre Posten, und alles paletti. Keiner
geht in den Bau.
Warum sprichst du vom Gefängnis?
Für die Verletzung der Dienstpflichten auf Wache kam man

vor Gericht. Nein, eine Sache war es, wenn du eingeschlafen warst und man dich erwischte. Aber wenn du bewußt und organisiert deinen Posten nicht bezogen hattest, dann war das kriminell. Wie Vaterlandsverrat an der Front. Aber genug davon. Im Grunde war unsere Klitsche im Wald ein geeignetes Zwischenlager für alle möglichen *Elemente*. Zu uns wurde manchmal das Letzte vom Letzten geschickt – diejenigen, mit denen man in den normalen Einheiten überhaupt nicht zurechtkam. Weswegen die Heeresleitung es vorzog, sie bis zum Ende ihrer Dienstzeit in unserem Wald zu verstecken. Hier konnten sie *»keinen Schaden anrichten«*, so sagt man wohl. Man hätte sie natürlich auch mit Afghanistan bestrafen können, aber wer garantierte, daß sie dort nicht plötzlich das Feuer auf die eigenen Leute eröffneten? Unser Öberster ließ uns manchmal alle antreten, durchbohrte uns der Reihe nach mit dem Blick aus seinem Glasauge und sagte: »Verbrecher! Bei solchen wie euch brauchen die Amis nicht mal Pershings!« Er wußte, was er sagte. Und jetzt beginnt die eigentliche Geschichte.

Tatsächlich?

Ehrenwort. Im Winter brachte man in unseren verschneiten Märchenwald mal wieder *Verstärkung*. Diesmal waren es vier Neue. Zwei Opas von den Luftlandetruppen und zwei Infanteristen-Maden. Die Opas waren aus der Isjaslaw-Division geflogen, die Maden kamen von der Ausbildungseinheit in Berdytschiw. Wie alle Kaukasier und Fallschirmspringer waren die Opas widerspenstig und jähzornig, ein Armenier und ein Aseri. Was die Maden anging, so ergab sich ein noch schlimmeres Bild: Es waren Tschetschenen, Kerimow und Schidijew. Und dieses frische kaukasische Blut wurde meinem Befehl unterstellt. Mit den Opas bekam ich sofort Schwierigkeiten, vor allem mit dem armenischen selbstverliebten Schönling, aber nichts Ernsthaftes. Eine Art Waffenstillstand. Mit den kleinen Tschetschenen ging es besser, denn ich unterhielt mich mit ihnen von Mensch zu Mensch. Und beschützte sie sogar einmal vor ein paar Litauern, die sie schon an die Wand gestellt hatten, um sie mit Fußtritten zu traktieren. Die Litauer hatten dazu auch allen Grund, denn die tschetschenischen Maden hatten sich geweigert, den Boden in der Kaserne zu wischen. Wobei Schidijew erklärte, daß ihnen das die Tradition streng verbiete, und Kerimow hinzufügte, sonst würden sie von den eigenen Landsleuten abgestochen, weil es ein *Verrat an der Reinheit* sei. Mit den Litauern war ich eng befreundet, und so gelang es mir, meine beiden Soldaten irgendwie vor ihrem Zorn zu schützen. Ansonsten waren Kerimow und Schidijew super. Nur daß man sie eben um nichts in der Welt dazu bringen konnte, eine schmutzige körperliche Arbeit auszuführen – lieber wären sie gestorben. Noch dazu paßte jeder von ihnen gut auf, daß nicht etwa der andere einknickte, wie sich herausstellte, waren sie irgendwie verwandt, aus demselben Stamm. Heute weiß ich, daß es *tejp* heißt. Außerdem schrieb Schidijew Gedichte und las sie mir manchmal vor, erst auf Tschetschenisch und dann in seiner eigenen russischen Übersetzung. Er war davon überzeugt, daß Achmatowa Tschetschenin gewesen sei, warum sonst hätte sie einen tschetschenischen Nachnamen getragen. Ich wollte ihm nicht widersprechen. Was Kerimow betraf, so war er für die Kalaschnikow gemacht, oder umgekehrt die Kalaschnikow für ihn. Bei den Schießübungen traf er immer ins Schwarze – hundertprozentig, so etwas habe ich nie mehr gesehen, ein richtiges Adlerauge.

Und du weißt nicht, wo er jetzt ist und wie es ihm geht?

Leider nicht. Das war in einem anderen Leben. Nun also, Winter, Schnee und die Wachstube. Die dritte Schicht war zwischen elf und ein Uhr nachts draußen. Darunter auch der aserische Fallschirmspringer, Alyschew. Ihm war der dritte Posten zugefallen, und er mußte darauf ausharren. Beim Hinausgehen forderte er die kleinen Tschetschenen auf, ihm Bratkartoffeln zu machen. Damit er sich, wenn er aus Eis und Frost käme, so richtig an in Speck gebratenen Kartoffeln satt fressen könnte. Die Tschetschenen rührten aber natürlich keinen Finger, Speck faßten sie ja sowieso nicht an, sondern legten sich vor ihrer Schicht schlafen. Nein – sie hatten unterschiedliche Schichten, Schidijew stand Wache, und Kerimow legte sich schlafen. Wütend stürzte Alyschew in den Schlafraum, riß ihn von der Pritsche und gab ihm an die zehn Ohrfeigen. Mit ungutem Knurren begann Kerimow, diese verfuckten Kartoffeln zu schälen. Offiziell war es streng verboten, in der Wachstube Essen zuzubereiten, aber wir brieten dort nicht nur Kartoffeln. Es kam vor, daß wir Fernsehen schauten, Karten spielten und Selbstgebrannten tranken. Wie es sich für *Verbrecher* gehört. Alyschew konnte sich immer noch nicht beruhigen: Was soll das, was hat sich da bei den Maden für ein Geist breitgemacht, überhaupt keine Achtung für die *Opas*. Ich konnte das nicht mehr hören und bat ihn höflich, sich zu verpissen, denn der Kleine müsse um drei Uhr seinen Posten beziehen. Er schluckte und zog wirklich ab. Ich weiß nicht mehr, wie das mit den Kartoffeln weiterging, ich glaube gar nicht, und Alyschew legte sich ohne warme Mahlzeit schlafen. Um drei Uhr nachts löste Kerimow unter meinem Befehl Schidijew ab, und sie unterhielten sich kurz auf Tschetschenisch. Das brauchte mich nicht mißtrauisch zu machen, denn sie redeten immer Tschetschenisch miteinander, was meiner Ansicht nach okay war. Erst in der Wachstube kapierte ich, was sie besprochen hatten, als Schidijew mit dem MG im Anschlag in den Schlafraum ging, Alyschew mit einem Tritt gegen die Pritsche weckte – alle anderen, ausschließlich Opas, gleich mit –, direkt auf den Aseri zielte und ihm versprach, *wenn du Hund noch mal mit deiner ungewaschenen Pfote einen Tschetschenen berührst …* und so weiter. Der totale Schock! Standbild: die vor Entsetzen erstarrten Fratzen der alten Kämpen. »Kapiert?« fragt Schidijew und läßt die Sicherung klacken. »Kapiert«, flüstert Alyschew. Da hast du deinen Aufstand, und das war erst Teil eins.

Aber früher oder später mußte er doch das Maschinengewehr beiseite legen …

Er stellte es gleich darauf in die Pyramide, an seinen Platz zu den anderen. Er gehorchte damit meinem – gut, nennen wir es so – Befehl. Und stell dir vor, sie wagten nicht, ihm etwas zu tun! Nicht in diesem Moment, und auch später nicht. Sie benahmen sich einfach, als gebe es ihn nicht, ließen ihn in Ruhe. Es reichte also, einem von ihnen den Lauf des MG in die Fresse zu drücken, und du warst umgeben von einer Aura der Unberührbarkeit. Jetzt zum zweiten Teil der Geschichte.

Warte, eine Frage noch. Glaubst du, er hätte ihn wirklich umbringen können?

Genau davon handelt der zweite Teil unserer TV-Serie. Um fünf Uhr früh führte ich die nächste Schicht auf Posten. Obwohl ich sonst um fünf Uhr früh selbst nicht rausging. Um fünf Uhr hielt ich es meistens nicht mehr aus und schlief lautstark an meinem Tisch in der Wachstube, für alle Fälle direkt neben dem Telefon. Zu dieser Zeit bezogen meine Jungs auch ohne mich irgendwie ihre Posten. In jener Nacht aber – im Hinblick auf die *schwierigen Entwicklungen* – führte ich sie ausnahmsweise. Zuerst ging ich mit Alyschew auf seinen ersten Posten. Unterwegs schwiegen wir, und es war ein böses Schweigen. Er versuchte sich damit zu brüsten, daß er das *Hundesöhnchen* umbringen würde, aber ich ging nicht darauf ein. Hätte ich widersprochen, hätte ihn das nur noch mehr in

Wut versetzt. Ich tat also, als sei die Sache abgeschlossen und würde mich nicht mehr beschäftigen. Auf dem Rückweg wechselte ich auf dem ersten Posten Kerimow aus. Er knarzte hinter mir im Schnee – Schritt für Schritt. Kannst du dir das Knirschen des Schnees um fünf Uhr morgens im ausgestorbenen Wald vorstellen? Er blieb stehen, das hörte ich. Ich schaute mich um. Er war den Tränen nahe. Dann sagte er: »Du, warum hast du ihn geführt, warum bist du mit ihm gegangen?« Ich schwieg, und er mußte sich erklären: »Ich hätte ihn umgebracht. Wenn du nicht gewesen wärst, hätte ich geschossen.« Wie ein Rotzlöffel zog er die Nase hoch. »Ein Glück für ihn, daß du dabei warst. Ich hatte Angst, dich zu treffen.« So war das also. Weißt du, seitdem gehe ich in die Luft, wenn jemand etwas Schlechtes über Tschetschenen sagt. Er verzichtete auf das Heiligste, das sie haben – die Rache! Wegen mir. Und dabei traf er doch immer. Aber mich wollte er nicht der geringsten Gefahr aussetzen. Schluß aus.

Es wird immer deutlicher, daß das keine ganz ungefährlichen Spielchen waren: Konflikte zwischen Gruppen und dazu noch zwischen Nationalitäten, kriminelle Vergehen, Waffen. Die Gewehre müssen ja übrigens, gemäß den Gesetzen nicht nur des Theaters, mindestens einmal schießen.

Ich habe irgendwann einmal nachgerechnet und bin zu folgendem Ergebnis gekommen. Zwischen Mitte Januar und Mitte Oktober sind es 9 Monate, also rund 270 Tage und Nächte. Davon die Hälfte, denn wir schoben jeden zweiten Tag Wache. Also 135. Ziehen wir noch mal zwei Wochen ab, als man mich vorübergehend nicht als Wachleiter, sondern als Telefonist einsetzte. Wir kommen also auf 120. Im Wald von Haisyn ging ich hundertzwanzigmal mit der Waffe in der Hand auf Wache. Was vor allem eines bedeutet: Hundertzwanzigmal hätte ich ins Gefängnis kommen, verwundet oder erschossen werden können, hundertzwanzigmal hätte ich einen anderen verwunden oder erschießen können. Mit unseren Kommandeuren führten wir in Wirklichkeit einen schlimmen Krieg. Sie legten es darauf an, uns bei einem Vergehen zu erwischen, wir aber leisteten uns diese Vergehen trotzdem. Theoretisch hätten wir natürlich ehrlich dienen können, ohne Vorschriften zu verletzen. Aber in Wirklichkeit konnten wir das nicht. Und das wußten sie. Und wir wußten, daß sie es wußten. Und sie wußten, daß wir wußten, daß sie es wußten. Kennst du den 23. Februar, weißt du, was das für ein Tag ist?

Nein.

Es ist ein militärischer Feiertag, Tag der Sowjetarmee. Am 23. Februar tagsüber schoben wir Wache, und der Öberste besuchte uns in unserer Wachstube, um uns *zu unserem gemeinsamen Feiertag* zu gratulieren. Weißt du, mit welchen Worten er uns gratulierte?

Mit welchen?

Gratuliere, Verbrecher! Dient, ehrlich, ihr Hunde, sonst buchte ich euch alle ein oder schieße euch eigenhändig nieder! Das war sein Feiertagsgruß. Wie der Kirgise es nachher ausdrückte, »gratuliere – buchte euch ein, gratuliere – schieße euch nieder«. Es kam vor, daß wir trotzdem erwischt wurden. Daß also einer der Kontrolleure schlauer war als wir und uns auf frischer Tat ertappte. Zum Beispiel wenn die ganze Wachstube tief und fest schlief. Gut, wenn wenigstens die Wachen draußen auf Posten waren. Einmal im Monat bekam jeder von uns seine sieben Rubel Sold ausbezahlt. Wir gaben jeder einen Rubel und schickten einen der Kleinen nach Tarasiwka. Mit einer Wärmflasche aus Gummi unter der Uniform. Eine Wärmflasche aus Gummi faßt zwei Liter. Manchmal auch nach Mychailiwka. Aber meistens nach Tarasiwka, dort war der Selbstgebrannte billiger, jedoch ganz entsetzlich, denn er war aus Karbid gemacht.

Aus was?

Karbid, in diesem Falle Kalziumkarbid. Oberste Gefahrenstufe, was die Wirkung auf den Organismus angeht. Aber das war uns damals egal. Einmal, nachdem wir alles ausgetrunken hatten, führte ich den Moldauer auf den dritten Posten. Er hieß in Wirklichkeit Walera Karp, aber bei der Armee kam es vor, daß man die Nationalität statt des Namens gebrauchte. Zwei Stunden später kam ich, um ihn abzulösen, konnte ihn aber nirgends finden. Der Wachhabende nicht auf Posten! Wo ist der Moldauer, verdammt?! Zuerst stieß ich auf das Maschinengewehr. Ganz einfach am Weg, geladen, alle Patronen an Ort und Stelle, wer will wer will wer hat noch nicht. Klar, daß ich mit einem Schlag nüchtern wurde. Das MG ist da, der Soldat nicht. Da erst hörte ich das Schnarchen – den Moldauer im Gebüsch. Wir scheuchten ihn auf und wollten ihm mit dem MG Angst einjagen. Zum Glück hat es wieder nicht geschossen.

Einmal aber doch?

Ja. Aber ganz anders. Ich würde jetzt gerne noch unseren Sherlock Holmes erwähnen – Fähnrich Kotscherschuk. Eine richtige Bestie! Kotz-erschuk! Von allen Kommandeuren verstand er sich am besten aufs Spionieren, verfolgte uns auf jede nur erdenkliche Art, las unsere Spuren im Schnee, sah abgebrochene Zweige, an der Farbe des Urins erkannte er, wer da gepißt hatte. Ein Indianer, wie er im Buche steht. Und er verstand es, sich uns vorzuknöpfen. Konfrontierte uns mit Zeugen, übte Druck auf uns aus, als seien wir Läuse. Außerdem war er unglaublich geschickt mit seinen Händen. Wenn es den typischen ukrainischen Charakter gibt, das, was man auf russisch als *gewieften Chachol* bezeichnet, dann war er es. Manchmal, wenn wir beide allein waren, dann zitierte er auswendig seitenweise Schewtschenko. Da hatten sie schon entdeckt, daß ich, hm, daß ich ein Dichter war.

Und wie?

Erstens war ich, während ich mit Gelbsucht im Krankenhaus lag, zwei Monate nicht vor Ort. Inzwischen aber bekam ich dicke Briefe, von Mykola Rjabtschuk. Man wunderte sich: Was ist das für ein Scheiß? Warum sind die Briefe so dick? Es gab da einen Fähnrich, den Chef der Geheimen Abteilung. Ein absolut sympathischer Typ, mit dem ich gerne Musik hörte, denn auch er fuhr auf Hard-Rock ab. Und da war auch noch unser geliebter Sta-Che, Oberstleutnant Gordejew. Ein echter, kämpferischer Offizier. Schwerer Trinker, der sich immer vor seine Soldaten stellte. Wie ein Vater. Diese beiden dachten also nach, kratzten sich am Kopf und – öffneten meine Briefe. Also die an mich gerichteten Briefe. Sie enthielten nichts als meine Veröffentlichungen in verschiedenen Zeitschriften. Und stell dir vor, dieser Gordejew war so anständig, daß er mir, als ich endlich aus dem Krankenhaus zurückkam, die ganzen Briefe übergab und sich entschuldigte. Dazu meinte er: »Weißt du, Brüderchen, ich habe früher aus Liebe auch einmal Gedichte geschrieben. In meiner fernen Jugend. Nur nicht wie du – eher wie Jessenin.« Gordejew war super.

Und zweitens?

Zweitens war ich für eine gewisse Zeit – infolge einer Razzia in der Wachstube – nicht mehr Wachleiter, sondern Telefonist in der Kommunikationszentrale. Lange dauerte das nicht, denn ohne mich herrschte in der Wachstube ein noch größerer Saustall, und ich wurde wieder dorthin versetzt, aber ungefähr zwei Wochen hatte ich Ruhe. Aus Langeweile begann ich in der Kommunikationszentrale Geschichten zu schreiben. Die, die dann in »Prapor« erschienen sind, fünf Jahre später. Sieben sogenannte Armeegeschichten. Nein, es war ein bißchen anders: Eine davon hatte ich schon im Krankenhaus geschrieben, »Festtag der aktiven Anschauung«. Weitere dann in der Kommunikationszentrale. Zuerst die zwei kürzeren – »Wie wir Pia-tras töteten« und »Kleiner Vorfall mit einem Abgänger«. Das gefiel mir so gut, daß ich mich gleich an die dritte setzte – »Okay, Salamander!«. Es machte einen Riesenspaß, die ersten zwei Seiten zu schreiben, und ich parodierte praktisch alles, was ich um mich herum sah. Und ließ es unvorsichtigerweise nach Ende meiner Schicht unter dem Tisch liegen. Danach konnte ich es nicht mehr finden. Wie schade, das Schreiben war mir so gut von der Hand gegangen, was für ein Text war dabei herausgekommen! Wohin hatte ich sie nur verkramt, die zwei Seiten? Es verging ein ganzer Monat, dann sagte eben jener geheime Fähnrich plötzlich und unerwartet beim Appell: »Benehmt euch anständig. Wir haben hier einen Tsche-chow unter uns, der hat eine Satire über uns geschrieben. Wenn das gedruckt wird, wird sich manch einer wiedererken-nen. Ziemlich peinlich vor den Nachkommen, würde ich sa-gen.« Da verstand ich, wieso ich meine zwei Seiten nicht wie-derfinden konnte. Aber ich ließ mir nichts anmerken. Er sich auch nicht. »Okay, Salamander!« habe ich dann noch mal geschrieben, vielmehr den Anfang aus dem Gedächtnis rekon-struiert und dann weitergemacht.

Nicht zum erstenmal taucht in deinen Erzählungen Mykola Rjabtschuk auf.

Und nicht zum letztenmal, hoffe ich.

Könntest du näher darauf eingehen?

Mykola Rjabtschuk war so etwas wie das andere Leben für mich. Jeden Moment hatte ich zwei Verbindungen vor Augen, derentwegen ich überleben mußte. Die erste, das waren Nina und Sofijka. Die zweite – er. Der Kerl ahnt wahrscheinlich bis heute nicht, welche Mission er in jenen Jahren zu erfüllen hatte! Ich scherze. Nein, ernsthaft, er hat mich mit seinen Brie-fen schon in der Grundausbildung gerettet. Das werde ich ihm nie vergessen – stell dir vor, verdammt, diese ganzen Schikanen, die alptraumhafte Wirklichkeit, das blöde Herumgehetze, der Haß, die Erniedrigung durch das Essen, den Gestank, die Instinkte. Vor diesem Hintergrund erhältst du ausführliche, lange Briefe über ein Leben, das trotz alledem irgendwo existiert. Zum Beispiel wie sie in Kiew auf einem rebenumrankten Balkon Wein trinken und meine Gedichte lesen. Außerdem schickte er mir immer Ausschnitte aus literarischen Zeitschriften. Mit den neusten Gedichtveröffentlichungen. Er spannte also viele andere dafür ein, mich zu retten: Rymaruk, Hera, Natalka, Jurko Burjak. Sie alle waren mir nah, ohne es auch nur zu ahnen – in meiner Brusttasche, wo ich sie versteckte. Die absolute Sensation war ein Brief von Valerij Schewtschuk selbst, den mir Mykola weiterleitete. Stell dir vor, Schewtschuk war damals mein ukrainischer Lieblingsschriftsteller! Das ist ungefähr so, als säßest du im Gefängnis, und Peter Handke würde dir einen Brief schreiben! Und er schrieb, meine damalige Lemberger Prosa, die ihm Mykola gegeben hatte, sei *gar nicht übel*, eigentlich sogar *sehr ordentlich*. »Einiges gelingt Ihnen wirklich gut«, schrieb er. »Aber nur einiges.« Ich war im siebten Himmel. So fungierte Mykola die ganze Zeit, während ich in der Armee war, als mein Agent. Im Sommer 1984 kam es zu einer neuerlichen brieflichen Erschütterung: Viktor Neborak schrieb mir *höchstpersönlich*. Damals kannten wir uns nur aus Texten, die uns eben jener Mykola jeweils vom anderen zusandte.

Ist das die Vorgeschichte von Bu-Ba-Bu?

Die wahre Geschichte von Bu-Ba-Bu, dokumentiert und durchgesehen. Ich beschreibe diese Episode ganz am Anfang von »Ave, Chrysler!«, aber diese Sache kannst du wohl kaum kennen.

Wohl kaum.

Wir begannen also, Briefe zu wechseln. Von Viktor erfuhr ich, daß er – Obacht! – Ukrainisch im Donbass lehrte. That was something! Außerdem teilte er mir mit, daß er Liedtexte für eine Lemberger Rockgruppe schrieb. Ich konnte nicht anders als ihn beneiden, denn das war mein absoluter Traum – für eine Rockgruppe zu schreiben. Obwohl diese einen ganz beschissenen Namen hatte: »Zhajwir«, Lerche. Viktors Briefe sind fast das einzige, woran ich mich aus jenem Sommer erinnere. Kaum etwas anderes ist mir im Gedächtnis geblieben. Komisch. Warum erinnere ich mich nicht an jenen Sommer? An den Spätfrühling erinnere ich mich und wie wir uns fotografierten, vor dem Hintergrund der Hallen und Bunker. Und über den Raketenschächten. Ich habe ganz vergessen zu erwähnen, daß vor unserer Klitsche in diesem Wald Raketentruppen stationiert gewesen waren. Sowjetische Mittelstreckenraketen – genau die, die gegen Europa gerichtet waren. Also *taktische* Atomwaffen. Aber sie wurden verlegt, denn Objekte solcher Art ließ man nie lange an einem Ort, um zu verhindern, daß ihr Geheimnis gelüftet würde. Ich habe in meinem ganzen Leben nicht mehr so viel und so gerne fotografiert wie während meines Militärdienstes. Die einzige Erklärung dafür ist der Zusammenstoß von Unfreiheit und Jugend. Ich beschreibe es im Vorwort zum Bildband von Bertien van Manen – du hast es, glaube ich, gelesen.

Du beschreibst es sehr poetisch.

Ja, denn es war Poesie. Ich meine das Durchstreifen des Waldes, die Suche nach den offengelassenen Raketenschächten, das Eindringen in sie. Wir stiegen in ihre Eingeweide hinab und fanden Spuren der Raketenexistenz: kaputte Schaltpulte, elektronisches Gekröse, massenhaft verschiedenfarbige Drähte, die sich hervorragend für Abgänger-Epauletten eigneten; ich erinnere mich auch, welche Begeisterung leere Bierflaschen hervorriefen und zwei halbverfaulte Damenschlüpfer.

Oho, sie hatten also Mädchen hier, ganz schön dreist, diese Raketniks!

Wie war das überhaupt mit der Erotik?

Mäßig. Wadja Kusin allerdings holte sich ein paarmal Praktikantinnen aus dem Dorf in die Kommunikationszentrale. Na ja.

Aber du hattest dich inzwischen von der Brom-Blockade erholt?

Klar. Aber warum erinnere ich mich nicht an jenen Sommer? Ich bin doch die ganze Zeit nicht aus dem Wald herausgekommen. Von der Kaserne in die Wachstube und zurück. Der Grund ist wahrscheinlich, daß nichts passiert ist. Bis es dann krachte, aber das war eher schon im September. Oder doch noch im Sommer? Mir scheint, er war im Mantel. Obwohl das nichts bedeuten muß, viele von uns legten den Uniformmantel auch im Sommer nicht ab, vor allem nicht nachts auf Posten.

Was ist passiert?

Der Horror. Es war Nachmittag, und ich sollte mit meiner Gruppe am späten Abend ungefähr zum 101. Mal Wache schieben. Im Frühling (oder schon Sommer?) war es bei uns zu einer massiven Veränderung des Personals gekommen. Eine große Gruppe Soldaten wurde in die Freiheit entlassen: die beiden Kirgisen, Alyschew, Egikjan, Sisow, Iwan Jaworski mit Spitznamen Flachwichser – eine ganze Generation verdammter Verbrecher. An ihrer Stelle kam Frischfleisch, eben erst eingezogene Maden. Und irgendwie alle aus der Gegend, Ukrainer, und das auch noch aus der Zentralukraine, ein richtiges Podilja-Polisja-Kontingent. Weißt du, in der Sowjetarmee galten ukrainische Soldaten als großes Glück für die Vorgesetzten – sie waren gehorsam, diensteifrig, meistens friedfertig und mit der Neigung, sich auszeichnen zu wollen. Ähnlich wie die Weißrussen.

Und die Russen?

Die stellten sich dümmer an. Und waren viel fauler. Aber genug davon. In Zusammenhang mit diesen Veränderungen ließ sich unser Papa Kotscherschuk einfallen, die Infanterieeinheit zu reformieren, so daß in einer – meiner – nur Opas waren, denn auch ich war ja inzwischen zu einem Opa mit unglaublichem Schnurrbart geworden. Und in der anderen ausschließlich Maden mit einem Unteroffizier an der Spitze. Auch er war im Frühsommer angekommen, aus derselben Ausbildungsstätte in Sadhora wie ich. Der schlaue Psychologe Kotscherschuk dachte sich also, so wird es wenigstens in der Wachstube keine Djedowschtschyna geben. Ich isoliere einfach die einen von den anderen – und Klappe. An jenem Tag also sollten wir, die Opas, sie, die Maden, auf Wache ablösen. Nach dem Mittagessen legten wir uns unter Ächzen und Stöhnen schlafen. Das war uns heilig, die Stunde Mittagsschlaf vor der Feldwache. Die vom Statut geheiligte Stunde freier Träume. Ich stieß mich gerade mit den Zehen von der Erde ab und tauchte in die dichten grünen Wasser eines südlichen Beckens, als es plötzlich oben am Ufer krachte. Wir erwachten, blieben aber weiter liegen und diskutierten eingehend, was das wohl zu bedeuten hätte, diese Maschinengewehrsalve, was wohl, fuck, passiert sei? Nach ungefähr zehn Minuten kam ein Fähnrich angerannt und befahl uns *Aufstehen!* Was ist denn los, fragte ich vom Bett aus, denn wir hatten es schon nicht mehr eilig, allen möglichen Befehlen zu folgen – für Opas gehörte sich das irgendwie nicht. Also, sagt der Kerl, so ein Scheiß, verdammt, auf dem zweiten Posten hat sich ein Kleiner erschossen. Du und deine Leute, ihr müßt einspringen und die Wache übernehmen. Als wir eintrafen, um jene völlig aufgelöste Mannschaft abzulösen, zitterte deren Wachleiter am ganzen Körper und war nicht in der Lage zu sprechen. Auch die anderen Kerle konnten einem nur leid tun. Vor allem aber der Tote. Er lag noch immer im Postenbereich. Man traute sich nicht, ihn anzufassen, bis alle möglichen Experten eingetroffen wären. Nach einer halben Stunde kam der Öberste. Die Haare standen ihm zu Berge, das Glasauge trat aus der Höhle. Ich stellte einen Soldaten auf den Posten, der dann noch zwei Stunden neben der Leiche auf und ab ging. Welcher ist es, frage ich. Kasmuk, antwortet mir der Posten. Kasmuk – der von Anfang an so bedrückt herumgeschlichen war. Kasmuk mit seinem zu großen Kopf, von dem man nicht wußte, was darin vorging. Jedenfalls sonderte er sich immer von den anderen ab, blieb immer und überall zurück und pflegte seine Depression. Eine gewisse Zeit lag er mit irgendwas im Spital, danach teilte man ihn noch lange nicht zum Wachdienst ein, sondern in der Küche oder zum Putzen. Es war sein erster Wachdienst. Zum erstenmal mit dem MG. Zwei der schwersten Schichten hatte er schon hinter sich gebracht: die beiden in der Nacht, und auch die dritte, am Morgen. Warum, verdammt, hatte er sich gerade während der vierten Kugeln in den Kopf gejagt? Ein paar Tage später gestand eine der Maden, daß Kasmuk schon öfter davon gesprochen hatte, sich gleich beim ersten Wachdienst erschießen zu wollen. Kaum daß man ihm ein Gewehr geben würde. Aber die anderen lachten ihn bloß aus. Er schoß sich von unten ins Gesicht, in seinen etwas zu großen Kopf, das Loch war ungefähr in Höhe des Kinns. Sein halbes Gesicht war versengt, und aus dem durchlöcherten Schädel quoll die Gehirnmasse. Seine zerfetzte Mütze hing ein paar hundert Meter weiter im Gebüsch. Er war fast ein Albino, und wie er so dalag, erinnerte er an einen großen weißen Hund, nur eben tot. Das ist die Geschichte.

Die doch bestimmt ein Nachspiel hatte.

Ich glaube, es lag am Öbersten. Er zog Unglück an, das auch

uns traf. Man spürte es sofort. Es gibt solche Leute, ewig gereizt, böse. Der Litauer, der sein Fahrer war, starb auf dem Dach der Wachstube *an einem Unglücksfall*. Ist das etwa kein Beweis? Es kommt vom Haß. Es gibt Leute, die das Leben hassen, und unser Oberster war so einer. Klar, daß man sich uns nach dieser Geschichte mit Kasmuk ernsthaft vorknöpfte. Es kamen alle möglichen Kommissionen, die immer nur versuchten, aus uns, den Opas, das Geständnis herauszukitzeln, wir seien an allem schuld. Es kam da so ein Major Muchin, hergeschickt für eine längere Zeit, *um die Disziplin zu stärken*. Muß das denn sein, Muchin, verdammt, *Fliege!* Der Herr der Fliegen. Er war entschlossen, mit der neuen Ordnung gerade bei mir anzufangen und forderte, ich solle mir den Schnurrbart abrasieren. Und das, wo ich schon mit einem Bein auf dem Weg nach Isjaslaw war, zur letzten, 45tägigen Übung. Ich erwartete täglich den Marschbefehl. Um die letzten eineinhalb Monate – denk nur, die letzten, die allerletzten! – zusammen mit meinen Kumpels aus Sadhora zu verbringen, mit Boljuk, Duljuk, Nesnajuk, Arkascha, Zjapa und vor allem mit Rostyk, sich an die alten verdammten Zeiten zu erinnern, die Hölle der Grundausbildung, an die Decke zu spucken und so richtig zu saufen vor der Entlassung in die Freiheit – das war es, woran ich die ganze Zeit dachte. Aber da war diese Fliege: Nun? Wann rasieren wir uns den Schnurrbart, Feldwebel? Einer meiner Opas riet mir, Major Fliege genau so zu antworten, wie er es verdiente: Eher wird meine Truppe Ihre Frau ficken, als daß ich mir den Schnurrbart rasiere. Soldatisch bestimmt und überzeugend. Denn Fliege war nicht allein in unseren Wald gekommen, sondern mit Gattin, und man hatte ihnen ein Zimmer mit Fernseher im Wohnheim der Offiziere zugeteilt.

Und diese Antwort hast du ihm gegeben?

Nein, wo denkst du hin. So verroht war mein Gentleman-Herz

dann doch noch nicht! Aber ehrlich, ich komme bis heute nicht darüber hinweg, was für ein Schlachthaus die Armee doch ist. Was für ein Fleischwolf! Als achtzehnjähriges Kälbchen kommst du hin, naiv, komisch, verliebt, einsam, Kasmuk eben. Wenn du aber ein bißchen stärker bist als er, oder nein – ein bißchen gröber als Kasmuk, dann kehrst du von dort nach zwei Jahren so *umerzogen*, so durch die Mangel gedreht heim, herrje noch mal! Im ersten Jahr bis du ein Tierchen – zitternd, verschreckt, sprachlos. Und im zweiten ein Vieh, erbarmungslos, brutal und geil. Mit dicker gepanzerter Haut, die alles von dir abhält – vorsorglich. Die Armee, das ist vor allem die Evolution vom Tierchen zum Vieh. Obwohl ich im großen und ganzen Glück hatte. Die ganze Zeit über hatte ich einfach nur Glück.

Willst du noch etwas erzählen?

Höchstens noch vom Zug, nach unserer Entlassung. Wie wir es schafften, am Haltepunkt Isjaslaw in sechs Sekunden den Waggon nach Kosjatyn zu besteigen und die ganze Strecke bis Ternopil tranken und grölten, tranken und grölten – ein Dutzend Kriegsveteranen, von feindlichen Kugeln gezeichnet und mit Kreuzen und Sternen behängt. Niemand wagte es, sich uns in den Weg zu stellen, denn wir hatten eine Gitarre.

4 Die nächtlichen Reize der Linotypistinnen

Sie hieß Irena. Und liebte Irisse.

Welche Bedeutung hatte dieser Tod für dich?

Jedenfalls war er keine Katastrophe. Etwas anderes. Eine Wandlung? Irgendwie so nannten es die alten Chinesen. Jedenfalls paßte es zum Charakter der Verblichenen. Sie räumte einfach ihren Platz, genau zur rechten Zeit. Machte das Zimmer frei. Denn wir erwarteten ja ein Kind, das nahm sie sehr ernst und fügte sich ins Unvermeidliche. Es geschah im August, am 9. August 1982. Im Dezember wäre sie achtzig geworden. Ich weiß gar nicht, ob das viel oder wenig ist. Was meinst du?

Weiß auch nicht, aber mir scheint, manchmal ist es genug.

Genug, um müde zu sein. Vor allem, wenn dich das 20. Jahrhundert vom Kopf bis zu den Zehenspitzen einschließt wie eine Flutwelle, eine Lawine; Geburtsjahr 1902 bedeutet Ausweglosigkeit, das 20. Jahrhundert läßt dich nicht aus seinen Klauen, du mußt es einfach *annehmen*, und zwar, wie man so schön sagt, *mit Haut und Haaren*, vor allem, wenn du noch das Glück hattest, ausgerechnet auf dem Territorium zwischen den Russen und den Deutschen zur Welt zu kommen.

Ein wohlbekanntes Motiv – die Angst, *dazwischen* zu liegen. Meiner Meinung nach hast du es im »Mittelöstlichen Memento« erschöpfend behandelt.

Es erschöpfend zu behandeln ist, fürchte ich, unmöglich. Aber jetzt geht es mir um etwas ganz anderes. Darum, daß sie, Oma Irena, ein unbeschreiblich zartes Wesen war. Wie hat sie nur überlebt zwischen diesen Mühlsteinen? Denn wir wollen sie

Mühlsteine nennen, die Russen und Deutschen. So zart und zerbrechlich – eins sechzig groß, nicht mal! Und immer kurz davor umzukippen. Vielleicht hat gerade das sie gerettet? Waren ihre Ohnmachtsanfälle Ausflüge in eine andere Welt, wo sie neue Kraft und Entschlossenheit tankte? Dazu ihre dauernden Stürze. Ihr Leben lang stürzte sie, weil sie ihr Leben lang entsetzlich in Eile war und irgendwohin rannte – solange ihre Beine sie noch einigermaßen trugen. In Dora fiel sie kopfüber eine Holztreppe hinunter, plumpste in Bergbäche, weil sie auf den Steinen ausrutschte, und als Kind habe ich selbst gesehen, wie sie sich das Knie aufschlug, als sie nach dem Bus rannte. Was lag ihr nur an diesem Bus, daß sie so rennen mußte? Ein anderes Mal war es auch ein Bus, ein überfüllter – irgendwelche Asozialen stießen sie hinaus, und sie kippte rückwärts von der untersten Stufe auf die Straße. Früher einmal hatte ein bekloppter Radfahrer sie auf dem Bahnhofsvorplatz über den Haufen gefahren. Sie hatte mich, der damals ein paar Monate alt war, auf dem Arm und flog mit dem Gesicht auf den Asphalt. Um mich zu schützen, kam sie mit dem Ellenbogen auf dem harten Boden auf. Es muß entsetzlich weh getan haben. Daß sie ein paar Minuten später wegen des Schocks ohnmächtig wurde, wunderte niemanden. Für solche Fälle hatte sie immer ein Fläschchen Ammoniakgeist bei sich – alle ihre Bekannten wußten Bescheid. Autos hielten mit kreischenden Bremsen im letzten Moment vor ihr an. Keines hat sie je auch nur berührt – Millimeterarbeit à la Hollywood. Meine ersten Jahre habe ich mit ihr verbracht, sie war mir Vater, Mutter und Taras Schewtschenko in einem. Das Kreischen bremsender Autos und der tränentreibende Ammoniakgeruch haben diese Jahre begleitet, sind für mich nichts weniger als meine Kindheit. Offensichtlich waren ihre Beine einfach nicht dafür geschaffen, auf dieser Erde mit all ihren irdischen Qualen zu wandeln. Aber eine gewisse Zeit dienten sie ihr doch. In den dreißiger Jahren überquerte sie mit ihnen oft das halbe Gebirge, wobei sie sich feierlich mal als huzulische Herrin, mal als Warschauer Fräulein kleidete.

Wieso das?

Der Fotos wegen. Immer sonntags machte sie sich von Jablunyza über die *Buckel* nach Worochta auf, dort hatte ein Jude aus Łódź ein Fotoatelier eröffnet, Barenboim oder so ähnlich hieß er. Die Fotografie wurde ihre Passion. Verständlicherweise: Ihre Porträts aus der Zwischenkriegszeit passen in jedes Album und jedes Lehrbuch, sie verkörpert den Idealtypus – es ist mehr als Fotografie, es ist Stummfilm, Chicago, New York und Paris in einem, jene Zeiten, die Epoche. Sie hat sogar noch Boston und Shimmy getanzt, lange bevor die dann aus der Mode kamen. Jeder der damaligen Frauennamen hätte gut zu ihr gepaßt: Klara, Lora, Dora, Nora. Aber ihr eigener – Irena – paßte auch zu ihr. Wie tanzt man übrigens Shimmy, weißt du das zufällig?

Ich habe nur eine vage Vorstellung davon.

Schade. Ich würde gerne einen Film über sie drehen, wie sie damals war. Das Jahr 1918, zum Beispiel, sie ist fast noch ein Kind und steht an der Ecke Halyzka-Straße und Marktplatz, als gerade die Polen einmarschieren, sie haben uns mit französischen Waffen geschlagen, und jetzt marschieren sie durch das Zentrum von Stanislau und singen ihr *rozkwitał pęki białych róż* – so hat sie es mir viele, viele Jahre später erzählt: Da laufen die Polen in ihren grüngrauen, eben erst von den Franzosen geschneiderten Uniformen und singen, und ein Mädchen steht am Straßenrand, fast noch ein Kind, und die Tränen kullern ihr über die Wangen, sie wischt sie nicht einmal ab, denn wir sind geschlagen und haben verloren, unsere Soldaten sind abgezogen, und dieses polnische Lied, Teufel auch, ist wunderschön. Außerdem müßte sie in dem Film Shimmy tanzen – ein Jahrzehnt später, Ende der Zwanziger. Shimmy tanzen und lange, dünne Zigaretten einer exotischen Marke rauchen. Deshalb wüßte ich gerne, wie man Shimmy tanzt.

Verstehe.

Du verstehst, aber nicht alles. Zurück zum Fotografieren. Wie sie es später gehaßt hat, nach dem 2. Weltkrieg! Verdammt, es war eine Katastrophe – sie haßte es, fotografiert zu werden, denn plötzlich war sie nicht mehr fotogen. Wie läßt sich das erklären? Einfach mit dem Älterwerden? Niemals! Was hat das Älterwerden damit zu tun? Aber wenn dir in nur einem Jahr zwei der nächsten Menschen wegsterben, dann zerbricht etwas, und du hörst auf, fotogen zu sein. In meiner Kindheit also war es undenkbar, sie allein vor die Kamera zu bekommen, und auch Gruppen- oder Familienfotos versuchte sie zu meiden. Sie wehrte sich mit Händen und Füßen und sagte: *Diese Hexe verdirbt euch nur das Bild.* Manchmal konnten wir sie doch überreden, dann richtete sie unerträglich lange ihre Frisur, aber trotzdem wurde das Foto nichts. Das letzte Foto von ihr entstand aus einer bürokratischen Notwendigkeit – für den sowjetischen Paß *neuen Musters.* Sie nannte ihn den Paß der Baba Jaga. Sie sollte ihn nicht lange benutzen. Am 2. August 1982 ging ich zum erstenmal in die Druckerei zur Arbeit, und genau eine Woche später, wieder an einem Montag, hörte ich morgens das Wort »Agonie«. Es war mein Vater, der es aussprach, er allein blieb bei ihr und wusch sie auch, nachdem sie gestorben war. Meine Mutter rief in der Redaktion an, von dort meldete man sich in der Druckerei und teilte mir mit, daß ich nach Hause gehen könne. Nach der Beerdigung räumten wir einen Haufen alten Kram aus der Wohnung und putzten den Raum für ein neues Leben.

Und damit verabschieden wir uns von ihr?

Ich weiß nicht, mal sehen. Für den Moment jedenfalls lassen

wir sie dort zurück, auf dem Gebirgspfad zwischen den *Buk-keln*, festlich als Huzulin gekleidet, ewig auf dem Weg von ihrem Jablunyza nach Worochta, wo sie nie ankommt – möge es ihr endlich gutgehen.

Nun zur Druckerei. Du hast sie eben erwähnt.

Es war Nachtarbeit. So sagte man mir beim Einstellungsgespräch. Daß ich bereit sein müßte, nachts zu arbeiten. Weil der Leser am Morgen seine Zeitung braucht. *Frische* Zeitungen, sagte man, als ob es sich um Eier handelte. In allen Zeitungen stand damals ungefähr dasselbe, aber gelesen wurden sie trotzdem. Und – was am komischsten ist – massenhaft abonniert. Es herrschte einfach derselbe Zwang wie bei allem anderen – mindestens eine sowjetische Zeitung mußte man abonniert haben. Musterbürger abonnierten jedoch mindestens drei: eine Moskauer, eine Kiewer und eine Lokalzeitung. Die Moskauer galten als die lesbarsten, danach kamen die lokalen, denn dort stand manchmal etwas über Bekannte, und es wurden die Namen der Verstorbenen abgedruckt; am wenigstens gefielen die Kiewer Zeitungen – *weder Fisch noch Fleisch*, sagte man über sie. Arbeit bei der Zeitung galt als besonders ehrenhaft; als erhielte man dadurch Zugang zu erstklassigen, für andere unzugänglichen Informationen. In gewissem Maße war es auch so. Da ich in der Schlußredaktion arbeitete, konnte ich problemlos diejenigen Stellen erkennen, die die Zensur – wie hieß das? – zur Vermeidung des Verrats von Staatsgeheimnissen aufgespürt und gestrichen hatte.

Sehr interessant, davon würde ich gerne mehr hören.

Das habe ich mir gedacht. Hör also gut zu, deutscher Spion. Üblicherweise bestand eine Ausgabe unserer Zeitung aus vier Bögen. Für jeden war ein Korrektor verantwortlich. Nicht er allein, tatsächlich waren alle verantwortlich, aber der Korrektor für die Endversion, und damit für alle in der Zwischenzeit vorgenommenen Veränderungen. Jeder Bogen wurde nach dem ersten Korrekturlauf per Kurier zum Zensor gebracht. In ein absolut verbotenes Cabinet des Doktor Caligari, von dem niemand wußte, wo es sich befand; die Kuriere hätten nicht einmal unter Folter etwas verraten, schließlich waren sie alte Frontkämpfer und trugen vielleicht sogar noch ihre Dienst-waffe! Ein verschlossenes und vor der Welt verborgenes Ca-binet. In dem heimlich Ihre Durchlaucht Madame Staats-geheimnis wohnte, Pardon, damals nicht Madame, sondern Genossin Staatsgeheimnis. Die wenigen Späher, denen trotz allem ein Blick aus dem Augenwinkel hinein gelang, erzählten, daß das Geheimnis in tausend dicken Talmudrollen aufge-schrieben war. Diese Rollen enthielten die geheime Aufstel-lung ausnahmslos aller partiellen Staatsgeheimnisse, die in ih-rer Gesamtheit das Vereinigte Staatsgeheimnis bildeten. Auf-gabe des Zensors war es, auf den Bögen die risikobehafteten Stellen zu identifizieren und sie anhand der Schriftrollen zu überprüfen. Es konnte ja sein, daß man gerade darüber nicht schreiben durfte.

Zum Beispiel?

Zum Beispiel die Namen bestimmter Fabriken. Schon nach einer Woche wußte ich, daß mit »ein Unternehmen in unserer Stadt« entweder die Radiofabrik oder »Positron« gemeint war. In beiden wurde irgendwelcher Rüstungsscheiß produziert, Schrauben für Raketen und ähnlicher Kram. Daher durfte man sie in der Zeitung nicht unter ihrem richtigen Namen erwähnen. Was für ein Zirkus – nicht absurdes Theater, son-dern absurder Zirkus! Fünftausend Menschen malochen bei »Positron«, alle wissen, daß sie dort malochen und daß die Firma genau so heißt und daß dort Rüstungsscheiß hergestellt wird, hunderttausend andere Menschen sprechen das Wort »Positron« täglich millionenfach aus, über dem Haupteingang leuchtet es in überdimensionalen Neonbuchstaben, die sogar aus dem Kosmos zu lesen sind, ein ganzer Stadtteil heißt so, aber in der Zeitung darf man das Unternehmen nicht beim Namen nennen!

Vielleicht haben sie geglaubt, daß irgendwer in Washington täglich eure Zeitung liest?

Genau das. Aber am lustigsten wäre es doch, hätten sie es nicht nur geglaubt. Wenn man sie dort wirklich gelesen hätte. Ich sehe die Szene vor mir: Tief im Bauch der CIA blättert ein mit dem Monitoring beauftragter Spezialist jeden Morgen die immer noch *frische* Ausgabe unserer Zeitung durch, überfliegt Seite für Seite und sagt zu seinem Assistenten am benachbarten Schreibtisch – oh, da steht wieder was über den Franyker »Positron«. Woher weißt du das? Der Assistent hebt seinen Schlangenkopf von den Fotos eines nackten, von Delphinen umgebenen Fidel. Weil hier »ein Unternehmen unserer Stadt« steht, erklärt der mit dem Monitoring beauftragte Spezialmitarbeiter und umkringelt die Stelle mit seinem rosa Agentenmarker.

Warum ist der Marker rosa?

Keine Ahnung, das kam mir einfach so über die Zunge. Nein, ich weiß – weil es die Farbe des Optimismus ist! Und die CIA-Leute müssen Optimisten sein, sonst könnten sie es gleich bleiben lassen. Aber es geht hier ja nicht um den Textmarker, sondern darum, daß die Zensur manchmal über alles von der Rüstungsindustrie vorgegebene Maß hinausschoß. Einmal zum Beispiel haben wir den Text eines Historikers vorbereitet, und der Zensor forderte, das Wort »Mongolo-Tataren« gegen das Wort »Reitervölker« auszutauschen. Wenn ich recht verstehe, so durfte man weder die brüderliche Mongolische Volksrepublik noch ihren Führer, den Genossen Jumshagin Zedenbal, persönlich beleidigen und noch weniger die noch brüderli-

chere Tatarische Autonome Sowjetrepublik. Es war also erlaubt zu wissen, daß im 13. Jahrhundert *Reitervölker* in die Kiewer Rus eingefallen waren; daß es sich bei diesen *Reitervölkern*
in Wirklichkeit um »Mongolo-Tataren« handelte, war hingegen ein Staatsgeheimnis. Jemand war eingefallen, aber wer, das
blieb geheim.

**Mir scheint, daß du bei dieser Nachtarbeit einiges zu lachen
hattest.**

Es gab nichts, was es nicht gab, wie sich Figuren der ukrainischen Klassik ausdrücken würden. Bei uns spricht man in
solchen Fällen nicht von Lachen, sondern von Brüllen vor
Lachen. An den Zensoren hat mich übrigens am meisten fasziniert, daß sie jede Ausgabe der Zeitung gleichberechtigt mit
dem Chefredakteur abzeichneten, allerdings anonym.

Wie kann man etwas anonym abzeichnen?

Mit einer Chiffre. Jeder Zensor hatte für jede Ausgabe eine
persönliche Chiffre aus zwei Buchstaben und, wenn ich mich
recht erinnere, fünf Ziffern. Uneingeweihten fiel zum Beispiel
ein BC17354 in der rechten unteren Ecke des Bogens überhaupt
nicht auf. Für die Eingeweihten aber war es die persönliche
Unterschrift des Zensors. Oh, dazu fällt mir was ein. In einer
der Geschichten, die ich beim Militär schrieb – sie heißt »Festtag der aktiven Anschauung« –, schleicht der aus Afghanistan
zurückgekehrte Held nach einer ganztägigen Sauftour nach
Hause, betrunken und noch dazu von irgendwelchen Wirts-
hausmusikanten verprügelt. Er hatte gleich an diesem ersten
Tag versucht, die Frau eines der Typen rumzukriegen, woraus
sowieso nichts hätte werden können, denn er ist, wie aus verschiedenen Anspielungen hervorgeht, seit Afghanistan impo-
tent, aber das tut jetzt nichts zur Sache. Die Ärsche haben ihn
trotzdem verprügelt, ihn spät abends im Park so richtig fertiggemacht. Jetzt kriecht er heim, es ist Nacht, die Stadt leer, er

betrunken, völlig fertig und einsam. Keiner braucht ihn oder seinen Penis. Klar, daß er *vor dem Krieg* in einer Druckerei gearbeitet hat. Und jetzt kommt er an der Druckerei vorbei und sieht, daß dort noch Licht brennt, in einem einzigen Fensterchen, das einzige Licht der Stadt. Das einzige Licht auf der ganzen Welt, verstehst du? Ein einziges beleuchtetes Fensterchen in unendlicher Nacht. Und plötzlich wird ihm klar, daß es das Cabinet des Zensors ist, der gerade den letzten Zeitungsbogen für die Welt freigibt. Kaum daß er unterschrieben hat, beginnt der neue Tag. Was für eine lebensbejahende Coda. Ich habe es übrigens genau so geschrieben: Das Fenster des Zensors BC17354. Natürlich war an eine Veröffentlichung dieser Erzählungen überhaupt nicht zu denken – es handelte sich ja nicht um Armee-, sondern um Anti-Armee-Geschichten. Als ich Ende 1984 meinen Militärdienst absolviert hatte und wieder zu Hause war, habe ich sie auf meiner geliebten Schreibmaschine zweimal abgetippt und ein Exemplar Rostyk geschenkt, das andere Rjabtschuk gezeigt. Rjabtschuk hat die Erzählung in Kiew in Umlauf gegeben, und ab und zu bekam ich von einem dankbaren Leser Nachricht. Ein paar Jahre lang zirkulierten sie so durch die Szene. Ein paar sehr dynamische Jahre – die Perestroika und alles, was dazu gehört. Du weißt schon. Ehe ich mich versah, war es im Sommer 1989 plötzlich möglich, die Erzählungen zu drucken: in der Charkiwer Zeitschrift »Prapor«. Ich freute mich unheimlich über die Veröffentlichung. Um so mehr, als an meinen Texten absolut nichts verändert wurde. So weit waren wir damals schon mit unserem demokratischen »Alles ist erlaubt«! Der Zensor hat sich nicht mehr eingemischt, stell dir vor! Mit einer Ausnahme: er hat die Chiffre aus dem Text gestrichen. Woraus folgt, daß dies das allerletzte Staatsgeheimnis war, das man selbst unter den Bedingungen einer schrankenlosen Glasnost nicht enthüllen durfte.

Worin bestand nun eigentlich deine Arbeit?

Ich war der *Schlußmann*, das heißt, ich mußte mich in der Nähe der Druckmaschinen aufhalten und die *technischen Prozesse* überwachen. Das alles fand ja statt, bevor es Computer gab, und die Technologie war auf dem Stand des guten alten England zu Zeiten des Frühkapitalismus: Linotype-Setzmaschinen, Zusammenstellung der Zeilenblöcke per Hand, Korrekturlesen der Druckstöcke, Matrizendruck und so weiter. Ich war bis zu den Ellenbogen voll schwarzer Farbe, meinen Arbeitskittel könnte man heute im Museum für Druckereigeschichte ausstellen – so viel hat sich darauf abgesetzt, in ihn, verdammt, hineingefressen. Das erfolgreiche Erscheinen der Zeitung hing vor allem von den Druckereiarbeitern ab, mit denen in großer menschlicher Freundschaft und Eintracht zu leben ich mich Tag für Tag bemühte, also in regelmäßigen Abständen die Linotypistinnen in die Titten zwickte und mit den Metteuren im Umkleideraum einen hob. Du weißt, was Metteure sind?

Ich habe von ihnen gelesen.

Das ist gut. Von den Metteuren hing schrecklich viel ab, und sie fühlten sich entsprechend als Aristokratie unter den Arbeitern. Sogar Lenin hat geschrieben, daß die Arbeiter in den Druckereien die gebildetste Schicht der Arbeiterklasse darstellen, die Avantgarde der Avantgarde. Die Zurückgebliebensten sind übrigens nach Lenin die Bergleute, und da muß ich ihm leider recht geben. Metteure also. Die Überschriften setzten sie eigenhändig. Trugen jedoch keinerlei Verantwortung für etwaige Fehler – die lag einzig und allein beim Korrektor. Die Metteure trieben daher gerne ihre Späße und machten in den Überschriften alle möglichen absichtlichen Fehler: schrieben zum Beispiel statt »Die helle Zukunft im Blick« »Die helle Zukunft im Fick«. Vielleicht war es eine milde Form des gewaltlosen Widerstands gegen das SYSTEM, eine Art Sabotage. Die Korrektoren, die man für solche Sachen später wirklich fickte, und zwar ernsthaft und ohne daß sie danach noch irgendeine Zukunft gehabt hätten – die Korrektoren also entwickelten eine spezielle Technik, nur die Überschriften zu lesen, bevor sie die Bögen abzeichneten. Dabei hörte man sie manchmal laut aufstöhnen, sah sie erschauern, sich ans Herz greifen und plötzlich graue Haare bekommen. Aber zu meiner Zeit war das nur noch Pipifax. Zu meiner Zeit wurde man als Korrektor für einen Fehler nicht mehr erschossen oder nach Sibirien geschickt. Aber im kollektiven Gedächtnis der Korrektoren hatten sich furchterregende Legenden aus den vierziger und fünfziger Jahren erhalten. Als zum Beispiel eine Ausgabe gedruckt wurde, und in der Überschrift wurde aus KOMMUNISMUS – KOTUNDPISSMUS. Oder ein Leitartikel über den großen Führer hieß »GROSSER STALIN«, aber da stand: »GOSSEN-SPANIEL«. Auf solche Wortspielereien stand zehn Jahre GULAG, mindestens. Das jedenfalls schätzte der dienstälteste Korrektor Wolodymyr Iwanowytsch, und er war wirklich der Älteste, unbeirrbar tat er bei der Zeitung seinen Dienst, ich glaube, seit dem Jahr 1946. Eine entsetzliche Vorstellung! Ich weiß genau, hundertprozentig, welche Alpträume er sein Leben lang gehabt haben muß. Und wovon ihm der kalte Schweiß ausbrach.

Hast du ähnliche Erfahrungen gemacht?

Nein, das war alles längst nicht mehr so dramatisch. Kinkerlitzchen. Zum Beispiel in einer der Ausgaben nach Tschernenkos Tod. Kennst du den noch?

Sag.

Es gab da so einen uralten Generalsekretär, der angeblich das Land regierte, in Wirklichkeit aber das ganze Jahr seiner Regierungszeit im Koma lag. Also vielleicht nicht im Koma, aber nahe dran. Wenn er unter Leute ging, trug er jedenfalls Pampers – mit Sicherheit. Der starb also. Und das bedeutete für uns den Ausnahmezustand: Sonderausgaben, 18 Stunden Arbeit am Stück und ähnlich traurige Dinge. Trauer eben! Ich vergesse nie, wie der Mechaniker Pawlo Antonowytsch in die Werkshalle kommt, mit stolz geschwellter Brust, ein schon älterer Mann und Druckereiveteran – und hinter den Gläsern seiner Brille strahlt ein so gleichmäßiges, heiteres Licht, daß es keinen Zweifel gibt: Pawlo Antonowytsch hat es geschafft, nicht weniger als 300 Gramm Schnaps zu sich zu nehmen. Weswegen ihm diese ganzen Nachtwachen, ehrlich gesagt, auf den Geist gehen. Also sagt er: Vielleicht könnte ich schon heimgehen, die Linotype sind geölt, Maschinen wie Arbeitselefanten, was soll ich hier dumm rumhängen? Und ich zu ihm: Weiß der Teufel, Antonowytsch, und wenn plötzlich was passiert? Bleiben Sie noch ein Stündchen oder zwei, schließlich *trauern* wir heute. Er darauf ärgerlich: Scheiße auch, ich trauere doch! Aber besser trauere ich bei mir daheim! Dieses »Scheiße auch, ich trauere doch« hat mir so gut gefallen – vor allem vom poetischen Gesichtspunkt her – daß ich ihn natürlich sofort habe gehen lassen. Aber ich wollte doch etwas ganz anderes erzählen.

Die Überschriften.

Genau. Tschernenko starb – und in allen Zeitungen ging es auf den ersten drei Seiten nur um seine Beerdigung. Berichte, Artikel über die international-historische Bedeutung seiner Person, Kondolenz- und Konsolidierungstelegramme von Bergleuten, Mähdreschern und der schwarzen Bevölkerung Südafrikas. Die vierte Seite aber ist noch frei, und dorthin schaufeln wir, wie es so schön heißt, unsere Reserven – alle möglichen anderen Materialien, Sport, Wetter, Kino, internationale Nachrichten etc. Unter anderem auch ein Feuilleton über irgendwelche Geset-

zesänderungen in den USA, ein gutes, die dortigen Verhältnisse anprangerndes Feuilleton. Wir nehmen es also rein, ich
schicke den Kurier mit dem Bogen in die Redaktion, es vergehen zehn Minuten – und das Telefon klingelt. Mein Apparat
hatte übrigens keine Wählscheibe, er war direkt und ausschließlich mit dem Sekretariat verbunden. Es klingelt also, und die
entsetzte Stimme des Redaktionssekretärs kreischt mir ins Ohr:
Hast du das gesehen?!!! Was ist los, frage ich. Hast du die Überschrift dieses beschissenen Feuilletons gesehen?!! Absolut okay,
die Überschrift, antworte ich, Baltika, 36-Punkt. Wie, okay, wie,
okay? schäumt der Sekretär. Und ich lese vor: BEERDIGUNG
DER DEMOKRATIE. Eben, Scheißdreck, schreit der Sekretär,
Beerdigung der Demokratie, und wir beerdigen den Genossen
Tschernenko!!!!! Seine Panik war nicht ganz unbegründet: Das
SYSTEM suchte auf Schritt und Tritt nach inneren Feinden, nach
Residenten. Anonyme Schnüffler, noch anonymer als die Zensoren, waren mit nichts anderem befaßt. Sie konzentrierten sich
ausschließlich auf die Überschriften, setzten diese in Zusammenhang mit anderen Überschriften, mit dem allgemeinen
Kontext, dem Tagesthema, mit ideologischen Abweichungen,
und bei dieser ganzen bürokratischen Mühle kam schließlich
heraus, daß zwischen den Zeilen Häresie steckte! Und alles
nur, um endlich diese vermaledeite Bandera-Brut aus ihrem
Versteck zu locken, gefährliche Elemente, die alles daran setzten, in der Überschrift einer offiziellen Zeitung urplötzlich
und heimlich zum bewaffneten Widerstand aufzurufen.

**Und wie war es mit der Beerdigung des vorherigen General-
sekretärs?**

Andropow?

**Ich glaube. Eigentlich weiß ich nur noch, daß sie irgendwie
schnell wegstarben, einer nach dem anderen.**

Nein, Andropow habe ich nicht beerdigt, damals war ich bei

der Armee. Wir standen gerade zur Wachvergatterung in der
Kälte, und der Öberste warnte uns, in dieser Nacht müßten
wir besonders wachsam sein, denn *in Zusammenhang mit dem
Ableben des Genossen Andropow könnte es zu Provokationen
kommen.* Stell dir vor – Provokationen im Wald bei Haisyn!
Uns allen entfuhr ein Schnauben, als wir das von ihm hörten,
er aber blinkerte bloß irre mit seinem künstlichen Auge und
bellte: *RRRRuhe, Verbrrrrrecher!* Andropow habe ich nicht
begraben, dafür aber 1982 Breschnew. Und das war wunderbar.

Wunderbar?

Das Wunder bestand darin, daß er gestorben war. Stell dir vor,
mein ganzes bewußtes Leben hatte bis dahin unter seiner Regierung stattgefunden. 18 Jahre! 6570 Tage und Nächte! Und
kein Tag, an dem er nicht präsent gewesen wäre. Von den
Nächten ganz zu schweigen. Man konnte ihn sich nicht anders
als ewig vorstellen, eine Konstante des Daseins. Wir hatten uns
sozusagen mit ihm abgefunden. Millionen Witze wurden über
ihn gerissen, über seine Sklerose und seine Marasmen. Jeder
wußte, daß er uralt war und was für schädliche Angewohnheiten er hatte. Wie übel er aus dem Rachen und dem Hosen-
schlitz stank. Es war Usus, ihn zu verspotten. Tausende konnten seine Stimme imitieren und seine Reden parodieren. Es
wurde Teil der Folklore. Unser Karnevalsprinz. Unser Narr.
Alle nannten ihn Ljonja und konnten ihn, offen gesagt, nicht
ausstehen. Hatten sich aber irgendwie mit ihm abgefunden,
so wie man sich mit einem unausweichlichen und nicht allzu
schlimmen Übel abfindet. Er süffelte den teuersten Kognak
und war unglaublich geil auf die neusten Mercedes-Modelle.
Darum hat die SPD-Regierung der damaligen Bundesrepublik
ihre legendäre Ostpolitik überhaupt so erfolgreich betreiben
können. Sie flößten ihm einfach Kognak ein und schenkten

ihm jedes Jahr den allerneusten »Merce«. So dämmten sie die sowjetische militärische Bedrohung ein. Ljonja fand Gefallen daran, selbst am Steuer zu sitzen, meistens nachts, und auf der Moskauer Umgehungsstraße Vollgas zu geben. Stell dir vor – ein von Sklerose und innerer Fäulnis befallener Halbtoter, der mit 180 Stundenkilometern über den Mittelstreifen brettert! Jeder dieser Greise hatte seinen Spleen. Bei Ljonja waren es Kognak und »Merce«, bei Kossygin der Jazz. Kossygin hatte die größte Jazzmusiksammlung der Sowjetunion. Während Suslow das italienische Kino liebte, vor allem Fellini. Natürlich schaute er sich dessen neue Filme immer als erster an und entschied an Ort und Stelle, welche Szenen herausgeschnitten werden mußten. Er selbst aber – und hier bleibt uns nur, den Himmel um Rache anzuflehen – behielt die ganze, unzensierte Version.

Woher weißt du das alles?

Eine gute Frage. *Aus verschiedenen zuverlässigen Quellen, von denen jede anonym bleiben möchte*, wie man jetzt bei uns sagt. Wenn ich mich nicht irre, dann brachte ich Nina am 10. November in die Klinik. Sofijkas Geburtstermin rückte näher. Daheim fand ich meinen Vater, wie er vor dem Radiogerät stand und ein Sinfoniekonzert hörte. Irgendwas stimmt hier nicht, dachte ich. Was hört er plötzlich im Stehen ein Sinfoniekonzert, wo er doch so etwas sonst nicht mal sitzend hört. Und richtig stellte sich heraus, daß er gar nicht das Konzert hörte, sondern sehnsüchtig auf eine Mitteilung wartete, denn sein alter Kumpel Kubyk hatte angerufen und gesagt, Breschnew sei gestorben. Ich stellte mich neben meinen Vater, und wir hörten das Sinfoniekonzert zusammen, bzw. hörten es eben nicht. Ab und zu sagte einer von uns: *unmöglich*. Oder: *da soll doch ...* Dann kam endlich die Bestätigung. Die Musik verstummte, und der Lügenempfänger verkündete mit der unnachahmlichen, vor Trauer zitternden Stimme des Sprechers Levitan, daß Vaters Kumpel Kubyk recht gehabt hatte. Um zwei Uhr mittags ging ich wie immer zur Arbeit, aber wie sich herausstellte, gab es im Moment noch nichts, woraus man eine Zeitung hätte machen können. Das vor Schmerz gelähmte Moskau hatte noch keine einzige Seite übermittelt, offenbar konnte sich der Greisenverein im Politbüro einfach nicht darauf einigen, in welcher Form das alles jetzt der Öffentlichkeit präsentiert werden sollte, vielleicht aber kapierten sie auch erst nach und nach, daß ihr Gefährte Ljonja sich plötzlich davongemacht hatte. Ich hing ein bißchen in der Werkstatt rum, kippte in der Umkleide mit Pawlo Antonowytsch und Ferlej hundertfünfzig Gramm, dann erhielt ich einen Anruf aus der Redaktion. Sie schickten uns bis zum späten Abend nach Hause, danach würden wir, soviel war klar, die ganze Nacht bis zum Morgen hier sitzen. Und nicht nur eine, sondern mindestens drei oder vier Nächte, bis es sich *ausgetrauert* hatte. Ich wanderte zurück und dachte den ganzen Weg, wie kraß sich das alles traf: Nina würde unser Kind gebären, der Tyrann war gestorben, und die tiefe Novemberdunkelheit brach herein – der Atem der Geschichte.

Oho?

Im Sterben der Generalsekretäre, vor allem aber in dem Breschnews, steckte eine unaussprechliche Poesie. Seine Beerdigung, die ganze Zeremonie, wurde vom Fernsehen live übertragen. Als sie endlich den Sarg mit seinem zentnerschweren Körper in die Erde hinabließen, da rutschte der oder glitt aus der Schlinge, jedenfalls polterte er mit voller Wucht in die Grube, daß die Frostluft stöhnte und summte, und danach stöhnte und summte das ganze Land. Sogar überzeugte Atheisten spuckten dreimal aus und bekreuzigten sich. Aber keiner hat wohl damals verstanden, daß der Fall des Sargs in Wirklichkeit der Anfang vom Fall des Imperiums war.

Keiner außer dir natürlich –

Nein, wo denkst du hin! Ich erinnere mich nur an den ganzen Wahnsinn jener Tage, oder besser Nächte. Gegen vier oder fünf Uhr nachmittags gehst du zur Arbeit und schleppst dich um sieben oder acht Uhr früh von der Arbeit nach Hause. Schmeißt dich ins Bett und wachst gegen Mittag auf, putzt dir die Zähne, bringst deiner Frau die Tagesration in die Klinik und schwirrst wieder ab zur Arbeit. Der morgendliche Heimweg stimmte mich allerdings froh. Du gehst, alle Leute, die dir entgegen eilen, sind unausgeschlafen und schlechter Laune, überall Fahnen mit schwarzem Flor, aber das ist es gar nicht, sondern daß diese ganzen Leute gerade erst zur Arbeit gehen, du aber schon Feierabend hast und dich gleich kopfüber in deine grünen, wasserpflanzenbewachsenen Buchten stürzen wirst. Mir gefiel das – Nachtarbeit. Daß man nicht im Morgengrauen aufstehen, sondern sich dann gerade schlafen legen mußte. Eine Art nächtliche Jazz-Session in den leeren, von Neonleuchten erhellten Korridoren der Druckerei. Dazu die unzähligen Rauchpausen mit dem gebildeten Metteur Sascha. Und daß ich mittwochs und sonntags frei hatte. Die Arbeitswoche kam einem dadurch viel kürzer vor: Montag, Dienstag, und hoppla! – ein freier Tag. Dann Donnerstag, Freitag, ein bißchen Samstag, und hoppsa! – schon wieder Sonntag. Besonders zärtlich liebte ich den freien Mittwoch. Mittwochs hatte ich mir angewöhnt, nicht nur durch die Stadt zu wandern, sondern zu wandern und zu dichten. Damals schrieb ich ein Gedicht erst auf, wenn es in mir drin ganz fertig war.

Und du hattest keine Angst, etwas zu vergessen?

Nein, denn alles baute auf Reimen auf. Begann mit den Reimen. Die Reime konnte ich nicht vergessen, und das Dazwischen war dann leicht zu rekonstruieren. Vor allem liebte ich es, durch die Straßen mit alter Bebauung zu streifen, vorbei an den für Franyk typischen Häusern, Halbvillen, Pseudopalästchen, an Jugendstil und Empire. Hier ein Beispiel: *Urbane Wanderung – Moderne, Empire | – von selbst fast bring ich das Wort aufs Papier.* Wie könnte man diesen Reim vergessen: *Empire – Papier?* Nicht schlecht, oder?

Das kannst du besser beurteilen.

Eben. Es war eine seltsame Zeit – weil ich begann, Franyk zu entdecken. Ich hatte keine Alternative und mußte also lernen, seine Schönheit zu sehen. Und es gab sie, ich brauchte gar nichts zu erfinden. Allerdings war sie verborgen. Also mußte ich jedes architektonische Detail aufblasen – und Franyk, also das alte Stanislau, besteht aus nichts als architektonischen Details –, jedes mußte ich entdecken, von seinem nichtssagenden Hintergrund trennen und zum Mythos aufblasen. Versuchen wir es noch mal: *Urbane Wanderung – Moderne, Empire | – von selbst fast bring ich das Wort aufs Papier | das Wort von Tor und von Dach und Kamin | Vestibül, Veranda, Mansarde, Balkon.* Kein Zweifel, daß es um die Linden-, also um die Schewtschenko-Straße geht. Oder um die damalige Majakowski-Straße. Dort habe ich durch die Fenster in die *stillen Tümpel trüber Zimmer* geblickt. Dort wohnten meistens Russischsprachige, Offiziere mit ihren Familien, Generäle, alle möglichen Vorgesetzten – Leute, für die wir auch ein halbes Jahrhundert nach ihrer Übersiedlung hierher *Einheimische* blieben. Ich würde mich nicht wundern, wenn ihre Enkel auch heute noch so von den Galiziern sprächen: *Einheimische.* Eigentlich hat das nichts Abwertendes – okay, *Einheimische* heißt weder *Achtfingrige* noch *Gehörnte* noch *Vierfüßler.* Einheimische sind eben Einheimische. Aber du mußt zugeben, daß es eine Art ist, das Fremde zu bezeichnen, also eine Art der Entfremdung.

Und wie habt ihr sie genannt?

Oh, das war eine asymmetrische Reaktion. Wir nannten sie Moskowiter.

Also offen abwertend?

Sieht so aus. Vielleicht war das das Recht der Unterdrückten.

Wie haben sie euch denn unterdrückt?

Sie sorgten dafür, daß wir uns immer in einem Zustand der Ungewißheit befanden. Äußerlich gab es keinerlei Diskriminierung, aber ...

Warum zögerst du?

Moment. Ich kann es nicht richtig ausdrücken. Also gut. Sie hielten uns in einem Zustand der Ungewißheit, weil sie unsere geheime Abneigung gegen das SYSTEM spürten. Es war allein ihr SYSTEM, nicht unser gemeinsames. Sie hatten viel bessere Aufstiegschancen, genau wie diejenigen unter uns, die sich verkauft hatten.

Was meinst du mit Ungewißheit?

In etwa *solange ihr ruhig dasitzt und eure Wut hinunterschluckt, tun wir euch nichts, aber traut euch nur zu mucken, dann zeigen wir euch, wer hier der Herr im Hause ist.* Dabei war es keineswegs so, daß sie uns *nichts taten.* Das glaubten nur sie.

Vielleicht verstehe ich, was du erklären willst. Gut. Hat dich diese Alltagsmonotonie – in die Druckerei und aus der Druckerei nach Hause – nicht bedrückt?

Eigentlich nicht, soweit ich mich erinnere. Ich verfügte ja über ein Mittel des Widerstands. In meinem Inneren hegte ich meine Gedichte, dann schrieb ich sie in ein eigenes Notizbuch. Durch Sofijkas Geburt erhielt ich noch einen, nennen wir es mystischen Beweis, daß ich ein glücklicher Mensch bin. Mittwochs hegte ich meine Gedichte nicht mehr allein, sondern in ihrer Gesellschaft. Sie schlief in ihrem Kinderwagen, ich schob ihn vor mir her und fing die liebevollen Blicke ausnahmslos aller Passanten auf. Außerdem mochte ich es, nachts aus der Druckerei heimzugehen. Es dauerte ungefähr eine halbe Stunde, immer ging ich zu Fuß, durch die ausgestorbene Tschapajew-, Wassiljew- und Moskauer Straße. Die jetzt alle anders heißen. Während ich ging, formte sich in mir eine Strophe, manchmal auch zwei. Manchmal begegnete mir jemand. Nachtmenschen wollen meist nur eins: Zigaretten und Feuer. In all den Jahren habe ich nachts bestimmt hundert Zigaretten verschenkt und nicht weniger oft jemandem Feuer gegeben. Einmal stieß ich an der Ecke Tschapajew- und Puschkin-Straße auf eine alte Frau – wirre Haare, ein abgewetzter Morgenmantel über dem Nachthemd. Was sie an den Füßen trug, weiß ich nicht mehr, nur, daß es kalt war. Eine Verrückte. Vielleicht gerade aus der Klapse entsprungen. Sie hielt mich an und fragte: *Hören Sie, hören Sie, irgendwo hier, irgendwo hier lebte doch* ... Ich zögerte einen Moment, stieß dann aber hervor: *Wer, wen suchen Sie?* Sie riß die Augen weit auf und verstummte. Verstand nicht, wovon ich sprach. Mir kam in den Sinn, daß sie vielleicht gar keine Verrückte war, sondern ein Gespenst. Eine Gestalt aus feinster Materie. Ich machte mich davon, sie aber blieb, wo sie war. Nach ungefähr hundert Schritten drehte ich mich um, sie stand unbeweglich und blickte mir nach. Die verrückten alten Leute – das ist überhaupt das Schicksal Galiziens. Heute sind die meisten von ihnen wohl tot. Vor zwanzig Jahren jedoch traf man sie überall, auf Schritt und Tritt. Aber das ist eine andere Geschichte. Ich wollte über die Vorteile der Nachtarbeit erzählen. Übrigens: mittwochs konnte ich morgens mit dem Rachiwer Zug nach Lemberg zu Rjabtschuk fahren und erst am Donnerstagmittag mit dem Kiewer zurückkehren.

Wie hat das angefangen?

Der Türke hat uns miteinander bekannt gemacht, mein schon

erwähnter Jugendfreund. Es sah nach Postskriptum aus, war aber in Wirklichkeit ein Prolog. Kaum hatte ich Lemberg für immer verlassen, da kam er mich besuchen. Der Türke gehörte einem ganz besonderen Kreis an, der vor allem aus Künstlern bestand. Keiner war *offiziell* und wollte das auch nicht sein. Keiner älter als dreißig. Aber was heißt hier dreißig, nein, sie waren jünger, die meisten nicht mal fünfundzwanzig, Phänomene, Wunderkinder, Flower-Power und so. Wieder begann für mich alles mit den Künstlern. An einem Frühlingssonntag machte ich mich also mit meinem dicken Heft voller Gedichte nach Lemberg auf. Vielmehr war es kein Heft, sondern ein Buch mit festem Einband, das FÜR NOTIZEN hieß. Abends waren wir mit Rjabtschuk verabredet, und ich wollte alles zeigen, was ich hatte. Der Türke schleppte mich zu seinen Kumpels, und mit der Zeit wurden wir immer mehr: Koch, Schymin und Kryzkyj, glaube ich. Oder Jusefiw? Ja, eher Jusefiw. Kaufman war nicht dabei – ihn habe ich zum erstenmal zu Silvester 1985 gesehen und gedacht: Wau, noch so ein Untier, und was für eines! Ein echter Fischsaurier. An jenem Tag aber mußte ich die ganze Zeit auf Koch achtgeben. Der benahm sich hundertzwanzigprozentig artistisch und noch mal hundertzwanzigprozentig wie ein Bohemien, so daß er mich immer wieder kalt erwischte. Den ganzen Tag sagte er keinen normalen Satz, redete aber unaufhörlich. Zum Beispiel gingen wir in die Wohnung seiner Eltern in einem alten Gebäude voller Cupidos auf der Franko-Straße, und ohne Vorwarnung verschwand er im Labyrinth dieser Wohnung. Wir durchstreiften die Zimmer und riefen laut nach ihm, verdammt lange. Im entlegensten Zimmer lauerte er mir auf. An der Tür hing eine Tafel mit der Aufschrift LABORATORIUM, dort arbeitete er, hörte Musik und trank trockenen Wein, den er vorher in einer Teekanne an seinen Eltern vorbei durch die

Wohnung getragen hatte. Wieder sprang er mich aus dem Hinterhalt an – diesmal hatte er sich in die dunkelste Ecke des Zimmers gekauert –, er warf sich mir plötzlich entgegen und schrie: *Wo sind meine Fingernägel, Mama?!!* Ich tat, als wäre nichts. Ein oder zwei Stunden später, es begann gerade zu dunkeln, begaben wir uns zu Rjabtschuk in die Kavallerie-Straße. Erst dort begann Koch – wie soll ich es nennen? – sich adäquat zu verhalten. Aber ich wußte ohnedies, daß Rjabtschuk ihr absoluter Guru war. Deswegen hatte man mich ja zu ihm gebracht.

Woher kam das? Ich meine – wie wurde er zum Guru?

Erstens war er in allem unheimlich überzeugend, in allem – in seinen Artikeln wie im Gespräch. Es war hoffnungslos, mit ihm zu polemisieren, man mußte ihm zuhören und sonst nichts. Damals war er neunundzwanzig Jahre alt, also allein schon physisch älter als der Rest der Gesellschaft, und das ist ein entscheidender Unterschied, zwischen neunundzwanzig und sagen wir zweiundzwanzig. Nicht wie zwischen fünfundvierzig und achtunddreißig – da gibt es quasi keinen Unterschied. Und zwischen neunzig und dreiundachtzig schon gar nicht. Nun also, er war älter und erfahrener, bei ihm konnte man sich zu allem auf der Welt Rat holen, denn zu jener Zeit hatte er schon zehnmal die Beschäftigung gewechselt, war dreimal verheiratet und wieder geschieden, lebte als einsamer Taoist in einer alten verfallenen Villa in Majoriwka, mit einem genauso alten und verfallenen Garten und nicht weniger alten und verfallenen Nachbarn. Vor Askese war er ganz durchsichtig (ein anderer würde sagen *erleuchtet*), machte täglich Kopfstand, atmete nach der reinen Lehre und ernährte sich ausschließlich von ungesalzenem Wasserreis. Zu jener Zeit waren schon einige seiner Artikel über Literatur erschienen, und langsam entwickelte er sich zu einer Autorität nicht nur des

Underground. Ach ja, Pfefferminztee – er trank viel Pfefferminztee. Seine Zweizimmerwohnung in jener Villa enthielt
eine erstaunliche Anhäufung aller möglichen Bruchstücke,
vor allem aber war sie vollgestopft mit Büchern, Zeitungen
und Manuskripten. Die Bücher begannen an der Schwelle und
hörten nirgends auf. Er lagerte sogar welche im Kühlschrank.
Sonst hätte er auch gar nicht gewußt, was anfangen mit dem
blöden Ding. Es hieß, er bewahre dort, im Kühlschrank, auch
Klein-Sibirien genannt, ein an die Rückwand geklebtes, aus der
Zeitung ausgeschnittenes Porträt Breschnews auf. Noch vor
ein paar Jahren war seine Wohnung eine Art Mini-Kommu-
ne gewesen, Asyl für Querköpfe: Morosow, Lyscheha, Koffer,
Kaktus. Letzteren habe ich nie persönlich getroffen, bis heute
nicht. Aber ich weiß, daß es ihn gab. Ich glaube, er war es, der
an die Wand dieser Hütte das faszinierende Fresko malte, das
alle oben erwähnten Personen zeigt – strubbelig und unrasiert
sitzen sie da wie die Apostel, auf dem Tisch Rotwein und Fisch.
An Heiligenscheine erinnere ich mich nicht, aber es ist durchaus möglich, daß sie welche trugen. Die Wohnung wurde eine
Art Asservatenkammer. Alle brachten Rjabtschuk irgendwelchen Schrott ins Haus – worüber sie gerade gestolpert waren
oder was sie irgendwo mitgehen lassen konnten. Ich erinnere
mich an das Schild AUSSTELLUNGSSTÜCK IN RESTAURIE-
RUNG. Und an SAAL FÜR FRÜHGEBURTEN – woraus hervorging, daß einer der Gäste dieses Asyls einmal auf der Geburts-
station etwas dazuverdient hatte. Verstehst du jetzt, warum
Mykola Rjabtschuk der absolute Guru war?
Sagen wir mal, ja.
Ich glaube, daß er 1984 diese zwei Zimmer gegen eine andere
Wohnung getauscht hat – bevor er ganz nach Kiew zog. Kein
Zweifel, daß man das Fresko sofort übermalt hat. Und über-
haupt alles ausgefegt, den ganzen Geist. Aber was wäre das für

ein Museum geworden, hm? Ein Museum des Lemberger Underground der siebziger Jahre. Ich bin sicher, daß die Fresken unbezahlbar wären. Oder der Kühlschrank.

Was waren das für Bücher und Manuskripte, die du erwähnt hast?

Schon an jenem ersten Abend entdeckte ich einen charakteristischen Zug an Rjabtschuk: Dauernd gab er einem was zu lesen. So eine hundertprozentige Hingabe an Texte, so eine Sucht nach ihnen habe ich sonst nie mehr erlebt. Du kommst zu ihm nach Hause, und sofort überhäuft er dich mit gedruckten Blättern. Noch öfter aber mit maschinengeschriebenen. Wie das Herbstlaub, das gerade an jenen Tagen von den Bäumen schwebte. Ich glaube, er besaß alles. Alles, was in der Ukraine auf ukrainisch geschrieben wurde und keine Chance auf reguläre Veröffentlichung hatte. Kalynez? Bitte sehr! Worobjow? Hier! Stus? Da ist er. Holoborodko. Satschenko. Kordun. Und so weiter – zu Dutzenden, selbstgebundene Büchlein oder einfach nur Textstöße, meist auf dünnem Pergamentpapier getippt. Wenn du den zehnten Durchschlag erwischt hattest, konnte man kaum mehr etwas lesen. Aber man konnte ihn mit den Fingern berühren und mit den Nüstern all seine verbotenen Gerüche einsaugen. An jenem Abend hörte ich häufig das Wort »Tschubaj«. Von diesem Dichter hatte ich nie zuvor gehört, sie aber erwähnten ihn dauernd, Tschubaj dies und Tschubaj das, offenbar schwebte sein Schatten noch um die Rjabtschuk-Villa in der Kavallerie-Straße.

Schatten?

Der Dichter Hryhorij Tschubaj – alle nannten ihn *Hryzko* – war im Mai 1982 gestorben. Da wohnte ich noch in Lemberg. Mein erster Besuch bei Rjabtschuk fand aber, wie gesagt, im September statt, seit Tschubajs Tod waren gerade vier Monate vergangen. Verständlich, daß sie gar nicht genug von ihm sprechen konnten. Sie saßen da und wiederholten: *Wenn man sich vorstellt, daß Hryzko nur dreiunddreißig Jahre alt geworden ist!* Für mich bedeutete das damals automatisch, daß er ein großer Dichter war. Sofort erhielt ich eine Mappe mit seinen Gedichten und Poemen, einer der ersten seiner Texte, die ich in meinem Leben zu lesen bekam, war »Unser Herbst mit kleinen Bäumen«. Wir hatten ein paar Flaschen trockenen Weißwein angeschleppt, dazu wurde natürlich Pfefferminztee gereicht, und während wir das alles gemütlich schlürften, las uns Rjabtschuk eine seiner neusten Erzählungen vor. Sie war realistisch, aber nicht sozialistisch. Ich erinnere mich nicht, daß er sie veröffentlicht hätte – vielleicht hat er sie später selbst ausgesondert. Es ging um einen Typen, der sich als Gleisarbeiter verdingt. Irgendwie so. Rjabtschuk verstand etwas davon, denn er hatte selbst schon als alles mögliche gearbeitet – Gleisarbeiter, Beleuchter im Theater. Damals aber arbeitete er schon im Museum für Atheismus. Ah, natürlich, daher stammte es – das AUSSTELLUNGSSTÜCK IN RESTAURIERUNG!! Er hatte dort irgendeinen Posten. Ein Buddhist im Museum für Atheismus.

Der Buddhismus ist die raffinierteste Form des Atheismus.

Dann ist ja alles in Ordnung. Obwohl man darüber unterschiedlicher Ansicht sein kann. An jenem Abend mußte auch ich laut vorlesen, natürlich aus meinem Buch FÜR NOTIZEN. Und natürlich las ich grottenschlecht, vor Aufregung klang meine Stimme brüchig und näselnd zugleich, und die Bande hörte mir eher aus Höflichkeit zu. Aber wenigstens pfiff mich keiner aus. Rjabtschuk bat mich, das Buch FÜR NOTIZEN dazulassen und in ein oder zwei Wochen anzurufen. Am nächsten Tag kehrte ich nach Franyk zurück und war am Boden zerstört. Als ob man mir mit Wucht auf den Schädel gehauen hätte. Die Literatur könnte also nicht nur eine andere sein – sie war eine andere. Eine Lawine des Illegalen, all die getippten

Seiten, dazu die wie durch ein Wunder einmal verlegten, verdrängten, eingestampften und mit List geretteten Bände, Bändchen und Zeitschriftenhefte. Verlegt – und gleich von der Polizei konfisziert. Was für ein Schatz hatte sich angehäuft, so furchtbar viel, daß ich mich angesichts dieses Gebirges aus Worten und Metaphern völlig unbedeutend fühlte. Es war der Schock, den ich dringend brauchte – die Entdeckung eines neuen Kontextes, so könnte man es vielleicht nennen.

Du hattest damals doch schon etwas veröffentlicht.

Ja, aber ich zweifelte nicht, daß es zufällig und zum ersten und einzigen Mal geschehen war. Übrigens fand es kaum Beachtung. Außer von seiten Edgar Allan Poes natürlich. Ich rief also nicht an. Ich rief Rjabtschuk ganze zwei Monate nicht an. Erst im November, als Sofijka schon auf der Welt war, faßte ich mir ein Herz, denn nach ihrer Geburt traute ich mir noch ganz andere Sachen zu. Damit fing alles an. Aber im Leben fängt alles immer irgendwie an, stimmt's?

Absolut. Und was diesmal?

Diesmal erfuhr ich, daß ich kein ganz so hoffnungsloser Fall war, wie ich geglaubt hatte. Das Problem bestand nur darin, daß ich Fotos von mir machen lassen mußte. Wie sich herausstellte, hatte Rjabtschuk schon alles in die Wege geleitet: erstens eigenhändig ein Dutzend meiner Gedichte abgetippt, sie zweitens an verschiedene Zeitschriftenredaktionen geschickt. Und überall hatte man ihm gesagt, in Ordnung, also okay. Es fehlten nur noch Fotos von mir. Ich verlor die Fähigkeit zu sprechen, und bei nächster Gelegenheit fuhr ich zu ihm nach Lemberg. Wir setzten uns in das vollgestopfte Zimmer mit dem Fresko und tranken Pfefferminztee. Draußen fiel dichter Schneeregen, die Stadt und das Licht versanken im schmutzigen Brei der letzten Herbstnacht. Erstaunlicherweise hatte er keineswegs die Gedichte ausgewählt, die ich selbst am besten fand, eher im Gegenteil. Außerdem ließ er an meinen Lieblingen kein gutes Haar. Es gelang mir nicht, bei irgend etwas recht zu behalten, aber so war er halt und ist es wohl bis heute geblieben. Auf geniale Weise verstand er es, etwas zu loben, das mir selbst noch gar nicht aufgefallen war, und ebenso genial wischte er das vom Tisch, was ich für meine größten Entdeckungen und Errungenschaften gehalten hatte. Er bestand darauf, daß ich mehr als die Hälfte meiner Gedichte umschrieb. Trotzig wies ich den Gedanken von mir – solange ich bei ihm saß. Ich erzählte etwas von schöpferischer Ekstase oder vielmehr davon, daß es nicht möglich sei, nachträglich in Texte einzugreifen, die in schöpferischer Ekstase entstanden waren. Aber kaum war ich wieder zu Hause, begannen die Gedichte sich quasi von selbst umzuschreiben. Es packte mich. Es gefiel mir, ich zog daraus ein unerwartetes Vergnügen.

Worin bestand das Umschreiben?

Er hat meine Perspektive verschoben. Ich begann, an die reale Möglichkeit der Veröffentlichung zu glauben. So daß ich mich über meine eigenen Zeilen hermachte. Früher war das anders gewesen, da hatte ich mich mit dem zufriedengegeben, was mich selbst zufriedenstellte. Jetzt gewöhnte ich mir eine neue Sichtweise an. Vielleicht würden einige tausend Menschen dieses Gedicht lesen. Oder einige zehntausend. Es ging darum zu lernen, alles mit fremden Augen zu lesen. Daher riet er mir auch, die Schreibmaschine zu kaufen – es war wichtig, das alles nicht in der eigenen Handschrift zu sehen, sondern in unpersönlichen, neutralen Buchstaben getippt. Das wurde für mich zu einer Metapher mit direkter Wirkung. Außerdem gab er mir dauernd die Texte anderer zu lesen. In der ersten Hälfte der Achtziger begann man von der *neuen Generation* zu sprechen. Ich will nicht naiv scheinen oder Rjabtschuks Rolle in diesem Kristallisationsprozeß überbewerten, aber mir scheint, daß er zumindest das geniale *Bindeglied* war. Wenigstens für mich. Er überhäufte mich mit all dem, was andere schrieben – Natalka, Burjak, Hera, Rymaruk, Malenkyj, Neborak – und überhäufte gleichzeitig sie mit dem, was ich schrieb. Fantastisch: wir kannten uns schon, bevor wir uns zum erstenmal begegneten. Er vereinte uns auf die Entfernung, war Magier und Medium.

Hast du nicht erzählt, daß er dir dicke Umschläge schickte, als du bei der Armee warst?

Genau. Briefe mit unzähligen Zeitungsausschnitten – Gedichte, Gedichte, Gedichte. Ich steckte sie in die Brusttasche meiner Kittelbluse. Bis es zu viele wurden. Dann bettete ich sie um. Am besten war es, sie in mein Gedächtnis umzubetten. Ich las seine Sendungen so oft, daß sie sich mir einprägten. Aber davon habe ich nun wirklich schon erzählt. Ungefähr eine Woche bevor ich eingezogen wurde, war ich zum letzten Mal bei ihm in der Kavallerie-Straße. Schade, daß er dann die Wohnung gewechselt hat und man nicht dorthin zurückkehren kann. Wie die Bäume dort blühten – die Zweige krochen bis ins offene Fenster! Das Licht überflutete die Bücher und Zeitungen, alles duftete so durchdringend, daß man hinfallen und sterben wollte. An jenem Tag war dort eines der Paradiese auf Erden, Ende April, du weißt selbst, wie das sein kann. So kurz vor der Armee waren alle meine Rezeptoren besonders empfindlich, in allem war eine besondere Schärfe. In den drei folgenden Tagen *erwanderte* ich den Zyklus »Gebäude-Etüden«, ganze sieben Gedichte, alle Worte klein geschrieben und ohne Satzzeichen, und die Gedichte sind angefüllt mit Grün, mit Feuchte, Gras und alten Ruinen. Ich schob den Kinderwagen, die blassen Blüten vom nassen Trottoir klebten an den Rädern. Solche Tage waren das. Das letzte, was ich in die Kavallerie-Straße trug, war ein Manuskript mit dem Titel »Kalmar«. An die hundert Gedichte, eigenhändig redigiert und auf der eigenen Schreibmaschine abgetippt. Ich hatte alle seine Bitten und Forderungen erfüllt. Wie gesagt, dieses neue Spiel gefiel mir – Manuskripte redigieren.

Warum »Kalamaris«?

Nicht Kalamaris, sondern »Kalmar«. Ein Behältnis für Worte und Tinte. Oder Tränen. Tränen und Tinte und ein bißchen Schluchzen dabei. Das war es, was ich wollte: Barock und so. Der Geist von Scholastik und Ausschweifung. Wandernde Komödianten, Astrologen, Alchimisten, Gaukler, Jongleure. Der Titel war natürlich unmöglich, aber ich hielt daran fest, solange es ging. Während ich beim Militär war, tauchte das Manuskript unter der Bezeichnung »Rückkehr aus der Zukunft« im Verlagsplan auf. Wer sich das ausgedacht hat, ist bis heute unklar. Warum »Rückkehr aus der Zukunft«? Den endgültigen Titel »Himmel und Plätze« – haben sich, glaube ich, Burjak und Hera einfallen lassen. Sie saßen im Verlag in benachbarten Büros und riefen sich oft etwas durch die Wand zu. Einer rief *Himmel*, und der andere antwortete *und Plätze*. Ungefähr so muß es gewesen sein.

Als du vom Militär wiederkamst, ist also dein erstes Buch erschienen?

Nein, wo denkst du hin! Es vergingen noch weitere zehn Monate, in denen ich änderte und sogar manchmal etwas hinzufügte, vor allem aber die Engel versteckte.

????????

Man verlangte, daß ich die *religiöse Lexik* möglichst tief vergrub. Vor allem die Engel, die in fast jedem dieser Gedichte allzu aufdringlich mit den Federn raschelten. Ich drohte damit, lieber das Manuskript zurückzuziehen, als etwas zu ändern. Sie redeten mir gut zu, das nicht zu tun. Wie immer fand Rjabtschuk die überzeugendsten Worte. Er sagte, die

Gegenwart Gottes im Gedicht verstärke sich, indem man sie nicht erwähnte. Gott sei ein Geheimnis, das dadurch, daß man es nannte und aussprach, nur verblasse. Er sagte: *Schau dir die Sufis an oder Whitman, lerne zu verschweigen, schreib »Vogel« in so einer Wortverbindung, daß keiner in ihm bloß einen Vogel sieht.* Er hatte recht, als er von Verbindung sprach. Poesie, das sind nicht die Worte, sondern wie sie miteinander verbunden sind. Vor kurzem erst habe ich in Lissabon eine ganz ähnliche Definition gehört: Poesie, das ist, wenn sich zwei Worte zum erstenmal begegnen. Ich versteckte also die Engel, und ehrlich gesagt, fand ich Gefallen daran. Ich nahm ein frisch gewetztes, an Geflügel erprobtes Beil und begann meine Säuberung. Meiner Ansicht nach wurden die Gedichte dadurch sogar besser. Den ganzen Winter über und noch im Frühling '85 trudelten über meinem Kopf verwehte herrenlose Federn. Davor aber fuhr ich im Dezember zum erstenmal seit vielen Jahren nach Kiew, wo mich Rjabtschuk durch die verschiedensten Redaktionen schleppte. Meine Haare waren nach der Armee noch nicht wieder gewachsen, und ich erinnerte insgesamt weniger an den Minnesänger meiner eigenen Strophen als an den Genossen Unterfeldwebel. Rymaruk trug damals – eigentlich immer – sein Haar lang und romantisch. In jenem Dezember lernte ich ihn kennen, genau wie Hera. Lange Haare, dicke Brillengläser, ein mystisches Profil – einer, vor dem man kochendes Wasser pißt. Ein Mädel, so eine Russischsprachige in geilen Jeans, sagte sogar mal zu ihm: *Sie sehen ja aus wie Gogol.* Mit wem ist sie wohl damals gekommen, wenn nicht mit Atylka? Jedenfalls war das schon im Januar, ein Seminar für *junge Dichter* im Städtchen Irpin, Kost Moskalets hatte seine Gitarre umgehängt, wir sangen zu seinen Melodien, und dann brach der ganze Mob in den Speisesaal auf, um zu Abend zu essen, im Zimmer aber blieben nur wir drei – Rymaruk, dieses Mädel und ich. Keiner von uns beiden wollte sie mit dem anderen allein lassen. So saßen wir also, saßen und rauchten, rauchten und durchbohrten uns mit Blicken, waren elektrisiert, sprühten Funken, und da fiel das erwähnte *Sie sehen ja aus wie Gogol*. Aber das war im Januar, im Dezember hatten wir uns in einem öffentlichen Bad auf der Kleinen Zhytomyr-Straße kennengelernt. Oder hieß die damals anders? Denk bloß nicht, wir hätten die Ärsche aneinander gerieben, ganz und gar nicht. Die *kreative Jugend* ging einfach gerne in das Café dort. Damals gab es in Kiew fast nirgends guten Kaffee, dort angeblich schon. Man bestellte Kognak dazu, obwohl man auch mit seiner eigenen Flasche kommen konnte, aber daran mußte man sich erst gewöhnen – sie unbemerkt vom Personal, das so etwas selbstverständlich nicht billigte, unter dem Tisch leerzutrinken. Was ich sagen will ist, daß uns der Underground nicht losließ. Sogar Kognak wurde heimlich getrunken. In zwei oder drei Stunden ging mein Zug zurück nach Franyk, und wir legten ein hohes Tempo vor – Rjabtschuk, Hera, Rymaruk, noch jemand und ich. Rjabtschuk trank damals schon wieder Alkohol und hatte sich deshalb wohl den Taoisten-Bart abrasiert. Uns wurde warm und freundschaftlich ums Herz, wir tauschten immer lauter Komplimente aus, zitierten auswendig die Zeilen der anderen, da tauchte von irgendwoher der legendäre Kordun auf, Dichter der Kiewer Schule, und brachte eine Art Trinkspruch aus: *Auf, laßt uns wunderbare Poesie machen*. Es endete damit, daß wir fast den Zug verpaßten. Der Satz, mit dem ich in den Wagen sprang, war filmreif – der Zug fuhr schon, der Schaffner goß einen Kübel Flüche über mir aus und hätte mich fast zurückgestoßen. Und sie – Rjabtschuk, Hera, Rymaruk und noch jemand – rannten den Bahnsteig entlang und wedelten aufgeregt mit den Armen. So blieben sie mir damals in Erinnerung – als rennende Bahnsteigwindmühlen.

Seitdem ist das mein Schicksal – den Zug in letzter Sekunde erreichen, auf die Stufe springen, die vor mir flieht. Ganz besonders, wenn es sich um Abfahrten vom Kiewer Hauptbahnhof handelt. Anstatt im Waggon meinen Platz zu suchen und mich dort niederzulassen, ging ich zuerst auf den Tambur. Vor Glück mußte ich einfach eine rauchen. Auf dem Tambur stieß ich auf zwei Armee-Abgänger, die gerade mit ihren Achselbändern und Epauletten ins bürgerliche Leben zurückkehrten. Das ließ mich natürlich nicht ungerührt, vor zwei Wochen war ich selbst so einer gewesen und seitdem lebenslänglich Abgänger. Damals war es mir einfach unmöglich, nicht von der Armee zu reden, zu erzählen, sie auszukotzen. Was ich erlebt hatte, schlug durch, es war eine Art Psychose. Wir kauften ein Bier nach dem anderen, schrien, rauchten und umarmten uns bis spät in die Nacht. Als ich zu meinem Platz kam, schlief dort schon ein anderer. Ich ging zum Schaffner, aber der war immer noch sauer und hörte mich nicht einmal an. Natürlich, er hatte recht – als er die Fahrkarten kontrollieren kam, war ich nicht am Platz, also erklärte er die Liege für frei und verkaufte sie an der erstbesten Station einem neuen Passagier. Ich war entsetzlich betrunken, konnte mich wegen der Übermacht der Emotionen kaum auf den Beinen halten, in meinem Kopf rauschte die Urflut, und noch zehn Stunden bis Franyk. Gar nicht ausgeschlossen, daß ich verreckt wäre, bis ich dort ankäme. Ich berief mich also auf allgemeinmenschliche Werte und sagte zum Schaffner: *Brüderchen, versteh doch, ich war mit Jahrgangskollegen auf dem Tambur, wir sind Abgänger, Brüderchen.* Und wirklich änderte das die Lage, der Schaffner ließ sich erweichen und wies mir einen noch freien Platz ganz oben unter der Decke zu. Dort tauchte ich in die wiegende Dünung der ersten Träume. Kurz vor Lemberg wachte ich in der undurchdringlichen Dunkelheit des Dezembermorgens auf und fragte mich konsterniert, warum es in diesem Hubschrauber so schwindelerregend schaukelte. Ich schaffte es, hinunterzuspringen und die zum Glück freie Toilette zu erreichen, und dort erbrach ich eine Fontäne aus Kaffee, Kognak, Gesprächen, Trinksprüchen, Bekanntschaften, Umarmungen, Komplimenten und den vier mit meinen Abgänger-Brüdern getrunkenen Flaschen Bier. Kannst du dir die Farben dieser Mixtur vorstellen? In jenen Jahren erbrach ich mich oft und viel, vor allem, wenn ich Kognak getrunken hatte. Eine Folge der Hepatitis, meine Leber wehrte sich mit allen ihr zur Verfügung stehenden Mitteln. Aber was ist los? Du fragst ja gar nichts mehr.

Ich höre zu. Kommen wir endlich zu Bu-Ba-Bu? Mir scheint, wir müßten bald da sein.

Ja, gleich. Aber wir sind noch nicht bereit. Es ist ein bedeutendes Thema. Schließlich geht es um nicht weniger als die Weltherrschaft.

Irpin, das du gerade erwähnt hast, ist das der Ort, wo ihr euch alle kennengelernt habt?

Nein, ganz so war es nicht. Vor allem gab es Rjabtschuk, die Villa in der Kavallerie-Straße und das Manuskript »Halsbrecherische Metamorphosen«. Ich las es und weinte. Nein, natürlich weinte ich nicht, wo denkst du hin. Es war mir einfach unheimlich nah, die Liebe zu diesem Autor überwältigte mich, der – um mit dem Medium Rjabtschuk zu sprechen – so inspiriert *Loopings drehte*. Du kannst die »Halsbrecherischen Metamorphosen« nicht kennen. Es handelt sich nach Aussage des Autors um eine *archimoderne Gedichteshow*.

Wer ist der Autor?

Viktor Neborak. Bu-Ba-Bu beginnt also wohl mit dieser Episode – Ende April, ich sitze mit Rjabtschuk im Hof der Villa in der Kavallerie-Straße und lese das maschinengetippte Manuskript der »Halsbrecherischen Metamorphosen«, dabei breche ich immer wieder in laute Beifallsbekundungen aus. Danach begannen wir – das weißt du schon – einander Briefe zu schreiben, ich ihm vom Militär, er mir aus dem Donbass. Und schließlich die Silvesterfeier 1984/85 in Lemberg, in der Wohnung von Koch. Unglaublich – diese ganze Gesellschaft, Masken, Décolletés, Schamkapseln, Hintern und Strümpfe, Künstler und Künstlerinnen, Auftritte aller möglichen Monster und Fernsehfiguren, Kaufman, erotische Säfte, Koffer, Dessous, dauerndes Umkleiden, Rauchen in der Küche, Neborak. Wir hielten uns etwas abseits – Neborak, Nina und ich, in dieser Gesellschaft fühlten wir uns eher als Zuschauer denn als Teilnehmer. Wir tanzten sogar ein bißchen entfernt von den anderen. Fürs erste Mal war es trotzdem nicht schlecht. Irgendwann kam der Moment, als man uns zwang zu lesen. Koffer gefiel es nicht, daß ich »Porträts und Portchaises« schrieb, er griff mich an und sagte, ich äffe Wosnessenskij nach, und nicht nur den, gab ich zurück. Damals trugen wir alle den eben erschienenen Band Apollinaire in der Lukasch-Übersetzung mit uns herum. Und warteten gespannt, daß Semenko erscheinen würde. Abgesehen von Apollinaire sagen dir diese Namen natürlich nichts, aber du kannst glauben – sie sind sehr wichtig. Ohne sie gäbe es keinen von uns. Rjabtschuk und Natalka verschwanden ziemlich bald, ihre Kleine war damals erst ein paar Monate alt. Aber kaum waren sie weg – der Guru und seine Frau –, als wir alle Zurückhaltung aufgaben, denn wir wurden immer betrunkener und fühlten uns immer wohler. Schließlich schliefen wir, verteilt auf ausnahmslos alle Ecken und Winkel dieser geographisch sehr ausladenden Cupido-Wohnung. Und so – im Traum, im ersten Traum des neuen Jahres – traten wir in die Zukunft ein, denn genau damals hat sie vielleicht begonnen, die Zukunft.

Also nicht in Irpin?

Nach Irpin fuhr ich ein paar Wochen später. Offiziell nannte es sich *Seminar für junge Autoren zukünftiger erster Bücher* oder so ähnlich. Man braucht nur die Wortstellung ein bißchen zu ändern, und es kommt *Seminar für junge Autoren erster Bücher der Zukunft* heraus. Das SYSTEM tat weiterhin so, als sorge es für uns. Ich war furchtbar nervös, vor allem, weil die ganze *Angelegenheit* so offiziell war. Rjabtschuk erklärte mir, es sei ein Muß – hinfahren und *teilnehmen*. Die Hälfte der Teilnehmer seien Spitzel, was unerträglich wäre, wüßte man es nicht im voraus. Da wir es aber wußten, sei alles okay. Man brauchte nur vieldeutig zu schweigen. Vor allem wenn irgend so ein graphomanischer Lump sich plötzlich über die Tragödie der Ukraine auslasse und sich dazu versteige, die Dissidenten-Dichter zu zitieren. Das muß ich Rjabtschuk lassen: das von ihm beschriebene Symptom trat während des Seminars mehrmals auf, und zwar immer während der abendlichen Zimmerpartys. Es ging um die Tragödie der Ukraine, und auch die Dissidenten-Dichter wurden – wenn auch wenig sattelfest – zitiert. Ich schließe übrigens gar nicht aus, daß es das SYSTEM gerade darauf abgesehen hatte, auf die abendlichen Partys. Darauf, *die Stimmung zu sondieren und Seelen zu fangen.* Das war vielleicht überhaupt der Grund, warum solche Seminare organisiert wurden.

Worin bestand dann die Notwendigkeit teilzunehmen?

Darin, Widerstand zu leisten. Gut, gut, das klingt selbst mir zu pathetisch. Etwas anders ausgedrückt – darin, Gleichgesinnte zu erkennen. Neben den Spitzeln gab es ja auch noch die andere Hälfte, oder etwa nicht? Wir brauchten einander einfach, wir mußten uns beschnuppern und ineinander verlieben. Ich rede jetzt nicht von Sex, sondern von Gedichten. Obwohl, was für Gedichte denn ohne Sex? Aber genug davon.

Damals lag massenhaft Schnee, der Winter auf seinem Siedepunkt, so komisch das auch klingen mag – *der Winter auf seinem Siedepunkt*. Gut, heiß war uns wirklich – unsere Wangen
glühten, vor allem vom Alkohol und vom Wind. Vor Schnaps
und Frost glichen wir gigantischen Dompfaffen. Die Hauptsache aber war, daß sich alle, die ich gerade erst so begeistert
gelesen hatte, hier materialisierten, sie waren Körper, lebendige junge Leute, Kumpels und Trinkkumpane, und alle wanderten sie während jener Tage und Nächte, *während Schnee fiel*
(so heißt eines von Rymaruks Gedichten), durch unsere Irpi-
ner Zimmer: Malkowytsch, Malenkyj, Mohylnyj, Moskalets –
merkst du, daß sie alle mit M anfangen? Setze noch Midjanka
dazu. Poesie schrieb sich damals mit großem M. Schade, daß
Lyscheha nicht Myscheha hieß. Mit Lyscheha machte mich –
na, was glaubst du? – Rjabtschuk bekannt, ungefähr zur selben Zeit, aber nicht in Irpin, wohin Lyscheha-Myscheha um
nichts in der Welt gefahren wäre, sondern in einer Kiewer Kaschemme. Umgeben von zwei schönen Damen erwartete uns
Lyscheha, aus den Ärmeln seines Mantels rieselten Fischgräten
und Mineralien, er strich sich seinen irischen Bardenbart und
fragte mich ein paarmal, warum ich so nervös sei. Wie denn
auch nicht, wo mindestens eine Hälfte von mir noch der
Genosse Unterfeldwebel war, den tropfenweise aus mir her-
auszupressen ich mich bemühte, und ich gleichzeitig wußte,
daß mir der Autor der Zeile *Ella Fitzgerald beschmiert sich mit
taubenblauem Ton* gegenübersaß. Vielleicht bestand ja auch
gerade darin die Notwendigkeit – von all dem, was um einen
herum geschah, ganz angespannt zu sein. Jedenfalls, wenn
dich die Geburt von Bu-Ba-Bu interessiert, dann hat Irpin
dabei eine ganz besondere Rolle gespielt – ich traf Irwanez,
den ich in diesem Text aus irgendeinem Grund Irwan zu nennen beliebe.

Und er bemerkte, daß keines deiner Augen aus Glas ist?

Bravo! Das Zitat könnte nicht passender sein. Es war das erste, was ich von ihm hörte: *Hör mal, Alter, du hast ja gar kein Glasauge!* Aber ich hatte noch Glück. Als Irwan zum erstenmal mit I-ko zusammentraf, sagte er ungefähr folgendes: *Hallo, Saschko! Ich bin auch Saschko! Willst du ihn vielleicht in den Mund nehmen, meinen Saschko?* Das war und ist bis heute sein Stil – zu schockieren, wenn er jemanden zum erstenmal trifft. Aber ungeachtet des Glasaugen-Effektes fühlte ich mich sofort zu ihm hingezogen, er zeigte mir ein paar Dutzend seiner ziemlich geilen Gedichte, »Krankenwärterin Raja«, »Trotz allem gnädig«, »Artur Rimbaud«, und wieder spürte ich Verwandtschaft. Ähnlich wie mit Neborak. Ich sagte ihm also schon in Irpin, daß wir etwas *zu dritt* machen sollten. Und begann, parallel mit beiden Briefe zu wechseln, und so näherten wir uns einander an. Bis sie sich dann im April in Lemberg trafen.

Ohne dich?

Ja. Wir hatten extra einen Mittwoch ausgesucht, damit ich kommen könnte. Alles hing im Prinzip an mir – sie hatten sich ja noch nie im Leben gesehen. Aber eine mörderische Erkältung warf mich um, so daß ich *die Nacht zuvor ins Fieberbett gefallen war | das Urteil »achtunddreißig acht«* – ich zitiere aus dem kleinen Poem »Zwanzig Jahre wonach?«. Aber hier hast du ein längeres Stück, von Anfang an: *Es war April fünfundachtzig | an eben jenem Tag, als Saschko und Viktor | die dritte Stunde schon Lembergs Oper umkreisten | einander suchend, vor allem aber mich, | der sie einander vorstellen sollte, | zusammenführen, freundschaftlich Stirn an Stirn, doch selbst | die Nacht zuvor ins Fieberbett gefallen war | das Urteil »achtunddreißig acht«, | und also keineswegs nach Lemberg fuhr | es sei denn in seinen Halluzinationen | von denen weder Viktor noch Saschko*

was wußten, | *die dritte Stunde schon die Lemberger Oper*
umkreisend | *und mit dem einzigen Wunsch und Verlangen –*
eins auf die Mütze geben | *diesem Affen Andruchowytsch, kaum*
daß er auftaucht, | *aber er, also ich, tauchte kaum aus meinen*
Halluzinationen auf, | *als sie sich dann in der vierten Stunde*
Kreisens wieder trafen, | *ihre Blicke kreuzten.* | *So schauen einzig*
Dichter, dachte jeder bei sich. | *»Sind Sie – Ihor Neborak?« fragte*
| *Saschko.* »*Und Sie – Andrij Irwanez?« gibt Viktor ihm zurück.*
So beginnt dieses kleine Poem. Aber hör zu, lassen wir Bu-Ba-
Bu fürs nächste Mal, sonst wird es zu viel. Hier hast du ande-
ren Stoff, zum Nachdenken – Gorbatschow.

Was ist mit ihm?

Einfach nur, daß er genau an diesem Tag etwas verkündet hat,
was *Perestroika* genannt wurde. Ich glaube wirklich, es war am
selben Tag, als ich im Fieber lag und meine Freunde sich in der
Nähe der Lemberger Oper beschnupperten.

Toll. Dann frage ich dich aber trotzdem nach deinem ersten Buch.
Das paßt zum Thema. Wann hat es das Licht der Welt erblickt?

Irgendwann im September 1985.

Was war eigentlich passiert? Wieso hast du das Spiel mitgespielt,
warum bist du dem SYSTEM entgegengekommen und hast dich
mit dem offiziellen Erscheinen deines Buches einverstanden er-
klärt? Wenn ich mich nicht irre, dann ist September 1985 genau
die Zeit, in der das SYSTEM einen eurer verurteilten Dichter er-
mordet.

Du irrst dich nicht. Es stimmt, im September 1985. Kein
Grund, mich zum Komplizen dieses Mordes zu erklären.

Das tue ich ja gar nicht. Ich will nur, daß du mir erklärst, wie
diese Verwandlung vonstatten ging – daß zu dich entschieden
hast, offizieller Schriftsteller zu werden.

Zum Teufel, wovon habe ich denn heute den ganzen Tag geredet?! Habe ich bloß zur Wand gesprochen?

Reg dich nicht auf. Es geht mir doch überhaupt nicht darum, dich zu beschuldigen. Ich bitte dich nur, es kurz und knapp auszudrücken, es zu verallgemeinern. Mich interessieren Formeln.

Okay, laß es mich versuchen. Ein Dichter, der auf ewig mit sich allein bleibt – das ist interessant, aber es genügt nicht. Weise Eremiten schreiben nichts mehr – sie schweigen. Wenn du aber noch schreibst, dann bist du eben noch kein weiser Eremit und brauchst das Gespräch. Es ist eine Tatsache – der Dichter will gehört werden. Dafür muß er bereit sein so zu tun, als akzeptiere er einige Regeln des Spiels, das das SYSTEM spielt. Merke: nicht das Spiel selbst, sondern einige seiner Regeln. Dabei ist noch die Frage, wer wem Zugeständnisse macht. Oder, wie es Neborak ausgedrückt hat, *es ist noch die Frage, wer wen ausspioniert.* Jener Dichter, den sie im September 1985 vernichtet haben, Wassyl Stus, dachte genauso über die Veröffentlichung seiner Gedichte. Aber es hat mich gar nicht zu interessieren, ob er so dachte oder nicht. Was mich zu interessieren hat, das ist meine Zeit. Die, in der ich lebte. Diese Zeit, beginnend mit den frühen Achtzigern, vor allem aber mit dem Jahr 1985, war absolut anders als alle anderen, vorangegangenen Zeiten. Das Wichtigste waren ja gar nicht Gorbatschow und die Perestroika, sondern, daß das SYSTEM aus dem Gleichgewicht geriet. Das passiert ihnen, den SYSTEMEN, manchmal – einmal alle tausend Jahre vielleicht. Eine rein physische Erscheinung, eine Art unvermeidliches Entgleisen. Physisch und metaphysisch – two in one. Mein Glück besteht darin, daß ich, auch ich, dieses Fest miterleben durfte. Alles entwickelte sich immer katastrophaler. Im Sinne einer *Wunderbaren Katastrophe* natürlich. Erst haben sie den Alkohol verboten, dann ist Tschernobyl explodiert, und alles verbrannte.

Erinnerst du dich an diese Tage?

Wie könnte man sich nicht an sie erinnern? »Dynamo« hatte

gerade den Pokal der Pokalsieger gewonnen. Am 2. Mai hatten sie in Lyon »Atlético« fertiggemacht – 3:0. Als Blocha und dann Jewtuch in den letzten Spielminuten trafen, qualmte es um sie herum vor Freude. Zur selben Zeit qualmte auch Tschernobyl, aus Hubschraubern schaufelten sie blöde Sand, roten Lehm und Blei in den Reaktor, und Hunderte Feuerwehrleute bekamen ihre tödliche Dosis ab. Offiziell wurde die Information unterdrückt, ich erinnere mich nur an eine kleine, fünfzeilige Notiz auf der letzten Seite – es gebe gewisse Probleme, etwas sei passiert, aber alles unter Kontrolle, don't worry, Werktätige, und einen schönen Ersten Mai. Natürlich gab es als Quelle noch die *Radiostimmen aus dem Westen*, aber wer hörte die denn? Ich zum Beispiel nicht, denn ich besaß keinen entsprechend hochwertigen Empfänger mit einer entsprechenden Antenne.

»Wie waren unsere ersten Reaktionen? Sie zu verstehen heißt verstehen, was es bedeutet, den Wind zu fürchten, den Regen, das grüne Gras, das Licht. Schon in den ersten Maitagen erlebten viele von uns die Nähe eines anderen Todes – unmerklich und unsichtbar, eines ›wachsenden Todes‹, der überall ausgegossen war, in den Gärten und Blumen, im Wasser und in den Luftströmen, mitten in den Wohnungen, im Innern der menschlichen Körper, die plötzlich vor Vergänglichkeit leuchteten. Eines Todes, der so sehr seiner Form (und damit nach Hegel auch seines Inhalts) beraubt war, daß damit aller Widerstand unwillkürlich seinen Sinn verlor.« Ich habe dich zitiert: »Tschernobyl, die Mafia und ich«.

Ja, natürlich. Wenn ich darin von den *ersten* Reaktionen schreibe, dann heißt das: später im Mai. Ende der ersten Dekade wurde das Entsetzen langsam offenbar. Den 9. und 10. Mai verbrachte ich in Lemberg, wo wir gleich zwei Geburtstage feierten – den von Neborak und den von Malko-

wytsch. Sie sind fast zur gleichen Zeit geboren, eine Art tem-
poräre Überproduktion von Dichtern. Iwan, also Malkowytsch, hatte es kaum geschafft, aus Kiew herauszukommen.
Alle Züge in Richtung Westen waren ausgebucht, die halbe
Stadt versuchte zu fliehen.

»Man floh vor allem nach Westen, bei uns flieht man eigentlich
immer nach Westen, aber wegen des Eisernen Vorhangs war dieser Westen einfach nur der Westen der Ukraine, das hinter Bergen versteckte Transkarpatien galt plötzlich für die Schweiz, und
ich werde die überfüllten Bahnhöfe nie vergessen, die Frauen
mit Kindern auf dem Arm, die drückende Enge, die Streitereien,
wie die Schwangeren ohnmächtig wurden, das hoffnungslose
stundenlange Anstehen an den Schaltern, die Phantasiepreise
der Spekulanten, den klebrigen Schweiß auf den Gesichtern und
Handflächen – fast schon Todesschweiß.«

Und den Staub, den ein unguter und warmer Wind mit sich
trug, beinahe ein Föhn. So ein Wind verursacht Nasenbluten.
Wir aber feierten, etwa zwanzig saßen beisammen, junge
Dichter, Künstler, ein paar Musiker, Mädchen – irgendwelche
Schicksen von der Sportschule, wir saßen im Keller unter dem
Schriftstellerverband und ließen uns bis oben hin vollaufen.
Oder auch höher. Wie heißt es genau in meinem Text?

»Die alkoholische Erleuchtung durchflammte Schädel und Gedärme gleichzeitig – fast physisch spürten wir, daß wir uns im
Angesicht von etwas Großem und Schrecklichem befanden.«

Genau. Und weil wir ja schließlich *junge Dichter* waren, konnten wir nicht anders als unseren Spaß treiben mit den Worten
– solchen wie *Licht, Schein, Strahlen*. Wahrscheinlich wurden
sie gerade von der Zensur verboten. Wir konnten nicht anders,
als über diesen *anderen* Tod zu scherzen. Was auch sonst? Ein
ganz besonderes Gefühl – anzunehmen, daß du schon deine
Dosis Strahlung geschluckt hast und es in dir schon begonnen

hat, losgegangen ist, Prozesse ausgelöst wurden, bald wirst du ein letztes Mal innerlich aufleuchten und dann in Strontium-Caesium-Teilchen zerfallen. Wie hätte man keine Witze machen können, wo doch Radio und Fernsehen den *Bewohnern der Stadt und des Landkreises* nachdrücklich rieten, ihre Haare täglich sorgfältig mit Shampoo zu waschen? Neben Radio und Fernsehen existierte allerdings noch ein alternativer Informationsraum: Lecks, Gerüchte, Gerede. Dort hieß es, aller Rotwein sowie Kalzium und Jod seien in den Parteikomitees zusammengezogen worden, die ersten Abteilungen kontrollierten jetzt die Dosimeter und der KGB die onkologischen Statistiken, und *befreundete Ärzte* rieten Schwangeren angeblich dazu, sich ausschaben zu lassen, denn etwas Gesundes würden sie sowieso nicht gebären – höchstens Exponate fürs Museum. Genau, die Kinder. Im März hatten wir Taras bekommen, er war also noch nicht zwei Monate alt, als es passierte. Natürlich hatten wir um ihn die größte Angst und vermieden es für einige Zeit, mit ihm *an die Luft* zu gehen. Dann aber dachten wir uns, daß man schließlich nicht wissen konnte, wo mehr Strahlung war – draußen oder drinnen.

»… und ich fuhr oft und lange meinen Sohn im Kinderwagen spazieren – an die Seen vor der Stadt, in die Gärten, auf den alten jüdischen Friedhof, zur verfallenen Wassermühle –, wohin auch immer, so weit wie möglich, aus den Augen. Beim Spazierengehen entstanden um die zehn neue Gedichte, das Wort Tschernobyl kommt in keinem vor …«

Dafür um so häufiger Anspielungen auf Licht und Tod. Und auf überbordendes Grün. Es brach in jenem Sommer an jeder Ecke durch – vielleicht wirklich wegen der Strahlung? Als veranstalte es für uns eine feierliche letzte Saison. Daher schrieb ich auch etwas wie: *Frisches Blut in die Venen. Licht in den Kastanien vergeht.* | *Wir eilen uns zu leben wie nach der großen*

Plage. | *Vielleicht liegt darin die Rettung – zu erkennen diese Tage,* | *als letzten Frühling. Einzigen. Einen.* Oder im »Lehrreichen Maienspaziergang«, wo es um Schrebergärten am See geht *und sich die kleinen Landbesitzer, die frühen fruchtbeladenen Erdbeersträucher erntend, kein bißchen wundern über so ein gnadenloses irdisches Wachstum.* Stell dir vor – *gnadenloses* Wachstum? Ernte des Todes, Erdbeeragonie. Und ähnliches mehr. »Fußball im Klosterhof« zum Beispiel beginnt mit *Ein solches Grün gab es seit hundert Jahren nicht, vielleicht auch mehr.* Wichtig war nur, das Wort *solches* ausdrücklich zu betonen. Oder »Land der Kinder«, wo wieder dieses ungute Licht auftaucht: *Verbittert flattert Strahlenlicht.* Warum verbittert? Tschernobyl heißt übersetzt Beifuß, und Beifuß schmeckt bitter. Was für ein Paul von Aleppo also, was für ein XVII. Jahrhundert? Aber das ist alles viel zu spezifisch – du kennst den Kontext nicht.

Dafür verstehe ich, daß du mit »Stadtmitte« den abschüssigen Pfad des Klassizismus betreten hast.

Oho? Vielleicht. Vielleicht sogar nicht vielleicht, sondern bestimmt. »Stadtmitte« ist das Buch, in dem mich zum erstenmal die Vergänglichkeit an den Eiern packt. Ich begann damit, diese Gedichte zu schreiben, als ich fünfundzwanzig war, und mit ungefähr siebenundzwanzig war ich fertig. In gewisser Weise ist es meine geheime Biographie. Es handelt sich also weniger um Gedichte als um Ereignisse. »Wiegenlied des ersten Tags« – da sehe ich Taras zum erstenmal, als wir ihn aus der Klinik holen, ein Gefühl von Frühling, der Geruch der ersten Schlüsselblumen in der hereinbrechenden Dämmerung. »Mitternächtlicher Flug vom Hohen Schloß« beschreibt einen eher lyrischen Verrat – bei dem sich die sexuelle Erregung gegen Morgen als idiotisches Mißverständnis herausstellte. »Ihr Mäntelchen ist rot und fröhlich«, da geht es um

Sofijka, mittwoch abends holte ich sie normalerweise vom Kindergarten ab. Ich wartete im Korridor, bis sie sich als eine der letzten leise vom Tisch wegstahl, man setzte ihnen dort ewig gekochten Fisch und geraspelte Rüben vor, unmöglich, das zu essen, man konnte es höchstens über den Teller verschmieren. »Fußball im Klosterhof« – das sind Ninas und meine Streifzüge durch das alte Tschernihiw. Und »August. Dnister« – Midjanka und ich zu Besuch bei Wano Penyk, in seinem Dorf am Dnister, dort lastet die jahrtausendealte Hitze, und unter den Sträuchern sind alle möglichen archäologischen Überreste zu erkennen. In jenen Jahren liebte ich die Poesie von Philip Larkin über alles, natürlich in russischer Übersetzung, denn eine ukrainische gab es nicht, und manchmal übernahm ich ihre Intonation. Very fucking poet, so sagte John Siddharta über Larkin, und einmal hat er in der Öffentlichen Bücherei von Nottingham einen Band mit seinen Gedichten für mich mitgehen lassen. Aber das nur nebenbei. Wir werden noch von John Siddharta hören, hoffe ich.

Ja, nach ihm werde ich dich noch fragen.

Gut. »Stadtmitte« ist auch die Fortsetzung der Entdeckung Franyks. Die *Architektur* von »Stadtmitte«, dieser ganze *Knöterich auf Keramikscherben* – das ist das immer tiefere Eindringen in meine eigene Stadt. Natürlich gibt es im Buch auch noch ziemlich viel Lemberg. »Drei Balladen« zum Beispiel. Aber vor allem ist es Franyk, die Mythologisierung des Raums, in dem ich, ob ich wollte oder nicht, die notwendigen *Verbindungsknoten* knüpfen mußte. Wie sich zeigte, war dieser Raum zu großen Teilen schon beschrieben worden, aber fragmentarisch und skizzenhaft, in Etüden und Entwürfen. Damals traf ich überall Menschen mit Primärquellen. Ich lieh mir die geheimen Hefte, die sie eigenhändig abgeschrieben hatten – Stücke aus Barącz, Abschriften aus Szarłowski. Vor allem aber las ich die Gebäude, Bäume und Steine. Ich lernte immer neue Typen kennen, die mir nicht nur als Typen, sondern als Archetypen erschienen – als existierten sie gleichzeitig in mehreren parallelen Dimensionen; ich fing an mich dafür zu begeistern, ihre Porträts zu zeichnen, jedem von ihnen immer neue Schichten und Aufschichtungen zuzuschreiben. Einerseits waren wir Freunde und tranken viel zusammen, vor allem in der Werkstatt von Oleh Sastawnyj, in der Tiefe eines jener für Franyk typischen Hinterhöfe, wo dich die frühere kleinstädtische Atmosphäre vollkommen einhüllt. Das ist wohl auch die Losung jener Zeit: *Wir tranken in Olehs Werkstatt.* Wir tranken trotz des Alkoholverbots und trotz der überall für solche wie uns aufgestellten Ausnüchterungs-Fallen. Wir tranken und ließen uns gemeinsam bezaubern. Andererseits versuchte ich, aus jedem seine persönliche Hypermetapher herauszulesen. In »Stadtmitte« gibt es vier solcher Gedichte: »Zigeuner Wassyl«, »Fulmen«, »Fotopaulus« und »Jaroslaw García Lorca«.

Oho! Wer ist denn das – der letzte?

Ins Schwarze getroffen – daß du gerade nach ihm fragst. Jaroslaw Dowhan! Dichter und mein Gevatter, oder auch Gevatter und mein Dichter. Wir kannten uns noch nicht, da erreichte mich schon eine Welle: Dowhan, Dowhan, Dowhan. Mit ihm war es ein bißchen so wie mit den Doppelgängern. Ich weiß nicht, ob du das schon erlebt hast, ich jedenfalls ziemlich oft. Du gehst durch eine Stadt und siehst plötzlich, daß da vorne ein Bekannter auf dich zukommt. Obwohl du ihn vielleicht zehn Jahre nicht gesehen hast. Du kommst gar nicht dazu, dich zu wundern, da ist dein Bekannter schon ganz nah, und du merkst: Es ist gar kein Bekannter, dieser Mensch ähnelt deinem Bekannten nur ganz außerordentlich, eine Art Doppelgänger. An all dem wäre nichts Geheimnisvolles, würdest du nicht nach sechs oder sieben Minuten eben jenen Bekannten wirklich treffen – diesmal aber den echten. Ich glaube, daß unsere Bekannten uns diese ganzen Doppelgänger als Vorboten schicken. Als ob sie uns auf das Zusammentreffen mit sich vorbereiten wollten. Ist dir das schon passiert?

Ich habe nicht darauf geachtet. Aber es klingt interessant.

Siehst du, mit Jaroslaw García war es ähnlich. Ich hatte ihn noch nie gesehen, aber viel von ihm gehört. Vor allem drei Dinge: erstens – er hatte am Moskauer Literaturinstitut studiert, zweitens – er schrieb absolut seltsame Gedichte, die niemals irgendwer drucken würde, drittens – seine Frau war Estin. Alle ohne Ausnahme betonten das: Seine Frau ist Estin. Als er dann im Februar '85 mit dem *wind of change* in die Druckerei eindrang und mich auf eine erste gemeinsame Zigarette einlud, fragte ich ihn blöde: *Hör mal, ist deine Frau wirklich Estin?* Nach fünf Minuten Gespräch fühlten wir uns, als wären wir die besten Freunde der Welt geworden. Na, vielleicht übertreibe ich. Jedenfalls war an dem Tag jemand in mein Leben getreten, dem ich mich voll und ganz öffnete. Ich glaube, es war gegenseitig. Wir brauchten einander wie, verdammt, wie Liebende, nur viel mehr. Wir leerten nicht nur unzählige Flaschen miteinander, zu zweit und in größerem Kreis, vor allem gaben wir einander Bücher, Gedichte, Poesie, Zigaretten, Phantasien, Geschichten, Irrsinn, Ruhe, Erotik, Askese, Tee, Lachen, Kaffee, Sicherheit, Humor, Verwunderung, Tage, Abende, Nächte, Erinnerungen, Nacherzählungen, Kraft, Ausdauer, Wut, Schlaflosigkeit, Unsinnigkeit, Unsterblichkeit. Das gemeinsame Sternzeichen Fische verband uns. Wir verbrachten wunderbare Mittwoche, wechselten Ort und Raum, marschierten von einem geheimen Ort zum nächsten, führten einen *entschlossenen Trupp* von Gleichgesinnten mit uns und blieben trotz allem am Ende unserer Touren zu zweit zurück.

Es dauerte bis eins oder zwei, das gefiel mir am besten – manchmal aber auch bis zum Morgen. Unser letztes Gespräch, bevor wir uns trennten, bei der letzten gemeinsamen Zigarette, war meistens absolut psychedelisch. Bewußtseinserweiterung, das hieß Unfaßbarkeit der Seele und letzte Umarmungen. Es verging ein Jahr – und ich bat ihn, Pate meines Sohns zu werden. Seitdem ist er mein Gevatter. Du weißt es nicht, kannst mir aber glauben – das ist wichtig. Ich bin sicher, daß er sich in unserem Gespräch noch häufiger bemerkbar machen wird – mal mit seinem Flußfischlachen, mal mit äffischer Grimasse aus irgendeinem Gestrüpp.

Wir kommen voran, oder? Wie lange hast du insgesamt in der Druckerei gearbeitet?

Ein halbes Jahr vor dem Militär und viereinhalb danach. Ha, genau fünf Jahre! Und ich dachte immer sieben. Im Sommer 1989 habe ich gekündigt. Aber ich weiß, woher das Gefühl von sieben vollen Jahren kommt. Von den langen Nächten. Meine Schichten dauerten manchmal nicht sieben oder acht, sondern zwölf oder dreizehn Stunden.

Weil ihr immer jemanden begraben habt?

Nicht nur. Nicht immer. Sondern vor allem weil Gorbi verteufelt redselig, aktiv und unberechenbar war. Noch dazu hielt er sich nie an seine vorbereiteten Texte. Seine Auftritte mit den unzähligen unlogischen Improvisationen überforderten TASS, die Zensur, die Informationsabteilungen – und stürzten unseren *Produktionsprozeß* ins totale Chaos. Manchmal waren die per Fernschreiber übermittelten Korrekturen dreimal so lang wie die Rede selbst. Wegen dieses *bemerkenswerten* Herrn gingen mir also Tausende von Träumen verloren. Wir alle, vor allem aber die Linotypistinnen und Metteure, also die Avantgarde der Arbeiterklasse, mochten ihn irgendwie nicht, wegen seiner selbstverliebten Geschwätzigkeit. In meiner heutigen

Erinnerung aber sehen diese Nächte ganz anders aus: Es gab einen gewissen Augenblick der Wahrheit, in diesem Warten, Rauchen, der Leere vor den Fenstern, in all den Löchern auf den Seiten, den gekrümmten Spaltenlinien, dem panischen neuerlichen Umbruch im Morgengrauen. Und natürlich die nächtlichen Ausflüge, die Wasjun und ich unternahmen. In den Pausen rasten wir auf seinem Motorrad durch die Stadt. Eine ISH, glaube ich. Bestimmt keine »Java«, eine ISH. Wasjun war der jüngste Metteur, ungefähr so alt wie ich. Früher hatte er im Fleischkombinat Vieh geschlachtet, daher nannte er sich *Schlachter der fünften Kategorie*. Er war sehnig, laut und fürchtete niemanden, denn er besaß eine Bescheinigung aus der Psychiatrie. Er war dort zur Beobachtung gewesen, und manchmal sagte er zu jemandem: *Auch wenn ich dich umbringe, mir kann keiner was.* An mich richtete er diese Worte nie; wir hatten uns oberflächlich angefreundet und fuhren nachts gerne irgendwo hin. Manchmal in die Eisenbahnerkantine, die 24 Stunden offen hielt und wo man sich um zwei Uhr nachts an warmem Arbeiterfraß so richtig satt essen konnte und dabei das bunte 24-Stunden-Publikum aus der Station, dem Depot und dem Bahnhofsviertel im Blick behielt: Lokführer mit ihren Assistenten, Fahrdienstleiter, Streckengeher, Gleisarbeiter, Lagervorsteher, Revisoren, Kontrolleure, Oberkontrolleursrevisoren, leitende Mitarbeiter der Annahme-Ausgabestelle, Unterschraubmutterdreher, verdiente Bolzenhalter, Schmierölträger, Schlawiner, Milizionäre, Zigeuner, Passagiere, KGBisten, Soldaten, Strafgefangene, Huren.

Huren?

Sag mal, könntest du mich einmal nicht unterbrechen? Geht das?

Vielleicht.

Na also. Eines Nachts im Sommer '88 hingen wir mal wieder in

217

der Luft: Gorbatsch hielt in Moskau eine für ihn und das ganze Land verdammt wichtige Parteikonferenz ab, um sieben Uhr abends bekamen wir die abschließenden Teile seiner Rede, aber gegen zehn, als alles mehr oder weniger fertig war, hämmerte der Fernschreiber die Warnung, *bis zum Auftritt des Gen. Gorbatschow in einigen Stunden sind Änderungen zu erwarten.* Die unendlich hellen Köpfe in den Informationsabteilungen waren im Moment noch ratlos und wußten nicht wie umgehen mit den *Bremsmechanismen* und vielen anderen schlüpfrigen Themen der Rede. Around Midnight, ganz wie bei Thelonious Monk, erwachte der Fernschreiber zögernd zum Leben und spuckte die ersten Korrekturen aus. Wie es aussah, würde kaum ein Satz stehenbleiben wie er war. Ich sagte: *Jetzt gucken wir wieder bis morgen früh in die Röhre*, und Wasjun: *Wie wär's mit ein bißchen Entspannung?* Denn uns stand wirklich eine große Pause bevor: bis die Korrekturen übermittelt, von den Korrektoren eingefügt und von den Linotypistinnen in Metall gegossen wären. Wir sattelten das Motorrad und düsten immer der Nase nach durch die schlecht beleuchtete Stadt. Das heißt, für mich war es *immer der Nase nach*. Wasjun aber schlug den einzig möglichen Kurs ein, dem er auch mit ausgestochenen Augen hätte folgen können – die Puschkin-Straße entlang, am Park vorbei und weiter geradeaus in Richtung der BAM-Bauten. Wir haben da so eine Plattenbausiedlung, Eisenbeton, Verfall und Gestank, die heißt BAM – was bedeutet, daß sie am Ende der Welt liegt und quasi unbewohnbar ist, obwohl dort Zehntausende Menschen wohnen. Irgendwo im Innern dieses Labyrinths sagte Wasjun: *Da sind wir.* Er geht voran in seiner schwarzen Windjacke und den roten Trainingshosen, ich zwei Schritte hinter ihm. Ich weiß nur, daß wir Neuner spielen gehen. Dabei habe ich nicht nur keinen Schimmer von den Spielregeln, sondern ahne nicht einmal, ob man es mit Karten, Kegeln oder Pucks spielt. Der Lift, das kennt man ja, funktioniert nicht, wir gehen also die Treppe hinauf, immer höher, bis in den letzten Stock. Vielleicht auch nicht den letzten, wer weiß das schon. Wasjun stößt die Tür einer Wohnung auf, und wir sind da. Aber was heißt *da*? Du würdest nie darauf kommen – ein ellenlanger Flur, wie paßt der nur in diese Kleinfamilienwohnung, und beleuchtet ist er wie nachts ein Waggon dritter Klasse – du weißt schon, wo *gerade genug Licht ist, daß man nicht schlafen und nicht lesen kann, gerade genug, um sich aufzuhängen.* Das, was beim Militär *Notbeleuchtung* heißt. Und Wasjun und ich durchschreiten diesen Flur einer hinter dem anderen, unverständlich lange durchschreiten wir ihn, und von überall, das heißt von den Seiten und von vorne – Kreischen, Lachen, Gespräche, Gesang, Heavy Metal, ein Ziehharmonikaquartett, Lieder der Ostslawen, Radio »Promin« und ähnliche Schalleffekte. Wir aber gehen weiter – bis wir auf eine Tür stoßen, eine alte, geschnitzte Tür, turmhoch, zweiflüglig und zweihundertjährig, eine Tür, die eher zu einem Palazzo in der Schewtschenko- oder damaligen Majakowski-Straße gepaßt hätte, aber nicht zu so einem BAM-Loch, nun gut, dahinter beginnt eine ganze Zimmerflucht – *Moderne, Empire* – fünf oder sechs, und überall Gesellschaft, alle möglichen schmierigen Typen, dem Aussehen nach Totengräber oder Posaunisten, zwischen ihnen wuseln vereinzelte hängeärschige Tussen herum, aber zu 95 Prozent ist es doch eine reine Männergesellschaft, die Armee der Nacht. Wir gehen von Zimmer zu Zimmer, dabei fällt mir auf, daß in jedem ein eigenes Regime herrscht, es ist wirklich ein ganzes Imperium aus Säuferclub, Haschkaschemme, Mohnzimmer, Spielsalon – einarmige Banditen, Ringspiel, Russisches Roulette –, aus Striptease-Hall, Heimpornokino und schließlich dem Neuner-Bordell mit neun nebeneinander aufgereih-

' ten Ärschen und einer lärmenden, ungeduldigen Warteschlan-
ge, in der jeder seine neun Rubel in Ein-Rubel-Scheinen in der
schwitzigen Faust hält. Natürlich stellt sich Wasjun sofort ans
Ende der Schlange und winkt mir, komm, reih dich ein, stell
dich vor mich, gleich geht's los. Ich überlege krampfhaft, *ihn
bloß nicht beleidigen*: Auf diese Attraktion habe ich überhaupt
keine Lust, und als er freudig seine roten Trainingshosen bis
zu den Knien herunterläßt, rufe ich ihm *gleich, gleich, komme
gleich* zu und galoppiere wie eine gesengte Sau durch die nächste Tür, was immer mich dort erwarten mag. *Jurik, keine Angst,
sie haben keinen Tripper,* aber das ist das letzte, was ich von ihm
höre, und Stille umfängt mich, stell dir vor, es genügt, die Tür
hinter sich zu schließen, und alles bricht plötzlich ab, absolute
Stille tritt ein. In der Tiefe dieses neuen Raums lockt mich ein
großer heller Fleck. Ich bewege mich darauf zu, auf das Licht,
was bleibt mir auch anderes übrig, ich sehe einen Tisch und
am Tisch jemanden, der schon lange auf mich wartet und
mich mit dem Finger zu sich winkt – komm näher, junger
Mann, näher, nur näher. Und je näher ich komme, desto weniger weiß ich, um was es sich handelt – *Er* oder *Sie, Wahrsagerin*
oder *Sargmacher.*

Vor allem aber steht da in der Mitte des Tischs der Kasten, dieser schwarze Kasten von der Größe eines Puppentheaters für
Kinder. *Es* fragt: *Na, bist du endlich da?* Und fordert mich gleich
auf hineinzusehen, ich beuge mich über den Tisch und luge
durch eine Ritze in der dünnen, schwarz bemalten Wand. Und
es passiert etwas, das mir bis heute unerklärlich ist.

Oh, jetzt wird es spannend!

Du hast versprochen, mich nicht zu unterbrechen, oder? Also –
im Innern des Kastens befindet sich ein echtes Theater, vielleicht die Lemberger Oper oder so etwas, voller Saal, riesiges
Orchester – um die fünfzig Streicher, dazu Bläser und Schlag-

instrumente, aber nicht im Graben, sondern auf der Bühne, und ebenfalls auf der Bühne, vor dem Orchester, steht der blasse Harlekin Viktor Morosow, wie immer mit Gitarre, und singt die erste der »Drei Balladen«, er nennt sie »Trompeter«, obwohl das Gedicht bei mir anders heißt – »Die Lemberger Katastrophe des Jahres 1826« –, aber als Liedtitel funktioniert das natürlich nicht, »Trompeter« aber schon. Viktor hatte die Ballade damals wirklich schon bei »Melodia« aufgenommen. Ganz minimalistisch – Gitarre, Stimme und Schluß, wobei die Stimme allerdings nach jeder Strophe Trompetenstöße nachahmte. Hier aber ein ganzes Orchester, fünfzig Geigen und Celli, großer Ton, symphonische Euphorie, euphorische Symphonie. Und dann das gänzlich Unfaßbare: Ich befinde mich plötzlich dort, auf der Bühne, gerade als Viktor die erste Strophe beendet, und das kann nur eines bedeuten – daß ich meinen äußeren Körper zurücklasse und ohne ihn in den Kasten eindringe, mich durch die Ritze zwänge, durch die sich gerade eben noch mein äußerer Körper das alles angesehen hat, ich komme also rechtzeitig, um das Zwischenspiel hinauszutrompeten, ich habe eine Trompete, denn der Trompeter – das bin ja ich, und unser kleiner Totentanz überquert die Bühne, *ein Trompeter, zwei Soldaten, ein paar Arbeiter,* alles wie es sein muß, wir steigen in den Orchestergraben und dann tiefer und tiefer – während der letzten drei Strophen, beginnend mit den Worten *zu Füßen des Turms begraben,* klingt die Ballade viel ruhiger, das Orchester verläßt in Sextetten auf Zehenspitzen die Bühne, Viktors Stimme entfernt sich, vielmehr bleibt er allein auf der Bühne zurück, ich bin es, der sich entfernt, aber ich kann ihn noch hören – gerade gut genug, um rechtzeitig aus der Tiefe mit dem Zwischenspiel zu antworten, wir steigen hinab, in immer dichtere Dämmerung, vorbei an allen möglichen Schichten von Müll, Gerümpel, Scherben, Schlacke,

Skeletten, Lehm, Kalk, Glimmer, wir sind ganz unten ange-kommen, am *Grund der Steine*, an der letzten Grenze zwischen Rinde und Mantel, Gott, wie finster, wird es wirklich *so* sein – völlige, absolute, reine Finsternis ohne irgendeine Beimi-schung und niemand, niemand, niemand da, so viel Finsternis und so viel Stille kann keiner aushalten, also brülle ich und krächze in die Reste meiner Trompete, so lange ich kann, und wiederhole diesen Fanfarenstoß tausend oder zehntausend Mal. Und diese Fanfare, dieser unterirdische Ruf dauert, bis alles abreißt, aber was das Interessanteste ist – sogar darüber hinaus. Halb drei, Nacht, wir rasen auf dem Motorrad durch die schon vollkommen tote Stadt, und wie die begeisterten Fans irgendeines »Hurrikan Iwano-Frankiwsk« zerreißen wir die Dunkelheit mit einem dreisten Duett: er hupt, ich blase in ein quäkendes Plastikhorn – wir haben uns prima entspannt und fahren jetzt zurück, klar? Aber wären da nicht die schwar-zen Flügel der Windjacke gewesen, hätte ich zweimal überlegt, ob der, der da hupt, wirklich nur der Metteur einer Zeitungs-druckerei ist.

War's das für heute?

Ich glaube. Ja.

5 Der Schiedsrichter läßt weiterspielen

Wo und wann fand der erste Bu-Ba-Bu-Abend statt?

Im Jugendtheater, wie es damals hieß. Kleine Bühne. Kiew, 21. Dezember 1987.

Woher diese Genauigkeit?

Keine Ahnung. Vielleicht die Konfrontation mit der Zeit. Daten markieren die Zeit. Pinnen sie an das Skelett unserer Geschichten, wo sie sich aufbläht wie Folie. Außerdem ist das Datum leicht zu merken – Stalins Geburtstag.

Und den habt ihr gefeiert?

An unserem ersten Abend? Wohl kaum. Das hat uns wirklich am allerwenigsten interessiert.

Wie kam es, daß es plötzlich möglich wurde?

Im Theater gab es erste Veränderungen. Les' Tanjuk war aus Moskau zurückgekehrt und hatte die Leitung übernommen. Das Leben geriet in Bewegung.

Und er hat euch persönlich eingeladen?

Neborak hatte sich das alles ausgedacht, der *Aspirant auf Venus' Lippen*. Danach war er fünf Jahre lang der Motor der meisten unserer Aktionen. Neborak hat uns beschrieben, Tanjuk gefiel es und er öffnete uns die Tür.

Was war das für ein Spektakel?

Es war spektakulär. In gewisser Weise. Und Proskurnja der Regisseur. Hast du schon von ihm gehört?

Nein. Wie lief es ab?

Zuerst lasen Schauspieler. Einen Prolog aus unseren jugendlichen Seufzern. Um zu zeigen, wie jung und zart wir noch fünf Jahre zuvor gewesen waren. Obwohl, nein – zuerst trat Tanjuk auf und sagte, daß er sich stark an die Goldenen Zwanziger erinnert fühle, mit all ihren Gruppenereignissen: die Futuristen, die Neoklassiker, MARS, VAPLITE. Wir waren natürlich geschmeichelt.

In den zwanziger Jahren gab es bei euch also etwas Interessantes?

Bei uns gab es immer etwas Interessantes. Vor der Welt verborgen. Aber die Zwanziger, das war eine ganz besondere Eruption. Die Zeit, als wir Poesie-Europameister wurden, in der inoffiziellen Hamburger Tabelle. Noch bevor sie dann unsere ganzen Meister zerbrachen und erschossen, aber das war schon eher in den Dreißigern. Siehst du, da tauchen also doch die Hörner des Genossen Stalin auf.

Happy birthday! Danach lasen Schauspieler. Und ihr?

Wir absolvierten mehrere Runden. Einer liest drei bis vier Gedichte und gibt an den nächsten weiter. So haben wir es dann auch auf allen weiteren Veranstaltungen gemacht.

Irgendwelche Spezialeffekte?

Ein Diaprojektor – Bilder von Kaufman, Koch und anderen. Kaufman und Koch waren an diesem Abend in Kiew mit von der Partie, sie bedienten die Technik. Neborak verglich sie mit den Heinzelmännchen.

Musik?

Viktor Morosow – allerdings vom Band. Live war er gerade auf Tournee in Laos.

Das Publikum?

Fantastisch! Was für Mädchen! Und erst die Meister des künstlerischen Wortes! Valerij Schewtschuk zum Beispiel. Oder Juri Pawlowytsch Koffer. Natürlich war es knallvoll, alles bis zum letzten Durchgang. Pfiffe und Kreischen der Teenager.

Wie war es gelungen, sie zusammenzutrommeln?

Damals funktionierte die Mundpropaganda tadellos. Solche

Neuigkeiten wurden *wie Küsse – von Mund zu Mund* weitergegeben. Alle wollten, verstehst du?

Ganz ohne Reklame?

Kaufman und Koch, K-und-K, ließen, glaube ich, hundert Einladungen drucken, sehr witzige übrigens. Sie spielten mit unserer Zahl. Also mit der Zahl drei. Heute sind das einzigartige historische Quellen. Vielleicht auch kulturelle. Ein Exemplar einer solchen Einladung kostet jedenfalls inzwischen um die zwanzigtausend Euro.

Und dafür gibt es Käufer?

Es war ein Witz. Das nächste Mal sage ich es vorher.

Warum die Zahl drei? Warum habt ihr euch gerade zu dritt zusammengetan?

Nachdem Rjabtschuk auch auf der Bühne gesprochen hatte, ganz am Ende des Abends, glaubten manche, wir seien vier und er der vierte. Seitdem hat uns das immer wieder verfolgt – der Versuch irgendwelcher Leute herauszufinden, wer der vierte ist.

Aber den gab es nicht?

Es konnte ihn nicht geben. Drei ist eine vollkommene Zahl. Vier hingegen absolut uninteressant. Wenn man von vier eins wegnimmt, bleibt ein Dreieck übrig. Nimmt man aber von drei eins weg, dann bleibt nichts übrig. Wir hatten unsere Figur so entworfen, daß keiner von uns fehlen durfte. Wilde Pythagorasse, das waren wir. Obwohl an diesem ersten Abend noch jemand den Versuch machte, der vierte zu werden. Vielmehr sogar der vierte und fünfte. Bu-Ba-Bu in einen Stern zu verwandeln. Gegen Ende waren plötzlich vom Treppenhaus her unflätige Schreie zu hören, und zwei ziemlich blaue Typen stürzten in den Saal, von denen einer der Dichter Malenkyj war. Er war schon seit mehreren Tagen in Kiew unterwegs, mit einer frisch gekauften Neujahrstanne über der Schulter. Die

Tanne sollte er in die Stadt Duschanbe bringen, wo er meistens lebte und Persisch trieb, also sich mit persischer Literatur beschäftigte. Dank dieser Tanne kannte ihn ganz Kiew und nannte ihn den *Genossen aus Duschanbe*. Der andere war ein uns völlig unbekannter Iwan. Dieser Iwan kletterte ebenfalls auf die Bühne und las ein langes Gedicht über einen Gerichtsprozeß wegen der Zahlung von Alimenten. Auch seine Lesung gefiel dem Publikum sehr gut – als alles vorbei war, wollte ein ganzer Haufen Mädchen Autogramme von ihm. Oder vielleicht ein Kind, wer weiß.

Es war also ein Erfolg?

Ja, seiner und unserer. Jura Shyhun rief am nächsten Tag bei Neborak an und sagte, er habe immer noch so was wie einen Kater. Damals glaubte man an die Poesie. Durchlebte sie, absolut maximalistisch. Ich klappte, kaum wieder zu Hause, wegen der ganzen Anspannung einfach zusammen. Eine unerhörte Erkältung warf mich um, eine absolute Erkältung, die Erkältung in Reinform – morgens waren meine Lippen so grindig wie die Lippen Mozarts im Forman-Film. Den Film hatten wir erst ein paar Wochen zuvor gesehen, und Nina hatte mich mit den Worten *viel Glück dort, Wolfi* nach Kiew verabschiedet. So etwas sollte man nicht leichtfertig sagen, weißt du. Damit begann alles.

Und an euren zweiten Abend, erinnerst du dich an den genauso gut?

Erster April 1988. Im Saal des Schriftstellerverbandes. Dreimal mehr Leute, als eigentlich hineingepaßt hätten. So viele Freaks in löchrigen Jeans und mit Nasenringen hatten diese Wände noch nie gesehen. Wir erfrischten also spürbar die muffige Atmosphäre der Institution.

Warst du Mitglied des Schriftstellerverbandes?

Damals schon. Ehrlich gesagt bedaure ich das jetzt ein bißchen. Damals aber schien es, als gebe es einem Privilegien. Alle traten ein, um Privilegien zu haben – sogar die asozialsten Freaks. Ich auch.

Jetzt bist du kein Mitglied des Schriftstellerverbandes mehr?

Nein, seit '96 nicht. Interessiert dich das Thema wirklich so?

Eigentlich nicht. Wie verlief der zweite Abend?

Absolut gut, teilweise sensationell. Danach schlugen wir uns, umgeben von Dutzenden *Verwandten und Freunden*, ins Atelier von Shyhuns Frau Natalka durch, irgendwoher hatten wir Kognak, und was glaubst du haben wir dort gemacht? Weiter Gedichte gelesen! Wer von den *Verwandten und Freunden* Dichter war, trug ebenfalls vor. Nach einigen Gläsern forderte Hera *raus mit den Polen*. Als Polen galten Wlodko Nakonetschnyj und Larysa. Hera machte immer wieder solche Szenen, in jedem Kreis mußte es einfach jemanden geben, den er in einem bestimmten Stadium der Trunkenheit wegjagen wollte. Verstehst du, in Wirklichkeit war das viel wichtiger als die Auftritte – sich zu treffen, zusammenzusein, zusammen das Blitzen, die Kollisionen, den Verlust und das plötzliche schmerzhafte Wiederfinden des Bewußtseins zu durchleben. Ich zitiere – es heißt »Ave, Chrysler!«, vor zwölf Jahren entstanden, also aus einer größeren zeitlichen Nähe. Hör zu: *Wir entwarfen keine Programme oder Manifeste, unterzeichneten keine Kommuniqués oder Memoranden. Wir dachten uns einfach nur Gedichte aus und trugen sie vor – erst einander (und ich hatte im Leben nie mehr so geniale Zuhörer wie diese beiden!), dann einem breiteren Kreis von Bu-Ba-Bu-Zeugen, unseren Adepten und Sympathisanten, schließlich dem Publikum, das auf unsere Abende kam, übrigens ungefähr dreißig (dreihundertdreißig, würde ich gerne sagen) an der Zahl.* Verstehst du, vor allem ging es darum, füreinander Gedichte zu schreiben, obwohl ich es jetzt schon anders sehe: nicht zu schreiben, sondern die eigenen

Gedichte füreinander zu leben. Es reichte, drei Tage bei Neborak in Lemberg abzuhängen, und schon entstand etwas wie »Spurensuche im Juli«. Zehn Gedichte, niedergeschrieben in einem Tag und einer halben Nacht. Es mußte so kommen – die vielen Besuche, Wanderungen, Mädchen, die Hitze, der schlechte algerische Wein, die vielen stinkenden Hauseingänge, Straßenbahnen, Gespräche im Bett, Zitate, Sachen, so viel von allem mußte sich einfach in etwas wie *Julinotizen* materialisieren. Du kennst mein Gedicht »Die Rippe«, oder?

Ja, ich erinnere mich.

Eines Tages verabredete Neborak mit ein paar Ärzten, die er kannte, daß man uns in ihr Fachmuseum der Pathologischen Anatomie ließ. Einer jener Orte, wo die weltweite Ärzteverschwörung augenfällig wird. Keiner außer ihnen darf das sehen, denn es zeigt die diskreditierte Natur des Menschen. Es ist Gottfried Benns Poesie von innen. In seinen Gedichten fühlt man sich wie in einer anatomischen Werkstatt. Man schlendert umher, schaut sich die sogenannten Ausstellungsstücke an, erblaßt und versucht, sich seinen Humor zu bewahren. In Erinnerung geblieben sind mir *die riesigen Herzen der Schlachter und Liebenden, die beschlagenen und aufgepumpten Lungen der Raucher, Trompeter und Glasbläser, die melancholischen Säufer-Innereien, ein auf die Brusthaut – gerade über der Warze – tätowierter Heldenorden.* Außerdem gab es für die Nachwelt die amputierten Hände des letzten Henkers von Lemberg. Des offiziell letzten, meine ich, denn tatsächlich existiert dieses Handwerk dort bis heute, aber heimlich. Das alles wurde in mit physiologischer Nährlösung gefüllten Gefäßen von unterschiedlicher Form und Größe aufbewahrt. Dieser Werkstatt habe ich meine Rippe vermacht. Noch immer glaube ich, daß aus meiner Rippe Menschen entstehen werden.

Habt ihr zusammen geschlafen?

Mit wem, Neborak? Worauf willst du hinaus?

Bei deiner Aufzählung dessen, was ihr in Lemberg getrieben habt, hast du auch Gespräche im Bett erwähnt.

Aha! So ist das! Nein, soweit ich mich erinnere, hatte Neborak im Haus seiner Eltern ein gesondertes Bett für Gäste. Wenn es allerdings mehr als einen Gast gab, mußten sie in einem Bett schlafen. Wenn ich also wirklich mit jemandem geschlafen habe, dann eher mit Irwan. Er schläft unglaublich unruhig und knirscht mit den Zähnen. Zumindest damals schlief er unruhig und knirschte, wie es jetzt ist, weiß ich nicht, es ist über zwanzig Jahre her. Noch dazu war es unmöglich, ihn aufzuwecken – tagsüber bewegt er sich, redet, gestikuliert viel mehr als andere, und nachts versinkt er viel tiefer als jeder andere, den ich kenne, vielleicht nimmt er den Akku heraus und lädt ihn auf. Aber er hat auch seine Vorzüge. Er war damals unheimlich dünn, und jetzt ist er dünn, unheimlich. Im Bett nimmt er also nicht viel Platz weg. Überhaupt mag ich dünne Menschen – um sie herum gibt es viel weniger unangenehme Gerüche. Der Mensch muß leicht und trocken wie Kork sein.

Worüber habt ihr euch unterhalten?

Wenn wir zu dritt waren? Das kann man nicht wiedergeben. Es war die geheime Sprache der Vögel. Jedenfalls haben wir viel gelacht, dauernd sind wir in Lachen ausgebrochen, wie Helden eines moldawischen Epos. Gelehrte Jungs und Mädchen haben uns sogar der Lachkultur zugeordnet. Als ich dann Bachtin las, um zu verstehen, wo man uns zugeordnet hatte, stellte sich heraus, daß unsere Poesie, vielmehr unsere Poesien, eine Art *lyrischer Karneval* waren. Das klang geil. Wir hatten nichts dagegen. Mehr noch – wir glaubten selbst daran.

Heute bist du anderer Ansicht?

Ja und nein. Wer weiß, was daraus geworden wäre, hätte nicht eine der ersten Rezensionen von »Himmel und Plätze« die Überschrift »Lyrischer Held des Karneval« getragen. Andererseits, um auf deine Frage zurückzukommen: mir ist gerade eingefallen, daß wir zu neunzig Prozent in Versen sprachen, verstehst du? Als ich im Sommer 1987 die ersten Sachen von »Exotische Vögel und Pflanzen« zu Papier brachte, bemühte ich mich ganz bewußt darum, daß man sie wirklich laut lesen wollte. Ich habe auch früher sehr auf die Phonetik geachtet, vielleicht melden sich da meine unterdrückten musikalischen Neigungen, aber ungefähr seit Sommer '87, als ich »Arie Oleksa Rosumowskys«, »Pawlo Mazapura, Verbrecher«, »Wolf Messing«, »Untergang der Kotljarewschyna« und »Kosak Jamaica« schrieb, wurde das für mich absolut. Ich prüfte jede Zeile, jede halbe Zeile und sogar jedes halbe Wort auf ihren Klang – mit Lippen, Zunge, Gaumen.

»In Wirklichkeit bemühte sich jeder von uns, Gedichte zu schreiben, die man unbedingt hören wollte. Sie sollten klingen. Es sollte gehörte Poesie sein, und vor allem durfte niemand dabei einschlafen. Das passiert übrigens häufig; die Leute kommen zu einem literarischen Abend, und nach fünfzehn Minuten in einem bequemen Sessel schlafen sie ein. Wir wollten sie einer solchen Möglichkeit berauben.« Erinnerst du dich?

Natürlich. Ich kann sogar fortfahren: »Wenn man sich einen Karneval vorstellen kann, der nur aus Klängen von Wörtern und menschlichen Stimmen besteht, dann war dies ein solcher. Oder nehmen wir einen anderen Vergleich: das Gedicht als Zirkusnummer. Dieser Vergleich besticht durch seinen Maximalismus: Die Genauigkeit des Dichters muß der Genauigkeit des Seiltänzers (oder Trapezkünstlers) gleichkommen, für den eine mikroskopisch kleine Abweichung vom einzig möglichen Algorithmus der Nummer Sturz und Tod bedeutet. So auch der Dichter im Gedicht: Er muß die einzig möglichen Worte, Intonationen, rhyth-

mischen Strukturen wählen. Viele Jahre später fand ich etwas
Vergleichbares bei Lawrence Ferlinghetti in seiner Constantly
Risking Absurdity, nehme aber an, daß er und ich weder die
ersten noch die einzigen sind.«

Wie viele Abende habt ihr insgesamt gegeben?

Schwer zu sagen. Jetzt kann sie keiner mehr zählen. Das Problem ist auch, daß wir ab '89 immer öfter mit anderen auftra-
ten. Die Säle wurden größer, das Publikum verlangte nach
immer mehr Unterhaltung. Nach uns kletterten LuHoSad,
Propala Hramota, Fi-fu-fi auf die Bühne. Letztere existierten
nur einen Abend lang. Dann noch diese Geschichte mit der
Akademie. Im Jahr 1988 dachte Neborak als erster darüber
nach, daß aller Wahrscheinlichkeit nach jeder von uns das Jahr
2000 erleben würde. Damals konnten wir es kaum glauben,
aber wie sich zeigte, war es hundertprozentig wahrscheinlich.
Für die letzten zwölf Jahre des Millenniums dachten wir uns
ein Spiel aus – unsere eigene Prämie. Berücksichtigt wurde jeweils ein Gedicht, das im vergangenen Kalenderjahr veröffentlicht worden war. Wir drei verliehen den Preis also für das beste
Gedicht des Jahres. Jedes Jahr begannen wir damit, daß wir an
einem vor interessierten Blicken geschützten Ort zusammen-
kamen und uns, umgeben von Hunden und Sekretärinnen,
an einem Tisch zu Geheimverhandlungen zusammensetzten
und nicht eher wieder aufstanden, bis wir uns gemeinsam auf
den Namen des Laureaten geeinigt hatten. Der erste war 1988
Malkowytsch, Anfang '89 überreichten wir ihm öffentlich eine
Flasche Whiskey oder so. Aber was für Whiskey denn aus dem
Sowjet-Gastronom? Nein, natürlich war es Schnaps, aber selten und teuer, null sieben in der Flasche und unbedingt ein
Schraubverschluß. Es gab immer die teuerste Flasche, und die
Kosten teilten wir gerecht unter uns auf. Dieser Augenblick
mit Malkowytsch war der Anfang der Bu-Ba-Bu-Akademie.

Im Jahr 2000 würde die Akademie fünfzehn Mitglieder haben – die drei Bubabisten und zwölf von ihren zwischen 1988 und 1999 gewählten Laureaten.

Und womit sollte sie sich beschäftigen?

Keine Ahnung. *Die Sprache pflegen wie der Rebe Trieb*, vielleicht. Niemand wußte es, daher lösten wir uns auch direkt nach der Gründung auf. Im Mai des Jahres 2000 auf der Bühne der Lemberger Philharmonie. Wir verkündeten den letzten Laureaten, vielmehr die letzten beiden, Rymaruk und Hera, und erklärten, damit sei die Akademie gegründet. Das Publikum klatschte und erhob sich zögerlich, Reihe für Reihe und sich gegenseitig mißtrauische Blicke zuwerfend, von den Sitzen. In Lemberg applaudiert das Publikum gerne stehend. Als dann alle ihre Hintern gehoben hatten, dankten wir und verkündeten unsere Selbstauflösung. Aber weißt du, das ist ja alles schön und gut, Erinnerungen an die Zukunft, wir aber müssen jetzt dort bleiben, wo wir waren – Ende der Achtziger.

Wie viele Abende waren es also ungefähr?

Dreihundertdreißig. Oder zweihundertzwanzig. So kommt es mir wenigstens vor. Jeder von uns übernahm einen Teil von ihnen. Neborak lebte die ganzen Jahre über in Kiew, vielmehr er pendelte zwischen Kiew und Lemberg, so heißt auch eines seiner Gedichte – »Pendel«. Was bedeutet, daß er den Löwenanteil organisierte. Obwohl ja eigentlich das, was in Lemberg, der Löwenstadt, passierte, der *Löwenanteil* heißen müßte. Aber er organisierte auch dort alles, wer sonst? Er wohnte in zwei Städten, als angeblicher Doktorand der Naturphilosophie. Alle breaking news der Welt gingen von ihm aus. Damals beendete er gerade die Arbeit am »Fliegenden Kopf«, machte Handstand, redete mit dem Bauch, kehrte die Hierarchien um und brachte das Publikum beiderlei Geschlechts zum Orgasmus. Und zwar mit Poesie! Nicht mit Pornofilmen, sondern mit laut gelesener Poesie. Seine Telefonanrufe bedeuteten jedesmal eine Wende in meinem Leben. Im Spätherbst 1988 rief er zum Beispiel an und sagte: *Achtung, über dir gehen die Sterne auf.* Und zwar deshalb, weil Professor Dontschyk, den ein Exemplar meiner Armee-Erzählungen erreicht hatte, die Rjabtschuk in der *Zivilgesellschaft* freigesetzt hatte, Professor Dontschyk hatte sie also gelesen und gab sie weiter – an seinen Sohn Andrij. Der war Filmregisseur und suchte gerade ein Drehbuch für einen Film über die Armee. Wir hatten zur selben Zeit gedient. Natürlich taugten meine Erzählungen nicht direkt als Drehbuch. Man konnte allenfalls ein paar Szenen daraus verwenden, Motive, Stimmungen und Typen, gleichzeitig brauchte man eine andere, eindringliche und runde Geschichte. Ich hatte also das Angebot, ein Drehbuch zu schreiben. Das war, wie Jaroslaw García Lorca erklärt hätte, *süß und schrecklich.* Anfang 1989, in einem der ersten Januarfröste, fuhr ich nach Kiew. Den ganzen Tag stellten Andrij und ich uns den zukünftigen Film vor. Am leichtesten war das bei der Musik – langgezogene elektronische Wehmut wie bei »Pink Floyd«. Alles andere hing im Nebel, obwohl wir eine Million Berührungspunkte hatten. Interessant: im Gegensatz zu mir diente Andrij sehr weit weg, ich glaube noch hinter dem Baikalsee. Was heißt, daß uns während der *Erfüllung unserer heiligen Pflicht* mehr als 10 000 Kilometer getrennt hatten. Wahrscheinlich sogar mehr. Aber alles andere, die illegalen Mechanismen, die ungeschriebenen Regeln, die internen Verhaltensnormen, das ganze Massenbewußtsein, der Maskult und die Folkore, all das war absolut identisch. Es gab einige unbedeutende Unterschiede in unbedeutenden Details, an die ich mich nicht mehr erinnere. Bei ihnen wurde die Zivilkleidung der Rekruten *gemetzelt,* bei uns ins Feuer geschmissen. Aber zu 99 Prozent stimmte alles überein. Als was soll man das bezeichnen – als die Herausforderung des Raums?

Eher als Überwindung jener Herausforderung, die Raum heißt. Kenner von Imperien behaupten, daß gerade darin deren Bestimmung liegt.

Sieh an, wie verständig du bist! Nein, die offizielle Oberfläche mußte einheitlich sein, keine Frage – die Armee existiert, um zu unifizieren. Mir geht es aber um das, *was dahinter steckt*, den Schatten, die Parallelstruktur. Warum waren auch sie überall gleich? Wie hat sich das alles übertragen – die Rituale mit Gürteln, Koppeln, *Tagen bis zum Abgang* und dem Fett, die Reime, Lieder, Vorhersagen und Vorzeichen? Das ist die eigentliche Frage: Wie hat sich das übertragen, wie wurde es übernommen? Vielleicht ist die Armee einfach eine Art Epidemie? Jedenfalls kam ich schwer erkältet und schwer beeindruckt aus Kiew zurück. Abends schaute ich aus dem Fenster der Druckerei auf die Straße. Im zweiten Stock der Druckerei, wenn ich mich nicht irre. Es war gerade Weihnachten, damals noch überhaupt kein offizieller Feiertag. Ich schaute also aus dem Fenster und sah unten eine Gruppe Krippenspieler: Hirten, Herodes, den Juden, die Heiligen Drei Könige, den Engel. Damals ließ die Miliz sie meist schon in Ruhe. Sie standen an der Bushaltestelle und klingelten mit ihren Glöckchen. Dann kam der Bus, völlig überfüllt, aber sie kletterten trotzdem durch die hinteren Türen hinein – die Hirten, Herodes, der Jude, die Heiligen Drei Könige, der Tod. Ja, auch der Tod, ohne den geht es ja nicht. Der Tod mit der Sense im öffentlichen Nahverkehr! Als letzter versuchte der Engel, sich hineinzuzwängen, aber er hatte riesige, wattebesetzte Styroporflügel, und die hinteren Türen wollten sich einfach nicht schließen. Schließlich fuhr der Bus so los – mit den in den hinteren Türen eingeklemmten Flügeln. Sie *leuchteten,*

schmerzten und störten – Wort für Wort wie bei Kost' Moskalets. Und ich dachte: *bingo*. Held meines Drehbuchs sollte ein
Krippenspiel-Engel sein. Wenn man einen Engel zur Armee
einzieht, dann stirbt er wahrscheinlich aus Mangel an Sauerstoff.

Ich erinnere mich an nichts dergleichen im Film.

Weil es im Film auch nichts dergleichen gibt. Während des
Schnitts zeigte sich, daß dieser Strang nicht mit dem bru-
tal-realistischen Hauptstrang harmoniert. Zwei verschiedene
Filme, einen mußte man streichen. Der andere hat vielleicht
davon profitiert.

**Dein »vielleicht« gefällt mir. Aber ich will auf etwas anderes zu
sprechen kommen. Wie kam es, daß du die Druckerei schließlich verlassen hast? Anfang des Jahres hattest du noch an ihr
festgehalten.**

Der Blick aus dem Fenster, das war ihr letztes Wort. Mehr
konnte sie mir nicht geben. Ich hatte schon länger darüber
nachgedacht, wie mich am besten davonmachen. Denn ich
mußte mich mehr und mehr verdoppeln. Einerseits der Bubabismus, das Publikum, ein Wanderleben, Freiheit der Gesten
und Worte. Andererseits der Beigeschmack von Zink, die Rou-
tine, schwarzweiße Seiten, geordneter Arbeitsalltag. Davon
wurde man auf Dauer schizophren. Stell dir nur folgendes vor:
Du stehst auf der Bühne, dreihundert Leute hören dir zu, und
dann applaudieren sie kräftig und lange. Danach verläßt du
dieses magische Theater durch den Hinterausgang, kehrst wie
ein Verdammter in die Druckerei zurück, schlüpfst in deinen
Kittel, nimmst den Telefonhörer ab und hörst das Keifen des
Redaktionssekretärs: *die Zwei-Punkt-Schrift auf der dritten
Seite wegnehmen, Überschriften auf Seite 1 in Blockschrift setzen*. Irgend so ein Produktionsquatsch. Aber die Druckerei gegen ein anderes, *kreativeres* Gefängnis tauschen wollte ich auch

nicht. Ich wollte überhaupt keinen Posten. Ungefähr zu der Zeit begann ich darüber nachzudenken, welche Refugien auf dieser Welt es wohl gab. Wobei sich *diese Welt* damals noch auf eines ihrer Sechstel beschränkte. Und in diesem Raum zwischen den Karpaten und den Kurilen gab es nur ein einziges Refugium. Aber weißt du, ich kann mich verdammt noch mal überhaupt nicht erinnern, wann es begonnen hat, wann mir diese Idee mit Moskau kam und wer sie mir eingeflüstert hat. Rjabtschuk, wer sonst?

Du hast also in der Druckerei gekündigt, nachdem die Zusage für das Literaturinstitut da war?

Nein, früher. Aber sogar ich mit meinem phänomenalen Schrotthaufen im Kopf weiß nicht mehr alles. Zum Beispiel erinnere ich mich überhaupt nicht an den Moment, als ich die Zusage bekam. Was war es? Ein Brief? Ein Anruf? Bei der Zeitung hatte ich jedenfalls im Juni gekündigt. Viel wichtiger aber war der Mai, denn im Mai stahlen Nina, Sofijka und ich uns über die Grenze. Ich habe, glaube ich, unsere Krakauer Verwandten schon erwähnt, oder? Zu denen schlugen wir uns durch. Klar, vorher die ganzen Abenteuer mit den Formularen, Pässen, Vorsprachen bei den Bullen und so weiter. Ich blieb verstockt und *zerbiß die Trense wie ein Gaul* – und wir ertrotzten es uns. Merkten dann, daß Polen gleich hinter Lemberg beginnt und man also gar nicht weit fahren mußte. Dafür kamen wir pünktlich zur polnischen Revolution. Eine von den samtenen. Weißt du, es war das Paradies! Paradies und geiler Drive! Massen schöner Menschen auf dem Ring, eben erst freigelassene Polithäftlinge mit Megaphonen, Menschenketten, Barrikaden, Diskussionen auf den Straßen, der tägliche Zug der Studenten vor das sowjetische Konsulat. Jeden Tag stellte das Fernsehen der Opposition sieben Minuten Sendezeit zur Verfügung. In diesen sieben Minuten gelang es ihnen, die ganztägige staatliche

Propaganda in Stücke zu hauen, und alle unterstützten sie. Selbstproduzierte Flugblätter an jedem Pfahl, Listen mit den Namen der gestern Verhafteten und Verprügelten an allen Zäunen, an der Mauer der Universität und den Toren der Kathedrale, Fotokopiereuphorie, Tonnen von Broschüren und Karten, Lähmung der mit Blumen überschütteten Miliz.

Die Orange Alternative?

Genau. Sie blockierten die Bewegungen der Spezialeinheiten mit allen möglichen närrischen Aktionen. Verkleideten sich zum Beispiel als beschissene Märchenzwerge und verteilten Zuckerwatte an die ZOMO-Milizionäre. Ein Karneval des zivilen Widerstands. Aber du kennst das alles, ich brauche es dir nicht zu erzählen.

Wie hat es auf dich gewirkt?

Einmal gingen wir zu viert im Zentrum spazieren – meine Mädchen, Ohm Roman und ich. Natürlich lockte uns der Lärm der üblichen Demonstration vor das sowjetische Konsulat. Die Losung lautete *Sowieci, do domu!*, gemeint war der Abzug der sowjetischen Truppen aus Polen. Ein paar hundert junge Leute unter einer schwarzen Flagge mit dem Peace-Zeichen …

… ich glaube, es war vor allem WIP, **also die Anarchisten von Wolność i Pokój.**

Kann sein. Sie also ziehen in dichter Kolonne vor das Konsulat und skandieren immer wieder *So-wie-ci-do-do-mu*. Sie versperren die ganze Fahrbahn und setzen sich dann alle plötzlich auf den Asphalt. Mit anderen Zuschauern stehen wir etwa hundert Meter entfernt auf dem Bürgersteig auf der Seite der Planty. Du warst doch schon öfter in Krakau und kennst die Örtlichkeiten?

Ich denke schon. Ich sehe alles vor mir.

Dann siehst du auch, wie sich eine mechanische Milizkolonne

auf sie zu bewegt. Vorneweg ein Bobyk mit dem Kommandeur und Blaulicht, dahinter ganz komische grau-braun gefleckte Monster auf Rädern, Kampfmaschinen, groß wie Schützenpanzer, und zwar mit ausgefahrenen Rohren. Ungefähr ein Dutzend. Sofijka ist knapp sieben und will wissen, wie es weitergeht. Nina und ich halten sie fest bei der Hand und wissen nicht, was wir sagen sollen. Aber wir wollen keinesfalls weg: Erstens sieht man so was *live* nicht alle Tage, zweitens sind wir ja nur Zuschauer und riskieren nichts. Die Kolonne stoppt hundert Meter vor den auf dem Asphalt sitzenden Demonstranten, ungefähr auf unserer Höhe. Der Kommandeur im Bobyk greift zum Lautsprecher. Er fordert sie auf, die Fahrbahn freizumachen und friedlich auseinanderzugehen – im gegenteiligen Falle würden *armatki wodne* eingesetzt. Als Antwort einmütige Pfiffe. Der Kommandeur wiederholt seinen Aufruf noch einmal, denn so sieht es die Dienstanweisung vor. Wieder Pfiffe, noch einmütiger. Ohm Roman erklärt uns, daß jetzt die dritte und letzte Warnung kommt. Als ob er ein Tennisspiel kommentiert. In den dreißiger Jahren war er in Stanislau Städtischer Meister im Tennis und Pinpong. Und wirklich verkündet der Kommandeur seinen magischen Text zum dritten Mal. Zufrieden schaut uns Ohm Roman an und sagt: *da seht ihr*. Pfiffe und Gebrüll. *Und jetzt schießen sie*, sagt Ohm Roman. Die Rohre auf den Panzertürmen drehen sich uns zu. Es gelingt mir sogar zu kapieren, *auf wen* sie schießen werden. Kaum habe ich *kapiert*, da trifft mich schon ein so betäubender Strahl in den Bauch, daß ich fast aus den Latschen kippe. Jetzt ist alles klar – sie haben beschlossen, ihre Strafaktion bei der *friedlichen Bevölkerung* zu beginnen. Alle drei Warnungen des lautsprecherischen Kommandeurs galten *auch uns*. Nächstes Bild: Wir rennen die Planty entlang – die Kleider kleben uns am Körper, bis zum letzten Faden durchnäßt, eine verdächtige Extremisteneinheit, die sich, gerissen, wie sie sind, als Ehepaar aus der Ukraine verkleidet haben, mit sechsjähriger Tochter und einem grauhaarigen Veteran (Achtung: mit einem Tennisschläger bewaffnet und äußerst gefährlich). Aber insgesamt ist es gut, daß es an jenem Tag so kam. Und daß – im Unterschied zu früheren Zeiten – das Wasser aus den Wasserwerfern nicht eingefärbt war. Sonst hätten wir fleckig herumlaufen müssen.

An diesen Flecken erkannten sie die Teilnehmer der aufgelösten Demonstrationen. Sie hatten sie markiert.

Auch bei uns hatte es damals schon begonnen. In Lemberg, wie immer: 1988 fanden dort ein paar erste Kundgebungen statt. Aber keine Reaktion. Vielleicht wollte das SYSTEM erst mal abwarten und beobachten. Hauptsache, nicht zu früh und nicht zu spät. Keine Notwendigkeit, sich auf ein Häufchen örtlicher Spinner zu stürzen. Man muß genau den Moment abpassen, wenn das *Häufchen* beginnt, durch Sympathisanten anzuwachsen, aber bevor es zur Masse wird. 300 000 auf der Straße – das ist das Ende der Staatsmacht. 300 000 und mehr. Woher aber sollten 1988 diese 300 000 kommen! Zwei Kundgebungen verliefen ruhig, beim dritten Mal brannte bei der Staatsmacht die Sicherung durch, und sie kamen mit der Spezialeinheit OMON und Schäferhunden. Es heißt, es sei ein furchtbares Durcheinander gewesen – Brüllen, Blut, Gummiknüppel, gebrochene Knochen. Am härtesten traf es die alten Frauen, die Omas, in Lemberg stehen sie immer an der Spitze der Prozesse. Und der Prozessionen. Dazu der Überraschungseffekt, der Schock: Die OMON wurde damals zum erstenmal eingesetzt, keiner hatte sie bisher gesehen, nicht einmal gehört, daß es so etwas gab – eine richtige Gestapo, alle zwei Meter groß, kahlgeschoren, schwarz gekleidet, dumpf, erbarmungslos, prügeln am Boden Liegende, Frauen und Kinder, stehen unter Psychopharmaka.

Das beschäftigte uns am meisten: Was sind das für Leute, und wo kommen sie plötzlich her, um mit ihren, Scheiße auch, Knüppeln auf unsere Köpfe einzudreschen? Jedenfalls schien es, als hätten sie in jenem Herbst alles niedergeknüppelt, keiner muckte mehr auf, unsere Leute verzogen sich in ihre Winterverstecke und leckten bis zum Frühling ihre Wunden, und ich schrieb ein Gedicht: *Jungs in Baretten nehmen sich unsre Gelenke vor und sie spucken auf dieses altehrwürdige Pflaster.* Aber Moment, eben haben wir über Mai 1989 gesprochen, und jetzt bin ich schon wieder wer weiß wo.

Nehmen wir an, ihr seid aus Polen zurück.

Ja, wir waren zurück, und ich machte mich sofort daran, alle notwendigen Dokumente zusammenzusuchen und sie mit dem letzten Waggon des letzten Zugs nach Moskau zu schikken. Plötzlich zeigte sich, daß alles *bis morgen* passiert sein mußte, denn morgen lief die Frist ab. Ich blieb in Kiew hängen, rannte den ganzen Tag hinter irgendwelchen medizinischen Bescheinigungen her, die mir in Kiew nicht einmal theoretisch ausgestellt werden konnten, weil ich ja nicht in Kiew wohnte, woher sollten sie also über meine eventuellen psychischen Störungen Bescheid wissen. Aber die Parole *ich komme von Chonecker*, vielmehr von Shyhun, wirkte immer. Die Rede war, wie du natürlich weißt, eigentlich vom Genossen Erich Honecker, aber Juri Shyhun liebten und ehrten alle genauso wie Honekker, und wenn ich wirklich *Honecker* gesagt hätte, dann hätte ich keine der Bescheinigungen zu sehen bekommen, denn wer ist schon Honecker? Nachts versenkten Krutschyk, die gute Seele, und ich uns in die russischen Übersetzungen meiner Gedichte und kamen zu dem traurigen Schluß, daß die Poesie unweigerlich verschwindet. Die russischen Übersetzungen waren notwendig, damit die geheimnisvolle Geheimjury in Moskau mich bewerten konnte und entscheiden, was mit mir zu tun sei. Es waren lineare Übersetzungen. Und dann hatte ich noch ein langes Treffen mit Solomija.

Wer ist das?

Sie ist nicht mehr. Daher spürt man ihre Gegenwart so intensiv. Ich erwähne sie in der Widmung zu den »Zwölf Ringen«: *Für Christian, Solomija und die anderen.* Christian, das ist Christian Loidl, ein wundersamer Wiener Dichter, der aufgrund nervös-metaphysischer Störungen in regelmäßigen Abständen zusammenzuckte und scharfe Vogelschreie ausstieß. Die anderen – das sind alle, die aus dieser Welt ins Unbekannte gegangen sind, während ich mich mit den erwähnten Ringen trug. Und Solomija – das ist sie, Solomija Pawlytschko. Ich erinnere mich an jenen sommerlich prallen Tag und wie Neborak uns zusammenbrachte, auf der Prorisna-, damals noch Swerdlow-Straße. Ich erzählte ihr, daß ich eine Dissertation über Antonytsch schreiben wollte, und sie warnte mich: *Aber nenn sie auf keinen Fall »Bohdan Ihor Antonytsch: Tradition und Erneuerung«.* Obwohl, nein – in dem Moment siezten wir uns noch, sie sagte also »nennen Sie« – nachher, tief in der Nacht, viele in Shyhuns Atelier genossene Gläser Kognak später, als alles verschwamm und meine Zunge mir nicht mehr gehorchte, tranken wir, einer Forderung Neboraks nachkommend, Bruderschaft. Das geschah auf einer Bank, irgendwo versteckt auf einem Spielplatz, wo es Schaukeln gab und alles schaukelte.

War sie Schriftstellerin?

Im Unterschied zu vielen Literaturwissenschaftlern kannte sie die Literatur wirklich. Kannte sie im tiefsten Sinne, wußte, wie sie atmet, zittert, sich entfaltet, kannte ihre feinsten Strukturen und entferntesten Winkel, vor allem die Prosa. Ich erinnere mich an ein Telefongespräch in Kiew: Tausendmal wiederholten wir *Prosa*, auch in Gedanken. Aber in jener Zeit war es unmöglich, die Politik zu ignorieren – sie drängte sich von selbst in unser Leben, schon das vierte Jahr, alles, was man anfaßte, hing mit Politik zusammen. Im Sommer '89 hatte sie uns schon völlig überwältigt, irgendwie psychotisch, aber unvermeidbar. Ich gebrauche das Wort *überwältigt*, es paßt genau. Wir wurden überwältigt, wir waren Überwältigte. Wir waren überwältigt von einer Kettenreaktion des allmählichen Öffnens der ganzen *Spezreservoirs* – d. h. von allem, was bisher hinter sieben Schlössern *aufbewahrt* worden war. Die Zensur trat den Rückzug an und schrumpfte, gab immer rascher Territorium um Territorium preis, und es zeigte sich, daß Radio, Fernsehen und Presse überwältigen können. Es wirkte stärker als Schnaps. Es war ein sich steigernder Megaschock mit einer Gesamtdauer von fünf Jahren, wobei die Dosis der Erschütterungen immer stärker und stärker wurde; wie Kiffer den Joint reichten wir Zeitschriften, Bücher und Kopien von einem zum anderen, es war ein ununterbrochenes Lesen, Hören, Raunen, Flimmern der Bildschirme, Kreisen von Gedanken und Losungen, Multiplikation. Stell dir vor – plötzlich verlangten alle nach dicken Zeitschriften und Publizistik! Und alle verstanden plötzlich etwas von Ökologie, Korruption und Preisbildung. Und Ausdrücke wie *national-russische Zweisprachigkeit, regulierende Marktmechanismen* oder *Parade der Souveränitäten* gingen ins Fleisch und Blut der täglichen kollapsoiden Gespräche in den Warteschlangen ein. Es war eine geometrische Progression.

Ich interessiere mich für dich. Wie hat sich das auf dich ausgewirkt?

Natürlich immer stärker und schneller. *Es war unsere Zeit. Noch nie und nirgends haben Dichter so fruchtbare Zeiten erlebt. Die äußere Freiheit nahm zu, und wir entdeckten in uns immer mehr innere Freiheitsressourcen.* Das ist wieder aus »Ave Chrysler!«, wie du dir denken kannst. Ich gebrauche *wir*, aber du kannst es als *ich* verstehen. *Ich* unter anderen.

Du bist also in eine Strömung geraten, die dich in die gewünschte Richtung trug?

Nicht ganz. Es wäre falsch zu glauben, damals habe alles seinen Lauf genommen und sich von selbst gefügt. Oder aufgelöst – wem das besser gefällt. In Wirklichkeit aber waren die *Veränderungen* dauernd bedroht. Wie beim Fußball – es gibt eine Reihe offensichtlicher Verstöße, aber der Schiri pfeift noch nicht ab, die Kommentatoren sagen in so einem Fall, *der Schiedsrichter läßt weiterspielen.* Hat aber die Trillerpfeife schon zwischen den Zähnen. Ein paar Jahre lang lebten wir in der nervösen, wachsamen Erwartung, daß die Schrauben plötzlich wieder angezogen und flächendeckende Repressionen beginnen würden. Das ist übrigens auch so ein Ausdruck von damals – *das Anziehen der Schrauben.* Damit er entstehen konnte, mußten sie zuerst etwas gelockert werden. Manchmal schien es, als hätte es begonnen, da ist es, das Signal, morgen nacht holen sie uns ab. Nur ihr im Westen konntet ernsthaft glauben, Gorbi sei der Garant dafür, daß einem die Arme nicht mehr auf den Rücken gedreht würden, und daß er allen einen humoristisch angehauchten Abschied von der Vergangenheit besorgen würde. Bei euch galt er als geborener Liberaler und Seele von Mensch im Kreise blutrünstiger Orthodoxer. Wir aber spürten sie nicht, diese liberale Güte. Die gewaltsame Auflösung der Demonstration in Lemberg hatte genügt. Obwohl gleichzeitig sonnenklar war – besser er als jemand anderes. Aber zurück zu mir. Was die eigentliche politische Arbeit angeht, so habe ich mich ihr direkt nach Polen zugewandt, im Sommer '89.

So sehr hat dir der polnische Karneval gefallen?

Ja, unheimlich. Ich stand hundertprozentig auf ihrer Seite.

Nicht, weil ihre Bullen nebenbei auch mich aus ihren Wasserwerfern beschossen hatten, sondern vor allem, weil Opposition überhaupt – wie soll ich es sagen? – sexy ist. Polen hin,
Polen her, aber die sexuelle Anziehungskraft bricht sich Bahn.
Du glaubst doch an die Leidenschaft? Genau darum handelte
es sich, und keiner wollte sie mehr unterdrücken. Wir kamen
in einem Keller an der Wallstraße zusammen, Ateliers, die dem
Künstlerverband gehörten. Einer ihrer Nutzer war der Künstler Mykola J., mit dem ich mich vor kurzem angefreundet
hatte, weshalb ich nicht lange überlegte, seine Einladung anzunehmen und der *Organisation* beizutreten. Mykola J. ist zwei
Jahre älter als ich, und wir waren einander im Herbst '88 nä-
hergekommen. In jenem Herbst hatten wir verabredet, zusammen einen Essay über einen gewissen, damals vom SYSTEM in
tiefer Isolation gehaltenen Kunstschaffenden zu schreiben,
Pan Opanas, oder einfach nur Panas. Er hat einen phonetisch
reichen Nachnamen – Salywacha. Heute ist er achtzig, damals
war er dreiundsechzig Jahre alt.* Warum ich sein Alter erwähne? Weil er der Generation angehört, die das SYSTEM in
den Sechzigern durch Andersdenken oder vielleicht vor allem
durch eine andere Ästhetik in Unruhe versetzte. Ich glaube
überhaupt, daß es immer nur um Ästhetik geht. Politische
Motivationen sind in Wirklichkeit ästhetische, nur schlecht
ausgedrückt. Der Künstler Salywacha war eines der Zentren
einer anderen Ästhetik der Sechziger. Darum wurde er auch
als einer der ersten verurteilt, schon 1965. Er saß fünf Jahre im
Lager – unter anderem auch mit Paradshanow. Weißt du, wer
Paradshanow ist?

* Tatsächlich ist Opanas Salywacha im April 2007 gestorben, einen Tag nachdem
  ich ihn mit dem druckfrischen »Geheimnis« besucht hatte. (Anmerkung des
  Verfassers aus dem Jahr 2008)

Ja, ich kenne seine Filme. Nicht alle.

Na gut. 1970 ließ das SYSTEM ihn, also Opanas, frei, verdammte ihn aber zum Dahinvegetieren, Vergessen- und Aufgerieben-werden. Sie überwachten ihn mit ihren hundert Rezeptoren – jeden Schritt nach rechts oder links. Gott sei Dank ist er absolut stark und hatte in den vorhergehenden Jahrzehnten so viel Widerstandskraft angesammelt, daß er es aushielt. Das ist übrigens eine Folge der Seneca-Lektüre. Und Hermann Hesses und tausender anderer. Jaroslaw García, *Dichter und mein Gevatter, sowie Gevatter und mein Dichter*, sagte folgendes zu mir: *Nun also, in dieser Stadt lebt ein legendärer Künstler, und niemand merkt es – schreib über ihn.* Die Worte *nun also* am Anfang des Satzes bezogen sich auf einen vorangegangenen Gedanken, einen von der Sorte, die unsere leicht alkoholisierten und dennoch entzündeten Schädel manchmal fast platzen ließen. Jaroslaw hat übrigens in einem seiner Gedichte über sich selbst folgendes geschrieben: *Brandstifter bin ich, mein ganzer Kopf ist voller Licht.* Und dieser lichterfüllte Kopf hatte sich für mich ein neues Abenteuer ausgedacht. Der Spätherbst '88 und noch der Dezember, das waren vor allem unsere halblegalen, späten Ausflüge in die Koschowy-Straße, zu Salywacha. Ich wollte, daß Mykola J. mein Co-Autor würde, und er war einverstanden. Für mich war es ein Mittel, ihm endlich näherzukommen, ich wußte, daß er Bruno Schulz übersetzte und überhaupt *anders als andere* war. Jeder, der *anders* war, stand auf der Liste, es war die Allianz derer, die *anders* sind. Der dritte in unserer kleinen Schar war natürlich ihr *künstlerischer Leiter*, Jaroslaw García, und der vierte Fotopaulus mit seiner uralten Nikon. Wir begaben uns erst nach Einbruch der Dunkelheit zum verabredeten Ort und sahen uns, im Gefühl, verfolgt zu werden, andauernd um. Zwei näherten sich von der Straße her, blieben aber bis zum letzten Moment auf der gegenüberliegenden Seite und überquerten sie dann unvermittelt, um die richtige Haustür zu erreichen. Die zwei anderen kamen über den benachbarten Schulhof und drangen durch ein Loch im Maschendraht auf das verbotene Dissidententerritorium vor. Wir schlichen uns sprunghaft heran, von einem Herbstlaubhaufen zum anderen. Der Wind war erfüllt von den Schreien unsichtbarer, wohl von uns aufgescheuchter Krähen. Wind und Regen Ende Dezember – wie kann ich in diese Nächte zurückkehren? Solche Nächte kehren nie wieder.

Kein Zweifel. Solche nicht.

Na, mal sehen. Im März erschien eine Nummer der Illustrierten Wochenzeitung mit dem riskanten Namen »Ukraine«. Wir hatten es geschafft. Etwas anderes war auch gar nicht möglich, wenn es um Opanas ging. Während wir ihn bei Tee und Schnaps befragten, zeichnete er unsere Porträts und zitierte Seneca. Sein Arbeitszimmer liegt ganz oben, man steigt halsbrecherische Stufen hinauf, die ganz besonders halsbrecherisch sind, wenn man sie nach dem Tee hinuntersteigt. Weißt du, ich glaube gar nicht, daß man uns damals wirklich überwacht hat. Höchstens die unzähligen Frauen, die ewig bei ihm im Haus waren – ob wir nicht etwa Alkohol tränken. Aber diese ganzen konspirativen Angewohnheiten konnten sich noch als nützlich erweisen, nicht nur wegen der neugierigen Frauen. Im nächsten Sommer, als Mykola J. mich in die *Organisation* einlud, fügte sich alles zusammen. Ganz plötzlich wurde ich *Koordinator*. Unser Drache hatte, wie immer, drei Köpfe – außer mir und Mykola J. Markijan Tsch., etwas jünger als wir, ein Aktivist, so geheimnisvoll wie ein Dämon. Im Gespräch mit ihm wurde ich das Gefühl nie los, daß er viel mehr wußte als Mykola und ich. Mehr, als eigentlich möglich war. Und daß er und Mykola viel mehr wußten als ich, der dritte. Genau damit beginnt der Zerfall von Untergrundstrukturen –

mit der übertriebenen Geheimniskrämerei der einen und dem grundlosen Mißtrauen der anderen. Und hätte sich unsere konspirative Fermentierung länger hingezogen, es hätte kein gutes Ende genommen. Aber die Zeit ließ sich damals nicht hinziehen, sie präsentierte mit steigender Geschwindigkeit immer neue Intrigen. Ab Juli war Franyk randvoll mit Kundgebungen. Es war kaum zu fassen und erinnerte eher an einen Traum oder einen Roman, aber es waren wirklich wir, die sie organisierten. Es ist schwer zu schätzen, aber ich denke, daß mir – nicht nur mir, sondern auch allen anderen – auf einer der ersten Kundgebungen um die 40 000 Menschen zuhörten. Ein total komisches Gefühl: Da gibt es irgend so einen Keller, ein Künstleratelier auf der Wallstraße, dort versammeln sich manchmal ein paar kaum bekannte, ehrlich gesagt nicht allzu respektable Typen, eher Outsider und Phantasten, ein Bubabisten-Dichter, ein Schulz-Übersetzer, einer, der an seiner Dissertation rummurkst – eine Art Hobbyclub, und die besprechen etwas, verteilen Rollen und Aufgaben, produzieren selbstformulierte Manifeste, bevor sie sich in der Morgendämmerung einzeln nach Hause stehlen, wie Teenager, die Verschwörung spielen – und als Folge davon versammeln sich 40 000 erwachsene Bürger zum Beispiel im Stadtpark und hören, um das mindeste zu sagen, aufmerksam zu, was sie zu sagen haben. Beginnen dann im richtigen Moment zu skandieren und die von der Staatsmacht verbotenen Flaggen zu zeigen. Ganz plötzlich wurde alles Realität und Möglichkeit, *historische Möglichkeit.* Nein, ich verstehe schon: Wir treffen uns und reden – okay, nichts Besonderes. Sie, die 40 000, die *Volksmassen,* verwirklichen ihr verfassungsmäßiges Recht auf Versammlungsfreiheit – auch in Ordnung, also damals schon in Ordnung. Aber was ging dazwischen vor? Wie haben sich die Impulse übertragen? Zwischen uns und ihnen?

Es kommt mir vor, als verdrehtest du den objektiven Lauf der Dinge. Du mißt deiner Person zuviel Bedeutung bei.

Klar. Du hast doch selbst gesagt, daß ich es bin, der dich interessiert. Da erzähle ich eben aus meiner Perspektive. Aber du hast recht, wir haben niemandem etwas in den Kopf gesetzt – alles war schon da. Vielleicht haben wir nur an den Formulierungen gefeilt, nicht mehr. Fungierten also als eine Art Sekretariat, das die endgültigen Formulierungen gedruckt und an die Zäune geklebt hat.

Erinnerst du dich, ob es eine reale Gefahr gab, daß euer Sekretariat, hm, aufgelöst würde? Ich meine eine mögliche Reaktion der Staatsmacht.

Ich will jetzt nichts dazu erfinden. Wir wurden natürlich beobachtet, keine Frage. Es gab Spitzelberichte und so. Na und? Ihre Zeit war vorbei. Was hätten sie einem wie mir schon antun können? Es gab ja nicht mal eine Arbeit, von der sie mich hätten entlassen können, darin war ich ihnen zuvorgekommen und wartete jetzt einfach nur auf den September. Natürlich, theoretisch hätten sie zu kriminellen Methoden greifen können, es gab durchaus Leute, denen sie in diesem Sommer die Rippen brachen. Mir aber ist so etwas nie zugestoßen, nicht einmal eine Andeutung davon. Obwohl ich oft nachts oder im Morgengrauen unterwegs war. Wenn ich mich um drei Uhr morgens in die Wohnung stahl, traf ich in der Küche meinen Vater über einer Patience. Es war immer dieselbe Show – er konnte wegen mir nicht schlafen und wartete, bis ich heimkam, tat aber so, als sei ihm alles wurscht und als habe er sich eben einfach nur nicht von seiner Patience losreißen können. Ich wehrte seine Warnungen ab: *Weißt du, wenn sie wollen, dann können sie einen augenblicklich zerquetschen.* Wahrscheinlich hatten sie Grips genug, die *populären* Personen nicht anzurühren. Sie beobachteten also einfach, wie sich die Lage entwickelte, und sie entwickelte sich für sie äußerst negativ. Übrigens lebte mein Vater bei all den Kundgebungen richtig auf, und das war wirklich klasse: zu sehen, wie er ganz plötzlich aus seiner fast zehnjährigen Apathie erwachte. Seit jenem Sommer hatte er wieder Lust, durch die Stadt zu spazieren und mit fast fremden Leuten ins Gespräch zu kommen. Damals redete jeder mit jedem und wedelte dabei mit einer Zeitung herum, und überall auf den Plätzen hörte man Radio aus Lautsprechern. Wie im Krieg.

Und was war nachts los? Warum warst du so oft nachts unterwegs?

Doch nicht jede Nacht. Erstens war ich völlig überlastet mit dem Abtippen unseres ganzen Agitationsmaterials. Ich war der einzige, der eine Schreibmaschine besaß, eben jene, immer dieselbe. Weißt du, wie unsere Zeitung entstand? Ich hämmerte unsere Texte in die Maschine, ganz normal im Format Din-A 4, und übergab sie an Mykola J., der beschnitt die Ränder mit der Schere, um so etwas wie Zeitungsspalten zu bekommen, und klebte sie auf großformatige Pappe. Die wurde dann Stück für Stück, also Zeitungsbogen für Zeitungsbogen, auf einem mir unbekannten Fotokopierer verkleinert und vervielfältigt. Das passierte, soweit ich weiß, nicht bei uns, nicht einmal in Lemberg, sondern irgendwo in Litauen oder Lettland. Dorthin wurde die zusammengerollte Pappe gebracht, von dort kamen die fertigen Exemplare unserer Zeitung zurück. Die Kuriere von damals könnten bestimmt noch heute spannende road movies erzählen. Für die erste Ausgabe schrieb ich den Leitartikel – etwas in der Art, daß Galizien sich im Herzen Europas befindet und erwacht. Hört ihr, wie das Herz Europas schlägt? So weit ich mich erinnere, hieß das Ganze »Laßt uns die Flagge hissen«. Heute ist das zum Lachen, oder? Ein Leitartikel! Ich habe einen Leitartikel geschrieben!

Nachts hast du also meistens getippt?

Nein, getippt habe ich tagsüber, nachts hätte ich doch alle geweckt! Warum sollte man nachts tippen, wenn es den Tag gibt? Wenn ich die Nächte erwähnt habe, dann in Zusammenhang mit Jaroslaw García. Gemeint sind unsere regelmäßigen Züge von Kneipe zu Kneipe. Er redete mir zu, ich solle mich von diesen ganzen *Aktivitäten* nicht auffressen lassen. Er hatte vollkommen recht, vor allem in seiner Verachtung für die Hure Politik, aber auch ich hatte recht, wenn ich ihm antwortete, daß die Hure Politik jetzt für mich die Hure Poesie bedeutete, die höchste Hure Poesie. Wir einigten uns dann darauf, daß bald September ist und ich nach Moskau abhaue, was mich den Klauen der *Organisation* entreißt, also Prost, Gevatter. Teufel auch, *das Leben hat es trotzdem gut mit uns gemeint!* Wie rechtzeitig ich mich doch nach Nordosten verzogen habe! Sonst wäre ich nämlich heute unweigerlich einer dieser chronischen Abgeordneten oder noch schlimmer, politischen Spinner, die ewig bei irgendwelchen spinnerten Sponsoren abhängen und systematisch die Mitgliedsbeiträge unzähliger Parteifreunde versaufen.

Wie verlief deine Reise nach Moskau?

Ich stieg in Franyk ins Flugzeug und landete in Wnukowo, nach zwei Stunden am Himmel. Natürlich mit entsetzlichem seelischem Katzenjammer – die Katzen kratzten und drängten *fahr nicht, fahr nicht.* Die letzten Tage schien es fast unerträglich, sich von denen loszureißen, die man liebt. Du beginnst, die Stunden zu zählen, und versuchst, die Zeitmaschine zu stoppen, indem du dich vor sie auf den Asphalt schmeißt. Zum Flugplatz nahmen wir Taras mit. Sie standen die ganze Zeit am Fenster des Saals – Nina und Taras –, während ich draußen auf den Bus wartete und dann zum Flugzeug gefahren wurde. Sie winkten dem Bus hinterher, obwohl ich nicht glaube, daß sie mich sehen konnten. Ich war es, der sie da oben im ersten Stock sah, eine Frau im Regenmantel und ein dreijähriges Männlein neben ihr. Am schlimmsten war, daß ich nichts mehr für sie tun konnte. Nein, im Bus haben sie mich bestimmt noch gesehen, vor allem aber, als ich aus dem Bus zur Gangway ging. Als ich im Flugzeug saß und durch das Bullauge zu ihrem Fenster blickte, standen sie immer noch dort, obwohl sie mich nun ganz sicher nicht mehr sehen konnten. Die Katzen meiner Seele gerieten in Ekstase. Und ich dachte: *Na gut, Arschloch, jetzt fliegst du hoch hinaus, und dann krachst du aus dem Himmel auf die Erde, und das letzte, was du auf der Erde hattest, sind diese beiden Figuren dort im Fenster.* Dann rollte das Flugzeug los, und sie begannen aus dem Fenster zu winken – und ich sah sie. So war es – ich sah sie. Ich sehe sie bis heute.

Ich verstehe noch nicht ganz, warum du das mit Moskau gemacht hast.

Erstens wollte ich eine radikale Veränderung. Etwas Neues anfangen. Moskau ist eine Drachenhöhle, dort versteckten sich damals unzählige wandernde Seelen. In den Siebzigern und später war es eine richtige Welle – wenn man dir in der Ukraine den Sauerstoff abgedreht hatte, hast du dich einfach in Moskau verloren und dort irgendwie neu angefangen. Zum Beispiel als Wächter auf dem Bau. Du hast in einem Container gewohnt, im Bett einer geschiedenen Mutter von drei Kindern. Aber das war es nicht, was mir vorschwebte. Denn zweitens suchte ich Einsamkeit – nicht für immer, aber als Pause. Einsamkeit, die mich quälen und daher schärfen würde. Einsamkeit, die etwas auslösen, die schießen würde. Ich war lange nicht einsam gewesen und sehnte mich ein bißchen danach.

Und hast du sie gefunden?

Wer weiß. Ja und nein. Am Anfang war es die absolute Verzweiflung: Als Wolodja (Seweryn) mich in das Wohnheim auf der Dobroljubow-Straße gebracht hatte; man händigte mir gegen Unterschrift Schlüssel, Bettzeug, Handfeger und Wasserkocher aus, und ich blieb in meinem Zimmer Nr. 729 allein. In der Einsamkeit, die mir so erstrebenswert erschienen war.

Da überrollte es mich – *dieselben Gerüche*, dieselben Umstände, dieselben Wasserkocher, Eimer, Hocker, dieselben Stimmen auf dem Flur, Geräusche aus den Waschräumen, alles wie vor zwölf Jahren, nur in Lemberg, in jenem anderen Wohnheim. Aber damals, du Vollidiot, warst du siebzehn, alles lag vor dir, kein Problem. Jetzt bist du neunundzwanzig, das Leben ist vorbei, du hast doch die ganze Zeit was getan, bist herumgekommen, bist jemand geworden, und trotzdem jetzt wieder hier, wieder im Wohnheim, der Kreis hat sich geschlossen, Blödmann. Das ging durch den Kopf, während ich meine Sachen aus- und dann wieder einpackte, sicherheitshalber – vielleicht würde ich ja schon morgen früh von hier abhauen.

Aber du bist nicht abgehauen.

Morgens ging es mir besser, und ich packte meinen Kram wieder aus. Vor mir lagen zwei freie Tage. Ich war am Freitagabend in Moskau eingetroffen und am Samstagmittag im Wohnheim eingezogen. Die Vorlesungen begannen erst am Dienstag, Sonntag und Montag gehörten also mir ganz allein. Soviel Freiheit hatte ich schon lange nicht mehr gehabt. Ich breitete also meinen Stadtplan aus und wählte mir Freiheitsroute Nr. 1. Zuerst mußte ich mich davon überzeugen, daß es den Kreml wirklich gab. Es gab ihn, obwohl er doch im Fernsehen immer wie eine Pappkulisse wirkte. Dann mußte ich das erste strategisch wichtige Objekt erkunden – das zentrale Telegraphenamt. Von hier würde ich meine *Briefe in die Ukraine* versenden, meine Revolutions-Liebes-Depeschen und Chiffrogramme. Blieb nur noch der Arbat mit seinen heiseren

Dichtern, Verkäufern illegaler – damals nannte man sie noch *illegal* – Presseerzeugnisse und mit den ebenfalls noch illegalen Lemberger Griechisch-Katholischen, die auf Transparenten die Zulassung ihrer Kirche forderten. Ein bißchen fühlte ich mich wie daheim.

Außerdem durchnäßte Künstler, verblühte Barden, glatzköpfige Jazzer, Jongleure, Deklamatoren, Matadore, Seiltänzer, Päderasten …

Nehmen wir an, daß sie an jenem Tag alle auf den Arbat gekommen waren und sich zeigen wollten, weil sie irgendwie gerochen hatten, daß ich meinen ersten Ausflug machte. Ich erinnere mich noch, unter den Dichtern war einer, der in regelmäßigen Abständen ausstieß: *Mädels macht es nicht von hinten! AIDS schläft nie, es wird euch finden!* Seine Machwerke verkaufte er blattweise. Der Karneval war nicht erlahmt, das Leben sprühte. Am Montag schrieb ich voller Eifer meine beiden ersten Gedichte – »Wanja Kain« und »Das Zarenreich«, beide offen antirussisch, mit großer Dankbarkeit *diesem Land gegenüber.* Damals verwendeten die progressiven Perestroika-Publizisten den Ausdruck *dieses Land.*

Und was heißt für dich »antirussisch«?

Nichts – ich wollte dich nur aufwecken. Bei so was fängt doch sofort dein rotes Lämpchen zu blinken an, das habe ich schon bemerkt.

Trotzdem. Wie paßt das zusammen: Du sitzt in der russischen Hauptstadt, im Zentrum des Imperiums, bist umgeben von Russen, ihrer Kultur, jeden Tag gehst du an diesen Denkmälern vorbei, den Wänden, Zeichen, vorbei an der ganzen Semiotik, du befindest dich mitten in einem Metatext – und gleichzeitig wünschst du all dem den schnellstmöglichen Zerfall?

Mach mich doch bitte nicht schlechter, als ich bin. Es war ja gar nicht möglich, daß ich nur aus Haß bestand, schon allein weil die größte Konzentration an Freiheit oder, um dieses kompromittierte Wort zu gebrauchen, *Demokratie,* damals in Moskau herrschte. Moskau war also zugleich das Zentrum des Imperiums und das Zentrum seines Zerfalls. In Moskau konnte man am allerbesten spüren, daß das SYSTEM unaufhaltsam seinem Ende zuging. Zu ihren Kundgebungen versammelten sich regelmäßig zwischen hundert- und dreihunderttausend Menschen, und so viel Samisdat und Alternatives gab es sonst nirgends auf der Welt. Dafür mußte man Moskau einfach lieben. Weißt du, zum letzten Mal habe ich im Juni '91 an einer Kundgebung mit Jelzin teilgenommen, ich war mit Marta zusammen auf dem Roten Platz. Bis heute verstehe ich nicht, warum gerade dort – sonst hat die Staatsmacht die Kundgebungen nicht so nahe an sich herangelassen. Obwohl Jelzin ja schon Präsident geworden war, Parallelpräsident, also auch Staatsmacht, aber ohne Armee und Miliz. Wir hörten uns alle möglichen tollen Auftritte an: Bonner, Nowodworskaja, Gdljan, tauchten in die Menge ein, unterschrieben so nebenbei ein paar Offene Briefe und Petitionen und plötzlich – Tumult, Schreie, Kreischen, die Menge zerfällt. Zwei schwarze »Wolgas« haben die Sperre durchbrochen und fahren in die Leute hinein, jemand wird nur gestreift, andere haut es um, vielleicht wird auch jemand ernsthaft verletzt. Dann geben beide Gas und wollen durch den von der Menge freigemachten Korridor verschwinden, was dem ersten auch gelingt, der zweite aber wird gestoppt. Wir sehen, wie dieses Stoppen vor sich geht: Ein paar Demonstranten werfen sich diesem KGBisten einfach vor die Räder, einer nach dem anderen, als sprängen sie von einer Brücke in den Fluß, drei, vier, fünf – sie stoppen das Auto mit ihren Körpern, er war gezwungen zu bremsen, denn alle konnte er nicht einfach überfahren, also besser bremsen und kapitulieren. Ich weiß noch, wie sie ihn aus dem

Auto zogen und daß dieses zu Tode erschrockene spinnerte Offizierlein etwas blökte, dieser Karnevalsprovokateur, man zerrte ihn zum Chef der Sicherheit oder gleich zu Jelzin, wo er sich seinen Rüffel abholen sollte. Wie sich diese Kerle vor die Räder geschmissen hatten, ohne das geringste Zögern, ohne nachzudenken, das begeisterte mich. Genau – *ohne nachzudenken*, ganz auf russische Art. Noch zweieinhalb Monate, und solche wie sie würden sich unter die Panzer legen. Als ginge es ihnen vor allem darum, das Imperium zu zerstören.

Irgendwie kommen wir nicht von der Politik los. Meinst du nicht, daß es auch anderes gibt?

Die Zeiten waren eben so. Es handelte sich um eine entsetzlich politisierte Periode: 1989-91. Und ich kann doch nicht so tun, als wäre es nicht so gewesen.

Natürlich. Aber daneben hast du doch Seminare besucht. Wie war das?

Ein Poesieseminar. Einmal in der Woche, dienstags, diskutierten wir uns drei, vier Stunden lang gegenseitig, vielmehr unsere Gedichte. Oder plapperten drauflos, zum Beispiel über *das Männliche und das Weibliche in der Poesie*. Oder *warum der Modernismus immer unterliegt*. Das Seminar leitete einer der Saurier der damaligen russischen Poesie, Juri Polikarpowitsch Kusnezow. Poli-Karpowitsch! Also wohl doch kein Saurier der russischen Poesie, sondern einer ihrer Karpfen. Die Russen waren damals radikal in zwei Lager gespalten – in das patriotisch-imperiale und das kosmopolitisch-demokratische, grob gesagt, und es war wie Krieg.

Slawophile und Westler?

A sort of. Im ersten Lager sammelten sich die orthodoxen Slawen, im zweiten die jüdischen Freimaurer. Poli-Karpfowitsch gehörte zum ersten Lager und war dort eine der am höchsten gehißten Flaggen am höchsten Mast, und daher wandten sich meine Kommilitonen alle ohne Ausnahme auch der ersten Partei zu. Jüdische Freimaurer wurden einfach nicht zugelassen. Obwohl, wie du dir sicher denken kannst, meine Sympathien eher auf der jüdisch-freimaurerischen Seite lagen. Aber wir hielten uns aus diesen Streitigkeiten sowieso lieber raus. Wir, das heißt die nichtrussischen Dichter, aus den anderen *Sowjetrepubliken* und *dem Ausland*. Warte, wie viele waren wir? Die Bulgaren mitgerechnet, glaube ich, sieben.

Inwieweit war es eine freie Diskussion?

Eigentlich war sie frei. Für uns *Unabhängige* fast ganz. Aber für die Russen, von denen jeder darum kämpfte, der Lieblingsschüler von Poli-Karpfowitsch zu werden, gab es kaum eine Diskussion. Sie setzten sich in die erste Bankreihe und hingen an seinen Lippen wie Musterpudel. Er behandelte sie gnadenlos. Aber es war auch wirklich kein guter Dichter darunter. *Charaktere*, die gab es, aber gute Gedichte schrieb keiner. Ich wage zu behaupten, daß ihn das fuchste, ihre pudelige Ergebenheit bei fehlendem Talent, und so ließ er bei ihren Gedichten keinen Stein auf dem anderen. Die Rolle des Henkers der Worte paßte zu ihm. Ich glaube, er lachte nie, ein Idol der Schwermut, eine versiegelte tragische Maske, der hochwohlgeborene FISCH. Und wenn er etwas sagen wollte, dann *sprach* er mit der Intonation eines großen Lehrers: *Die Metapher ist geistige Verwilderung. Das System der richtigen Ideen ist die Basis, aber diese darf das System der Bilder nicht unterdrücken. Die Frau ist Möse, und es gibt nur zwei Varianten: sie ist entweder Mutter oder Hure, ein Drittes ist ihr nicht gegeben.* Eigentlich komisch, aber die panischen interlinearen Übersetzungen meiner Gedichte, die der gute Krutschyk und ich nach Mitternacht zusammengeschustert hatten, waren nach seinem Gusto, und er lobte mich laut und deutlich in Gegenwart der verstummten Pudelschar, was diese mir ewig nachtrug. In seiner

Jugend hatte er selbst an unserem Literaturinstitut studiert und sich eines Tages aus Liebeskummer aus dem Fenster gestürzt. Was darauf schließen läßt, daß sich das Drama nicht auf unserem Stockwerk abspielte. Wir, die Hörer der Spezialkurse, wohnten ganz oben – im siebten.

Im siebten Himmel?

Das mußte jetzt kommen, du Witzbold! Weißt du, wie mich ein junger Italiener vor zwei Jahren total überrascht hat? Leider habe ich seinen Namen vergessen. Es war in einem winzigen Theater, die Stadt heißt Lecce. Der Süden des Stiefels, also sein Absatz, Apulien. Unwichtig. Der Kerl trug aus seinem Essay über die »Moscoviada« vor, die gerade auf Italienisch erschienen war, er hatte sie als erster gelesen. Er stellte also die These auf, bei der »Moscoviada« handele es sich um die Zerstörung der Vertikale, die Verkehrung des Obersten ins Unterste. Kein andalusischer Hund, auch ich nicht, hat jemals bemerkt, daß der Roman im Himmel beginnt (im siebten Stock des Wohnheims) und in der Hölle endet (im Moskauer Untergrund).

Aber das ist doch offensichtlich. Warum hältst du das für eine besondere Entdeckung?

Wirklich offensichtlich?

Absolut. Aber wo wir schon darüber sprechen … Mich interessiert die Episode mit Ruslan. Hast du dir das ausgedacht, oder ist es wirklich passiert?

Es ist wirklich passiert, denn ich habe es mir ausgedacht. Im Ernst: dieser Typ hat sich wirklich ein paarmal meines Fensters bedient. Natürlich ist er nie abgerutscht und hat sich den Hals gebrochen, denn das hätte ich nicht überlebt und mich wahrscheinlich hinterher gestürzt. Im Dezember besuchten mich Neborak und Olja, wir wohnten zu dritt in meinem Zimmer, und eines Abends spielte ich ihnen unter dem Einfluß des

Kognaks Marke »Weißer Storch« vor, wie das war, wie er aus meinem Fenster kletterte, sich auf die Feuerleiter schwang und so weiter. Neborak stieß hervor: *Und was machst du, wenn er abstürzt und sich den Hals bricht.* Da ging mir auf, daß es wirklich *passieren könnte*, und daß ich diesem Finale nur um Haaresbreite entgangen war. Nach den Winterferien ließ ich ihn nur noch einmal hinaus und wieder herein, ein letztes Mal, ausnahmsweise – das sagte ich ihm auch.

Es wäre lustig gewesen, wenn er sich genau da den Hals gebrochen hätte.

Lustig oder nicht, jedenfalls war es ein ziemlich extremes Wohnheim. Das Aus-dem-Fenster-Springen als Todesursache stand an dritter Stelle nach Herzversagen beim Alkoholexzeß und Venenaufschlitzen. Und all das aufgrund einer explosiven Mischung aus drei Naturgewalten – Poesie, Jugend und russische Seele. Ach, und eine vierte – dem Dürsten nach geistiger Selbstvervollkommnung.

Aus deinen Beschreibungen in der »Moscoviada« geht hervor, daß euer Wohnheim alles andere war als ein ruhiges Asyl, in dem jugendliche Seelen schöpferisch reifen konnten.

Ach, überwiegend waren es friedliche, gute Leute. Einige mußten natürlich alles auf die Spitze treiben – zum Beispiel der Dichter Walera Baljuk aus Sachalin, Oberfeldwebel einer Fallschirmspringerkompanie. In schweren Momenten trank er alles, was da war, einschließlich der Rasierwässer und Lotionen, und nicht nur seine eigenen. Einmal tauchte er spätabends vor mir im Flur auf. Die Flure waren ellenlang, von weitem war schwer zu sehen, wer dir etwas zuruft. Aber Walera war leicht zu erkennen, denn er legte sein löchriges blaugestreiftes Matrosenhemd nie ab. Er kommt also näher und fragt heiser und sehr angespannt: *Jura, sag mir, wer ich bin.* Ich mit fester Stimme: *Baljuk Walerij Georgijewitsch, Oberfeldwebel einer Fallschirmspringerkompanie.* Worauf er vor mir auf die Knie fiel, mit der Stirn auf den Boden schlug und mir dankte. Ich sage: *Walera, was machst du da, hör auf.* Aber er weint und schlägt seinen Schädel auf das vom Auswurf klebrige Linoleum. Erst beim dritten Mal gelang es mir irgendwie, ihn davon zu überzeugen, daß er er selbst war. So trennten wir uns – er in Tränen der Katharsis aufgelöst, ich völlig verwirrt. Erst später erfuhr ich zufällig von Robbe den Hintergrund dieses Exzesses. Ein paar Freunde waren bei Baljuk und soffen schon den dritten Tag. Also sie soffen den dritten, er den achten Tag. Wenn ich *Tag* sage, sind die Nächte mit eingeschlossen. Gegen Ende des dritten *Tages* verließ Walera das Zimmer und schwankte irgendwohin, nur für eine halbe Stunde, nicht länger. Während er so durch die Flure kreiste und immer wieder eine falsche Tür öffnete, verschworen sie sich gegen ihn und verstummten. Schließlich kommt er zurück, sie sitzen mit versteinerten Gesichtern, und einer von ihnen fragt unwirsch: *Wer bist du, Mann, und was willst du hier?* Walera lacht, aber das zeigt keine Wirkung. Dann zerrt er an seinem Matrosenhemd und kreischt: *Ich bin Baljuk Walerij Georgijewitsch, Oberfeldwebel einer Fallschirmspringerkompanie.* Und sie zu ihm: *Verschwinde und komm nie wieder. Baljuk willst du sein? Wir kennen Baljuk, Walerij Georgijewitsch, vor einer halben Stunde ist er gestorben. Dich aber kennen wir nicht, verschwinde.* Wer weiß, wie lange er danach in der Verzweiflung seiner Nichtexistenz durch die Etagen und Flure wanderte. Bis ich ihm begegnete und unabsichtlich sein verlorenes Karma vom Bann befreite. Oder Charisma? Nein, Karma.

Wenn ich recht verstehe, hast du dich von allem etwas abseits gehalten.

Im Grunde ja. Ich schloß die Tür ab – und blieb allein … allein womit? Ich drehte den Schlüssel in die andere Richtung – und fand Gemeinschaft, alles war auf europäische Art geregelt. Ich hatte genug Kontakte außerhalb des Wohnheims: in Moskau leben schließlich eine Million Ukrainer, und mit allen war ich bekannt. Außerdem fand ich wirklich ein paar wunderbare Freunde. In der »Moscoviada« kommen sie alle vor, siehe die Szene in der Fonwisin-Bar. Mir gefiel, daß Moskau so groß war, das Eintauchen in die Metro und die langen Fahrten waren eine unglaubliche Bereicherung – einerseits bist du Teil der Menge, andererseits ganz allein, die drei Augen weit aufgerissen schaust du und nimmst alles in dich auf. Dann das nächtliche Heimkehren, zufällige Dialoge in den Unterführungen, zufällige Zigaretten, geraucht mit wer weiß wem! Und vor allem: diese tiefe Freude hielt lange vor, ich schlief wenig und schlecht. Ich mag es, wenn ich nicht schlafe, es bedeutet, daß ich in Ordnung bin. Es ist der Wunsch zu leben, der den Schlaf vertreibt und grenzenlose Erwartungen weckt.

Warst du glücklich?

Ich denke schon. Ich schaute mir Filme und Ausstellungen an, besuchte öffentliche Diskussionen und Kundgebungen, sogar Fußballspiele, ich schrieb viel, las mehrere hundert Seiten am Tag, trank literweise Schnaps und Tee, rauchte für drei, und nichts konnte mich umhauen. Ich hatte ellenlange Ferien – eineinhalb Monate im Winter und zweieinhalb im Sommer. Ein Haus und einen Haufen Freunde in jedem Hafen also. Wie sollte man da nicht glücklich sein?

Es gibt da noch eine Episode in der »Moscoviada«, nach der ich fragen wollte. Weißt du noch welche?

Eine von beiden. Frag.

Ich nenne es die Szene im Keller. Du hast ja versprochen, daß wir noch dazu kommen. Es geht um die Malagasy-Prinzessin.

Ha, klar, Sex in der Dusche, Grenzverletzung und Eindringen in verbotenes Territorium. Nichts dergleichen ist passiert. Da gab es natürlich ein schwarzes Mädchen, es war unmöglich, sie zu übersehen, aber sie stammte wohl kaum aus Madagaskar, war ein ganz anderer Typ, nein, wahrscheinlich eher aus Äquatorial-Guinea oder so. Keine Ahnung, was sie schrieb – Gedichte, Prosa? Manchmal trafen wir uns im Lift oder am Telefon. Das Drama begann ein paar Tage danach, als wir zu viert in Alberts Zimmer eine Prämien-Flasche leerten und Fokin anfing, von AIDS zu sprechen. In nicht allzu ferner Vergangenheit war er noch Gefängnisbetreuer gewesen und daher mit allen möglichen *Geheimstatistiken* vertraut. Seinen Worten nach war im Durchschnitt jeder vierte Bewohner Afrikas *infiziert*. Ich ließ mir nichts anmerken, aber während der folgenden zweieinhalb Wochen entdeckte ich an mir einen Haufen Symptome. Nein, nicht eigentlich medizinische Symptome, sondern eher Zeichen: Ich träumte von schwarzen Booten auf stehenden Kanälen, eine Bekannte schenkte mir auf einmal eine Platte mit Mozarts »Requiem«, eine andere ein Poster mit Freddy Mercury, und wenn ich die Zukunft aus einem Buch lesen wollte, kam immer dasselbe dabei heraus: welche Seite und welche Zeile ich auch wählte, egal ob von oben oder unten, jedesmal stand da etwas wie »Schon legt mich unser Gott / ins Futteral wie eine Geige«. Natürlich spürte ich plötzlich auch ein gewisses Unwohlsein, und ich dachte: *Da hast du's – Immunschwäche.* Es dauerte so lange, bis ich den negativen – sie nennen es *negativ*, obwohl es doch nichts Positiveres gibt! – Befund erhielt. Ich glaubte meinen Augen nicht und fragte: *Doc, ist das nicht vielleicht ein Fehler?*, worauf ich die Antwort erhielt: *Wolltest du es denn unbedingt?* Ich bedauerte es tatsächlich ein wenig.

Was hast du bedauert?

Daß ich so viele Tage umsonst im Bett gelegen und an die Decke gestarrt hatte. Dabei in Gedanken meine Abschiedsbriefe formulierte. Andererseits freute ich mich natürlich. Gut, daß ich in Franyk so viele Ärzte kenne.

Du hast die langen Ferien erwähnt. Das bedeutet, in Wirklichkeit warst du weit weniger als zwei Jahre in Moskau.

Klar. Ich fuhr ungefähr einmal alle zwei Monate nach Hause. Ich liebe das – gleichzeitig an zwei Orten zu wohnen. In Franyk und überhaupt in der Ukraine wurde es immer spaßiger. Unmöglich, nicht hinzufahren. Wir waren in die Festivalphase unserer neusten Geschichte eingetreten.

Was bedeutet das?

Paß gut auf. Den Anfang machte, glaube ich, die erste »Tscherwona Ruta«, Rote Raute, in Czernowitz, aber daran konnte ich nicht teilnehmen. Dafür mußte ich im November 1989 einfach beim ersten »Impresa« dabei sein, mit diesem Festival öffneten wir sperrangelweit die Tore unserer Stadt, so daß ganze Horden ausländischer Abenteurer, NATO-Aggressoren und CIA-Agenten in sie einfielen. Vor »Impresa« war es eine geschlossene Stadt gewesen! Sie durfte auf keiner Karte existieren, auf keiner kulturellen Karte. Und so ein paar Spinner – Mykola J., Pantsch, Wituschynskyj und ein gewisser J.A. – veranstalteten hier eine *internationale Biennale zeitgenössischer Kunst.* Was damals alle wollten, war zeitgenössische Kunst, Legalisierung der blau-gelben Flagge und staatliche Unabhängigkeit, in genau dieser Reihenfolge – heute Kunst, morgen die Flagge und übermorgen die Unabhängigkeit. Und all das floß in »Impresa« zusammen. Aber genug davon, zurück zur damaligen Zeit. Die Zeit, wie gesagt, war günstig. Die weihnachtlichen Eskapaden und die unzähligen Krippenspiele überspringen wir, obwohl das mein Lieblingsthema ist. Im März 1990 werde ich dreißig, wir feiern in der »Ukraine« (ein Restaurant, unser kleines Vaterland) mit Neborak, Irwan und Jaroslaw García in Anwesenheit der damals in Franyk führenden Banditen, ich bemerke, wie sie Nina anschauen, und wahrscheinlich entsteht in mir eine Szene der künftigen »Rekreationen«, aber davon kannst du nichts wissen. An jenem Abend erfuhr ich, daß ich Patriarch geworden war. Es vergehen nur ein paar Monate – und wir feiern in Lemberg fünf Jahre Bu-Ba-Bu. Im Mai findet in Lemberg etwas vollkommen Unerhörtes statt – das *alternative Kulturfestival »Vyvych«: Verrenkung*. Im Juli gründen ein paar mit dem Kosmos in direkter Verbindung stehende Demiurgen in Kolomyja – beachte nur den Klang dieses Namens, Ko-lo-my-ja – die Kolomyjische Geistige Volksrepublik KGVR. Im September explodierte in Kiew das »Goldene Rauschen«, Poesie forever, forever together – wieder überfüllte Säle, die hunderttausendköpfige Menge skandiert Po-e-sie, Po-e-sie, ja – Poesie, die blau-gelbe Fahne und staatliche Unabhängigkeit, genau in dieser Reihenfolge – es sieht so aus, als sei dieser Moment der absolute Höhepunkt des Bubabismus, um so mehr, als man uns zum erstenmal öffentlich als Postmodernisten bezeichnet und wir noch nicht wissen, ob wir das gut oder schlecht finden sollen. Wie viele Veranstaltungen hast du gezählt?

Sechs. Oder sieben.

Irgendwie wenig. Wahrscheinlich ist mir die Hälfte entfallen, wie Karpfen im Fluß des Vergessens. Aber natürlich! Nimm nur die Menschenkette von Kiew bis Franyk im Januar 1990, fünf Millionen Menschen fassen sich an den Händen und stehen quer durch ihr Land. Nimmt man noch alles andere – die Konzerte, Kundgebungen, Wanderungen und Fahrten, die Versammlungen, Gedenkzüge, Rock-Festivals, Streiks, Gebete, dazu die Exhumierung von Schädeln und Knochen, das Aufschütten symbolischer Grabhügel für die UPA-Kämpfer und die Erstürmung von Denkmälern – dann wird klar, was für ein Glück wir hatten mit der Zeit, daß wir in dieser Zeit lebten und dreißig Jahre alt waren, also, wenn man einem gewissen Dichter folgt, eben erst geboren wurden. Die Festival-Epoche endet ungefähr im August 1991 mit der zweiten »Roten Raute« und allem, was sich *danach* ereignete. Es gab noch die zweite »Verrenkung«, ich habe sie in »Ave, Chrysler« beschrieben, aber das war wirklich schon der Epilog.

Ich habe den Eindruck in Moskau hast du dich in deinen vier Wänden verschanzt und geschrieben, in der Ukraine aber völlig im Sozium aufgelöst.

In der Ukraine habe ich mich vollkommen im Alkohol aufgelöst. Das ist vor allem als Metapher zu verstehen – im Alkohol der Zeit. Für Jaroslaw García war es die Periode der *Sieben Kugeln im Colt.* Das stammt aus einem Gedicht, weder von ihm noch von mir, aber das ist ganz egal. Wichtig ist, wie er es sagte: *sieben Kugeln im Colt!* Wichtig, daß er es zu seiner nächtlichen Parole machte. Ob wir uns aus der letzten Kaschemme der Stadt *in Gottes schöne Welt* begaben oder durch die Arbeitervorstädte streiften oder zusammen mit einigen zufälligen Lachmöwen in der nächtlichen Bystryza schwammen oder den völlig vereisten nächtlichen Bahnhof nach Streichhölzern, einem Glas, einem Messer oder dem *dünnen Nadelöhr* absuchten – jedesmal hörte ich sein kämpferisches *sieben Kugeln im Colt*, das er an jeden richtete, an mich, an sich selbst.

Und was bedeutete es?

Daß er gut drauf war. Ich glaube, er schrie damit die Befreiung hinaus. Uns umgab nichts als Energie und Drive, denn wir fühlten die nahe Befreiung. Und wollten röhren wie Maralhirsche. Als ich im September 1990 nach der »Goldrauschiade« nach Moskau zurückkehrte, schrieb ich innerhalb von zwei Wochen die »Rekreationen« und dann die »Briefe in die Ukraine« und »Indien«. Letzteres brachte mich jedoch an eine gewisse Grenze und *saugte Tropfen für Tropfen mein Blut.*

Draußen war es dunkel und kalt, das Imperium durchlebte seine finalen Krämpfe, der poetische Sinn schärfte sich. Für mich war es auch die persönliche Abrechnung mit dem Status des *dreißigjährigen* Dichters, gleichzeitig der Abschied von meinem bisherigen Wanderzirkus, seinen Vagabunden, Menschenfressern, Dichtern, Astrologen, Huren und verrückten Gymnasiallehrern.

Unter anderem hast du von einem alternativen Festival gesprochen ...

»Vyvych«, »Verrenkung«. Die erste »Verrenkung«, im Jahr 1990.

Genau. Inwiefern war es alternativ?

Insofern, als alle närrisch geworden waren. Außerdem war es das erste und einzige Mal in meinem Leben, daß ich um acht Uhr morgens von einer Bühne herab für das Publikum las. Es hieß »Erwachen der Poesie«, und dir zuliebe will ich versuchen, zum zweiten Mal in diesen Fluß zu steigen. Ort und Zeit der Handlung: die Lemberger Oper im Mai 1990, Sonntagmorgen. Handelnde Personen: die Dichter Lutschuk, Hontschar, Sadlowskyj (zusammen LuHoSad), Posajak, Nedostup, Lybon (zusammen Propala Hramota), Andruchowytsch, Neborak, Irwanez (zusammen Bu-Ba-Bu) und der gruppenlose Dichter Zybulja. Seinen Geburtstag hatten wir fast bis zum Morgen gefeiert. Wonach alle zehn auf der Bühne der Lemberger Oper einschliefen. Für die verschiedenartigsten Betten – Empire-, Bank-, Baldachin- und Klappbetten – hatte der Regisseur Proskurnja gesorgt. Hast du schon von ihm gehört?

Nein.

Stimmt nicht, ich habe dir von ihm erzählt. Um acht Uhr morgens ist Einlaß. Kurz nach acht hebt sich der Vorhang, und wir wachen, einer nach dem anderen, vom grellen Scheinwerferlicht auf. Der Saal ist voll! Um acht Uhr am Sonntagmorgen.

Alle sehen, wie der Schlaf der Dichter Ungeheuer geboren hat. Und diese Ungeheuer strecken sich ein bißchen und rütteln die anderen Ungeheuer auf den Nachbarliegen. Eines der Ungeheuer springt aus der *oberen Koje* eines metallenen Soldatenstockbettes, grüßt die anwesenden Herrschaften kurz mit seinem nackten Arsch und beginnt mit ausgetrocknetem Mund zu rezitieren. Es dauert ungefähr eine Stunde – wir haben uns vorher absolut nicht abgesprochen und leiden unter einem echten Kater, es ist keine Show, gleichzeitig aber doch, lest Gedichte und schwallt nicht dumm rum, lest Gedichte, und ihr, hört gut zu, Popanze im Zuschauerraum, was, verdammt, hat euch so früh hierhergebracht, fehlt es euch vielleicht an Poesie, manche von euch sind doch schon um sechs Uhr aus dem Haus gegangen, um zu Fuß hierher zur Oper zu kommen aus ihren proletarischen oder agrarischen Vorstädten, aus Dubljany, Sychiw oder Brjuchowytschi, wenn ihr also schon da seid, dann hört, verdammt, bis zur letzten Zeile zu. Genau. Um neun Uhr beginnt sich der Orchestergraben unten langsam zu füllen, irgendwelche genauso unausgeschlafene Leute. Wer sie sind und was sie hier wollen wird erst klar, nachdem Posajak die letzte Zeile seiner »Guten Ratschläge« gelesen hat. Posajak liest: *Das Leben hat wirklich den Arsch offen, | jetzt spielt man hier auch noch Beethoven.* Im Graben hebt der Dirigent seinen Stock. Das Orchester schrubbt den ersten Satz der Fünften. Es dauert genau so lange, wie es sollte – 7 Minuten 23 Sekunden, wir schaffen noch eine Runde, jeder ein letztes Gedicht, zu Beethoven klingt es nun endgültig blasphemisch, aber zum Glück hat alles ein Ende. Das Publikum applaudiert und freut sich an dem Gedanken *wer früh aufsteht, den belohnt Gott mit schöner Poesie.* Das Leben hat wirklich den Arsch offen. Bist du zufrieden mit der Antwort?

Eher ja als nein.

Endlich! Hast du noch Fragen? Zum Beispiel was »Platsch Jeremiji« heißt? »Mertwyj Piwen«?

Von Moskau willst du nichts mehr erzählen?

Von Moskau könnte ich endlos erzählen. Es ist unerschöpflich. Aber die Zeit bleibt nicht stehen, und wir sind an dem Punkt angelangt, wo ich mich für immer von dort verabschiede. Um so mehr, als ich endlich die Bierbar in der Fonwisin-Straße besucht und damit meine Pflicht erfüllt habe. Bleibt nur die letzte Moskauer Episode. Du kennst den Anfang – in der öffentlichen Toilette des Kaufhauses »Kinderwelt« stiehlt man mir nicht nur mein ganzes Geld, sondern auch das Rückflugticket.

Und du verfolgst den Dieb in die unterirdischen Labyrinthe der Kanalisation.

Nein, an der Stelle geht es in Wirklichkeit anders weiter. Ein paar Tage lang bin ich absolut groggy. Ein richtiges Knockdown. Ich muß mir irgendwo Geld leihen, ein paar letzte Dinge erledigen, eine Fahrkarte kaufen – und nichts läuft, alles für den Arsch. Sogar Fokin kann nicht helfen, dabei war er doch Betreuer im Gefängnis! Ich schließe die Augen mit dem Wunsch, sie nie wieder aufzuschlagen. Aber das hilft nicht, bringt keine Erleichterung. Ich schlage die Augen auf, und vor mir steht Kusnezow Juri Polikarpowitsch und zieht mich zur Seite, in eine dunkle Ecke des Flurs. Als wir allein sind, drückt er mir einen neuen, dick mit Banknoten gefüllten Geldbeutel in die Hand. Und sagt: *Laß dir bloß nicht einfallen, verdammt, das nicht anzunehmen – es ist von allen Dichtern.* Und erst später stellt sich heraus, daß er nicht die aus dem Wohnheim meinte, die Studienkollegen, sondern die Klubmitglieder.

Was für ein Klub?

Der toten Dichter. Sie behüten uns, die Lebenden, und gewähren in Stunden der Not materielle Hilfe. Wer wohl bei ihnen der Kassier ist? Dante? Camoens? Byron? Goethe? Jedenfalls einer der Klassiker, denn ein Modernist würde alles sofort vergeuden – für Absinth und Kokain. Oder für Sex, Drogen und Rock 'n' Roll – kannst du dir Gregory Corso als Kassier vorstellen?

Nicht wirklich. Ich finde, es würde zu Eliot passen, mit seiner großen Erfahrung als Bankangestellter. Also – »In Moskau hielt ihn nichts mehr«?

Gar nichts. Ich hatte dem Schicksal eine Fahrkarte dritter Klasse aus den Rippen geleiert, die letzte. Der Zug nach Franyk fuhr sehr früh, aber zum Glück nicht vor Tagesanbruch. W. verabschiedete mich auf dem Kiewer Bahnhof. Wir kamen ein bißchen zu früh und standen lange, unerträglich lange auf dem Bahnsteig vor meinem Waggon. Sie wollte mich unbedingt mit Lippenstift beschmieren, sie traf mal die Wange, mal die Nase, mal den Adamsapfel – vor allem aber meinen Hemdkragen. Ich mußte versuchen, sie abzuwehren, ohne daß sie es merkte. Gut, daß der Zug schließlich doch keine optische Täuschung war. Das Unglaubliche geschah, er fuhr an, und zum x-ten Mal in meinem Leben rannte ich hinterher, voll roter Flecken. Ich glaube, es war Ende Juni oder in den ersten Julitagen. Hätte ich noch eineinhalb Monate in Moskau bleiben können, ich wäre Augenzeuge des Putsches geworden.

Daraus wurde aber nichts. Wo warst du eigentlich, wo hat er dich erwischt?

Dort, wo sich die besten Söhne und Töchter unserer Nation befanden – in Saporishja auf der zweiten »Roten Raute«. Neborak und ich hatten die Einladung angenommen, ein- oder zweimal aufzutreten, Irwan war nicht dabei, vielleicht genoß er seine Pfadfinderführerfreuden im Schatten dunkler Kiefernwälder. Die Stadt Saporishja erwies sich als ein von der

Sonne völlig ausgebranntes, heißes Gelände, wo man mit ein und demselben O-Bus eine Stunde lang fahren konnte, ohne irgendwo anzukommen. Im Stadtzentrum standen die Zelte der hungerstreikenden »Grünen«, ideologischer, nicht vor Hunger Grüner, einige bewachten die Zelte und diskutierten mit dem über ihre Aktion offen unzufriedenen werktätigen Volk, andere ketteten sich an Fabrikschlote und holten sich so ihre tödliche Dosis giftiger Abgase. Tagsüber schliefen wir nach durchgemachten Nächten und badeten im Alten Dnipro, abends und nachts feierten wir in den sogenannten *Nachtcafés*, die sich das Organisationskomitee genau dafür ausgedacht hatte. Es war eine Art Hölle: massenhaft patriotisch-attraktive Jugend, Musikanten, Politiker, Journalisten, Jeremias Weinen, Tote Hähne*, Andrij Maruschetschko. Es erinnerte mich an die in den »Rekreationen« beschriebene FAG – die Feier des Auferstehenden Geistes. Zu den Dekalitern lauwarmen und unglaublich schlechten Schnapses aßen wir fast ausschließlich Wassermelonen, unsere Arme waren bis zum Ellenbogen von Melonensaft verklebt. Wir bewohnten ein Zweibettzimmer in einem Arbeiterwohnheim mit einem *Volksempfänger* an der Wand. Der verkündete am Morgen des Montag, 19. August, den etwas unklaren Text: Genosse Gorbi sei irgendwie erkrankt, und zwar so ernstlich, daß er von der Welt isoliert worden und die Macht auf eine Gruppe seiner treusten Kumpel übergegangen sei. Es schien wie ein Traum, ein Alptraum, kein erotischer. Ich sagte: *Aus, jetzt schlagen sie zu, hier ist es, das Ende der wunderbaren Epoche.* Neborak hatte eine andere Sichtweise: *Aber das ist doch die super Gelegenheit, aus der Union auszutreten, etwas Besseres hätten wir uns gar nicht wünschen können.* Er verstand nichts von Politik und interessierte sich damals

---

* Übersetzungen der Namen der Rockgruppen »Platsch Jeremiji« und »Mertwyj Piwen«. (Anm. der Übersetzerin)

überhaupt nicht dafür. Ich tippte mir nur mit dem Finger an die Stirn. Aber es verging weniger als eine Woche, und seine Prophezeiung wurde wahr.

Warum ist es so gekommen?

Weil große Dichter die geborenen Propheten sind. Es gibt keinen Gott außer der Postmoderne, und Neborak war ihr Prophet.

Habt ihr in jenen Tagen Anzeichen einer äußeren Bedrohung gespürt?

Während der schwersten Stunden befanden wir uns im Zug nach Lemberg. Er war speziell für die Lemberger angemietet worden, stell dir also zehn Waggons voller Musikanten, Studenten und anderer Vagabunden vor. Man hätte uns alle in diesem Zug einfach direkt nach Solowki verfrachten können, die Sowjetmacht hätte dabei bestimmt keinen Fehler gemacht, und wir hätten uns auch nicht gewundert, wenn wir plötzlich *dort* gelandet wären. Am Montagmittag fuhren wir ab und erreichten Lemberg am Dienstag gegen Abend, krochen also mehr als 24 Stunden von Süden nach Norden und dann von Ost nach West durch unser flaches Land, dessen Werktätige und Bauern wirklich nichts Besseres zu tun hatten als die Ernte einzufahren. Darum hatte sie jedenfalls unser weibischer Führer Ljonja Kra recht herzlich gebeten. Mich machte das alles ganz schwermütig, ich wollte so schnell wie möglich heim, alle fest umarmen und nie wieder loslassen. Aber wie gut, daß es das Radio gibt! Vor allem den russischen Dienst von »Radio Liberty«! Im Grunde hat dieser Sender, der russische Dienst an der Freiheit, den Putsch gestoppt. Irgend jemand hatte einen Empfänger dabei, so ein Panasonic-Plagiat, der die Frequenz mal fand, mal wieder verlor und sein Bestes gab – hustete, krächzte, rauschte, stöhnte, furzte usw. Aber die wichtigste Nachricht, die *breaking news* kam zu uns durch – Jelzin war auf den Panzer geklettert. Freudenfeuer aus allen Flaschen, und im Chor schrien wir Jelzin yessss!

Ohne Jelzin wäre der Putsch wahrscheinlich gelungen, oder?

Wahrscheinlich. Ich weiß noch, daß unser Zug in der beginnenden Dämmerung entsetzlich langsam in einen Provinzbahnhof in der *ukrainischen Steppe* einfuhr. Irgendwo zwischen Dnipropetrowsk und Kirowograd, genauer weiß ich es nicht. Wir kriechen also heran, die Bahnsteige menschenleer, das Bahnhofsgebäude offenbar auch, keine Menschenseele, sind wohl alle so eifrig beim Ernteeinsatz, daß der Erdboden sie verschluckt hat. Und auf der Fassade des Bahnhofsgebäudes – drei monumentale Porträts, fünf mal fünf Meter mindestens ...

... der Bubabisten?

Nein, viel schlimmer: Marx, Engels, Lenin. Wobei es scheint, als sei die Farbe noch nicht richtig trocken, als tropfe sie noch von ihren gelehrten Bärten. Es sah gleichzeitig unheimlich und komisch aus. Die Rückkehr der Götzen. Verstehst du, die ganzen letzten Jahre, spätestens aber seit 1989, pfiffen wir auf all das, hatten uns daran gewöhnt, ihnen den Stinkefinger zu zeigen und überhaupt – *uns lachend von der Vergangenheit zu verabschieden.* Und plötzlich so ein Comeback! Dazu das langsame Bremsen des Zuges, das Knirschen des Eisens, das Quietschen der Räder, die unerträglich langgezogenen Seufzer der Schienen.

Unvergeßlich.

Es war traurig, dieser Blick auf das gedämpfte, stumme Land in der Abenddämmerung. Wo der Zug länger hielt, sprangen wir heraus und liefen auf dem Bahnsteig herum. In Ternopil fehlte auf dem Bahnhof die blau-gelbe Fahne – *oho,* sagten wir. Aber in Lemberg war alles in Ordnung – Fahnen wehten sowohl auf dem Hohen Schloß als auch auf dem Gebäude des

Bahnhofs. Die letzten acht Stunden im Zug waren wir von »Liberty« abgeschnitten – kein Empfang mehr. Erst im Bus von Lemberg nach Franyk atmete ich auf – der Onkel Chauffeur berichtete mir alles, was am Dienstag passiert war, und die Nachrichten waren eher gut als schlecht: Jelzin hielt durch, das Baltikum auch, die Bergarbeiter streikten, die Armee verweigerte den Befehl, der Sturm hatte nicht begonnen, Moskau baute aus Bussen Barrikaden. Wir Passagiere glichen in der schlecht asphaltierten Weglosigkeit Galiziens einem frisch gebildeten und extrem aufgeregten, durchgerüttelten Revolutionsrat – und der Onkel Chauffeur eilte der Zukunft entgegen. Zu Hause kam ich gegen zehn Uhr abends an, und wirklich umarmten wir uns lange, als hätten wir uns nach fünf Jahren endlich wieder. Am nächsten Tag, am Mittwoch, nahm alles ein glückliches Ende. Mein Vater und ich hörten »Radio Liberty« live und rauchten vor Freude eine nach der anderen. Es klang wie die Reportage eines unheimlich wichtigen Fußballspiel, des einzigen im Leben. Das entscheidende Tor fiel, als sich der *verbrecherische Schwarm* aus Moskau davonmachen wollte und der gute Recke Jelzin sie in Wnukowo festsetzen ließ. Alles deutete auf ein nahes Wunder hin. Und das geschah ein paar Tage später, am Samstag, dem 24. August.

Und? ...

Jetzt müßte ich eigentlich die nächsten fünf Monate überspringen. Aber wie könnte man sie überspringen, wo sie doch soviel in sich vereinten.

Warum gerade fünf?

Genau soviel Zeit verging, bevor ich mich außerhalb des bisher Möglichen wiederfand. Am 24. Januar 1992 wachte ich in einer Münchner Wohnung auf und dachte: *Es ist Wirklichkeit.* Aber davon nicht mehr heute.

Gut, bleiben wir an Ort und Stelle. Was ist mit diesen fünf Monaten?

Komisch: Einerseits erinnere ich mich ganz deutlich, daß wir immer besorgter wurden. Wie sollte man den Herbst überstehen, die Dunkelheit, die Stromausfälle, die Inflation, den Winter, die Ungewißheit? Wie sein täglich Brot verdienen? Wie die überall in die Freiheit entlassenen Irren in Schach halten? Wie die Zukunft mit geringst möglichen Verlusten erreichen? Wie das Referendum gewinnen, verdammt? Früher konnte man die Verantwortung für alles ihnen zuschieben, der Führung, dem Imperium, wie also sich jetzt nicht in die Hosen machen vor der eigenen Verantwortung? Andererseits erinnere ich mich gut daran, daß wir voller guter Vorgefühle waren. Eine Zeit, in der alle dachten, jetzt würden sie endlich zu leben anfangen. Und es stimmt, sie haben sich nicht geirrt. Wie sie sich dieses Leben vorgestellt hatten, war eine ganz andere Sache. Natürlich nicht so. Nicht die Bezugsscheine für Streichhölzer und nicht die kilometerlangen unbeweglichen Schlangen nach Schnaps in der trügerischen Novemberdunkelheit. Aber, um ehrlich zu sein, fast wünschte ich mir, wir wären wieder dort. Um zum Beispiel die erste Nummer unseres »Tschetver« (Donnerstag) zu machen. Diese ganze Periode war im Prinzip der Versuch des »Tschetver« und die Versuchung Indryks.

Versuchung? Warum Versuchung?

Zum erstenmal trafen wir uns in Pantschs Atelier, ungefähr eine Woche nach dem Putsch. Ich erinnere mich an Pantsch selbst, an Jaremak, an die anderen nicht. Wir verpackten alles, was vom ersten »Impresa« noch da war – *Malerei, Graphik, Skulptur, Assemblage* –, und transportierten es irgendwohin, denn wir planten ja das zweite »Impresa« und wollten daher Ordnung schaffen. Dann entspannten wir uns, natürlich bei

trockenem Weißwein. Verdammt, wieso ewig trockener Weißwein?! Nachdem wir schon eine Stunde getrunken und vom
Putsch gesprochen hatten, lernte ich Indryk kennen. Er produzierte im Samisdat den »Tschetver«, *Zeitschrift für Texte und
Visionen*, er *produzierte* wirklich, in *Eigenproduktion* – alles
von Hand, die Technologie glich ungefähr der unserer Unter-
grundzeitung – Tippen auf der Schreibmaschine und beidsei-
tiges Kopieren. Er malochte nebenher noch ein bißchen als
Ingenieur in einer Fabrik, dachte aber gerade darüber nach zu
kündigen und von seiner Kunst zu leben. Warum auch nicht?
Manchmal gelang es ihm, eines seiner *Bilder* zu verkaufen, er
spielte Cello und hatte Erfahrung bei der Produktion der Zeitschrift »Tschetver«, für die er mal Gedichte, mal Erzählungen
aus dem Zyklus »Der letzte Krieg« schrieb. Mir schien, daß
man ihn daher als *Multitalent* bezeichnen konnte, er selbst
aber bevorzugte die Bezeichnung *ewiger Dilettant*. In jenem
Herbst also erfanden wir für seinen »Tschetver« eine Fortsetzung und verwandelten *seinen* in *unseren* »Tschetver«. Wir
testeten uns also gegenseitig, nämlich inwieweit jeder das
überhaupt brauchte und was wir – jeder für sich – eigentlich
wollten. Indryk kam aus Kalusch, wir trafen uns im Zentrum
und zogen unsere Kreise um das Postamt, tranken einen Kaffee nach dem anderen, tranken in den vergilbten geheimen
Gärten des Stadtkerns mitgebrachten Wein, suchten in Telefonhäuschen Schutz vor dem kalten Regen, von wo wir die
Prochasko-Brüder, Olena, Jeschkil und Anka Sereda herbe-
stellten – in jenem Herbst entdeckte ich die wichtigsten Frag-
mente dessen, was später das *Stanislauer Phänomen* genannt
werden sollte, und auch dafür bin ich diesem Herbst unendlich dankbar, seinem Laub, dem zweiten »Impresa«, den Schaufensterpuppen in der Gartenbergpassage und dem immer tiefe-
ren Abgleiten des Landes ins Dunkel. Dann nahm uns Rostyk

Hul unter seine Fittiche, der schon über ein Büro, ein Telefon, ein Fax und einen 286er Computer verfügte. Die Sache begann, nach Professionalismus zu stinken, der »Tschetver« wurde *offiziell*. In gedruckter Form erblickte die Zeitschrift mit der riesigen Fliege auf dem Umschlag aber erst ein Jahr später das Licht der Welt, im Herbst 1992.

Um was ging es darin?

Es ist eine Enzyklopädie des Endes.

Das Ende des Imperiums?

Eher nein – des Jahrhunderts. Aber eigentlich macht das keinen Unterschied. Es erschien uns einfach interessant, möglichst viele der Dinge neu zu definieren, die neu zu definieren noch niemand für notwendig befunden hat, weil sie so festgefügt und selbsterklärend erscheinen. Zum Beispiel Gott. Oder Wein. Oder, sagen wir, Frau, Wasser, Stadt, Vogel, Baum, Ukraine.

Und was ist bei Ukraine herausgekommen?

Ungefähr folgendes: *Ukraine – größte objektive Gegebenheit Europas, der es genau deshalb nie gelingt, in Europa Platz zu finden.* So ähnlich. Und diese *größte objektive Gegebenheit Europas* wollte plötzlich sie selbst werden. Am 2. Dezember stellte sich heraus, daß wir mehr als 90 Prozent waren. Das war eine fast schon peinlich hohe Ziffer, das konnte einfach nicht sein, ich kannte *dieses Volk* doch. Bevor Nina in ihre Bibliothek zur Arbeit ging, hörte sie in der Küche Radio. Wenn sie es nicht mehr aushielt, kam sie in unser Zimmer gerannt und rief in mein Kissen: *Gebiet Donezk – 78 Prozent! Gebiet Saporishja – 81 Prozent! Krim – 75 Prozent!* Wie sich herausstellte, wollten alle die unabhängige Ukraine. Heute kommt es mir manchmal vor, als hätte ich das nur geträumt.

Und was hast du wirklich geträumt?

Damals? Damals habe ich kaum geschlafen. Meine Träume

fanden also in der Wirklichkeit statt. Zum Beispiel wie ich eine Tasche mit 30 000 violetten Rubeln nach Kiew bringe, zwölf Päckchen mit neuen 25-Rubel-Scheinen. Das war ein ganz schöner Batzen, der sich aber jeden Moment in Altpapier verwandeln konnte. Und ich versuche ganz bewußt das Schicksal – lasse die Tasche an einem Ende des Zuges stehen und gehe zum anderen, und zwar so langsam, daß man inzwischen hundertmal von Franyk nach Kiew und zurück hätte fahren können, aber ich gehe immer weiter, und als ich endlich wieder am Ende des Zuges ankomme, wartet meine Tasche auf mich, mitten im Korridor, die Leute steigen vorsichtig darüber und rühren sie nicht an, und als ich hineinschaue sind alle zwölf, aber nein – zwölf mal zwölf! – violetten Päckchen an Ort und Stelle. Das passierte im Dezember, die sowjetischen Banknoten waren noch gültig, aber man mußte sie so schnell wie möglich ausgeben, und die Bürger Franyks hetzten mit ihren Hundertern hin und her auf der Suche nach etwas, wofür man das blöde Geld haufenweise rausschmeißen konnte, für Teppiche, Pistolen, Wunderlampen – aber dann beruhigten sich fast alle wieder, winkten ab und versorgten sich kistenweise mit Kognak der Marke »Weißer Storch«, dem letzten Trieb, den das Imperium vor seinem Tod hervorgebracht hatte. Die letzte dieser Flaschen brachte ich, glaube ich, Fishbein mit, und wir tranken sie gemeinsam in München.

Aber das war dann schon im Januar?

Ja. Am 21. Januar abends begann meine *Reise um die Welt* über Kiew nach München. Denn bei einer wirklichen Reise um die Welt ist es egal, in welche Richtung man losfährt, nach Osten oder nach Westen, stimmt's? Draußen hatte es minus zwanzig Grad, der Himmel war sternenklar. Ich wußte nicht, ob das nun gut oder schlecht war, wenn doch nur die Seelenkatzen etwas zur Ruhe kämen. Im Zug nach Kiew konnte sich eine neugierige Schwatztante gar nicht beruhigen und wiederholte siebenmal: *Oh, der Herr hier, man sieht gleich, daß er sich auf eine weite Reise macht.* Das Flugzeug aus Boryspil nach München startete grausam früh, und Marta mußte mit demselben Taxi wieder zurückfahren, ein anderes war nicht da, so blieb ich also im eiskalten und halbdunklen Flughafen ganz allein, mit den Katzen, wütenden morgendlichen Putzfrauen, mit Grenzschutz und Zoll und weiteren Katzen, denen auf meiner Seele. Komisch, keines dieser Hindernisse wirkte, und plötzlich saß ich im Flugzeug, und auch noch im richtigen. Stört es dich, daß ich so ausführlich bin?

Nein – ich werde sowieso kürzen.

Wie willst du unterscheiden, was gekürzt werden darf und was nicht? Aber das sind deine Sorgen, nicht meine. Also. An Bord saß ich neben einem jungen, intelligenten Kasachen, dem *Wirtschaftsberater des Präsidenten*, welchen weiß ich allerdings nicht; er kehrte nach den Ferien an seine Universität zurück, wir stießen mit 150 Gramm Aeroflot-Whisky an, und plötzlich drängte es ihn, seine Erfahrungen in Deutschland mit mir zu teilen: der superste Supermarkt ist Plus, das kaufgünstigste Kaufhaus Woolworth, im Zug keinesfalls Kaffee oder Brötchen bestellen, insgesamt lebt man nicht schlecht, und Jeans besorgt man sich am besten bei C&A. Dann schrieb er mir mit einem Bleistiftstummel auf ein aus seinem Notizbuch gerissenes Blatt PLUS WOOLWORTH *Brötchen*. Er wollte mir unbedingt noch mehr Tips geben, bestellte sich dafür noch einen Whisky, aber danach fiel ihm nichts mehr ein. Der Pilot erklärte, unter uns lägen die Karpaten, wahrscheinlich war es so. Unter uns lagen wahrscheinlich die Karpaten, und fast hätten wir mit dem Wanst unserer TU den verschneiten Petros gerammt. Dann war da Tschechien. Verdammt, warum immer dieses Tschechien? Das Flugzeug füllte sich mit in die Lungen eingesogenem und wieder ausgestoßenem Zigarettenrauch, seine Schwaden verlängerten und vermehrten sich und hingen wie Weihrauch in den oberen Schichten der Atmosphäre des Salons, der Whisky wirkte, die Sonne stach ins Gehirn, der Schiedsrichter ließ weiterspielen, ich flog mit dem richtigen Flugzeug in die richtige Richtung, die Chance, daß es abstürzen würde – die in Boryspil noch hundertprozentig erschienen war – nahm immer weiter ab, und die Katzen ließen von mir ab.

Dann bist du in Frankfurt ausgestiegen und ...

... ging, den Präsidentenberater untergehakt, zur Paßkontrolle. Hör mal, laß uns für heute Schluß machen. Hier und jetzt – vor diesem fremden Planeten, diesem gigantomanischen interplanetarischen Flughafen, wo ich zwischen den unzähligen Verlockungen und Gerüchen umherirre, zwischen Vitrinen, Spiegeln, Schaufensterpuppen, Ananas und Indern. Ich weiß nicht, wo mein Freund Fishbein steckt, er hätte mich abholen sollen, ist aber nicht da, ich weiß nicht, wo ich hin soll, vor allem aber weiß ich nicht, wieso es von allem so viel gibt, Automaten mit Getränken, Popcorn und Kondomen, Automaten mit allem auf der Welt, Zigaretten, Telefonautomaten, Bankomaten, wieso gibt es so viel Schrift, Pissoirs, Ausländer, Damenwäsche? Vielleicht ist es eine Art Paradies, in das man mich später wieder verschicken wird, für immer, in dem ich ewig auf der Suche nach Fishbein und dem Ausgang umherirren werde ...

6 Gott, gib, daß ich diesen Löffel noch zum Mund führen kann

Das, was du ziemlich hochtrabend das Jahrzehnt der Romane nennst, würde ich anders bezeichnen. Für mich war es vor allem das Jahrzehnt des Reisens oder, romantischer – das Jahrzehnt des Umherschweifens. Wenn du kannst, dann hör mir bitte zu, ohne Fragen zu stellen, ja?

Heute scheint es mir manchmal, als hätte ich die ganze Zeit, die ganzen Neunziger und dazu noch die ersten Jahre des neuen Jahrtausends, nichts anderes getan, als irgendwoher zurückzukehren und dann von neuem meine Sachen zu packen. In Wirklichkeit war das überhaupt nicht so, neunzig Prozent der Zeit habe ich daheim gesessen, unbeweglich und konzentriert, wie man in der Küche arktische Kälteeinbrüche oder Stunden ohne Strom aussitzt. Aber du hast ja bestimmt auch schon bemerkt, daß einem die Zeit auf Reisen länger vorkommt. Ein Tag, an dem sich die Umgebung ändert, dauert üblicherweise länger als Wochen häuslicher Monotonie. Wobei ich gar nicht weiß, ob ich das für Selbstbetrug halten soll oder nicht. Wenn wir überhaupt über Mittel zum Widerstand verfügen, dann ist das Reisen eines davon.

Während dieses Jahrzehnts reiste ich also – mit Bussen, Zügen, Autos und ein paarmal sogar mit See- oder Luftschiffen. Die Zahl von Bussen und Zügen – und zwar der unterschiedlichsten Sorte – war ungefähr gleich hoch. Vor allem die Züge waren immer wieder anders, zivilisatorisch so unterschiedlich, daß man sie kaum als Vertreter derselben technischen Gattung begreifen konnte. Sie bewegten sich mit total unterschiedlichen Geschwindigkeiten durch total unterschiedliche Gegenden und geographische Zonen. Einige waren silberfarben und zigarrenförmig, rochen innen nach Parfum, Schokolade und teurem Tabak und durchmaßen den Raum lautlos und unmerklich, auch für den Raum selbst. Andere krochen mit einer Langsamkeit dahin, die sich nur die blühendste Phantasie vorstellen kann, es waren eigentlich keine Züge, sondern eher Lokalbahnen aus dem Museum, aus sehr altem Eisen zusammengeschustert, und man hätte aussteigen und zu Fuß nebenhergehen, sie sogar überholen können. Ich weiß nicht, welche Züge mir besser gefielen – jede Art hatte ihre ganz eigenen Reize. In den Bummelzügen konnte man mit unbekannten Holzfällern oder Pilzsuchern Karten spielen, wobei es natürlich *solche* Karten waren – der pornographische Traum meiner Kindheit. Ich habe mehrmals den Apennin durchfahren, mehrmals die Alpen – von den Karpaten und den Tatras ganz zu schweigen. Alle Berglandschaften, die mir unterkamen, verschlang ich mit den Augen. Aber zu neunzig Prozent fuhr ich durch die Ebene. Und nie konnte ich mein Ziel direkt erreichen. So bewegte ich mich in mehreren Etappen fort, wie Freiherr von Humboldt machte ich unterwegs halt, gezwungenermaßen oder freiwillig, und wie Baron Münchhausen übernachtete ich in den Betten von Bekannten der Bekannten meiner Bekannten. Aber warum eigentlich *in den Betten*? Manchmal ging es nur um ein Dach über dem Kopf. Nach Warschau fuhr ich über Lemberg, nach Süddeutschland über Prag, nach Wien über Krakau und nach Berlin über Kiew. Ich reiste nicht nur allein, sondern auch mit allen möglichen Gefährten, Freunden und Freundinnen, hinterher waren wir einander so intim ergeben, als vereine uns ein gemeinsamer Sündenfall. Und so war es schließlich auch. Ich reiste mit Perfezkyj, In-

dryk, Irwan (die beiden werden oft verwechselt, aber nicht etwa, weil sie sich ähneln, sondern weil beide mit I anfangen),
mit Lidka, Irka, Jarka, Tschaika und Zhadan, mit Misko Barbara, mit allen toten Hähnen, auch mit weiteren Lidkas, mit
Neborak, Nina, Lina, Alina, Uljana, Ilona, Lenka, Olenka, mit
Monika und Andrzej, mit Taras und seinen Kindern, mit Josef
und seinen Brüdern.

Im April 1992 kehrte ich aus Bayern zurück, ausgerüstet mit
schwarzen Kleidern für die lange Zeit in der Hölle und mit
dem Gefühl: nevermore. Im Gepäck hatte ich die fast fertige
»Moscoviada«, und in mir drin pochte das, was kurz darauf als
verliebt naive »Einführung in die Geographie« das Licht er-
blicken würde. Wenn du willst, kannst du sie als Vorwort begreifen, sagen wir zur »Perversion«. Obwohl du ja weder das
eine noch das andere gelesen hast. Ich war zurückgekehrt. Und
die Überdosis Heimat machte mich fertig – was zum Beispiel
nervte war, daß es keine Zigarettenautomaten gab. Und wie
kann man in einem Land leben, wo es nachts unmöglich ist,
ein Kondom zu kaufen?

Am schlimmsten stand es um meinen Vater – er mußte operiert
werden, die Nachricht hatte mich in der Villa Waldberta nicht
mehr erreicht und war das erste, das mich zu Hause empfing:
Ich dachte er stirbt. In Wirklichkeit blieben ihm noch genau
fünf Jahre – auch Ende April, grünes Gras im Krankenhaus-
hof, warmer Blütenstaub über allem, *die zarteste Zeit, das
Blühen der Bäume.* Ich beeilte mich, ins Krankenhaus zu kommen, mit einer Flasche ziemlich unpassendem und wahnsinnig wäßrigem Mandarinensaft, mir standen noch die Millionen Tonnen Zitrusfrüchte und die Multivitaminzisternen des
Westens vor Augen – wie war das möglich, daß es das hier nirgends gab? Was ist das für ein Land, diese Heimat? Das Krankenhaus war die Inkarnation des sich hinziehenden ersten Sta-

diums des Verfalls. Niemand forderte die Besucher auf, einen
weißen Kittel überzuziehen, niemand forderte überhaupt etwas, niemand wachte über irgend etwas, niemand wußte etwas,
durch die Flure wirbelten Zugluft und Blütenstaub. Ich ging
von einem Zimmer ins andere, bis ich ihn endlich fand, blaß
und hager. Ich konnte die Form seiner Kieferknochen erkennen, nie hätte ich gedacht, daß sie so aussehen. Er nahm sich
zusammen und versuchte zu scherzen: *Na, wie waren die Baye-
rinnen – große Titten und fast kein Hintern, oder?* Ein Glück,
sonst wäre ich wahrscheinlich in Schluchzen ausgebrochen.
Obwohl ich damals noch weit von den Vierzig entfernt war.
Aber diesmal stürzte einfach zuviel auf mich ein: Verzweiflung,
Abschied, neue Begegnungen, seine und meine Hoffnungslosig-
keit. Am schlimmsten war der Wunsch, ihn unbedingt aus dem
Bett heben und in die Arme schließen zu wollen. *Gott, gib, daß
ich ihn halten kann* – so hätte ich beten mögen. Wir waren gezwungen, uns gegenseitig aufzuheitern. Sein Bett stand am
Fenster, und auf dem Fensterbrett lag eine Ausgabe der »Su-
tschasnist« – auf dem Umschlag das Konterfei eines mit sich
sehr zufriedenen molligen Herrn, des Präsidenten unseres Vaterlandes. Das bedeutete, daß sich drinnen die »Rekreationen«
befinden mußten. Wir schwatzten von diesem und jenem, ich
zeigte ihm ein paar Fotos von der Villa, dem See und Venedig, er
betrachtete alles, wie es sich gehört. Dann schwiegen wir und
schwatzten gleich wieder los, fast dasselbe. Als ich aufstand, um
zu gehen, nickte er in Richtung Zeitschrift und sagte *wie Remarque*. Das bedeutete aus seinem Mund höchstes Lob.
Remarque gehörte zu den in seiner Generation am meisten gele-
senen Autoren. Alle seine Freunde lasen Remarque, Jack London und Dreiser. Für Remarques »Drei Kameraden« gab es
in den Bibliotheken lange Wartelisten. Mein Vater und meine
Mutter mußten losen, wer das Buch zuerst lesen durfte.

Warum erzähle ich das alles?

Mein Vater war der erste Mensch auf der Welt, der mir einen Ginkgo-Baum zeigte. Es beeindruckte mich tief, daß er sich vielleicht noch an die Dinosaurier erinnerte und aus China kam. Vor allem aber dieses Wort, das Wort als solches: *Ginkgo*. Außerdem zeigte er mir einen Trompetenbaum und erzählte, der stamme aus Mexiko. In unserer Stadt wachsen an verschiedenen Stellen Trompetenbäume, einfach so auf der Straße. Bäume waren meines Vaters Sache, Bäume waren sein Leben – sehr viele Bäume, die Gesamtheit der Bäume, der Wald. Im Spätsommer begann die Zeit der Herbarien. Eigentlich hätten wir die Blätter während des ganzen Sommers sammeln sollen, damit sie im September trocken genug aussahen. Das war die Ferienhausaufgabe in Botanik. Ich schob sie, wie alle normalen Schüler, bis Ende August vor mir her. Wenn mein Vater dann von einer seiner Dienstfahrten durch die Wälder zurückkehrte, schüttete er vor mir auf dem Tisch eine ganze Tasche duftenden Grüns aus. Es war wie ein böser botanischer Scherz: mich bis zum Hals mit diesen unzähligen Blättern zuschütten, in denen ich mich nicht zurechtfinden würde. Trotzdem konnte ich sie dank seiner zumindest bestimmen – Espe, Weißbuche, Faulbaum.

Sogar im Traum sah er sich als meinen Führer durch die Welt der Bäume. Einmal wären wir fast gestorben vor Lachen: Er hatte geträumt, wir gingen durch einen waldigen Park, und er erklärte mir mit Blick auf eine neuerliche Spezies, es handle sich um eine *Augenweide*. Im Traum war es kein Witz. Im Traum nahm er mich oft auf naturkundliche Spaziergänge mit. Und träumte zum Beispiel, daß wir auf eine sonnendurchflutete Lichtung treten, wo ein richtiges Wundertier grast – mit weitverzweigtem Hirschgeweih, aber nicht größer als ein Haushund. »Ein *Tollhirsch*«, sagt er im Traum zu mir.

Außerdem erzählte er Geschichten. In diesem Sinne war er seit meiner Kindheit für mich der Abgesandte der GROSSEN WEITEN WELT – in seinen Geschichten konzentrierte sich alles, was ich über die Menschen, die Tiere und die Pflanzen wissen wollte. Sein Leben war voller Abenteuer, vor allem in seiner Jugend, als er zu Pferd den Wald durchstreifte und mit seinem Karabiner Wilderer totschoß – so jedenfalls stellte ich es mir vor. Mit den Jahren tauschten wir fast komplett die Rollen: In seinem Leben passierte immer weniger, schließlich überhaupt nichts mehr. In meinem Leben passierte immer mehr, und jetzt war es an mir zu erzählen. Also von der GROSSEN WEITEN WELT zu berichten, einer viel größeren, viel weiteren. Damals im Krankenhaus versuchte ich, die »Waldberta« zu beschreiben, die Anordnung der Zimmer, Balkone, den Aussichtsturm, den Charakter des Städtchens, meine Versuche, mich mit den Einheimischen in meinem Schuldeutsch zu verständigen, das Seeufer, die unbeweglichen Schwäne auf dem Wasser, die Aussicht auf das gegenüberliegende Ufer, den geheimnisumwitterten Tod Ludwigs II. und natürlich den Park, in dem angeblich vor allem Bergkiefern wuchsen. Ich sage *angeblich*, denn ich war überhaupt nicht sicher, daß diese Kiefern wirklich Bergkiefern waren, aber ich tat so, als sei ich überzeugt davon. Er präzisierte: *pinus halepensis, Berg- oder Alpenkiefer.* Wahrscheinlich hätte er jeden beliebigen lateinischen Namen gewußt und dazu auch noch die Dialektbezeichnung. Das Problem lag bei mir: Ich konnte mir diese ganze Flora nicht richtig merken, ich wollte ja keinen Aufsatz schreiben und auch keinen wissenschaftlichen Vortrag zum Thema »Die regionalen Besonderheiten der Flora unter den voralpinen Bedingungen Oberbayerns« halten, es genügte mir, daß diese Vegetation *immergrün* war. Eines der Fotos zeigte die von einer *immergrünen*, kleinblättrigen Masse überwucherte Parkmauer, und sofort sagte er: *aber natürlich – hedera helix.* Ich konnte also nur mit Geschichten über Kultur punkten. Deshalb erzählte ich ihm viel von den Gespenstern – als gäbe es in der Villa und ihrer Umgebung gleich mehrere davon, aus unterschiedlichen Epochen und Räumen. Manche Leute dachten sich Fallen für sie aus, bauten zum Beispiel ein System aus kleinen, korrespondierenden Spiegeln, das durch feine Fäden mit daran befestigten sternförmigen Symbolen aus weißem Papier verbunden war. Das sollte uns helfen, Spuren ihres nächtlichen Herumgeisterns zwischen den Etagen und zwischen Keller und Turm zu finden. Aber mein Vater entlarvte meine Erzählungen und offenbarte meine Unwissenheit: Gespenster ertragen die Nähe anderer Gespenster kaum, Gespenster sind entsetzlich egozentrisch, gleich mehrere Gespenster in einer Villa – das ist eine unerhörte Seltenheit und grenzt ans Absurde. Ich verbesserte mich und sagte ja, genau, daß ich auch nie eines gesehen hätte, da war allenfalls dieser nächtliche Lärm um die Waschmaschinen im Keller, den die *Schmutzige Wäscherin* alle drei Wochen veranstaltete. Außerdem versuchte ich, ihm von Venedig zu erzählen, aber es wollte mir nicht gelingen – im Grunde wußte er doch auch ohne mich, daß es eine Stadt auf dem Wasser ist. Und die echten Geschichten konnte ich ihm nicht erzählen. Jetzt ja, damals nicht.

Ein bißchen was habe ich ihm aber doch erzählt.

Irgendwann im Sommer 1993 begaben sich Indryk und ich mit dem uns unbekannten Fahrer Nikola auf eine mehrtägige Fahrt nach Tschernihiw. Wir wollten einen Haufen Sachen, vor allem ausgemusterte Möbel von Ninas Eltern, in unsere neue, leere Wohnung auf der Objisdna-Straße bringen. Es war eine rein private Absprache – Nikola arbeitete im Speditionsdienst, diesmal transportierte er sechs große Container mit Farbe nach Tschernihiw und sollte leer zurückfahren, also verabredete ich mit ihm, daß wir diese Container mit unseren Tischen, Schränken und Stühlen vollpacken. Ich zahlte dafür, gerade war mir ein dickes Päckchen inflationärer Kupon-Karbowanzen zugefallen, jeder Tausender verlor minütlich an Gewicht, man mußte sie so schnell wie möglich loswerden, einen LKW nach Tschernihiw und zurück zu mieten war also alles andere als dumm. Indryk leistete mir Gesellschaft, er mußte sowieso nach Tschernihiw, wegen eines Theaterprojekts. Es war eine echte Morgenlandfahrt – voller mittelalterlicher Gefahren. Nikola erwies sich als Dummie, trotz der am Steuer verbrachten Jahrzehnte benahm er sich wie ein blutiger Anfänger. Wir waren kaum 30 Kilometer von Franyk entfernt, da stellte sich heraus, daß die Bremsen seines Anhängers es nicht taten. Er kam oft von der Straße ab, erfand immer neue absurde Gründe, unmotiviert anzuhalten, schwatzte allen möglichen geographischen Unsinn, sackte bedrohlich weg und verfiel in Sekundenschlaf. Sein LKW soff aus unerfindlichen Gründen regelmäßig ab. Zu Renault sagte er *re-na-ult*, zu Peugeot *peu-ge-ot*. Außerdem ging es ihm weniger ums Ankommen als darum, die zwei Fässer gestohlenen Diesels für Valuta an einen der sporadisch auftauchenden ausländischen Fernfahrer zu verkloppen. In Ternopil entblödete er sich nicht, einen jungen Griechen anzulocken, der ihm 70 D-Mark für ein 50-Literfaß zahlte, Nikola war überglücklich, aber nicht lange – ein paar Einheimische hatten aus ihrem Schiguli den Deal mit dem Griechen genau beobachtet. Der Idiot Nikola hatte seine *Ankauf-Verkauf-Aktion* vor aller Augen abgezogen – am hellichten Tag an der Raststätte. Kaum war der Grieche weggefahren, kaum hatte unser Idiot begonnen, seine verschiedenfarbigen deutschen Geldscheine zum dritten Mal zu zählen und ins Licht zu halten, als auch schon zwei Typen auf ihn zukamen und ihn darüber informierten, daß es sich um von ihnen kontrolliertes Territorium handelte. Sie begründeten ihre Forderung *zu teilen* ganz einfach und verständlich: *Wir sind die Mafia aus Ternopil, wir sammeln für Tee im Bau.* Worauf sie Nikola 30 Mark abnahmen, sich wieder in ihren Schiguli setzten und wegfuhren, mit ihren dunklen Brillen und chinesischen Trainingshosen. Indryk und ich hatten die ganze Episode über im Fahrerhäuschen ausgeharrt. Ich fragte Nikola, auf was wir noch warteten. Er antwortete, sie würden gleich wiederkommen, denn sie schuldeten ihm noch 5 Mark – sie hatten kein Wechselgeld. Indryk und ich lachten nervös auf. Das komischste aber ist, daß die Typen eine Stunde später wirklich auftauchten und ihm die 5 Mark wirklich zurückgaben – die hielten Wort, keine Frage. Während der folgenden Stunden unterwegs stritt Nikola hitzig und laut mit sich selbst: 45 D-Mark für 50 Liter Diesel, war das okay oder zu wenig? Das zweite Faß verscheuerte er dann auf dem Rückweg, in der Nähe von Zhytomyr. Diesmal verhielt sich Nikola schlau und vorsichtig: um die Sache sicher abzuwickeln, forderte er seinen ausländischen Kunden, wie immer in Gebärdensprache, auf, von der Landstraße abzufahren, in einen Feldweg hinein, und lotste uns und natürlich auch den schlaksigen Engländer, der an einen Räuber erinnerte und das Lenkrad rechts hatte, bis zu einem einsamen Partisanenwäldchen. Der Engländer kaufte Diesel für 50 Dollar, Nikola konnte zufrieden sein, sah aber gar nicht danach aus, der Fuchs. Insgesamt fuhren wir mehr als tausend Kilometer mit ihm und verbrachten in seinem Fahrerhäuschen ca. 50 Stunden. Ich habe schon erzählt, daß er grundlos oft anhielt und verschwand, wobei er uns zurückließ, um *nach dem Wagen zu sehen.* Bei Kiew hätte er einem Verkehrspolizisten beinahe eine fast neue Kalaschnikow abgekauft, frisch aus Transnistrien, und die Kerben im Kolben zeugten davon, daß der Verkehrspolizist es den *verfuckten Moldauern* mal so richtig gezeigt hatte. Zu Nikola sagte er: *Kauf, hörst du, echt günstig, ist urnötig für dich, bist doch dauernd unterwegs, da kann alles mögliche passieren.* Das Land machte damals wirklich den alarmierenden Eindruck, absolut verwahrlost und sich selbst überlassen zu sein. Auf dem Rückweg nahmen wir die nördliche Route, bogen bei Rivne dann nach Süden ab und irgendwo bei Busk oder Olesko, als Nikola wieder einmal für ein paar Stunden auf der menschenleeren abendlichen Landstraße abgesoffen war, fielen wir einer neuen Mafiatruppe in die Hände. Die fuhren einen total verbeulten Ford, waren schon ganz schön dicht und, im Unterschied zu der Bande in Ternopil, russischsprachig. Der eine wollte sich einfach nur unterhalten, er und ich hockten am Rand des Straßenbanketts und rauchten ein paar Zigaretten zusammen, ich nannte mich Iwan. Das mache ich immer, wenn mir neue Bekannte irgendwie nicht gefallen. Er fragte mich: *Was is, Wanja, bist du Bisnessmän?* Der zweite wollte seine Nase in die Container stecken, nachsehen, ob sie wirklich leer wären. Was wohl mit uns passiert wäre, hätte er sich durchgesetzt und hätte Nikola ihm geöffnet? Wie hätten sie auf die Tische und Stühle aus Tschernihiw reagiert? Nikola saugte krampfhaft das Benzin aus, mit dem Mund durch einen Schlauch, das machte ihnen extrem viel Spaß. Aber Indryk gefiel ihnen überhaupt nicht: ein verdächtiger Typ, will wohl Ärger, schmollt rum. Die Sache roch nach Scheiße und Blut, was uns rettete war nur, daß sie ja betrunken waren, daher unaufmerksam, und überhaupt nach Busk in die Disko wollten. Sie gaben uns eine Stunde, um von hier zu verschwinden, sonst würden sie sich unsere Container vornehmen. Ihr Ford heulte wild auf und schoß los. Nikola warf vor Freude gleich den Motor an, spuckte dann aber noch zwei Stunden lang Benzin. Als ich um zwei

Uhr nachts die Schwelle unserer Wohnung überschritt, legte mein Vater in der Küche Patience. Ich weiß nicht mehr, ob ich ihm in allen Einzelheiten von meinen Erlebnissen erzählte oder nur in groben Zügen, aber sicher ist, daß wir noch lange bei Tee und Schnaps zusammensaßen.

Dafür habe ich ihm im Frühjahr 1994 – das weiß ich hundertprozentig – in allen Details erzählt, wie ich nicht nach Freiburg gefahren bin. Ha, stell dir vor, wie wunderbar schön alles begonnen hatte: April, Sonne, Lemberg, der Pulverturm, und drinnen warten wir schon den zweiten Tag auf unsere Abfahrt zu den *Tagen Lembergs in Freiburg.* Dabei hatten wir schon fast unsere ganze in die Säume unserer Narrenmäntel eingenähte Reisekasse für Kaffee und Kognak verbraucht – es war schließlich der Pulverturm, alles staubtrocken dort, unmöglich, nicht zu trinken. Wir, das sind die toten Hähne, ich und noch ein paar andere *Kulturschaffende.* Dazu etwa ein halbes hundert Leute, die uns schon den zweiten Tag lautstark verabschieden. Wir alle also trinken schon den zweiten Tag Kaffee und Kognak und unterhalten uns darüber, wie klasse das ist, daß wir zusammen nach Freiburg fahren, um dort auf der Bühne alle unsere Hits auf der Gitarre runterzureißen. Schließlich geschieht das Wunder – endlich steht der Bus bereit, und mit unseren ganzen Gitarren und Tamburins klettern wir hinein, und nach großen Schleifen durch die Stadt nehmen wir endgültig Kurs entlang der Linie Sudowa Wyschnja–Schehyni–Medyka. Es ist wirklich der *endgültige* Kurs, vor uns die Grenze und Przemyśl. Und von Przemyśl nach Freiburg ist es nur noch ein Katzensprung – schließlich alles Europa, *Wälder und Berge, Berge und Wälder, denn der europäische Mensch wurde geschaffen von Bergen und Wäldern, Wäldern und Bergen,* und dort, in Europa, stehen die Entfernungen in ganz anderer Relation zur Zeit als hier.

Übrigens: In jenen Jahren besuchte uns noch regelmäßig John Siddharta, der *wandernde Gefangene von Nottingham*. Die Legende erzählte, daß er in fast allen europäischen Gefängnissen gesessen hatte, die französischen mit den holländischen vergleichen konnte, die schweizerischen mit den schwedischen, jedes hatte seine eindeutigen Mängel, aber keines irgendwelche Vorteile. John Siddharta war vielleicht Drogenhändler, vielleicht aber auch nur einer der Aussteiger aus der westlichen Langeweile, bei uns jedenfalls tauchte er in der Rolle des freiwilligen Helfers einer medizinischen Wohltätigkeitsorganisation auf, die ukrainische Diabetiker mit Insulin und Einwegspritzen versorgte. Im Grunde hatte er einfach nur ein Land gefunden, in dem es ihm für eine Weile gutging. Es gab sogar Zeiten, in denen er sich von seiner früheren Idee verabschiedete, in Indien zu sterben und begraben zu werden – zugunsten der Ukraine. Außerdem sagte er, daß er, würde ihr »Nottingham Forest« einmal gegen unseren »Hurrikan« spielen, unbedingt den »Hurrikan« anfeuern würde. Das hätte ich sehen wollen! Seine für das Vereinigte Königreich mickrige Rente erwies sich bei uns als astronomisch hoch, er selbst wurde zum anthropomorphen Geldtransporter. Deshalb hatte er niemals Probleme, beste Freunde zu finden, obwohl ich glaube, daß es ihm mehr um die Freundinnen zu tun war. John Siddharta pendelte mit vorhersehbarer Regelmäßigkeit zwischen Nottingham und Franyk. Und jede dieser Reisen von einem Ende zum anderen kostete ihn nicht mehr als zehn Dollar. Soviel wie die Verbindung zwischen Franyk und Przemyśl. Den ganzen übrigen Weg, also das viel längere Stück von Przemyśl nach Nottingham, schaffte er per Anhalter und bezahlte keinen Cent. Diese Abschweifung war nötig, damit du besser verstehst, was die Stadt Przemyśl aus unserer *jenseitigen* Perspektive bedeutet. Es ist der geographische Ort, an dem der Autostopp beginnt, klar? Autostopp als Lebensweise und Zivilisationsmodell.

Diesem magischen Ort nähern wir uns also in unserem musikalischen Kognakbus. Wobei ich noch nicht die geringste Ahnung habe, daß in meinem Paß ein verdammter Stempel fehlt. Nein, ich habe überhaupt keine Ahnung, ich freue mich – vor allem darüber, wie schön es ist, mit Freunden zusammenzusein. Bis mein Paß dann einer ukrainischen Grenzbeamtin in die Hände fällt, einer Tatarin oder Usbekin. Sie dreht ihn hin und her, blättert zwei- oder dreimal alles von der ersten bis zur letzten Seite durch und sagt schließlich mit schlecht verborgener Schadenfreude: *Musikanten, ja? Artisten? Gleich werdet ihr tanzen!* Wer weiß, hätte die fröhliche Meute auf ihre Worte nicht mit Spott und Hohn reagiert, sondern wie es sich gehört für sie gesungen und – why not? – getanzt, vielleicht hätte sie mich dann auch ohne diesen verdammten Stempel rausgelassen. Aber statt dessen passierte das Gegenteil, das heißt, alle verschanzten sich hinter echter Bürgerempörung, und so entschied sie sich dafür, ihre Dienstpflichten haarklein zu erfüllen. Man rieb ihr sogar das Gesetz über die Staatssprache unter die Nase! So hatte sie also allen Anlaß, im Rahmen eines anderen Gesetzes soviel Schaden wie möglich anzurichten. Als Folge davon setzten die anderen ihre Reise fort, ich aber wurde mit meinem Gepäck ausgeladen und in Begleitung eines über und über mit Sommersprossen übersäten jungen, ungelenken Soldaten zum Linienbus zurück nach Lemberg geführt. Der Bus war voll übellauniger, abgerissener »Pendlerhändler« aus allen Regionen des Landes, so daß ich den ganzen Weg im Gang zwischen ihren Taschen mit Resten ihrer längst nicht mehr frischen Marschverpflegung stand, ihre Gespräche über die Willkür der Zöllner, den verrückten Dollarkurs und das *unerträgliche Leben* anhörte und dabei im Rückenmark spürte, wie eine der Fata Morganas dieser Welt, genannt Europa, mit jedem Kilometer immer unerreichbarer für mich wurde: ihre Städte, Steine, Brücken, Gerüche, Berge und Wälder. Am schlimmsten war dabei nicht, daß ich nicht wußte, wie ich ohne Geld von Lemberg zurück nach Franyk kommen sollte. Am schlimmsten war zurückzukommen, ohne gereist zu sein, die Schande des falschen Odysseus, der Astronaut als Rohrkrepierer, weil der interplanetarische Flug zur Venus im letzten Moment gecancelt wurde.

So eine Rückkehr habe ich wohl nie mehr erlebt. Als ich meinem Vater im Spätherbst 1994 Lederpantoffeln mitbrachte, gekauft irgendwo auf einem Hafenbasar zwischen Griechenland und der Türkei, fragte er, warum ich keinen Fez trüge. Manchmal wiederholte er sich: 1992 hatte er gesagt, er habe erwartet, mich in kurzen Lederhosen mit Hosenträgern und Kniestrümpfen zu sehen. Er hegte eine besondere Leidenschaft für Trickfilme und schaute sich jeden Abend im Fernsehen das Kindermärchen an. Wenn es aber, Gott behüte, kein Zeichentrickfilm war, sondern einer mit Puppen, dann verdarb ihm das gründlich die Laune. Er litt nur Zeichentrickfilme, nichts anderes. Nein, es war keinesfalls so, daß er im Alter wieder kindisch geworden wäre – er hatte einfach nie aufgehört, Kind zu sein, das ist ein großer Unterschied. In seiner Welt trugen eben alle Türken Fez und alle Bayern kurze Hosen und Hosenträger. Er forderte nichts Unmögliches von der Welt – nur, daß sie seinen kindlichen Vorstellungen entsprach.

1995 habe ich Tschechien und die Slowakei zweimal von West nach Ost durchquert. Beide Länder forderten damals noch keine Transitvisa. Beide Male ging es darum, zu minimalen Kosten aus Bayern heimzureisen.

In Nürnberg hatte ich mit den Hähnen ein Konzert in den Ruinen einer von den Amerikanern – das Wort *amerikos* paßt hier hundertprozentig – zerbombten Kirche gegeben und mich dann mit ihnen bis Prag durchgeschlagen. Ich brauche dir nicht zum zweiten Mal von Prag zu erzählen, von der tschechischen Sprache mit ihren ganzen Diminutiven wie zum Beispiel smrtička. Andererseits existierte jenes Prag sowieso nicht mehr, genau wie der zehnjährige Junge, der ich gewesen war, nicht mehr existierte. Das Prag der Neunziger liebte ich aus zwei völlig anderen Gründen: wegen des Absinths im Café *Blatouch* und wegen der nach Pisse und Linsensuppe stinkenden Kaschemme in Žižkov, an deren Namen ich mich nicht mehr erinnere, weil ich das Bier mit einem ganzen Glas Wodka hinunterspülen mußte – um den anwesenden tschechischen Hitzköpfen zu beweisen, daß die Ukrainer hart im Nehmen sind. Aber das ist eine andere Geschichte. In Prag teilte sich unsere Bande, nur Misko Barbara und ich wollten noch am selben Abend weiter nach Osten, die anderen blieben länger. Also kauften wir Karten für einen Nacht-Bummelzug von Prag nach Košice und umgaben uns mit einem Wall aus kalten, am Kiosk erstandenen Bierflaschen. Wir saßen uns gegenüber, süffelten ein Bier nach dem anderen und schwiegen. Immer wieder setzten sich tschechische Arbeiter in unser Abteil, aber nur für ein oder zwei Stationen, dann stiegen sie in ihrem, sagen wir, Poděbrady wieder aus. Weißt du noch, wie lang dieses Land, die Tschechoslowakei, war? Ungefähr wie Österreich, vielleicht auch länger. Zwar hörte das Land auf zu existieren, aber die Züge blieben, vor allem diejenigen, die entlang der Ost-West-Achse fuhren. Jeder weiß, daß Tschechien und die Slowakei heute kleine, *typisch mitteleuropäische Länder* sind – was ein gewisser Dichter und Sexualpathologe aus Moskau *mitteleuropäisches Klein-Klein* genannt hat. Wenn du aber mit so einem tschechisch-slowakischen nächtlichen Arbeiterzug die West-

Ost-Achse entlang kriechst, dann erscheint dir nichts mehr klein. Am Morgen erwachten wir davon, daß uns die Sonne direkt auf die vom Bier und vom Schlafen im Zug verzerrten Physiognomien brannte. Wieder füllte sich das Abteil mit Arbeitern, aber daraus, daß sie fast wie die bei uns daheim aussahen, schlossen wir, daß es inzwischen Slowaken waren. Ein anderer Hinweis war, daß sie slowakisches *Mnich* schlürften und slowakische *Marsky* rauchten. Aber auch sie fuhren nur ein oder zwei Stationen und stiegen dann, leicht schwankend vom ersten, aber nicht dem letzten Frühbier, wieder aus. Unser Zug fuhr in die Berge, und ich versuchte, das wiederzuerkennen, was mein Vater damals, im Sommer 1970, wiederzuerkennen versucht hatte, meine Augen wurden seine Augen, es konnte gar nicht anders sein. Die Berge erschienen mir unglaublich hoch, solche gab es bei uns nicht, außerdem krochen wir gerade unterhalb der grauen, steinernen Ruine eines riesigen Schlosses vorbei: alles paßte, es war seine, meines Vaters, Route. Erst kurz vor Mittag erreichten wir endlich Prešov und vertrödelten dort noch ein paar Stunden fast ohne zu reden, in Erwartung des erstbesten Busses nach Ushgorod. Es war eine zeitlich maximal gestreckte Reise: Überall, an jeder Station, mußten wir geduldig auf ihre Fortsetzung warten, niemand sorgte sich um unsere Bequemlichkeit, es hätte Wochen dauern können – als ob wir uns wirklich ziellos fortbewegten, nur um des seltsamen Vergnügens willen, dauernd die Bahnhöfe und Stationen zu wechseln. Als die nächste Nacht anbrach, befanden wir uns wieder in einem Zugabteil, diesmal Ushgorod–Charkiw, er ist dafür bekannt, daß es in seinen Waggons Kakerlaken und Mäuse gibt, erstere habe ich selbst gesehen, von letzteren nur gehört. Noch eine ganze Nacht bis Lemberg, wir warfen unsere Taschen auf die oberen Liegen und begaben uns mit unserem Bier – jetzt schon *Obolon* – in den Gang.

Draußen wurde es schnell dunkel, fast im Takt mit der Beschleunigung unseres Charkiwer, aber wir konnten trotzdem noch sehen, wie sich in den Feldern hinter Ushgorod ein paar vereinzelte Räuber zu schaffen machten, sie sprangen geschmeidig aus den Maissträuchern in die Kartoffeln, trugen Säcke bei sich und wirkten dabei makellos elegant, einfach perfekt in ihrem planmäßigen Plündern des Ackerlands. Ein Mann aus dem Nachbarabteil sagte: *Sehen Sie nur, sehen Sie, was sie machen, wie sie stehlen, diese Zigeunerparasiten.* Und unsere Leben entfernten sich wieder voneinander – uns erwartete eine Nacht im Zug, noch mal Berge, die aber im Dunkeln unsichtbar sein würden, die mühsame Überwindung der Paßhöhe und das Erwachen in Lemberg; sie jedoch – beutegefüllte Säcke, Verschwinden in den Maissträuchern, Anschleichen in der Dunkelheit an die flackernden Lagerfeuer und dann – lüsterne Romanzen zur Gitarre bis zum Morgengrauen. Achtung, das war ein Witz.

In Wirklichkeit war diese Reise nur eine Probe, eine Vorausreise in Begleitung eines schweigsamen Führers, um die Route zu erkunden. Noch im selben Jahr nahm ich im Herbst wieder denselben Weg – fast denselben. Diesmal aber war ich allein, und das konnte nicht ohne Einfluß auf die Reise bleiben. Wie lange hat sie gedauert? Drei Nächte und zwei Tage?

Die erste Nacht im Zug zwischen München und Prag verlief fast völlig ereignislos – abgesehen von ein paar frechen tschechischen Grenzbeamten, die darauf bestanden, daß ich meine Taschen leerte und ihnen mein ganzes Bargeld zeigte. Vielleicht nahmen sie an, ich könne nur aus einem einzigen Grund nach Prag drängen: um unter einer Brücke Hungers zu sterben. Außerdem weigerten sie sich beharrlich, sich statt in gebrochenem Russisch in gebrochenem Deutsch mit mir zu unterhalten. Schließlich aber trennten wir uns ohne Groll. Mein Bar-

geld bewahrte ich in der Innentasche meiner schwarzen Jeansjacke auf – etwas mehr als 300 D-Mark, das Honorar, das ich
für eine Lesung in der Residenz eines irgendwie geizigen Rit-
terordens erhalten hatte. Und nachdem ich ihnen ein paar
Geldscheine unter die empfindsamen Nasen gehalten hatte,
ließen die tschechischen Grenzer, Pepik und Pepik, endlich
von mir ab.

Es folgte ein Tag in Prag, Spaziergänge über die Campa, mit Mu-
raschko glaube ich, der vergebliche Versuch, eine Fahrkarte
direkt nach Lemberg zu kaufen. Spät abends erreichte ich
dann gerade noch jenen Zug nach Košice und drängte mich
durch die Türen, die eben automatisch schlossen. Meine Nase
erschnupperte den Geist des Waggons – ja, das war er, derselbe, *unser* Zug –, nur daß ich diesmal auch noch morgens an
der slowakischen Station Kysak umsteigen mußte. Irgendwie
glaube ich nicht, daß Misko und ich damals im Sommer umsteigen mußten. Wahrscheinlich war es doch ein anderer Zug.
Aber seinem Vorgänger sehr ähnlich – genauso lang und zäh,
genauso durchtränkt mit Bier und Rauch, genauso zuerst tschechisch, dann slowakisch.

Der Unterschied bestand darin, daß damals schweigsame Arbeiter zustiegen, jetzt – laute. Aber eigentlich weniger Arbeiter
als Gastarbeiter aus Transkarpatien. Ich hatte überhaupt keine
Chance, Kysak zu verschlafen, denn ich konnte nicht schlafen.
Immer wieder brachen sie in mein Abteil ein, um so richtig
eine zu qualmen. Das heißt, sie tranken in ihrem eigenen, aber
zum Qualmen kamen sie zu mir, *oberzivilisierte Leute.* Warum
sie gerade mein Abteil aussuchten, ist mir ein Rätsel. Sah ich
wirklich so einsam aus? Manchmal linste einer in meine Richtung, sprach mich aber nie an. Wahrscheinlich war ich für sie
ein tschechischer Blödmann, der sowieso nichts von dem rafft,
was sie erzählen. Daher erzählten sie absolut freimütig. Also

zum Beispiel brüstete sich einer mit seinen Kaufhausdiebstäh-
len – ein Stück Seife, eine Dose Sardinen, ein Taschenmesser,
aller möglicher Krimskrams, *mitteleuropäisches Klein-Klein*,
aber er war stolz darauf. Dazu bemerkte ihre Freundin, eine
für ihr Alter sehr heisere und selbstsichere Schickse, er solle
lieber vorsichtig sein, denn in vielen Kaufhäusern seien die
Waren elektronisch gesichert, *sie schnappen dich – und Sense.*
Worauf jener sie beruhigte, in *seiner* Gegend stelle er auch
nichts an, nur in anderen Stadtteilen – als ob das einen Unterschied machte. Sie waren immer zu dritt, wenn sie zum Rauchen kamen – zwei Typen und die Puppe. Wobei es immer andere Typen waren, die Puppe aber immer dieselbe, keine
Ahnung, aber noch zwei oder drei Jahre früher hätte sie als
Tänzerin durchgehen können. Klar daß die Typen alle unheimlich scharf auf sie waren, ich übrigens auch. Sie versuchten also die ganze Zeit, sich an ihr festzuhalten, die Hände an
ihr entlang gleiten zu lassen oder sie zumindest kurz zu berühren. Sie drückte nervös ihre Kippen aus und sagte ihr *laßt das*
immer heiserer, trotzdem ging sie ab und zu mit einem der
Typen raus aufs Klo. Ich stellte mir vor, wie er ihr dort drinnen
mit den rauhen, schwieligen Händen unter die Lederjacke
geht, wie er sie aufknöpft und ihr dabei ins Ohr atmet, wie sie
den Klodeckel hinunterklappt und ihn, wobei sie ihm gebie-
terisch die Hände auf die Schultern legt, draufsetzt, wie er
gehorsam niedergleitet, die Säule ihres Körpers umfaßt und
dabei den überflüssigen Dekor von ihren Hüften streift, was es
ihr erlaubt, sich auf ihn zu hocken, wie er sofort in ihre glit-
schige warme Ritze eindringt, wie es geschieht – nur eine Minute, nicht länger, dann zwei fast synchrone Schreie und sie
richten sich nacheinander auf, werfen ihre Kleidungsstücke
über und versuchen, sich dabei nicht anzusehen. Das wiederholte sich sechs oder sieben Mal, dazwischen kleine Pausen,

Trinken im einen, Rauchen im anderen Abteil – immer ging sie mit dem nächsten auf das Zugklo. Ich hätte nur die Hand ausstrecken und zugreifen brauchen. Für diesmal kehrten sie alle mit Geld in der Tasche heim, jeder hatte von seinem Herrn und Arbeitgeber die Abrechnung erhalten, diesmal hatten sie Glück gehabt, keinen Dollar Schutzgeld hatten sie den Banditen zahlen müssen, auch der Polizei nicht, also fühlten sich alle gut, alle wollten mehr, wollten etwas kaufen, etwas haben von diesem Leben, etwas benutzen, etwas nehmen – und nicht immer nur als tumbe Sklavenarbeiter für diese dreisten Tschechen malochen. Eigentlich wirkten sie wie gute alte Bekannte, Nachbarn oder Beinahe-Verwandte: eine Brigade, eine Familie, eine Gruppe von nahen Landsleuten. Erst im Morgengrauen kamen sie zur Ruhe, kurz vor Kysak zog irgendwer den Stecker, und sie sanken bewegungslos in die Sitze in ihrem Abteil, in den verdrehten Posen barocker Märtyrer und mit aufgerissenen Mündern. Die Puppe habe ich nicht mehr gesehen, entweder war sie irgendwo ausgestiegen oder in einen anderen Waggon gegangen. Oder wir alle hatten sie uns nur eingebildet.

Das alles habe ich meinem Vater so nie erzählt. Auch nicht vom Bahnhofsgebäude in Kysak und wie kalt es dort war, Mitte Oktober um sieben Uhr früh in Erwartung des nächsten vlak* nach Prešov. Von Prešov allerdings habe ich ihm erzählt – davon, wie schwer es ist, wenn man allein reist, wenn man lange an uninteressanten Orten Aufenthalt hat, wobei ich natürlich nie etwas anderes behaupten würde, als daß es sich um eine angenehme Stadt handelt, genau, *angenehm*, so wie Franyk mancherorts angenehm ist, nichts Besonderes, aber eine *besonders angenehme* Stadt, ich stimme da, was Prešov angeht,

* Tschechisch: Zug

natürlich zu, aber ich zog dort unzählige Kreise um den Bus-bahnhof, und das war die schiere Verzweiflung. Erstens mußte ich gehen, um nach den zwei Nächten im Zug und einem Tag in Prag nicht einzuschlafen. Zweitens mußte ich gehen, um die Zeit zu vertreiben. Also zog ich meine Kreise. Der Bus nach Ushgorod fuhr erst in fünf Stunden. Die Frau an der Auskunft hatte gesagt, es wäre besser, nach Michalovce zu fahren, von dort gehe der Bus nach Ushgorod *stündlich*. Der Bus nach Michalovce fuhr in zweieinhalb Stunden. Ich entschied mich also für Michalovce.

Und das werde ich nie im Leben bereuen. Vielmehr werde ich es nie im Leben vergessen, und das heißt, ich werde es nie bereuen. Stell dir den Busbahnhof vor – ein Hexenkessel, ein Tal der Trä-nen und des Zähneknirschens, überfüllt mit allem möglichen Gastarbeitervolk, alle mit unzähligen Taschen, Männer und Frauen mit zweifellos transkarpatischen Bestimmungsorten, Bürger des Landes Ukraine, hundertmal betrogen und be-klaut, aber immer noch nicht oft genug. Offenbar konnte man sie immer noch betrügen und beklauen, nach den ganzen Her-ren und Arbeitgebern, den Banditen und der Polizei schlug jetzt die Stunde der lokalen *Gangsta* – ein paar Dutzend Zigeu-nerbrut zwischen fünfzehn und achtzehn Jahren, die mal hier, mal da auftauchten, eine gut organisierte Unruhe schufen, sie anrempelten, bedrohten, ihre Aufmerksamkeit ablenkten, den Leuten in die Taschen griffen, mit Messern das Gepäck und die Kleidungsstücke aufschlitzten, sich etwas abseits einsame Tölpel vornahmen, obwohl es eigentlich keine Tölpel mehr gab – hundertmal betrogen und beklaut, hatten die Tölpel hundertmal gelernt, keine Tölpel mehr zu sein. Trotzdem. In der Innentasche meiner schwarzen Jeansjacke bewahrte ich immer noch jenes armselige Ritterhonorar auf, von dem ich uns alle in den nächsten paar Monaten zu ernähren gedachte.

Ich war das perfekte Opfer, einfach ideal: Ich reiste allein, konnte auf niemandes Hilfe zählen, trug kein Messer bei mir, statt dessen D-Mark, meine Jacke war aufgeknöpft, die Tasche auf Höhe der ausgestreckten Hand – man brauchte die Hand nur auszustrecken und zuzugreifen. Natürlich hätte ich meine Jacke zuknöpfen können, als minimale Vorsichtsmaßnahme, aber damit hätte ich doch nur ihre Aufmerksamkeit auf mich gelenkt. Deswegen bluffte ich und blieb einfach so stehen – wandte die Augen nicht ab, wenn sie mich taxierten, aber durchbohrte sie auch nicht mit Blicken, um sie nicht zu provozieren. Jede Minute des Wartens war für mich nicht eine Minute, sondern sechzig Sekunden, entsetzlich lange Sekunden, ganze sechzig, kannst du dir das vorstellen? Der Bus nach Ushgorod ging in eineinhalb Stunden. In dieser Zeit kam mir keiner von ihnen zu nahe. Den Ungerührtheitstest habe ich also bestanden. Vielleicht hatte ich um mich herum eine transparente, undurchdringliche Wand errichtet. Vielleicht nahm ich einfach alle Kraft zusammen und wurde für eineinhalb Stunden unsichtbar. Vielleicht haben sie mir aber auch nur deshalb keine Aufmerksamkeit geschenkt, weil sie mich für einen Einheimischen hielten, einen slowakischen Sonderling, einen fahrenden Musiklehrer und Verseschmied, einen Schreiberling auf Durchreise, slowakisch, nicht *russisch*. Denn nur *Russen* wurden zu ihren Opfern. Slowaken ließen diese Kerle meistens in Ruhe – nicht so sehr aus Patriotismus als wegen der Polizei.

Ich will damit sagen, daß die Polizei an den Bahnhöfen und Stationen von Mittelosteuropa damals mit den Banditen eine Abmachung bezüglich unserer Gastarbeiter und »Pendlerhändler« getroffen hatte. Mit denen durfte man anstellen, was man wollte, außer vielleicht sie umbringen, weil es sonst zuviel Gestank gäbe. Die Polizei stellte nur eine Forderung – daß die

Mitbürger, für die sie verantwortlich war, nicht zufällig zu Opfern wurden. Daher waren die russischen Banditen an der Station Warschau West so vorsichtig, was die Polen anging. Mitte der Neunziger konnte ich mich bei mehreren Gelegenheiten davon überzeugen, daß es nur ein Mittel gab, sich zu schützen – nicht auf den Versuch der von ihnen geschickten Leute zu reagieren, mit dir Russisch zu sprechen. Ich weiß noch, daß Indryk und ich einmal gute zwei Stunden dort herumgeirrt sind und dabei ausschließlich Polnisch miteinander sprachen. Man schlich uns nach, versuchte, uns zu belauschen. Wir kommen zum Zeitungskiosk, und da steht schon jemand in unserem Rücken. Beim Telefonhäuschen dasselbe. Wir setzen uns in den Wartesaal, und jemand anderes setzt sich neben uns, klar wer. Sie verfügten über eine weitverzweigte Struktur mit organisierter Rollen- und Aufgabenverteilung. Sie nannten sich *Seris Truppe*, hatten immer eine Knarre dabei und ein paar Leichen auf dem Gewissen, die ab und zu in der Unterführung zwischen dem Bahnhof und der Busstation herumlagen. Bevor sie ihren Opfern Geld abnahmen, erklärten sie, daß ihre Aufgabe der Schutz der *GUS-Bürger* vor polnischen Taschendieben sei, weswegen die so geschützten *Bürger* 20 Prozent zu entrichten hätten. Im Grunde war es Geopolitik: Russen, die Ukrainer ausrauben und dabei behaupten, sie vor den Polen zu schützen. An jenem Morgen gerieten Indryk und ich also unter ihren Schutz. Es war im Spätherbst, sechs Uhr früh, draußen Finsternis und Kälte, wir waren gerade mit dem Bus aus Kalusch gekommen und schwatzten zwei Stunden über die grundsätzlichen Unterschiede zwischen Erotik und Pornographie, und zwar ausschließlich auf Polnisch. Meine Warschauer Fahrten mit Indryk, das ist eine ganz besondere Geschichte. Im Bus tranken wir zu zweit mindestens eineinhalb Flaschen. Es gibt nur wenige Menschen auf der Welt, mit denen ich beim

Trinken so gut über absolut wichtige Dinge reden kann – zum Beispiel über die Grenzen der Heiligen Schrift, wo sie aufhört, *heilig* zu sein und sich ihre Botschaften in Pop-Art-Messages verwandeln. Wir tranken in jenen Bussen aber auch deshalb soviel Schnaps, weil wir innerlich gerüstet sein wollten für das Zusammentreffen mit den russischen Banditen. Unsere polnische Aussprache litt etwas darunter, die Diphthonge gelangen uns nicht mehr richtig, dafür wurden wir emotionaler und überzeugender, noch dazu legten wir wert auf eine ausdrucksstarke Intonation und unterstützten diese noch durch Gesten, so daß die Banditen schließlich von uns abließen. Sie begannen zu glauben, daß wir Polen waren. Fast glaubten wir es schon selbst.

Na gut – kehren wir in den Herbst 1995 zurück. Ich stehe immer noch an der Busstation in Michalovce, und um mich herum, aber immer an mir vorbei, stelzt die Zigeunerbrigade. Es dauert eine grenzenlose Ewigkeit, bis endlich unser Bus nach Ushgorod auftaucht. Und es offensichtlich wird, daß wir, die mit ihm wegfahren wollen, dreimal mehr sind, als er fassen kann. Vielleicht liegt das Problem aber auch nur im übermäßigen Gepäck, es sind unzählige Tonnen. Keine Ahnung, was damals alles transportiert wurde. Lebensmittel? Kristall? Schweizer Uhren? Künstliche Diamanten? Der Sturm auf den Bus dauert ungefähr eine halbe Stunde, und mir in meiner kugelsicheren Kapsel gelingt es wie durch ein Wunder, mich hineinzudrängen. Die Zigeunerbande ist immer noch gut aufgelegt – sie umringen den Bus, lehnen sich mit den Schultern dagegen und schaukeln ihn unter fröhlichem Gelächter mal in die eine, mal in die andere Richtung. Wie könnte ich es vergessen: Als 1977 der Moskauer »Spartak« aus der ersten Liga geflogen war, kamen sie nach Franyk und spielten gegen unseren »Hurrikan«. Danach machten unsere Fans mit ihrem Bus ungefähr dasselbe. Ich erinnere mich noch an das irgendwie verstörte Profil von Jewgeni Lowtschew am Fenster. Er war damals der Veteran der Mannschaft, der Schlüsselspieler im National-team, Weltklassesportler. Da aber machte er sich in die Hose wie ein blutiger Anfänger. Zurück zu mir. Unser Chauffeur mußte unerträglich lange hupen und diese Brut aus voller Kraft mit Abgasen einnebeln, dann konnten wir unter ihrem Siegesgeheul endlich losfahren.

In Ushgorod trafen wir mit der Dunkelheit ein. Vielmehr nein – tatsächlich fuhren wir ihr entgegen, sie erwartete uns dort, auf dem Bahnhofsvorplatz. Und sofort befand sich unser Bus wie-der im Zentrum des Geschehens. Diesmal stürmten ihn die Ushgoroder Strauchdiebe, sie drängelten sich um die Gepäck-ausgabe und schafften es, in nur wenigen Sekunden aus Ta-schen und geheimen Ritzen noch ein paar Geldbeutel zu zie-hen. Als Antwort darauf erklangen von allen Seiten Flüche und das Weinen der Frauen. Das fühlt sich wirklich nicht gut an: völlige Dunkelheit, eine Menschenmasse, Flüche und Frauen, die schluchzen, Zerfall und Verwesung, um ehrlich zu sein. Ich schob mich durch den diebischen, frechen, lebenden Wall, mit dem verspäteten Gedanken, daß einer von ihnen nur die Klaue auszustrecken und zuzugreifen brauchte. Aber auch diesmal lief alles glatt, in meinem Rücken hörte ich den über-trieben beleidigten, hysterischen Ausruf *Mann, nicht drängeln* und lief, ohne mich umzudrehen, auf die schemenhaften Lich-ter des Bahnhofs zu.

Jetzt mal was zum Licht. In all den Jahren, praktisch bis Ende der Neunziger, wurde in unseren Städten im Herbst und Winter immer wieder der Strom abgestellt, was du ja schon aus den Briefen Karl-Josef Zumbrunnens weißt. Es wurde einem er-klärt, daß man damit angeblich unheimlich viel Energie sparen konnte. In Franyk geschah es fünfmal in der Woche, aber jeden Tag in einem anderen Stadtteil, bei uns in der Objisdna dienstags. Man gewöhnt sich daran, und – um der Wahrheit die Ehre zu geben – manch einer begann, diese Abende sogar zu lieben, das Herumsitzen in der Küche beim Schein der Kerzen, dem blauen Flackern der Gasflamme und dem Winter vor dem Fenster. Wir fanden sogar, daß das die besten Abende waren, um Kumpels einzuladen und ein Trinkgelage zu veranstalten – die Kerzen, Gaslampen und blauen Gaszungen schufen die richtige Atmosphäre, der Schnaps die Stimmung. Man mußte abwarten und ausharren, darin lag für die Bewohner der von bösen Zeiten belagerten Festung ein ganz besonderer Reiz.

Davon, daß der Strom auch im Bahnhof abgestellt wurde, hatte ich jedoch noch nie gehört. Es gab Territorien, auf die das Energiesparen nicht übergriff: Bahnhöfe, Krankenhäuser, Gefängnisse. Keine Ahnung, was an jenem Abend in Ushgorod passiert war. Vielleicht das, was technisch *Panne* heißt, eine *Leitungsstörung*, irgendwas in der Art. Oder vielleicht mußte mein persönliches road movie mit mir in der Hauptrolle einfach weitergehen. Jedenfalls war der Ushgoroder Hauptbahnhof völlig von Dunkelheit verschluckt, und nur hinter den Kassenschaltern blinkten Kerzenflämmchen. Es war verdammt surrealistisch und auch ein bißchen gothic. In den Wartesälen und Fluren promenierten die wandernden Seelen. Obwohl die meisten auf den Bänken dösten, wo ab und zu jemand aufschrie – im Schlaf? *In Zusammenhang mit der Situation* erwies es sich als unmöglich, eine Fahrkarte nach Lemberg zu kaufen. Nach Lemberg nicht, aber nach Stryj aus irgendeinem Grund schon. Also nahm ich Stryj. Die Tusse am Schalter *schrieb* sie mir buchstäblich aus, in großer, ungerader Schrift, dann geriet sie irgendwie plötzlich in Wut, zog mit einem Ruck den Vorhang zu und schloß die Kasse.

Die dritte Nacht dieser Reise teilt sich also in zwei fast gleich große Teile. Der erste vergeht im Waggon dritter Klasse des Zugs Ushgorod–Charkiw, und dort habe ich sie dann wirklich gesehen, die Kakerlaken. Ich lag auf meiner harten Bank und mußte die Seufzer einer unsichtbaren Frau über das Leben in Tschechien mit anhören: *Also wissen Sie, fast wie in Deutschland leben sie dort.* Das erkennst du – Lili und Marleen in einer Person. Ich schlafe mit dem Gedanken ein, daß sie, wenn sie so vergleichen kann, wohl alles gesehen hat und überall war und ihre Erfahrungen gemacht hat: Tschechien, Deutschland, Offiziersfrau, Majorin, mit zweiundvierzig in Pension, frühe Menopause, ein Dutzend wertlos gewordener Sparbücher, ja mußte das denn sein, alles haben sie kaputtgemacht, die unverbrüchliche Union – und so weiter, ich schlafe und dringe ein in diese Kombination aus Bruchstücken der untergegangenen Welt, auf denen nichts mehr entstehen kann als Bruchstücke. Ich schlafe ein, stecke bis zum Hals in ihnen, das Atmen fällt mir schwer, aber ich kann nicht wachbleiben. Es ist immerhin die dritte Nacht im Zug, bitte weckt mich erst in Stryj wieder.

Die zweite Hälfte beginnt damit, daß man mich weckt und ich aus dem Kakerlaken-Wagen auf den menschenleeren Bahnsteig der Station Stryj taumle. Es ist gegen fünf Uhr morgens – die Zeit, in der die ganze Welt im todesähnlichen Tschapajew-Schlaf liegt. Darunter auch ich, ich bin wie sie, wie alle auf der Welt – kann nicht aufwachen, aber im Schlaf gelingt es mir, die einzig mögliche Karre anzuhalten und mit dem schlafenden Fahrer zu vereinbaren, daß er mich für zehn D-Mark wie im Flug nach Dolyna bringt. In Dolyna habe ich die Chance, noch die *rote Raute* zu erwischen, ein Diesel-Vorortzug und, wie ich einmal schrieb, eines der größten Wunder des Eisenbahngenius. Wir rasen also von Stryj nach Dolyna – ohne aufzuwachen. Wir schlafen – der Fahrer am Steuer, ich daneben, im Sessel des Copiloten. Aber der Fahrer kennt den Weg auch im Schlaf. Er hat nur eine Dreiviertelstunde, sonst fährt mir die *rote Raute* vor der Nase weg. Im Grunde fliegen wir, und ich bin einer der Piloten. Ich schlafe, ich schaue aus dem Fenster – um uns herum Wälder, Wälder und Berge, die Gorgany-Berge, Berge und Wälder, diese Landschaft ist es, die einmal den europäischen Menschen hervorgebracht hat, aber wo ist er hin, dieser Mensch, verdammt noch mal?

Stell dir vor, wir haben es geschafft. Ich rannte genau in dem Moment auf den Bahnsteig in Dolyna, als hinter dem Stations-gebäude der erste Sonnenstrahl hervorbrach und synchron damit, der Biegung der Schienen folgend, die Rostlaube *rote Raute* heranrollte. Ich war unglaublich froh. Selten im Leben war ich so froh wie in diesem Moment. Als ich drinnen auf die schmierige Holzbank des roten Waggons fiel, gehörte ich zu den glücklichsten Hundesöhnen dieser Welt. Und die ganzen zwei Stunden bis Franyk, die ganze Zeit, in der wir durch un-sere gelb-roten herbstlichen schwarzen Bandera-Wälder zuk-kelten, hörte ich nicht auf, glücklich zu sein.

Das habe ich erzählt, weil Rückkehr für mich immer genauso wichtig war wie Wegfahren.

Warum habe ich bis heute all die Details in Erinnerung behalten?

Weil ich alles immer gleich meinem Vater erzählen wollte. Also ordnete ich es direkt in meinem Kopf, stellte es an den rich-tigen Platz, verband es mit Fäden und umwickelte es mit ei-nem roten Band. Es ist wie mit Träumen – man muß sie sich gleich ins Gedächtnis rufen, im Moment des Aufwachens. Später wird es nichts mehr, man müßte etwas dazu erfinden, und das gilt nicht. Ich wollte also alles immer gleich meinem Vater erzählen, und zwar bei erster Gelegenheit, aber bei erster

Gelegenheit klappte es irgendwie nie. Und die zweite oder dritte interessierten mich schon nicht mehr.

Die schlimmste Rückkehr hatte ich in der Karwoche 1997. Am Montag war ich in Richtung Vinnytsya gefahren, Dienstag war ich dort, und wir saßen bis spät in der Nacht im Atelier von Rybatschuk. Weiß der Teufel, aber wir sprachen viel über das Altern und den Tod, das passiert uns beim Schnaps sehr, sehr selten, der Schnaps ist natürlich ein philosophisches Getränk, beim Schnaps reden wir also auch darüber, aber es passiert doch sehr selten, daß wir nur darüber reden: Altern, Tod, der Selbstmord Majakowskis, der Komplex der 37jährigen. Dann schlief ich im Atelier, und morgens überbrachte mir Viktor die *schlechten Neuigkeiten*. Wir rasten zum Bahnhof, aber der Bus nach Franyk war schon abgefahren, einen anderen gab es nicht, der nächste fuhr erst morgen, in genau 24 Stunden. Ein Taxifahrer bot an, jenen, den einzig möglichen, einzuholen, und ich versuchte es – um nicht an Ort und Stelle stehenzubleiben und von diesem dummen Herumstehen verrückt zu werden. Wir erreichten den Bus in Lityn, wo er zum erstenmal haltmachte, ich sprang hinein mit den Worten *nach Franyk, helfen Sie mir*. Es folgten ellenlange Stunden im Bus, häufiges Anhalten auf der ganzen Podillja-Ebene, Dorftussen in Gummistiefeln und Regenumhängen aus Zeltplane, schmutzige Felder, Hügel, Flecken pappigen Schnees auf der schwarzen Erde und kalte Rinnsale an den Scheiben, die Temperatur draußen plus fünf, nicht mehr, obwohl es um diese Jahreszeit (Ende April, nicht mehr weit bis zu den Maifeiertagen und noch näher bis zum Osterfest) eigentlich dreimal so warm sein müßte, wenn nicht viermal. So sagten es wenigstens alle die Passagiere meines Autobusses. Und ich kann immer noch nicht verstehen, wie es passieren konnte, daß mein Vater seit gestern *auf der Intensivstation im Sterben liegt*.

In jenem Jahr war es am Mittwoch noch total kalt, Schneeregen, und am Freitag schon richtig heiß, über zwanzig Grad. Aber den Freitag hat mein Vater nicht mehr erlebt. Noch am Montag hatten meine Mutter und ich ihn gebadet, für mich war es das erste Mal, für sie, glaube ich, auch. Im Januar war er ausgerutscht, hingefallen und hatte sich schwer weh getan, danach konnte er nicht mehr gehen. Nach drei Monaten im Bett reichte es ihm endgültig. Am Montag, dem 21. April, führten wir ihn ins Badezimmer und badeten ihn im warmen Wasser. Im warmen, nicht im heißen. In der Badewanne ging es ihm endlich besser, und er konnte schon wieder einen Scherz machen: *Das Menschenleben ist wie ein Stück Seife, jeden Tag wird etwas davon abgewaschen.* Ich antwortete im selben Geist: *Das Menschenleben ist wie eine Schachtel Zigaretten, jeden Tag wird etwas davon aufgeraucht.* Das gefiel ihm, und er spann das Thema weiter: *Das Menschenleben ist wie ein Sack Scheiße, jeden Tag wird ein bißchen davon herausgeschüttelt.* Meine Mutter sagte, er solle keinen Blödsinn reden. Also zwinkerten wir uns nur heimlich zu. Das Menschenleben ist wie eine Tube Zahnpasta, soviel ist in der Tube gar nicht drin. Das Menschenleben ist wie ein rauhes Frottiertuch, soviel man auch reibt, es ist nie genug. Das Menschenleben ist eine Wanne Glückseligkeit, soviel du auch singen magst, Zeit, nach Hause zu gehen. Später führten wir ihn zurück ins Zimmer und legten ihn ins frisch gemachte Bett. Er war spürbar heiterer geworden und versuchte es noch einmal: *Noch ein bißchen, und ihr tragt mich auf Händen.* So ungefähr drückte er sich aus. Ich saß neben ihm und berichtete auf seine Frage hin von meiner Präsentation in Kiew, ich war gerade aus Kiew zurückgekommen, wo zwei meiner Romane in einem Band erschienen waren. Noch am selben Abend fuhr ich nach Vinnytsya. Ich glaube, wir sind als gute Freunde geschieden.

Das nächste Mal sah ich ihn genau eine Woche später, am Montag, dem 28. April. Aber das war schon die *Überführung der Leiche* – von der Leichenhalle nach Hause. Er lag in Anzug und Krawatte. In der Leichenhalle hatten sie ihre Arbeit gut gemacht und ihn geschminkt: das Gesicht jagte keine Angst ein, im Gegenteil – es beeindruckte mit Reinheit und Ruhe, und die Hautfarbe hätte er selbst absolut gesund genannt.

Noch nie in meinem Leben habe ich einen solchen Verlust erlitten. Ich glaube, daß ein sehr großer Teil meiner selbst verlorenging.

Wie sehe ich ihn? Für mich stellt er gleich mehrere ziemlich verschiedene Gestalten dar.

Meine Kindheit war von seinen extremen Ausbrüchen geprägt. Sein Hang zum Abenteuergenre schlief nie lange und erwachte unter Alkoholeinfluß zu besonders stürmischem Leben. Er kehrte oft ziemlich dicht von seinen mehrtägigen Ausfahrten in den Wald zurück, und bevor er sich schlafen legte, führte er düstere Theaterstücke zum Thema *heute habe ich im Wald einen Menschen getötet* auf. Meistens waren seine Opfer Wilderer. Manche erschoß er mit seinem Gewehr, andere durchbohrte er mit Messern. Einen verfolgte er so lange zu Pferd – seine geliebte schwarze Stute hieß Notschka –, daß der Wilderer schließlich auf einem Stein am Ufer zusammenbrach und einen Herzschlag erlitt. Das alles war absolut gelogen, das heißt frei erfunden, aber in den ersten Jahren ihrer Ehe glaubte meine Mutter ihm alles und brach in Tränen aus, wenn sie wieder einmal eine nicht sehr deutlich artikulierte nächtliche Historie von einem mit Kugeln aus dem Karabiner durchlöcherten Wilderer hörte. Der Siebzehnjährigen hätte man noch ganz andere Bären aufbinden können. Er *tröstete* sie mit den Worten, daß man ihn am nächsten Morgen wohl abholen und ins Gefängnis werfen würde. Meine Mutter weinte noch lauter, und er ging dramatisch zum Rauchen hinaus auf die Veranda, wo er dann in dem uralten Ohrensessel einschlief. Auf mich hatten diese Dinge eine ähnlich üble Wirkung – aber nur bis zu einem bestimmten Alter. Seit ich acht oder neun Jahre alt war, sah ich in seinen Erzählungen nichts anderes mehr als vom Alkohol freigesetzte Phantasien. Ich war genauso – sogar ohne Alkohol. Daher verstand ich es – die ganzen *Horrorgeschichten*. Aber ich werde nie vergessen, wie mich das Entsetzen ergriff, als ihn eines Nachts irgendwelche Leute hereintrugen und so wie er war, in Uniform, rittlings auf das Bett legten. Wir zogen ihm die Stiefel von den Füßen und legten uns leise schlafen. Aber kaum hatten wir das Licht ausgemacht, da begann er zu sprechen – mit ganz wacher Stimme. Er sagte: *Morgen ertönen in diesem Haus drei Schüsse.* Nach einer kurzen Pause fügte er hinzu *nein, vier.* Der vierte war für ihn bestimmt, so hatten wir das zu verstehen.

Ja, wenn er betrunken war, suchte er immer Streit. Wenn wir irgendwo zu Besuch gewesen waren, meistens in der Matejko-Straße, bei den Eltern meiner Mutter, wurde die Rückkehr oft zum verzweifelten Versuch, ihn im Zaum zu halten. Man mußte ihn an den Armen packen, denn in jedem Passanten sah er einen Übeltäter oder Flegel und wollte sich gleich auf ihn stürzen, um ihn Mores zu lehren. Er versicherte, daß er auf der Fachhochschule geboxt habe und im Ring immer Sieger geblieben sei. Letzteres, glaube ich, stimmte nicht. Was stimmte war, daß er geboxt hatte – sein linker Uppercut war immer noch tadellos. Was ihn am meisten provozierte waren Gruppen junger, lärmender Leute, lange bevor sie sich näherten, hakten wir ihn fest unter und zogen ihn auf die andere Straßenseite. Meine Oma zweifelte irgendwie an seinen Drohungen und glaubte, er *spiele sich auf*. Eifrig erfüllte sie ihre Mutterpflicht – sein moralisches Ansehen zu verteidigen. Und erklärte daher, wenn er alleine wäre, würde nichts dergleichen passieren. Daß sie unrecht hatte, zeigte sich mehr als einmal, als er mit blauem Auge, geschwollener Nase oder einer Platz-wunde an der Augenbraue heimkam. Meine Mutter war über solche Exzesse unglaublich verärgert und sprach dann lange nicht mehr mit ihm. Manchmal erklärte sie auch, sie würde die Scheidung einreichen. Die Rolle der barmherzigen Schwester mußte meine Oma spielen – sie war es, die sein Gesicht mit warmem Wasser, Eispackungen und Heilsalben rettete.

Er liebte Waffen und war ein guter Schütze – bevor seine Hände das Zittern anfingen. Aber da hätte ihm auch niemand mehr eine Waffe gegeben. Habe ich nicht schon erzählt, wie wir aus seiner Pistole auf den Nußbaum schossen? Es war im Herbst 1968, als er wegen der *tschechoslowakischen Ereignisse* einberu-fen wurde. Die Schüsse alarmierten die Miliz – wahrscheinlich die Bahnhofsmiliz, die aus irgendeinem Grund auch Linien-miliz hieß, wie bei den Kuban-Kosaken. Mein Vater weigerte sich, seine Waffe abzugeben und antwortete nur: *Ich bin selbst Milizionär, Milizionär des Waldes.* Also riefen sie die Militär-kommandantur, dort aber hatte gerade ein Kumpel und Regi-mentskamerad meines Vaters Dienst. Weswegen es mit einem Waffenstillstand endete.

So sehe ich ihn vor allem. In den späten sechziger und frühen siebziger Jahren.

Aber die Zeit hat ihn verändert.

In der zweiten Hälfte der Siebziger ließ er massiv nach und ver-änderte sich – nicht ohne Zutun jener freiwillig-erzwungenen *Therapie* in der Psychiatrie. Die hat ihn extrem zurückgewor-fen, ja, das hat sie.

In den Achtzigern verwandelte er sich in einen gewissenhaften Maschinisten im Heizkraftwerk: eine Nacht bei der Arbeit, zwei Tage zu Hause, ein Tag bei der Arbeit, eine Nacht zu Hause – irgendwie so. Patiencen, Kreuzworträtsel und das abendliche Kindermärchen im Fernsehen. Haferbrei. Manchmal erlaubte er sich noch etwas, aber schon ganz anders, ohne Exzeß: still für sich trank er Wein. Wenn ich aber zu Hause war, bat er mich, ihm Gesellschaft zu leisten. In den achtziger Jahren herrschte Gleichgewicht zwischen uns, wir waren füreinander im gleichen Maße Erzähler und Zuhörer. Aber bei Sofijka und Taras, seinen Enkelkindern, konnte er sich austoben, sie hatten das Recht geerbt, seine blutigen Geschichten zu hören – von angeschossenen Wilderern, die noch mit heraushängendem Gedärm kilometerweit durch den winterlichen Wald kriechen können und als Wegweiser eine rote Spur im Schnee hinterlassen.

In den Neunzigern wurde er Rentner. Einmal besuchte uns aus Krakau Ohm Roman, er war fünfzehn Jahre älter als mein Vater, aber in den Neunzigern sahen sie wie Altersgenossen aus, es gefiel ihnen unheimlich, gemeinsam durch das Stadtzentrum zu spazieren und mit anderen Rentnern über Politik zu schwatzen. Sie glaubten, nur sie könnten die Ukraine retten. Und so war es ja schließlich auch. Über alles, was damals bei uns passierte, urteilte Ohm Roman gnädig und insgesamt positiv. Mein Vater ganz im Gegenteil überaus kritisch, vor allem gefielen ihm die Präsidenten nicht, weder der erste noch der zweite. Alles zu seiner Zeit, versuchte der Ohm ihm zu erklären, es sei ja schon ein Wunder, daß wir überhaupt einen Präsidenten hätten. Aber mein Vater bestand darauf, daß die Nationalisten die Macht übernehmen müßten. Er drohte, der OUN* beizutreten, obwohl er gleich darauf zugab, daß er dafür zwanzig Jahre jünger sein müßte. Einmal kamen die beiden zu uns in die Objisdna zu Besuch – in ähnlichen Regenmänteln

* Organisation der Ukrainischen Nationalisten (Anm. d. Ü.)

und Hüten, zwei Detektive aus einer osteuropäischen Krimi-
reihe der Nachkriegszeit. Der Ohm überlebte meinen Vater,
aber nur um ein halbes Jahr. Irgendwo *dort* haben sie sich dann
wiedergetroffen – der Boxer und der Tischtennisspieler, zwei
scharfsinnige Schelme, der Erste Schläger und der Goldene
Handschuh.

In dem Moment, als mein Vater so schicksalhaft beim Franyker
Markt ausrutschte und stürzte, war ich nicht in seiner Nähe.
Erst abends kam ich ihn und meine Mutter besuchen – um zu
hören, was passiert war. Aber ich sehe diesen Sturz trotzdem
vor mir, das im Schnee verschmierte Blut. Mein Vater hatte
vielleicht eine beginnende Hämophilie: solange ich denken
kann, gerann sein Blut extrem langsam, darum hätte man sich
sorgfältig kümmern müssen. Mein Blut gerinnt augenblicklich, wir haben komischerweise unterschiedliches Blut. Ich sehe
also diesen Sturz, das schmerzverzerrte Gesicht meines Vaters,
seine zerschlagene Nase. Vor Schmerz kann er nicht aufstehen
und sitzt zusammengekrümmt im Schnee. Ein junges Pärchen
kümmert sich um ihn, Händler von dem Marktstand, in dessen Nähe es geschehen ist. Jemand sagt, der Krankenwagen sei
alarmiert, die Gaffer beginnen sich langsam zu zerstreuen. Das
Mädchen wischt meinem Vater das Blut vom Gesicht, kann es
aber nicht stoppen, ihre Tücher saugen sich sofort voll, sie
wirft sie in den schmutzigen Schnee und läuft zu ihrem Stand,
um ein neues Päckchen zu holen. Sie strengt sich an, will diesem *älteren Mann* um jeden Preis helfen. Irgendwann berührt
er mit den Lippen ihr schmales, geschicktes Händchen und
sagt: *Lange bin ich nicht von solchen Händen liebkost worden.*
Das Mädchen lacht.

Später erzähle ich diese Geschichte meinen Kumpels, wir sitzen
im Nachtcafé »Blues«, morgen fahre ich nach Wien, in wichtiger Mission, speziell für meinen Vater soll ich mit dem Rie-

senrad fahren, ich wiederhole den Satz *lange bin ich nicht von solchen Händen liebkost worden*, Jaroslaw García schenkt nach und sagt: *Dein Vater ist wie ich*, dann fügt er hinzu: *Vielleicht siehst du ihn nie wieder.* Ich will antworten: *Was laberst du da, an einem grünen und blauen Hintern stirbt man doch nicht*, aber ich schweige, denn ich bin abergläubisch. Wie sich herausstellen wird, hat sich Jaroslaw García damals lediglich um ein paar Wochen vertan. Warum hat er das gesagt? Komisch. Genauso komisch wie, daß die Hälfte meiner Kumpels, die mit im Café »Blues« sitzen, den Körper meines Vaters zu Grabe tragen werden. Es gibt solche Augenblicke. Wie soll man sie nennen – sinnhaft? Rückkehr aus der Zukunft?

Aber Jaroslaw García irrte sich eben doch: Ich schaffte es nach Wien und zurück – es dauerte nur einen Monat, noch dazu den kürzesten im Jahr. Daher schaffte ich es, meinem Vater von Wien zu erzählen. Dort war ich nicht zu dem verdammten Riesenrad gegangen, hatte es, ehrlich gesagt, auch gar nicht vorgehabt, was für ein Blödsinn! Obwohl es für meinen Vater das einzige mit Wien verbundene Objekt war, die einzige Verbindung mit sich selbst in Wien – nicht der Stephansdom, nicht das Café Central, nicht die Hofburg, nicht Schönbrunn, nicht die Oper oder irgendein anderes Touristen-Muß, sondern eben das Riesenrad im Prater und wahrscheinlich auch noch ein oder zwei Luftschutzkeller, die sich aber nicht mehr eindeutig identifizieren lassen. Schließlich war er nicht Tourist gewesen, höchstens nebenbei, sondern vor allem Flüchtling. Flüchtlinge haben eine andere Topographie – das hinter Bahnhöfen gelegene Gelände, mit Baracken vollgestellte Brachen, Warteräume in den Kommandanturen, Tore zur Hölle.

Daher versuchte ich so zu erzählen, daß ihm nichts leid tun mußte. Ich sagte: *Ha, Wien – das sind nur Laute, noch dazu nicht unbedingt anständige, Oberfläche, noch dazu eine ziemlich ver-*

schandelte, ja, tatsächlich ist es eine so absolute Kleinstädterei,
daß man heulen möchte. Bis heute wissen sie nicht, wer sie sind:
Österreicher oder Nazis. Sie fordern lautstark, daß man Mozart
und Rilke als die Ihren anerkennt, und genauso lautstark ver-
leugnen sie die Habsburger und Hitler. Dabei schämen sich ihre
Veteranen kein bißchen, mit Hitler-Orden auf die Straße zu
gehen. Ich habe noch nirgends, nicht einmal in Lemberg, soviel
Falschheit getroffen. Und dann ihr Geiz, verkörpert in den durch
nichts als Snobismus begründeten hohen Preisen! Ihr Hang, das
Leben in winzig kleine Schlückchen von der Größe eines Finger-
huts aufzuteilen! Das Gepicke an Kuchen und Torten! Die Ange-
wohnheit, Wein in Achterln zu servieren! Stell dir vor – ein Ach-
telliter Wein? Nichts gibt es bei ihnen ausreichend – weder Wein
in den Gläsern, noch Wärme in den Wohnungen. Noch über-
haupt Wärme – Wärme an sich. Was heißt hier unerträgliche
Leichtigkeit – unerträgliche Depression! Und das noch im besten
Falle, denn meistens ist es einfach Überdruß. Du stellst dir Fräk-
ke, Walzer, nackte Schultern, Fächer, die blaue Donau und das
Herzstück einer großen Utopie vor, in Wirklichkeit aber ... Ich
hielt inne, um ein besonders vernichtendes Bild zu finden und
den letzten Nagel einzuschlagen. Mein Vater ergriff die Gelegenheit und warf ein: »In Wirklichkeit ist das alles nur einen
Scheiß wert.« Und ich fügte hinzu: »Wie Herr Palivec gesagt
hätte.« Das war unsere Parole – rate woraus.

Obwohl es mir, wenn ich ehrlich bin, in Wien gar nicht so
schlecht erging. Ich wohnte im 10. Bezirk unter Balkanesen
und Türken, also bekam ich nicht einmal eine Vorstellung
davon, wie die echte Wiener Depression aussieht. Ich ging
nicht zum Opernball und fuhr nicht Fiaker, sondern bewegte
mich meist zu Fuß fort – aus dem 10. Bezirk in den 18. und von
dort in den 1. Was das Riesenrad betrifft, so log ich meinen

Vater an und gab vor, ich hätte seinen Willen erfüllt und sei damit gefahren, hätte mich an einem Sonntag in den Prater begeben und für 80 Schilling ein Billett gekauft. Der Preis war nicht aus der Luft gegriffen, sondern stammte aus dem polnischen Pascal-Reiseführer. Dabei flunkerte ich, es sei als einziges die Reise wert gewesen und der einzige Grund, Wien nicht vom Angesicht der Erde zu tilgen.

Die Reise nach Wien war die letzte *zu Lebzeiten*, also die letzte, von der ich ihm erzählen konnte. Von allen, die danach kamen, hätte ich gerne erzählt, aber ich wußte nicht, wem.

Zum Beispiel hätte ich ihm natürlich vom Fußballspiel in Mukkula erzählt. In Finnland. Wir waren die Weltauswahl und spielten gegen die Finnen. In Wahrheit galten sowohl sie als auch wir für Schriftsteller, das war der Clou an der Sache. Wie auch, daß alles in einer weißen Nacht stattfand und das Feld, die Tore, der Ball und der Kommentator echt waren. Wir traten begeistert unsere Gegner gegen das Schienbein, sie gaben es uns zurück, eigentlich aber waren wir es, die zurückgaben, denn die Finnen hatten angefangen – sie waren durchweg jünger, dümmer und risikofreudiger. Der 5:5 Endstand entsprach nicht unserer taktischen Überlegenheit. Bei den Finnen spielten zwei Mädchen – sie waren es auch, die die meisten Tore schossen. Fünf Minuten vor Schluß lagen wir zwei Tore zurück, aber unsere Iren retteten die Lage durch zwei Kopfbälle – in der 87. und 89. Minute. Dann wuschen wir Blut, Schweiß und Rotz ab, drängten in die Sauna und stürzten uns danach verzweifelt in den eisigen See. Wir fühlten uns wie kriegerische Reiter, unsere finnischen Freundinnen schnaubten aufgeregt am Ufer wie Stuten. Der Morgen fand uns zwischen den Kiefern, entsetzlich betrunken und halbtot wegen der Mücken.

Auch von Stockholm konnte ich ihm nicht erzählen. Nicht so sehr von der Stadt, und auch nicht von dem verliebten Pärchen Hoteldiebe, nicht so sehr von den Pay-TV-Pornos und dem Berg gebrauchter Spritzen in ihrem Zimmer, als vom Polizeichef, der mich danach verhörte. Er sah gar nicht nach Polizei, sondern eher nach Arzt aus – mit so gekünstelter Aufmerksamkeit können bei uns nur die Psychiater zuhören. Am Ende kam er dann aber selbst ins Plaudern und versicherte mir, daß sich Schweden wegen der vielen Migranten aus den *armen Ländern der Welt* so verändert habe. Das klang wie eine Entschuldigung. Aber meine Diebe waren ganz und gar keine Migranten – das kam ein paar Tage später ans Licht.

Ende 1998 hätte ich es natürlich nicht fertiggebracht, ihm nicht von New York zu erzählen. Da ich sowieso nichts anderes machte, als allen überall New York zu erklären, kann kein Zweifel bestehen: Mein Vater hätte sich das wochenlang von früh bis spät anhören müssen. Mit New York ist es wie mit der Armee: Wenn du zurückkommst, mußt du einfach davon sprechen, es geht mit dir durch, sprudelt aus dir heraus. Mehr noch: du warst noch gar nicht da, bist noch gar nicht angekommen, spürst aber schon, daß du allen und jedem von diesem Zug aus New Haven erzählen wirst, der zur Grand Central fährt, und von dem unheimlich geschwätzigen Neger in deinem Wagen, wie er unaufhörlich irgend etwas faselt und du, wenn er sich mit seiner afrikanischen Stimme an seine Begleiterin wendet, meinst, er wiederhole die ganze Zeit *jukrein, jukrein,* und etwas seltener auch *rasha, rasha.* Du denkst: *Was zum Teufel will der von uns, von uns und unseren nordöstlichen Verwandten,* du hörst immer angestrengter zu, bis dir endlich aufgeht: das ist dein eigener Reim, deine phonetischen Phantasien, deine semantische Paranoia, denn was er in Wirklichkeit so oft wiederholt, ist überhaupt nicht Ukraine, sondern einfach train, was in einem Zug überhaupt nichts Verwunderliches ist. Ein Geheimnis bleibt das pseudo-Russia: Ruction? Eruption? Corruption?

Genau so einen Anfall unaufhörlichen Redens erlitt der Lange – als hätte er gerade ein achtjähriges Schweigegelübde gebrochen, als habe es ihn einfach überkommen. Ich sage *achtjährig*, denn ungefähr so lange lebte er, als wir uns trafen, schon in New York. Plötzlich wollte er diese ganzen Jahre auskotzen. Wir gingen von seiner Wohnung – ich weiß nicht mehr, auf welcher Höhe sie lag, irgendwo auf der Upper West Side, auf einer der 80. oder 70. Straßen – jedenfalls gingen wir bergab: Ich weiß noch, daß erst der Columbus kam, dann der Times, also gingen wir bergab und säumten unseren Weg mit Bier und Tequila, wir machten in jeder Broadway-Bar und jedem Broadway-Pub, die er kannte, halt, und seine ganzen acht Jahre, those years, those fucking years, begleiteten uns: die Suche nach Arbeit, die Lichter der Galerie in Soho, das Restaurieren von Ikonen, Dowlatow und sein Tod, Brodski und sein Tod, die Liebe und ihr Tod, Scheidung von Inga – meiner verlorenen Schwester (shit! Wie konnten sie es wagen?! Scheidung?! Ohne daß ich davon wußte?!), Einsamkeit, Bier, Alk, Striptease, Massage, afrikanische Kunst, eine totalitäre Sekte vom Ural, die Ankunft des heiligen Propheten Wissarion, das Produkt seiner Agenten, seiner Fanatiker, der Versuch, ihn zu zombieren, der Versuch, sich zu befreien. So gingen wir ganz hinunter bis zum Hafen der Altstadt, von wo wir auf das Wasser, die Segelbote und die Brooklyn-Bridge blickten, während der Lange mich in die besondere eschatologische Mission New Yorks einweihte: *In dieser Stadt versammelt Gott Sünder aus der ganzen Welt, und dann vernichtet er uns alle mit einem Schlag – mit einem konzentrierten Schlag, einem einzigen Feuerregen.* Wir lachten, und er fügte hinzu: *Siehst du, was das hier für ein Himmel ist?*

Ja, auch vom Himmel hätte ich erzählt. Vom Himmel über den achtzehn Städten, durch die wir im Sommer 2000 fuhren – vom Himmel über Lissabon, Madrid, Bordeaux, Paris, Lille, Brüssel, Dortmund, Hannover, Malbork, Kaliningrad, Vilnius, Riga, Tallinn, Sankt Petersburg, Moskau, Minsk, Warschau, vom Himmel über Berlin. Während der gesamten 45tägigen Reise haben wir nie irgendwo denselben Himmel gesehen, weißt du. Wenn ich heute meine Aufzeichnungen von damals durchlese, dann beginne ich zu verstehen, womit diese himmlischen Unterschiede zu erklären sind – es lag vor allem am grass: »*Fast alle kifften, wegen der besonderen demiurgischen Fähigkeiten dieses leichtesten Mittels, um ins Andere einzudringen. Wahrscheinlich sind während unserer Reise ganze Plantagen in Rauch aufgegangen und zum Himmel gestiegen. Wir leerten nicht nur Pakistan, Afghanistan und das Tschui-Tal im Vorgebirge des Altai, sogar der Bodensee-Gegend raubten wir die Ernte. Leichtigkeit, unerhörte Leichtigkeit herrschte um uns herum. Unsere Waggons waren gefüllt mit Leichtigkeit, unsere Koffer schwebten wie Kinderdrachen, die plötzlichen Stopps des Zugs belustigten uns, auch ohne unsere Hilfe verwechselte er die Stationen und Geleise, wurde mal zum Flugzeug, mal zum bis oben hin mit blauem, faulendem Hühnerfleisch bepackten Sattelschlepper, mal zur gelben U-Boot-Zigarre.* Was den Himmel über Berlin angeht: Zu dritt hatten ABo, seine damalige Frau KaBo und ich eine unglaublich wirksame Tüte geraucht, Ort der Handlung war der Hof des Tacheles, wo immer alle möglichen Freaks ihr Bier aus der Flasche zischen und ihre Joints teilen – du kennst das. Unser Ziel war, ins Hotel »Unter den Linden« zurückzukehren, unter gewöhnlichen Umständen hätte das nicht mal zehn Minuten gedauert. Aber die Umstände waren alles andere als gewöhnlich. Während wir durch die Höfe eine Abkürzung zur Friedrichstraße nahmen, erheiterte

uns der Gedanke, daß wir durch Höfe gingen, immer mehr.
Was für ein Paradoxon – wir gehen durch Höfe!

(Ähnlich wie im November '94, als ich mit Neborak völlig fertig
durch das abendliche Athen trabte und wir jeden Entgegen-
kommenden fragten: *Do you happen to know where is American Embassy*, obwohl wir selbst nicht wußten, wieso verdammt
wir das fragten, und dann auch noch ein zufällig offenstehen-
des Gartentor nutzten und mitten ins Finale eines beschissen
teuren Empfangs platzten, auf der Marmorterrasse eines Pala-
stes, die Männer trugen Smoking, ihre ungefähr ein Drittel so
alten Begleiterinnen Abendkleider mit Schlitz, es roch nach
unglaublich viel Knete, nach Mafiabossen, Schiffs- und Skla-
veneignern, einer der Lakaien linste mißtrauisch zu uns herüber, also kippten wir eilig ein Glas Champagner, zupften im
Vorbeigehen noch ein Träubchen ab und schritten ohne Eile
zum Ausgang, bereit im Falle eines Falles zu erklären, *we're just
looking for American embassy.*)

So ähnlich war es auch damals in Berlin, unter seinem Himmel,
als wir eine Abkürzung nahmen. Aber bald schon setzten wir
unsere Wattebeine auf die Weidendammbrücke, unter uns
floß die Spree, die Sonne schien uns in die Augen, wir verlang-
samten unseren Schritt kein bißchen und näherten uns der
Eisenbahnbrücke über der Friedrichstraße kein Stück. Wir
marschierten unerträglich lange und durchpflügten mit unseren Armen die Luft, wir hätten schon lange bei unserem Hotel
sein müssen, aber die Weidendammbrücke hörte einfach
nicht auf, vielmehr fing sie gar nicht richtig an – denn der
Abstand zwischen ihr und der anderen, perpendikular zu ihr
gelegenen Eisenbahnbrücke wollte sich nicht verringern, und
konnte das allem Anschein nach auch gar nicht. Da erst verstand ich, was los war, und sagte mit belegter Stimme: *Ej, wir
marschieren ja auf der Stelle.* Diese Erkenntnis erklärte so eini-

ges – zum Beispiel warum uns die Autos so aufmunternd zu-
hupten.

Es war also der Himmel der Ewigkeit. Damals war es uns gelungen, für einen kurzen Moment in die Ewigkeit einzutreten.
Wir waren aus der Zeit gesprungen. Die Eisenbahnbrücke vor
uns kam keinen Schritt näher, das Wasser der Spree hörte auf
zu fließen, die Sonne blieb im Zenit stehen, Zeit existierte
nicht. Wenn diese Ärsche in ihren Autos uns nicht zugehupt
hätten, wären wir nie mehr zurückgekommen. Andererseits
haben sie uns gerettet, denn die Ewigkeit ist ein Alptraum, mit
ihrem Gehupe haben sie uns aus ihr herausgezogen, herausge-
zerrt. Vielleicht ist es das: Wenn jemand im Sterben liegt, muß
man ihn ganz laut anhupen – einfach ins Ohr. Stell dir nur den
Alptraum vor – du marschierst mit aller Kraft, bleibst aber auf
der Stelle.

Was hat mein Vater damit zu tun? Keine Ahnung. Alles. Wichtig
zu sagen, daß er sich außerhalb der Zeit befindet, du und ich
aber vorerst noch hier sind. Es ist wichtig, und es ist unendlich
traurig – vor allem weil ich seit seinem Abgang niemanden
mehr habe, dem ich erzählen könnte. Verdammt, es ist, als ob
ich die ganzen Geschichten für seine letzten Jahre aufgehoben
hätte. Aber er ist fortgegangen, und solche letzten Jahre wird es
nicht geben. Natürlich erzähle ich trotzdem so manches, Nina,
Sofija, Jaroslaw, Freunden, Tausenden Leuten. Aber in ihm habe
ich meinen Zuhörer Nummer eins verloren, kein Zweifel.

Mit den Jahren werde ich ihm irgendwie immer ähnlicher. Eigentlich ist bei mir alles anders: die Haar- und Augenfarbe,
ich bin ein anderer – wie sagt man? – Genotyp. Ich hätte nie
geglaubt, daß ich mich verändern und ihm ähnlich werden
würde. Es merkt auch keiner. Nur ich – wenn mich mein Blick
zufällig im Spiegel streift: oho, er ist es, er! Das war doch
gerade er, wo ist er hin?

Als ich zwanzig war, las ich, wie du weißt, den Yogi Ramacharaka. Dem Buch verdanke ich, oder besser – verdankte ich ein ganzheitliches Weltbild. Durch dieses Buch stand für mich alles mit allem in Verbindung, und ich fand darin einige Thesen, auf die ich mich bis heute berufe. Zum Beispiel, daß jedem Menschen nur die Leiden zufallen, die er aushalten kann. Ein höherer Wille schützt dich von vornherein vor den Leiden, die du nicht aushalten könntest. Eine gute Sache – sich das bewußt zu machen. Es dämmt das Entsetzen ein. Außerdem steht in dem Buch etwas vom Karma und der Seelenwanderung. Meistens machen wir ja Witze über diese Wiedergeburten – wie ein Schwein hast du gelebt, also wirst du ein Schwein werden. Und du eine Ratte. Und du Gras. Und du ein Dichter. Und du ein Elefant oder ein Weiser. Am schlimmsten erschien mir das Finale: Wenn du die Vollkommenheit erreicht hast, wirst du nicht mehr wiedergeboren und kehrst nirgendwohin zurück. Du löst dich in IHM auf, wirst Atman, vereinigt im Brahma mit dem Brahma. Das war es, was mir am schrecklichsten erschien: aufhören, geboren zu werden, sich *selbst* verlieren, dieses individuelle *ich* verlieren, sich in jedem Spiegel verlieren. Und am Ende das totale Aufgehen und sich Auflösen in ETWAS HÖHEREM. Wozu, verdammt, brauche ich die ewige Seligkeit von ETWAS HÖHEREM, wenn ich mich dabei selbst verliere?

Ramacharaka aber hatte sich eine Sache einfallen lassen, die mich damals sowohl überzeugte als auch freute. Er schreibt, daß es gar nicht zum Verlust des *Ichs* kommt. Es handelt sich in Wirklichkeit um ein ORCHESTER, also um das Aufgehen im ORCHESTER und das sich Auflösen in der SYMPHONIE, wo jeder seine und nur seine Partie übernimmt, die Partie seines *Ichs* auf seinem Instrument. Ich war glücklich, das zu hören, Ehrenwort.

Ich mußte noch mindestens zwanzig Jahre durchleben, um wieder innezuhalten und diesmal etwas anderes zu fragen: okay,

Jungs und Mädels, eine SYMPHONIE – das ist groß und schön. Aber was soll ich tun, wenn ich gerade diese Symphonie nicht spielen will? Und auch keine andere? Überhaupt keine? Was dann? Was fällt euch sonst noch für mich ein?

7 Hottentottenpotentatentantenattentatentäter

Das größte Bedauern spürt man morgens. Man wacht auf und versteht, daß alles ganz furchtbar ist. Ich habe das mal in einem Gedicht beschrieben, aber das kennst du sowieso nicht.

Es liegt wahrscheinlich daran, daß du dich die ganze Zeit nach deinen Träumen umsiehst.

Wie hast du das erraten?

Geht mir genauso.

Ja, natürlich – ich hatte vergessen, daß wir gleich alt sind. Obwohl das Alter hier eigentlich keine Rolle spielt. Seit ich mich erinnern kann, kenne ich diese Morgenmelancholie. Was für ein Kretin hat eigentlich gesagt, der Morgen sei eine helle und fröhliche Zeit?

Keine Ahnung. So was denkt ihr euch aus. Die Dichter.

Morgens kann ich mich einfach nicht dazu überwinden, in die Realität zurückzukehren. Daher versuche ich immer noch eine gewisse Zeitlang, zurück in den letzten Traum zu schlüpfen. Dann noch der Frühling, wieder dieser Frühling, dieser Tod. Wenn der Frühling kommt, denkt man intensiver an den Tod.

Wegen des Vitaminmangels?

Und wegen des Gesangs der Schwarzdrosseln – wie jetzt gerade. Schließlich werden sie auch in Zukunft singen – nachdem es passiert ist. Schau. Diese ganzen sogenannten Hotels und Pensionen dort auf der anderen Seite des Stuttgarter Platzes sind in Wirklichkeit nur – wie heißt das? – Häuser für Rendezvous. Die Zimmer werden stundenweise vermietet.

Woher willst du das so sicher wissen?

Ich weiß gar nichts sicher. Aber schau dir nur die Schilder, Jalousien, blutroten Herzen an. Abends kommen stiernackige, kahlgeschorene Kerle angefahren. Sie sorgen dafür, daß keiner die Mädchen beleidigt. Aber weiß der Geier, wofür sie wirklich sorgen. Einmal kam ich mit Rostyk spät zurück, und er hat unter ihnen gleich zwei Banditen aus Franyk erkannt. Beide seit den Neunzigern tot. Dem ersten haben sie eine Kugel in den Bauch gejagt, der zweite kam auf ähnliche Weise um. Ein ehrenhafter Tod. Und jetzt stellt sich heraus, daß beide ihr Jenseits in Berlin gefunden haben. Im Hotelbusineß.

Gefällt dir das Leben hier?

Natürlich. Es ist ein angenehmer Ort. Im April, als ich gerade eingezogen war, lag dort unter dem Baum immer eine Frau, noch relativ jung. Mit einem Haufen flammendroter Haare und immer einen anderen Fummel am Leib. Ihr ganzes Hab und Gut befand sich in einem großen Einkaufswagen, ein Berg von wertlosem Kram.

Hast du dich mit ihr unterhalten?

Monika hat einmal gewitzelt, ich sollte sie kennenlernen. Vielleicht freundet ihr euch an, hat sie gesagt. Ich stellte mir vor, ich würde sie manchmal zu mir in die Wohnung einladen – um ihre ganzen Fetzen durchzuwaschen. Der Anfang eines Romans.

Des ungeschriebenen?

Nein. Zum Glück nicht. Sie ist ängstlich und scheu, fängt bei der leisesten Berührung das Zittern an. Langsam kehrt ihr Gedächtnis zurück. Sie ist die Witwe eines Milliardärs, ein Opfer von Intrigen und medizinisch-psychotropen Experimenten. Gemeinsam decken wir ihr schreckliches Geheimnis auf. Happy-End. Kaum reisten Monika und Andrzej ab, da war sie verschwunden. Als hätte sie nie existiert. Als hätte man sie aufgegriffen – die Polizei, das Gesundheitsamt oder sonstwer. Immer unter den Bäumen dort, siehst du? Sie lag dort auf ihren verlausten Decken – Tag und Nacht.

Vielleicht konnte sie nicht laufen?

Vielleicht konnte sie fliegen. Hast du eine Fahrkarte? Ich muß mir sowieso eine kaufen.

Kauf dir am besten eine Tageskarte. Die gilt bis drei Uhr früh.

Oho! Wir wollen einen draufmachen?

Nur ein Vorschlag.

Auf diesem Bahnsteig treffe ich oft Russen. Also Menschen, die Russisch sprechen. Rußlanddeutsche. Theoretisch kann es keine schlimmere Kombination geben. Nicht nur Russen, sondern auch noch Deutsche. Entsetzlich! Besonders für die traumatisierte mitteleuropäische Seele. Oh, hast du gehört, was das Mädchen dort mit der Bierdose zu ihrem Typen gesagt hat?

Nein.

Das ist auch besser so. Denn du würdest zittern vor Wut, zumindest innerlich. Aber eigentlich gar nicht verwunderlich, daß sie ewig hier rumhängen – unten ist ihr Laden, nonstop geöffnet. Der Supermarkt »Putin«. Sie alle haben irgendwie damit zu tun. Liefern, schleppen was weg. Vor ein paar Monaten habe ich etwas Komisches erlebt.

Und was?

Es war am späten Vormittag. Jemand hat bei mir geklingelt. Aber ich erwartete niemanden. Es war auch nicht ungewöhnlich – die Post- oder Paketboten machen das öfter. Sie haben keinen Haustürschlüssel mehr, die Post müssen sie aber trotzdem bringen.

Klar, das mußt du nicht so breittreten. Es war aber nicht die Post.

Nein. Ich nahm den Hörer von der Gegensprechanlage und fragte, wer da sei.

Und?

Eine Frauenstimme. Aber ich hatte den Eindruck, daß sie nicht allein war, sondern mit ein paar Leuten – da war ein kaum vernehmbares Scharren um sie herum.

Was hat sie gesagt?

Sie sprach Deutsch mit sehr starkem russischem Akzent. Du mußt wissen, daß ich Akzente klar unterscheiden kann. Die Russen sagen statt »haben« immer »chaben« und statt Polizeioffizier – »palizaiaffizer«. Ich kann auch das Deutsch der Polen vom Deutsch der Italiener unterscheiden. Und der Türken. Ich habe ein phonetisch-orphoepisches Gehör. Ich bin Orpheus.

Und überhaupt ein Genie. Aber was hat die Frau gesagt?

Also sie fragte irgendwas in der Art, ob ich vielleicht Russisch spräche, sie suchten jemanden, der etwas übersetzen könnte. Von Russisch in Deutsch. Seltsam, oder? Sich ein paar Leute vorzustellen, die von Haus zu Haus gehen und die Klingelschilder lesen. Wenn sie etwas Slawisches finden, versuchen sie, Kontakt aufzunehmen.

Wie hast du reagiert?

Ich habe in makellosem Deutsch gebrüllt »nein, kann ich nicht!« und aufgelegt. Wahrscheinlich waren es Diebe. Sie suchten *Landsleute* und setzten sie auf ihre Liste. Und wenn ich ein reicher Illegaler gewesen wäre, dann hätten sie mich, hm, unter ihre *Vormundschaft* gestellt und zum Beispiel Schutzgeld kassiert. Wie fahren wir?

Laß uns mit der Friedrichstraße anfangen. Ich würde dich gerne einladen. Wir haben sechs Tage angestrengt gearbeitet und uns ein paar gute Züge verdienst.

Sehr gut, aber wird das grass dort einfach so verteilt, in der Friedrichstraße?

Nicht einfach so, aber das braucht dich nicht zu interessieren.

Ich lade ein. Hast du nicht gerade was von deiner zarten mittel-europäischen Seele gesagt?

Ich bin nicht schuld an dieser Einteilung der Welt.

Aber weißt du, die Welt muß irgendwie geteilt sein. Und sei es nur, weil wir wollen, daß sie sich unterscheidet. Darin liegt vielleicht sogar die Bestimmung der Grenzen – sie schützen die Unterschiede und widersetzen sich der endgültigen Nivellierung. Ihre Wächter haben keine Ahnung, was für einen Reichtum sie in Wirklichkeit schützen. Und der völlige Verlust der Grenzen oder überhaupt der Trennlinien bedeutet vor allem den Verlust von Identität.

Nur daß meine Identität angesichts der heute herrschenden Teilung Gefahr läuft, zerstückelt und von sich selbst abgeschnitten zu werden. Verstehst du, ein wichtiger Teil von mir ist dort, auf der anderen Seite des soeben frisch gestrichenen Vorhangs, an dem ich mit meinen Klauen nur wütend kratzen kann. Wir können, glaube ich, jede S-Bahn nehmen, sie fahren alle zur Friedrichstraße.

Zur Friedrichstraße und weiter nach Osten. Laß uns einsteigen.

Ich bin abgeschnitten von Prag, Budapest, Krakau, bald wird man mich von der Donau, dem Balkan und Transsilvanien abschneiden. So eine Teilung paßt mir überhaupt nicht, denn sie bedeutet, daß ich aus dem eigenen Haus verstoßen werde. Vielmehr, es ist mir verboten, ohne Erlaubnis einige seiner Zimmer zu betreten. Ich weiß noch, wie in diesem Media-Markt eine Gruppe von Polen ihre Einkaufswagen lautstark mit Stereoanlagen beluden, mit Dutzenden, Hunderten von Stereoanlagen. Warum? Wozu? Äußerlich ähnelten sie den Husaren aus »Mit Feuer und Schwert«, nur daß sie türkische Jeans trugen.

Fühlst du dich als Europäer?

Ich fühle mich als Bewohner von Mittelosteuropa, also wirklich als Europäer, aber als anderer Europäer, mit Erfahrungen, die sich substantiell von denen unterscheiden, die man üblicherweise als europäische Erfahrungen bezeichnet. Meine Erfahrungen sind die eines *okkupierten Europäers*, und dabei denke ich auch, aber nicht nur an jene Panzer in Prag 1968.

Aber was ist das, dein Mittelosteuropa? Ich verstehe, daß es vor zwanzig Jahren oder mehr noch Sinn gemacht hat – Miłosz, Kundera, Havel, Konrád. Aber wozu brauchst du es heute?

Du hast recht. Es ist eines meiner Trugbilder. In letzter Zeit tue ich gar nichts anderes mehr, als die Frage *Aber was ist das?* abzuwehren. Fehlt nur noch, daß ich beim bloßen Wort Mittelosteuropa zur Pistole greife. Weißt du, hier in der Gegend des Savignyplatzes beginnt für mich Berlin. »Terzo Mondo«, Nutten in hohen Schaftstiefeln. Ich habe es in der »Perversion«, die du nicht kennst, beschrieben. Aber weißt du, woran ich manchmal denke?

Es würde mich schon interessieren.

Es interessiert dich immer noch? Daß alles ein Trugbild ist. Nicht nur Mittelosteuropa, sondern auch diese S-Bahn-Station, Savignyplatz, Berlin, alles um uns herum. Da fahren wir also weiter. Dort rechts, auf einer der Hauswände, sehe ich immer ein Graffito: RCB – Reagan, Clinton, Bush. Die drei Typen sind dort aufgemalt, als Comic-Helden, mit, verdammt, Pistolen in den Händen. Reagan trägt außerdem noch einen Cowboyhut. Wenn sie eines schönen Tages nicht mehr da sind, wird dies der Beweis sein. Der Beweis, daß alles ein Trugbild ist und der Regisseur ein Nichtsnutz, der geschlampt hat, der einfach vergessen hat, sie in meinen täglichen Videoclip zu montieren.

Diesmal hat er es nicht vergessen.

Waren sie da?

Wir sind gerade an ihnen vorbeigefahren.

Das heißt, die Welt ist doch kein Trugbild. Vorerst. Was mich noch stark beschäftigt sind die Fenster hier links direkt über den Gleisen. Wie das wohl ist – dort zu wohnen und aus dem Fenster direkt in die Waggons der Züge zu blicken? In die Waggons, die ohne Unterlaß Tag und Nacht an dir vorbeifahren? Keine schlechte Ewigkeit, oder?

Für die Ewigkeit bleibt dir noch genug Zeit. Zurück zu deinem Mittelosteuropa.

Manchmal sage ich, in Wirklichkeit wäre es New York. Manchmal, daß es eine Säule in der Nähe des Karpatenortes Rachiw ist, eine geographische Fiktion, die schon kaiserlich-königliche Geometer entdeckt haben, und einer von ihnen hieß, glaube ich, Josef K. Da sind wir. Berlin Zoo.

Irgendwelche besonderen Erinnerungen?

Sie sind immer besonders. Hier riecht es am stärksten nach Berlin. Nach billigem Bier und Pennern.

Warum sprichst du in Zusammenhang mit Berlin immer von Bettlern und Obdachlosen?

Doch nicht immer! Aber es ist ein prägender Eindruck. Man kann sie gar nicht übersehen. In diesem Sinne ist Berlin eine sehr mittelalterliche Stadt, voller Verstümmelter und Narren in Christo. Hier, bitte. Der hier wird gleich seine Zeitung anbieten. Aber ich habe keine Lust, sie zu kaufen, Nachrichten aus dem Leben der Obdachlosen interessieren mich einfach nicht.

Bei euch gibt es weniger?

Weiß der Henker! Wir haben auch genug. Aber bei uns geben sie wenigstens nicht ihre eigenen Zeitungen heraus. Und versuchen nicht, sie dir aufzuschwatzen. Hier sind sie viel aufdringlicher, denn hier sieht im Durchschnitt alles viel reicher aus als bei uns, dafür präsentieren sie die Rechnung. Eure werfen euch etwas vor, unsere uns nicht.

Fährst du gern mit deutschen Zügen?

Es ist nicht schlecht. Schnelligkeit, Stille, Sterilität. Gute Gerüche. Warum fragst du?

**Wir sind an einem Intercity vorbeigekommen. Ich wollte bloß
etwas sagen.**

Alles klar. Weißt du, am Anfang fand ich diesen Kanal hier am
Zoo total faszinierend. Ich fand, es müßte dort Alligatoren
geben – so sieht er wenigstens im Sommer aus. Wie ein Seiten-
arm des Mississippi. Es ist, wenn ich richtig verstehe, ein Teil
des Landwehrkanals?

Genau. Hast du mal eine Bootsfahrt gemacht?

Ja, von der Jannowitzbrücke bis zur Schloßbrücke – die übliche Touristenroute. Auf dem Oberdeck saßen rund hundert
Amerikaner, die gerade aus dem Flugzeug gestiegen waren,
und alle schliefen sofort ein. Aber sogar im Schlaf neigten sie
immer wieder organisiert die Köpfe, wenn wir unter einer
Brücke hindurchfuhren. Hör mal, warum steigen hier in Tier-
garten jedesmal Verrückte ein?

Wie der da zum Beispiel?

Den sehe ich zum erstenmal, aber hier steigt immer so jemand
ein.

**Der ist bekannt. Gleich kündigt er den nächsten Halt an und
warnt alle, sich nicht hinauszulehnen. Er glaubt, er sei Lokführer und Schaffner in einer Person. Siehst du, er hat eine Pfeife
um den Hals.**

Einmal ist am Hackeschen Markt ein Verrückter eingestiegen,
der in einer mir unverständlichen Sprache laut mit sich selbst
stritt.

Absolut unverständlich?

Meistens versuche ich, am Klang festzustellen, um was für eine
Sprache es sich handelt. Und wenn ich es überhaupt nicht
erkennen kann, dann beschließe ich, daß es Albanisch ist.
Diesmal aber war es nicht einmal Albanisch.

Und weiter?

Er schleuderte sich selbst vernichtende Beschuldigungen entgegen. Genauso vernichtend fiel seine Antwort darauf aus. Er wurde immer erregter. Und sein Geschrei hinderte mich daran, mich auf meine Gedanken über die soziale Gerechtigkeit zu konzentrieren.

Auch darüber denkst du manchmal nach?

Warum denn nicht? An der Friedrichstraße stieg damals ein junges Pärchen ein, das sich mir gegenüber hinsetzte. Beide waren hoch aufgeschossen, wie Bohnenstangen, jung und entsetzlich mager. Sie hörten Musik aus demselben Player und schwiegen. Dabei drängten sie sich richtig aneinander, jeder mit seiner Hälfte der Musik, mit seinem einen Kopfhörer. Sie waren so dünn und federleicht, daß ich keinen Zweifel hatte: es war Liebe. Es konnte nicht anders sein. Sie werden ein langes glückliches Leben miteinander führen und am selben Tag sterben. Bellevue. Woher kommen die ganzen französischen Bezeichnungen?

Historisches Erbe. Die Hugenotten.

Irgendwo hier, in dieser Schlange aus gelbem Ziegelstein, wohnt Michael Angele. In seinem Buch heißt es, eben hier in Berlin habe Kafka den letzten Sex seines Lebens gehabt. Beate Pinkerneil übrigens hat mir erzählt, daß Goethe seinen ersten Sex in Rom hatte. Da war er schon über vierzig.

Den ersten Sex mit über vierzig?

Verstehst du, alles, was er bis vierzig mit Frauen angefangen hat, endete für ihn mit einem Mißerfolg. Er beschloß also, daß das von der Genialität käme.

Und daher auch dieser ganze Wertherismus?

Genau. Aber im 41. Lebensjahr begab er sich nach Rom – und fickte dort zu seiner eigenen Überraschung eine heute längst vergessene Hure, mit Titten groß wie Melonen und einer warmen, einladenden Möse. Ich schließe nicht aus, daß sie nach Knoblauch roch. So starb Werther ein zweites Mal.

Aber natürlich – die üppigen römischen Kurtisanen mit schweiß-nassen Achseln …

Oho! Von da an haben wir es mit einem ganz anderen Goethe zu tun, einem Goethe-2. Oder einem Casanova-1. Ein Kerl, der sich bis zu seinem Tod – also noch ganze 43 Jahre – keinen einzigen Rock mehr entgehen ließ.

Nimm noch einen Schluck und reg dich ab. Warum beschäftigt dich das so?

Weil es phänomenal ist, die Stärke des menschlichen Geistes. Alles dreht sich doch immer um den Geist, nicht wahr? Oh, das Restaurant »Paris –Moskau« rechts unten. Ich war niemals dort. Ist es gut?

Es heißt, geographische Messungen hätten ergeben, daß gerade hier der halbe Weg zwischen Paris und Moskau ist. Millimetergenau.

Also ist eigentlich hier Mitteleuropa? Nie im Leben!

Willst du sagen, dein Mitteleuropa ist nicht hier, weil es sich vor allem um das ehemals kommunistische Europa handelt?

Besser gesagt um das Europa, das man in Rußland verwandeln wollte. Daß man dort außerdem versucht hat, den Kommunismus zu installieren, ist nicht ausschlaggebend. Für einen Organismus wie Rußland ist es eigentlich bedeutungslos, ob er kommunistisch, monarchistisch oder auch polizeilich-oligarchisch organisiert ist. Für ihn ist etwas anderes wesentlich – der Drang, Imperium zu sein. Groß, noch größer, am größten zu sein.

Findest du nicht, daß du Rußland dämonisierst? Vielleicht ist es dein Problem und nicht das von Rußland?

Wahrscheinlich hast du recht. Hör mal, was glaubst du, wie ich erraten habe, daß die Tussi da mit den perfekt umspannten Arschbacken Russin ist?

Du hast gehört, wie sie mit ihrer Freundin spricht.

Überhaupt nicht! Wie sie spricht, habe ich erst später gehört, zuerst war da nur ein Signal – »Russin«. Vielleicht ist es der Gesichtsausdruck. Ewig unzufrieden, eine irgendwie aufgeblasene Miene. Wie gefällt dir übrigens ihr Hintern?

Auch ziemlich aufgeblasen. Gib zu, daß deine Vision fast ausschließlich auf die Vergangenheit projiziert ist. Vielleicht in keine sehr ferne, nicht die österreich-ungarische, aber trotzdem in die Vergangenheit. Was ist mit der Gegenwart, der Zukunft?

Die Vergangenheit ist ein so aktiver Teil unseres *Jetzt*, daß es mir fast peinlich ist, dir etwas so Offensichtliches zu erklären. Wann ist dieser verdammte Hauptbahnhof endlich fertig?

Erklär ruhig, lenk nicht ab.

Hör zu. So wie ich bin, gäbe es mich nicht, wäre mein Urgroßvater nicht aus der rumänischen Bukowina oder auch aus Rachiw in der Mitte Europas oder woher auch immer nach Galizien gekommen. Wäre mein anderer Urgroßvater nicht aus dem böhmischen Sudetenland eingewandert, hätte seine Tochter mit zwanzig nicht Deutsch in den masurischen Dörfern in Polen gelehrt, wäre ihr Mann nicht am Ende des Krieges unter dem Beschuß eines sowjetischen Flugzeugs umgekommen, wäre sein Sohn nach dem Krieg nicht aus Österreich zwangsrepatriiert worden, mit Erlaubnis der Verbündeten Stalins, hätte er nicht während seines Wehrdienstes in der Roten Armee angefangen, Gedichte zu schreiben, und zwar auf Russisch, wäre seine Frau nicht genau zehn Jahre jünger gewesen als er …

Sogar das ist wichtig?

All das ist eine unzerreißbare Kette, deren Glieder sich derart gegenseitig bedingen, daß es genügt, eines zu entfernen – und Schluß, ich wäre aus dieser ganzen komplizierten und delikaten, teilweise auch brutalen Mischung nicht entstanden, aus dieser ganzen Chemie. Aber es geht nicht nur um mich. Es geht auch darum, daß ohne mich weder diese S-Bahn noch die Berliner Stationen, noch Berlin selbst, noch die ganze Welt existieren würden, und vielleicht, wer weiß, nicht einmal du.

Alles ist Utopie. Und Mittelosteuropa, das ist deine private Utopie.

Wahrscheinlich. Aber es wäre falsch, Utopien nicht ernst zu nehmen. Jeder hat Anteil an ihnen. Das Schreiben an sich ist eines der utopischsten Projekte. Manchmal mit weitreichenden Folgen. Na, hab ich's mir doch gedacht – Kontrolleure. Manchmal verstellen sie sich so angestrengt, daß man sie sofort erkennt. Hast du deine Fahrkarte abgestempelt?

Keine Sorge. Genieße das Panorama hier rechts – Reichstag und Bundestag.

Aber warum sind auf dem Reichstag gleich vier Bundesflaggen? Eine hätte nicht genügt?

So ist es symmetrischer. Die vier Himmelsrichtungen.

Könnte es nicht sein, daß es sich um die Beharrungskraft der Geschichte handelt?

Bei den Fahnen?

Kontrolleure im Nahverkehr. Wir nähern uns doch der Friedrichstraße, oder?

Ja. Dort steigen wir aus.

Und die Friedrichstraße ist doch die Grenze. Vielleicht sind es keine Kontrolleure, sondern Grenzer?

Aber nein.

Ich bin ziemlich sicher, daß es so ist. Diese Fahrkartenüberprüfung ist in Wirklichkeit eine versteckte Form der Grenzkontrolle.

Ich habe an dir schon früher eine starke Neigung bemerkt, ausschließlich an Grenzen zu denken und von Grenzen zu reden. Du siehst sie selbst da, wo es sie überhaupt nicht gibt.

Für dich gibt es sie nicht, für mich schon. In meinem Paß gibt es keinen lebendigen Fleck mehr, so oft wurde er von Stempeln getroffen. Und vorher durch und durch durchleuchtet. Es ist, als wolle mich jemand nicht in mein Haus lassen. Jemand, der nur eine sehr verschwommene Vorstellung davon hat, was mit mir passiert und wer ich bin.

Und wer bist du?

Schau, allein in unserem Waggon sind vier Schwarzfahrer. Wie gut, daß ich daran gedacht habe, dieses Ding hier zu entwerten! In Wien springt man übrigens anders mit dir um – da wird dir gleich der Paß abgenommen. Angeblich um zu überprüfen, ob du wirklich ein *Gast der Hauptstadt* bist, ein Ausländer. Tatsächlich aber, damit du nicht abhauen kannst. Denn wer bist du schon ohne Paß? Wer ich bin, hast du gefragt?

Genau. Wir steigen aus.

Ich bin einer, der sich auf der Suche nach der Freiheit frei bewegen können will.

Vielleicht würdest du am besten einfach emigrieren? Die Grenze ein für alle Mal überschreiten? Diese, wie du es nennst, sich gegenseitig bedingenden Kettenglieder auseinanderreißen? Und dadurch die Freiheit gewinnen, Bewegungsfreiheit?

Für die Bewegungsfreiheit würde es sich lohnen. Besonders wenn man dadurch das Leben mit weiterem Leben anreichern kann, mit Durch-Leben, es also um die Verlangsamung und Streckung der Zeit geht. Aber es gefällt mir nicht nur abzureisen, sondern auch zurückzukehren.

Und was heißt das in deinem Fall – zurückkehren?

Komisch – ich widerspreche mir jetzt selbst –, aber eigentlich gefällt es mir so, wie es ist. Mir gefällt die betont konzentrierte Paßkontrolle, daß er durchleuchtet und aufmerksam betrachtet wird. Mir gefällt die unausweichliche Frage der Zöllner nach Ikonen und Drogen. Mir gefällt es, so zu tun, als führte ich diese heimlich mit mir. Es gefällt mir, ein Partisan zu sein. Oder wenn der Geheimdienst mein Telefon abhört. Was mir nicht gefällt ist, wenn meine engsten Freunde bei sogenannten Autounfällen sterben, aber es gefällt mir, daß man sie, diese Freunde, für so wichtig gehalten hat. Du mußt schließlich zugeben: Echte Freiheit ist nicht, wenn es sie gibt, sondern wenn man sie unbedingt will.

Oder eher: wenn es so viel davon gibt, daß du sie gar nicht bemerkst.

Auch ein interessanter Gedanke! Gehen wir runter? Du übernimmst die Führung – ich weiß ja nicht, wo wir deinen Dealer finden können.

Ja, runter – und dann links die Friedrichstraße entlang.

Bis zur Oranienburger Straße? Vielleicht schauen wir kurz beim Tacheles vorbei?

Es ist dort in der Nähe. Ich zeige dir, wo du auf mich warten kannst.

Der Affe hat sich nicht gezeigt?

Den Ausdruck kenne ich nicht.

In meiner studentischen Jugendzeit in Lemberg hieß das »hat nicht geklappt«?

Ach so. Dann hast du recht. Der Affe hat sich nicht gezeigt. Manchmal ist er nicht aufzufinden, der dunkle Assyrer. Aber es gibt noch eine Möglichkeit. Ein anderer Dealer. Dafür müssen wir aber bis zum Ostkreuz fahren.

Eine Morgenlandfahrt?

Logisch. Auf den Pfaden des Steppenwolfs.

Weißt du, welcher Satz von Hesse mir am besten gefällt? »Er hat den Wald nicht mehr verlassen.«

Sich für immer in etwas Großem aufzulösen? Im Wald?

Im Urwald. Der Urwald ist ein Ozean. Ich kannte einmal einen

weißrussischen Dichter, er hieß Anatol Sys, trug eine Banditen-
frisur und eine goldene Kette um den Hals. Seine Fans, Mins-
ker Studenten, fuhren ihm überallhin nach, wo er auftrat. Wie
einer Fußballmannschaft. Bei ihm gibt es so eine Zeile: »Der
Wald ist mehr als ein Wald.«

**Gut gesagt. Ich schlage vor, wir gehen bis zum Hackeschen
Markt.**

So machen wir's, mein Alter.

**Und in der Zwischenzeit werde ich dich weiter zu Europa be-
fragen.**

Was ist das?

Das ist die erste Frage. Was ist das?

Es ist so ein Auswuchs von Asien, eine Art Halbinsel, die sich
für einen Kontinent hält. Dabei läßt sie sich schwer abgrenzen:
Zwar ist mit ihrem westlichen Ufer alles mehr oder weniger
klar, aber was das östliche angeht, gibt es entsetzlich viele idiotische Konzeptionen. Und die Frage *wo endet Europa?* wird
nicht automatisch zur Frage *wo beginnt Asien?*

Und wo verläuft sie deiner Meinung nach, die östliche Grenze?

Am rechten Ufer des Rheins. Das hat Konrad Adenauer gesagt.
An der Mauer des Metternichschen Gartens. Das hat Fürst Met-
ternich gesagt. Oder östlich der ehemaligen Berliner Mauer.
Obwohl sie gar nicht so ehemalig ist, wie es uns scheinen mag.

Dann sind wir jetzt also in Asien?

Ja. Wir gehen durch die Oranienburger Straße wie durch die
Wüste Gobi. Spürst du, wie der Sand zwischen den Zähnen
knirscht?

Gibt es noch andere mögliche östliche Grenzen?

Aber natürlich! Soviel du willst! Also zum Beispiel – die Westgrenze der ehemaligen *CCCP.* Oder die Gegend zwischen Donau und Don. Pardon, zwischen Dnipro und Dnister. Jedenfalls eine Gegend zwischen Flüssen, Mesopotamien. Wenn man

an den Ural denkt, dann ist es schwer zu sagen, ob sie vor oder hinter ihm verläuft. Denn dann könnte diese Grenze vielleicht auch das Ufer des Stillen Ozeans sein. Europa von San Francisco bis Wladiwostok, kannst du dir das vorstellen?

Nein. Aber wenn wir eine geraucht haben, gelingt es mir bestimmt.

Das wollen wir hoffen. Meiner Ansicht nach ist Europa überall da, wo die Menschen glauben, daß sie in Europa sind. Eine bessere Definition gibt es nicht. Nicht einmal, nachdem wir was geraucht haben.

Es ist eine sehr simple Definition.

Und darum richtig. In China hält sich niemand für Europa, und in Saudi Arabien und Venezuela wohl auch nicht. In Argentinien vielleicht schon ein bißchen. Oder im East Village in Manhattan. Susannes Mann Michael sagt, daß man in Argentinien Tango verachtet und die Taxifahrer ihn in ihren Kutschen nur für die blöden Ausländer anstellen. Sie selbst hören lieber Bach, die Kantaten und Suiten. Aber was ich schon lange einmal fragen wollte. Warum heißt diese Synagoge »Neue«? Gab es schon vorher eine, eine alte?

Die Neue Synagoge ist gar nicht neu, sondern ungefähr 150 Jahre alt. Aber sie wurde eben erst wiederhergestellt, nach dem Pogrom von 1938. Warum fragst du?

In meinem neuen Roman versuche ich, eine Szene zu beschreiben, in der zwei Freunde durch Berlin gehen, durch die Oranienburger Straße. Sie müssen über was reden. An der Neuen Synagoge vorbeigehen und nicht über sie reden, das ist wahrscheinlich unmöglich. Vielmehr ist es natürlich möglich, aber die Leser könnten sich beschweren. Wie kann man an ihr vorbeigehen und nicht über sie sprechen?

Hast du schon einen Titel für den neuen Roman?

Geheimnis. Laß uns über etwas anderes reden.

Womit würdest du Europa vergleichen?

Zum Beispiel mit dem *gemeinsamen Haus.* Jemand hat es schon so genannt –

Gorbi.

Na also. Dieses Haus hat eine sehr einfallsreiche Architektur, diese Mischung der Epochen und Stile hätte nur ein irrer Super-Gaudí als Ganzes planen können: unzählige Etagen, Ebenen und Winkel, Anbauten, Mansarden, Vorsprünge, Balkone, Terrassen und Galerien. Von Süden ist es mit Lorbeer und wildem Wein bewachsen, aber manchmal wird alles von rotem afrikanischem Sand zugeweht. Von Norden hingegen ist es fast immer von lappländischem Schnee bedeckt. An Dächern und Regenrinnen Millionen Eiszapfen. Die nach Norden gelegenen Räumlichkeiten werden mit warmen Geysiren geheizt.

Und was ist mit dem Westen und dem Osten?

Seine Westhälfte ist dicht besiedelt und gepflegt, die Flure, Säle und Zimmer glänzen nach dem letzten »Euro-Remont«. Gleichzeitig aber ist es dort so steril, daß man unbedingt irgendwelchen besoffenen Schabernack treiben möchte. Die östliche Hälfte ist eher eine Ruine, mit ausgeschlagenen Scheiben und aus den Angeln gehobenen Türen. Dort tummeln sich Zugluft und Windhosen, kullert vertrockneter Steppenläufer, Heizung und Wasserversorgung funktionieren schlecht, und in den Küchen ekliger Geruch nach Kohlgemüse und Selbstgebranntem. Beide Hälften sind auf ihre eigene Art schön.

Schön? Kann man Europa also lieben? Wofür?

Du fragst wie der Ochs den Esel im Stall. Zumindest dafür, daß es bis heute in so vielen verschiedenen Sprachen spricht. Es war und ist eine Pflanzstätte der phonetischen, syntaktischen, idiomatischen, akustischen und also auch poetischen Möglichkeiten dieser Welt. Es ist mehr als eine Bibliothek, es ist eine RESSOURCE, in Tausenden von Dialekten erzählte Menschengeschichten. Obwohl es eigentlich nur vier Geschichten gibt. Das hat der Ehreneuropäer Borges gesagt. Dabei muß man ihren Sinn gar nicht verstehen. Viel wichtiger ist es, dem Lärm zu lauschen, dem Murmeln und Flüstern, der unaufhörlichen Geräuschkulisse. Hör mal, laß uns zurückgehen. Nicht weit. Ich gäbe was für einen Kaffee im Café »Orange«.

Wir folgen deinen Launen.

Es ist keine bloße Laune. Seit ich im Oktober 2003 mit OK hier war, kann ich nicht mehr einfach an diesem Ort vorübergehen. Danach lag ich einen halben Tag im Sterben.

Im Sterben?

In jenem Herbst war ich einfach fertig. Ich lebte von einem Herzanfall zum nächsten. Ich spazierte mit OK durch Berlin, die Hände fest ineinander verflochten.

Wer ist das, OK?

Das braucht dich nicht zu interessieren. Sagen wir so: In ihrer Gesellschaft befriedigte ich meine teils väterlichen, teils brüderlichen Instinkte. Es war teils Film, teils Traum.

Und darum hat es dein Herz nicht ausgehalten?

Das ist es ja, es hat ausgehalten. Aber unter was für Qualen! In diesem Café haben wir ungefähr eine Stunde gesessen und die ganze Zeit nicht aufgehört zu reden. Überhaupt haben wir fast nie aufgehört zu reden – höchstens nachts für zwei oder drei Stunden. Also, ich hatte mir einen Riesenpott Kaffee bestellt, zu dem ich die erste Zigarette des Tages rauchte. Nach zehn Minuten begann es.

Was genau?

Die Angst. Das Herzklopfen. Aber ich unterhielt OK weiter mit allen möglichen Scherzen. Dann stürzte ich von unserem Tisch zur Toilette, in der Hoffnung, dort ein bißchen auf dem Kachelfußboden zu liegen, damit es sich beruhigte.

Das Syndrom Artur Pepas?

So ähnlich. Wenn ich auf dem Rücken liege, wird es besser, so dachte ich. Aber dort konnte ich mich nicht hinlegen, weil dauernd jemand hereinkam. Und in der einzigen zum Hinlegen geeigneten Kabine saß irgend so ein Meisterfurzer. Ich dachte, wenn ich mich vor das Waschbecken lege, dann ruft der erstbeste Depp sofort die Rettung oder die Polizei. Und man fängt an, mich zu verhören und nach gebrauchten Spritzen zu suchen. Das hätte ich in dem Moment wirklich nicht ausgehalten. Daher schaute ich mich einfach nur im Spiegel an und versuchte, mit der Hand das Galoppieren in meinem Innern zu beruhigen. Ich legte die Hand aufs Herz – so heißt das doch.

Medikamente hattest du keine dabei?

Atenobene. An jenem Tag habe ich es zum letzten Mal genommen. Es ist nicht gerade das beste Mittel. Die Wirkung tritt erst nach einer Stunde ein. Wenn du in der Zwischenzeit auf dem Rücken liegst und von der Welt nur positive Signale bekommst – Schmetterlinge, Vögel, Gesang der Schwarzdrosseln –, dann ist die Wirkung positiv. Ich trank Leitungswasser hinterher und ging zu OK zurück.

Und dann begann das Sterben?

Es ist wie ein emotionaler Erdrutsch. Die Welt um dich herum ist aufgewühlt. Mir schien, wir müßten unbedingt so schnell wie möglich weg von hier. Der Innenraum des Cafés war von gelbem Licht durchdrungen und darin – du kannst es dir vorstellen – Schwaden von Tabakrauch. Unerträglich: Sonnenstrahlen, Tabakschwaden, der Geruch nach Kaffee und das Rascheln von Zeitungen. Die Posaunen des Jüngsten Tages.

Ich kann keinen Zusammenhang erkennen.

Und wie es den gibt! Du kannst das nicht verstehen. Wir kamen zum Hackeschen Markt. Es war mir kaum möglich, mich zu unterhalten. Aber ich versuchte immer noch, mir nicht anmerken zu lassen, daß es mich innerlich zerriß.

Was wollen wir bestellen?

Ich natürlich einen großen Kaffee. Große Tasse Kaffee, wie es hier heißt. Seitdem bestelle ich das immer hier. Also, vom Hackeschen Markt fuhren wir mit der S-Bahn nach Westen, denn ich wollte OK Charlottenburg zeigen. Den Savignyplatz, den Stutti, das alles. Aber schon vor dem Lehrter Bahnhof raunte ich ihr ins Ohr: *Mir ist schlecht, laß uns aussteigen.* Das schlimmste waren die Passagiere mit ihren langgezogenen, gnadenlosen Physiognomien. Sie alle starrten mich an und wiederholten mit ihren zusammengekniffenen Mündern: *Der fällt gleich hin und verreckt.*

Eine Psychose.

Siehst du, wie gut du alles verstehst! Im Lehrter Bahnhof setzten wir uns wieder auf eine Bank. Vorher hatten wir uns schon am Hackeschen Markt hingesetzt, und OK sagte: *Denk an etwas Schönes, ich flehe dich an, denk einfach an etwas Schönes.* Das machte mich wahnsinnig, besonders ihr *ich flehe dich an.*

Sie war erschrocken, kein Wunder.

Ein paar Züge fuhren an uns vorbei. Wir saßen auf der Bank und taten, als wäre nichts, aber alle Passagiere starrten durch die Fenster nur uns an.

Vielleicht haben sie euch wohlwollend betrachtet?

Sehr witzig! Nein, sie betrachteten uns mit kaltem Mitgefühl und einem Anflug von Vorwurf – warum hat sie immer noch keinen Arzt gerufen. Der Typ klappt gleich die Hufe hoch, und sie streichelt ihm einfach nur die Hände, diese polnische Idiotin.

Die Psychose verstärkt sich.

Sieht so aus. Aber mit Zügen war es besser als ohne.

Wie meinst du?

Wenn wir auf dieser Bank allein blieben, inmitten der ewigen

Baustelle des Lehrter Bahnhofs. In der absoluten Leere. Es dauerte jedesmal 3-4 Minuten, dann kam ein neuer Zug. Ich zwang mich zu einem schiefen Lächeln, damit die Physiognomien an den Fenstern mich nicht so abschiednehmend anglotzten. Ich bin in Ordnung, kein Problem. Dann erstarrten wir und lauschten auf das Martinshorn eines Rettungswagens. Ich sagte: *Diesmal kommen sie mich noch nicht holen.* Sie sagte: *hör auf.* Sie hatte mehr Angst als ich.

Verständlich.

Allein in einer fremden Stadt. Der Begleiter kippt gleich von der Bank. Und da – Sirenen. Irgendwo auf der Invalidenstraße. Eben, Invalidenstraße, ein sehr passender Name. Sie vertrieben uns, diese Sirenen. Wir kletterten in die nächste S-Bahn, nur um sie nicht mehr hören zu müssen. Und kamen irgendwie bis zum Zoo, damals Endstation.

Und dort wurde dir besser?

Wo denkst du hin! OK plazierte mich wieder auf eine Bank und holte vom Kiosk Mineralwasser mit Schokolade. Also Mineralwasser und extra Schokolade, du verstehst schon. Während sie weg war, drehte ich den Kopf, versuchte, den Blick von den Pennern abzuwenden. Aber sie fingen ihn immer wieder auf. Weil es gar keine Penner waren.

Sondern?

Getarnte Agenten des FSB. Mir schien, sie verständigten sich auf Russisch miteinander. Und in Berlin sprechen die Penner kein Russisch. Also waren es Agenten, keine Penner. Interessiert dich, was ich erzähle?

Im großen und ganzen schon. Ich muß doch wissen, wie das bei dir abläuft. Für den Fall, daß es gleich wieder beginnt.

Das kannst du nie wissen. Nichts beginnt.

Du hast von vier Geschichten gesprochen. Welche sind das?
Nach Borges gibt es überhaupt nur vier Geschichten. Alles
andere sind nur Variationen.
Und welche vier Geschichten erzählt Europa?
Zähl mit. Die erste handelt von Vertreibung oder Flucht, von
erzwungener Umsiedlung aus einem Europa in ein anderes.
Davon, wie ganze Städte per Zug nach Westen transportiert
wurden und andere nach Osten; von Deportationen und Eva-
kuierungen. Was eigentlich ein und dasselbe ist, aber aus un-
terschiedlichen Gründen unterschiedlich genannt wird.
Und die zweite?
Die zweite handelt von der Suche nach den Wurzeln, nach
Spuren, Ruinen und Überresten, von der illegalen Rückkehr
der Vertriebenen. Davon, wie sie sich an geheimen Zeichen
erkennen und überleben. Die dritte Geschichte ist das Spiegel-
bild der zweiten.
Warum?
Sie handelt davon, wie man seine Wurzeln abhackt und die
Spuren verwischt, von der Illusion der Befreiung und ihrer
Unmöglichkeit. Von Träumen, die sich nicht unterdrücken
lassen. Und die vierte – von der europäischen Reise nach Ame-
rika, vom *erweiterten Europa* des Bewußtseins, also der Erin-
nerung und Hoffnung.
Hat es dir in Amerika gefallen?
Eher ja als nein. Jetzt ist es ja üblich, schlecht über Amerika zu
sprechen. Sicherheitshalber.
Aber warum nennst du Amerika das erweiterte Bewußtsein
Europas?
Erinnerst du dich, ich habe einmal von einem silbernen Fin-
gerring mit den Initialen M.A. geschrieben.
Ja. Er gehörte deinem Großvater.
Genau! Ich muß anerkennen, du bist ein Leser mit phänome-

nalem Gedächtnis. Ich habe ihn von meiner Oma zum vierzehnten Geburtstag bekommen. Weißt du, mein Vater hat ihn nie getragen – er mußte auf den nächsten Erben kommen, eine Generation überspringen. Er wurde meinem Großvater vom Finger gezogen, als er schon tot war. Ich denke, es geschah sofort – solange man ihn noch abziehen konnte. Es war also nicht einfach nur ein Ring.

Was hat Amerika damit zu tun?

Hör zu. Ich trug diesen Ring ganze 26 Jahre. Irgendwann wurde der Alptraum wahr: ich verlor ihn. Wir waren Studenten und malochten auf dem Acker. Ellenlange Kartoffelreihen, die sich bis zum Horizont erstreckten. Und wir folgen dem Traktor, buddeln die Kartoffeln aus und füllen damit unsere Körbe.

Ich wollte etwas anderes hören.

Nicht so hastig. Plötzlich merke ich also, daß der Ring verschwunden ist. Kannst du dir diese riesige Fläche schwarzen Feldes vorstellen? Da hätte ich ihn auch gleich von einem Schiff in den Ozean fallen lassen können, den Ring, vom Oberdeck ins bodenlose Meer. Er war verloren.

Verstehe.

Nichts verstehst du! Ich meine, du kannst dir meine Verzweiflung nicht vorstellen. Wie wenn man auf dem Dach eines Wolkenkratzers steht und ein Kind fällt einem aus den Armen.

Verstehe.

Plötzlich höre ich, wie Jurik Kurmyschew – der in meiner Reihe ungefähr fünfzig Schritte hinter mir geht – schreit: *Ein Bier, Jurik, du schuldest mir ein großes Bier!* Ich drehe mich um und laufe zu ihm, kann mein Glück kaum fassen. Und er schaut mich an: *zwei Bier, drei, nein, ein Kasten Bier, nein, ein Kasten Bier und eine Flasche Schnaps!* Durch welches Wunder hat er das winzige Stück Silber in der durchgepflügten Scholle erspürt?

Er war also kopfüber vom Oberdeck ins Wasser des Ozeans gesprungen und ...

... während das Kind hinunterfiel, schnappte es sich Batman auf Höhe der 50. Etage. Es war ein Wunder.

Aha, und darin siehst du den Zusammenhang mit Amerika?

Ganz und gar nicht. Es vergingen einfach zwanzig Jahre, und ich verlor den Ring von neuem. Diesmal für immer. Ich glaube es liegt daran, daß ich gerade über ihn geschrieben hatte und die Geschichte auch schon veröffentlicht war. Danach hörte er auf zu existieren. Amerika, Staat Pennsylvania, hat ihn verschluckt.

Wie ist es passiert?

Wenn ich das wüßte! Ich faßte mir an den Mittelfinger – und der Ring ist weg. Danach hoffte ich noch ganze 9 Monate, ihn wiederzufinden. Aber selbst als ich am letzten Tag mit Michael Naydan unsere ganzen geliehenen Möbel auseinanderschraubte, tauchte er nicht wieder auf. Daher sage ich, daß Amerika eine Art erweitertes Bewußtsein Europas ist. Es nimmt die europäische Erinnerung in sich auf und neutralisiert sie. Wobei es nicht davor zurückschreckt, materielle Beweise zu konfiszieren. Nirgends auf der Welt habe ich auf den Straßen so viele von Autos angefahrene und auf dem Asphalt verschmierte Tiere gesehen. Meistens Rehe. Sie sind mir sogar im Traum erschienen.

Der amerikanische Traum – das sind wilde Tiere, die versuchen, den Highway zu überqueren?

Sie müssen. Der Ruf der Paarung. Und aus irgendeinem Grund befinden sich Männchen und Weibchen fast immer auf verschiedenen Seiten des Highway.

Und welche Träume träumt Europa?

Erinnerst du dich an Roma Woronytsch?

Wie könnte man sie vergessen?

Im Traum kamen ihr ihre Brüste viel größer vor, als sie wirklich waren. So ist das mit Europa. Es träumt davon, viel größer zu sein, als es wirklich ist. Es sieht sich wirklich *erweitert*, farbig, muslimisch, indisch, chinesisch, afrikanisch, vorzivilisatorisch. Also chaotisch, anders, es sieht sich als Nicht-Europa, als Amerika, als Rußland.

Auch als Rußland?

Das ist Europas Alptraum: vor sich selbst fliehen, die eigenen Grenzen verschieben und panisch neue errichten, aber nicht dort, nicht dieselben – so wie es im Traum immer geschieht. Hör mal, sollen wir uns für die lange Reise zum Ostkreuz nicht noch mit einer Flasche Brandy eindecken? Am Hackeschen Markt gibt es bestimmt irgendwo Alkohol.

Kein Problem.

Denke ich auch. Also. In seinen schlimmsten Träumen träumt Europa bis heute von fremden Armeen auf den Straßen geplünderter Städte. Es wird zur Frau und versucht, vor den betrunkenen Soldaten, die sie vergewaltigen wollen, irgendwohin zu fliehen.

Vor den Soldaten zu fliehen?

Ja, vor ihrem männlichen, unerträglich scharfen Geruch. Kannst du dir den Geruch alter Soldaten vorstellen?

Besonders, wenn es um die Leistengegend geht.

Und um den Dreißigjährigen Krieg. Die Leistengegend eines alten Soldaten zu Zeiten des Dreißigjährigen Krieges.

Entsetzlich!

Natürlich. Und du fragst noch, was Europa für Träume hat.

Sag mal, diese Schwulenflaggen, die aus den Fenstern hängen – ist das nicht vielleicht eine Kapitulation?

Ganz im Gegenteil, würde ich sagen.

Also Ausdruck des Sieges freier Menschen in einem freien Land?

So etwa. Du hast es fast erraten.

Péter Zilahy wohnt jetzt in Rom. Ganz in der Nähe des Campo dei Fiori. Das ist der Platz, wo sie Giordano Bruno verbrannt haben. Es gibt dort auch ein Bruno-Denkmal, mit über die Augen gezogener Kapuze. Und nicht nur er wurde dort verbrannt. Es war überhaupt der Ort des Scheiterhaufens. Aber komisch ist nicht, daß es Scheiterhaufen gab, sondern daß man zu neunzig Prozent Schwule verbrannte. Stell dir bloß vor, wie viele es demnach im Mittelalter gegeben haben muß! Welches Risiko sie eingegangen sind, wenn sie sich trafen und einander erkannten. Diese Konspiration auf Leben und Tod, die geheimen Rendezvous in dunklen, stinkenden Kloaken! Kaum einer starb eines natürlichen Todes, alle fraß das Feuer.

Giordano Bruno also auch?

In gewisser Weise. Er gehörte jedenfalls einer sehr gefährdeten Minderheit an. Wie auch der andere Bruno – Schulz.

In den Konzentrationslagern war Rosa ihre Farbe.

Dabei hätten es doch die Farben des Regenbogens sein sollen!

Das ist nicht lustig.

Ich weiß. Entschuldige bitte, daß ich die politische Korrektheit verletzt habe. Und noch dazu deine sexuelle Orientierung erwähne.

Es geht nicht um mich. Ich bin eher – wie nennt ihr das – normal.

Naturalist.

Obwohl ich manchmal bisexuelle Neigungen spüre.

Ha! Neigungen! Schön gesagt. Alexanderplatz. Hier bin ich meistens aus dem Flughafenexpreß ausgestiegen. Als ich aus Jüterbog für einen Tag nach Berlin gefahren bin. Und weiter zu Fuß – über die Karl-Liebknecht-Straße, Unter den Linden und so weiter. Oder ich bin in die U2 umgestiegen und eine Station gefahren, bis zum Klub der polnischen Versager.

Die dich dann auf ihr Sofa gelegt haben?

Sie haben mich aufs Sofa gelegt, mit einem Leintuch zugedeckt, mir Mineralwasser gebracht und das Licht ausgemacht. Und nur OK saß bei mir in absoluter Stille. Sie hatte Flügel, obwohl sie eigentlich mich für einen Engel hielt, warum auch immer. Aber nicht das ist wichtig, sondern daß sie bei mir saß und um uns herum die Dämmerung hereinbrach – und schließlich konnte ich ihre kleinen Flügelchen sehen. So wurde ich gerettet. Die polnischen Versager haben mir das Leben gerettet, und OK leistete dazu einen entscheidenden Beitrag. Schau, schon wieder alles aufgerissen, wieder so eine verdammte Baustelle. Aber was für eine riesige Fläche! Hol's der Teufel, diese Stadt wird kein gutes Ende nehmen.

Aber du liebst sie, stimmt's?

Ja, ich denke schon. Sie ist eines meiner Zentren. Und auch ein Zentrum Europas.

Deines Europas? Gibt es mehr als ein Zentrum? Wo liegen die?

Überall, wo Europas Grenzen verlaufen. Wo Europa glaubt, aufzuhören, da ist sein Zentrum. Vor allem in Indien, wo nach jahrhundertealten Erzählungen und Halluzinationen das Höllenloch sich in nichts vom Himmelstor unterscheidet – es sind einfach zwei Möglichkeiten ein und desselben Vakuums.

Was nennst du Vakuum?

Vakuum nenne ich das Vakuum. Europas Zentren liegen außerdem im Nahen Osten, im Kaukasus und im Ural, in den östlichen Karpaten. Aber das mit den östlichen Karpaten ist dir bekannt, ich muß diese Beschwörungsformel nicht nochmals wiederholen – *der dauerhafte, genaue und ewige Ort*. Außerdem wahrscheinlich im Baskenland, Marokko, Transsilvanien, Pennsylvania. Dort gibt es sogar ein rutheno-karpatisches Städtchen – Centralia. Die Erde fühlt sich dort furchtbar heiß an. Weil in ihrem Innern schon seit einem halben

Jahrhundert Kohle brennt. Und keiner dieses Feuer löschen kann.

Und warum nennst du gerade diesen Ort eines der Zentren Europas?

Weil dort Lemken leben. Sie haben ihr Zentrum mitgebracht – wie ihre Holzkirche. Die Zentren Europas wandern, sie verschieben sich zusammen mit den Menschen. Entschuldige, daß ich dieses Wort gebrauche – aber es ist wie mit dem Herzen. Es ist innen.

Worin?

Vielleicht im erstbesten Fisch. Einer, der mächtig mit den Flossen arbeiten und den süßen Widerstand der Strömung überwinden kann – nur um sich, aus welchem Grund auch immer, aus seinen Weltmeeren flußaufwärts durchzuschlagen bis zum im letzten Wald gelegenen allerletzten schwarzen See, fast schon Sumpf. Schau mal, was für ein tolles Paar.

Von wem sprichst du?

Die grade eingestiegen sind, an der Jannowitzbrücke.

Na und?

Ich sehe das nicht zum erstenmal. In dieser Zusammenstellung: eine ältere respektable Dame mit einem jungen Schwarzen. Sie sind ganz zweifellos ein Liebespaar.

Interessiert dich das?

Wie soll man es nennen – Neokolonialismus? Die zweite Unterwerfung Afrikas? Oder andersherum – Europas? Einer unterwirft ganz klar den anderen – aber wer wen?

Siehst du das wirklich so oft?

Ja, das muß einem einfach auffallen. Eine richtige Modeerscheinung: ältere konservative Damen und schwarze Jungs. Häufiger sehe ich nur ältere Herren mit kleinen Thai-Girls. Das Alter kauft die Jugend. Sie reden nicht mal miteinander. Ich denke, es liegt am Geld.

Sehr scharfsinnig! Das denke ich auch.

Und zwar weil, verdammt, weil ich noch nie das Gegenteil gesehen habe – also zum Beispiel eine alte Schwarze mit einem jungen Weißen.

Aber theoretisch ist es möglich.

Ich würde das nur begrüßen. Ich bin überhaupt für Gleichheit und Gerechtigkeit. Ostbahnhof?

Ja. Noch zwei Stationen.

1993 stiegen wir aus dem Kiewer Zug aus und wurden sofort von Punks mit feuerrotem Irokesenschnitt und ihren zotteligen Hunden umringt. Wir waren ungefähr zehn – alles ukrainische Dichter. Ein paar davon in Schapkas aus Hasenpelz, denn es war Dezember.

Waren sie aggressiv? Die Punks?

Nein, wo denkst du hin – friedlich. Der Dichter Mykola Samijlenko hatte in der Unterführung eine unserer kernschmelzenden filterlosen Zigaretten gepafft. Sie folgten dem Geruch. Sie wollten, daß er ihnen das Päckchen schenkte.

Und?

Sie streckten ihm ihre eigenen hin – wollten tauschen. Aber er glotzte sie nur hilflos an. Ein alter Mensch, Held des Widerstands, Partisan. Ihr Hund legte ihm seine Vorderpfoten auf die Brust, und sein Schwanz fiel fast ab vom vielen Wedeln.

Ein Zeichen der Zuneigung.

Scheint so. Aber den Alten hat es ziemlich mitgenommen. Ich kam ihm zu Hilfe.

Und hast du ihm geholfen?

Er wiederholte immer wieder: *Jurko, Jurko, übersetze ihnen, was ich sagen will, ja?*

Und was war das?

Ungefähr das: *Jurko, Jurko, übersetz ihnen, daß wir sie im Krieg gefickt haben!*

Ha, und du hast übersetzt?

Nein, mein Deutsch war damals noch nicht so gut.

Verstehe. So habt ihr euch dann getrennt?

Als Freunde. Aber es war gar nicht hier, fällt mir ein. Nicht am Ostbahnhof, sondern in Lichtenberg. Unsere Kiewer Züge läßt man nur bis Lichtenberg. Selbst der Ostbahnhof ist nicht östlich genug für sie.

Dafür kann man aus Lichtenberg ohne Umsteigen bis Saratow oder Astana fahren.

Was nur zu begrüßen ist. Wir werden an der östlichen Grenze Berlins isoliert. Verdammt, schon wieder Kontrolleure.

Eine Methode, mit der Arbeitslosigkeit fertig zu werden. Don't worry. Man kann euch gar nicht mehr isolieren.

Wir sind überall. In diesem Waggon spricht die Hälfte der Passagiere Russisch. Und die andere Polnisch.

Mit Ausnahme der Vietnamesen.

Die zählen nicht. Wenn man berücksichtigt, daß Ukrainisch irgendwo in der Mitte zwischen Polnisch und Russisch liegt, dann spricht dieser Waggon im Durchschnitt Ukrainisch. Eine Art Kreuzung.

Wovon?

Des einen Europa mit dem anderen.

Und wo findet das Kreuzen statt?

Immer an einem anderen Ort: auf Flughäfen, Bahnhöfen, in den Metropolen. In Berliner Kneipen und amerikanischen Universitäten, in Gefängnissen, auf Truppenübungsplätzen, im Tschetschenienkrieg.

Sogar dort?

Überall, wo Wasserscheiden und Zivilisationsbrüche verlaufen. Warschauer Straße. Unsere ist die nächste?

Ja, Ostkreuz. Von dort die Türrschmidtstraße in Richtung Nöld-

nerplatz, aber nicht ganz durch. Aber wir waren beim Kreuzen der Europas.

Wie zum Beispiel im kalten Kiew Ende 2004 auf dem Maidan. Was wir eigentlich taten war, einander zu helfen, in dieser Kälte auszuhalten. Also sangen wir, skandierten und hielten uns bei den Händen. Und teilten mit unseren Gegnern warme Kleidung und heißes Essen.

Das klingt schön.

Wir hielten uns bei den Händen, um in der Menge nicht verlorenzugehen. Wir waren ungefähr eine Million. Zwei festliche Wochen – Tag und Nacht. Wir wurden zu Brasilianern im Karneval. Wir fühlten uns unaussprechlich glücklich und sicher. Später wurde bekannt, daß wir dem Blutvergießen nur um Haaresbreite entronnen waren. Die Schutzhülle Europas rettete uns – hauchdünn wie sie ist.

Warst du bereit zu sterben?

Wenn ich ja sage, glaubst du mir sowieso nicht.

Aber du willst ja sagen?

Ehrlich gesagt, ja.

Was gefällt dir in Berlin am besten?

Ich liebe die Hunde. Die Berliner Hunde sind geballte Intelligenz. Selbst wenn ich nicht getrunken habe, bin ich bereit, jeden einzelnen zu küssen.

Versuch es doch mal mit dem hier.

Ich will dem Herrchen nicht zu nahe treten. Komisch. Trotz meiner Liebe zu Hunden schreibe ich immer schlecht über sie. Es ist ein Mißverständnis, aber ich tue es, wie man zu sagen pflegt, mit beneidenswerter Regelmäßigkeit.

Also ist es kein Zufall.

In den »Rekreationen« hetze ich eine ganze tollwütige Meute auf Hryz Schtundera. Er durchwatet den Fluß, und sie bleiben am anderen Ufer zurück und verschlucken sich fast an ihrem hilflosen Gebell. Er vergleicht sie mit NKWD-Veteranen.

Bist du als Kind gebissen worden?

Nicht daß ich wüßte. Höchstens von Kumpels Flöhen. Als Kind hatte ich Kumpel. Manchmal rannte er weg und blieb wochenlang verschwunden. Aber er kam immer wieder, ganz verfloht. Oma steckte ihn dann ins Kerosinbad. Ich kann mir vorstellen, wie ihn der Geruch gestört haben muß. Hunde können sechstausendmal besser riechen als Menschen, wußtest du das?

Ihre Nasen verfügen über vierzigmal so viele Rezeptoren wie eure, also unsere.

Wie er das nur aushielt, der Arme! Er stank wie eine Ölraffinerie. Die Mädels der Gegend mieden ihn wie sonst nur den Hundefänger.

In der Moscoviada gibt es *pro-imperiale Köter*, die nachts in Moskaus Höfen bellen.

Siehst du. Scheiße, schon wieder negativ. In der »Perversion« zerren sie wild an ihren Ketten, als sie unbekannte Zweibeiner in der von ihnen bewachten Zone entdecken.

Dort gibt es auch noch einen Rottweiler.

Woher weißt du das?

Ein schwarzer Rottweiler in den durch Renovierungsarbeiten versifften Korridoren der nächtlichen Casa Farfarello. Auch er an der Kette.

Du überraschst mich angenehm. Und in den »Zwölf Ringen«?

Phantom-Bullterrier und ihr Phantomgeknurr. Nur eine Möglichkeit, wie sich die Geschichte weiterentwickeln könnte. Und du verwirfst sie gleich wieder.

Wieviel du weißt, Alter!

Ich möchte dich kennen.

Vielen Dank!

Weiß du noch, wovor du als Kind am meisten Angst hattest?

Oho! Gib mir noch einen Schluck. Wie lange sollen wir eigentlich noch auf dieser blöden Bank sitzen?

Bis der Typ mit dem grass kommt. Laß uns noch eine halbe Stunde warten, nicht länger.

Okay. Am ersten Tag habe ich doch ziemlich viel von meiner Kindheit erzählt. Vor allem, wovor ich am meisten Angst hatte. Du hast es aufgenommen, hör es dir an.

Aber längst nicht alles.

Natürlich nicht. Jede Erzählung stellt eine Auswahl dar.

Mich interessieren die tiefen Schichten, die ersten Schritte im Leben. Warum träumst du immer von irgendwelchen Alten mit Säcken und Stöcken?

Auch das weißt du!

Du schreibst im »Mittelöstlichen Memento« darüber.

Wahrscheinlich ist so jemand wirklich einmal hinter mir hergerannt. Aber ich erinnere mich nicht mehr. Vielleicht wollte er mich fangen. Vielleicht hat er mich gefangen. Und ich bin gefallen und den Hügel hinuntergekullert, voller frischer Grasflecken. Bin gefallen und sah seinen entsetzlichen Struwwelkopf über mir, die weit aufgerissenen Augen.

Keller. Ein völlig dunkler Keller.

Wie bitte?

Folge meinen Zeichen. Stachelbeerbüsche, kiesbestreute Wege, Rasenflächen, die mit rosa Blütenblättern bedeckt und mit einer weißen Bordüre begrenzt sind.

Chlorgeruch. Unerträglicher Chlorgestank aus dem Keller.

Sie hat damit gedroht, die Ungehorsamen über Nacht im Keller einzusperren.

Habe ich das schon erzählt, oder rätst du bloß?

Du hast es noch nicht erzählt. Du wirst es noch erzählen.

Diesmal hat es also geklappt. Wir haben das Zeug. Aber ich fürchte, es war das letzte Mal.

Wird man ihn schnappen?

Wahrscheinlich schon. Die zwei Typen, die so taten, als spielten sie Backgammon. Arbeitslose Türken.

Und wieso ist das für ihn gefährlich?

Es ist ziemlich hart. Ich glaube, er dealt nicht nur mit grass. Aber besser nicht dran denken und abhauen.

Wohin?

Versuchen wir, nach Westen zu fliehen. Klingt das nicht gut?

Es klingt sehr traditionell – wie in einem Western. Fahren wir mit der Ringbahn?

Ja. Laß uns vom Ostkreuz zum Westkreuz fahren.

Wir springen also von Kreuz zu Kreuz. Von Ost nach West.

Genau. Dann noch eine Station bis Grunewald – und wir lösen uns im Wald auf.

Er hat den Wald nicht mehr verlassen.

Hermann Hesse?

Harry Haller. Schau, da sind sie wieder.

Dieselben?

Oder ganz ähnliche. Zumindest in derselben Besetzung. Saxophon, Akkordeon, Gitarre.

Es können auch andere sein. In Berlin gibt es Hunderte, wenn nicht Tausende solcher Zigeunertrios. Immer in derselben Besetzung. Manchmal allerdings auch mit Trompete. Oder Tamburin. Aber Saxophon ist immer dabei.

Verdammt, so viele Saxophone! Ich habe immer davon geträumt, mir meinen Lebensunterhalt mit Musik zu verdienen.

Ich wette, wenn wir losfahren, fangen sie an Bregović zu spielen.

Woher willst du das wissen?

Sie üben nie mehr als ein oder zwei Melodien. Weil sie nämlich darauf zählen, daß die Fahrt zwischen zwei S-Bahn-Stationen etwa zwei bis fünf Minuten dauert. Das reicht kaum für ein Lied und das Herumgehen im Waggon, um Geld zu sammeln. An der Haltestelle hüpfen sie in den nächsten Wagen und spielen wieder dieselbe Melodie. Die zweite heben sie sich auf, als Vorrat. Aber wie sie das nur aushalten – hunderttausendmal am Tag »Ederlezi« zu spielen! Übrigens: ich habe neununddreißig Jahre auf dieser Welt gelebt, bevor ich zum erstenmal in Budapest war. Aber ich hatte irgendwie immer eine Vorstellung davon, von diesem Budapest, bevor ich hinkam. Nächtliche Passagen mit vereinzelten Lampen da und dort und uralte Kneipen, in denen Zigeuner mit Gitarre sitzen, roten Wein süffeln und »Ederlezi« singen. Der absolute Kitsch!

Dann kamst du hin …

Und alles war genau so! Stell dir vor, alles – die Passagen, die vereinzelten Lampen da und dort, und wenn Peter mich so gegen Mitternacht in eine Kneipe führte, dann saßen an einem der Tische bestimmt ein halbes Dutzend Zigeuner mit Gitarre. Die süffelten ihren Rotwein und sangen »Ederlezi«. Wo soll das nur hinführen, verdammt.

Daß dich das so stört. Du sagst doch selbst, daß du davon geträumt hast, deinen Lebensunterhalt mit Musik zu verdienen.

Aber immer mit anderer. Nicht mit dieser Musik. In meiner Schulzeit träumte ich von einem geheimen Tonstudio. Ich wollte illegale Platten verbreiten, dazu Kriegs- und Gewaltpropaganda und Pornographie. Wie du weißt, spiele ich kein Instrument.

Sie auch nicht. Es sind nämlich in Wirklichkeit gar keine Musikanten.

Das ist jedem klar. Daher gibt ihnen auch kaum jemand Geld. Einen Euro aber schaffen sie jedem Waggon abzupressen. Ein

Euro pro Waggon – das sind sieben bis zehn Euro pro Zug. Warum stehen wir eigentlich so lange?

Ostkreuz. Ein Knotenpunkt.

Aber diese zehn Euro Maximum pro Zug reichen ihnen doch wohl kaum zum Leben.

Natürlich nicht. In Wirklichkeit handeln sie mit Kindern, Huren und Drogen.

Und Musik in der S-Bahn machen sie zum eigenen Vergnügen? Schön! Es gibt auch Halsabschneider unter ihnen. Spezialisiert auf Auftragsmorde. Und zwar von Priestern. Vielleicht wird für Priester besonders gut bezahlt. Hör mal, was reden wir da eigentlich – gleich werden wir vorschlagen, sie in Lager zu treiben und mal so richtig zu desinfizieren.

Wir fahren.

Dann Obacht! Es erklingt »Ederlezi«! Schlimmstenfalls »Bubamara«!

Also ich höre etwas ganz anderes.

Wirklich? O shit! Alles, nur das nicht! Wer bringt ihnen diese Scheiße bei? Es kann doch nicht sein, daß sie in ihrem Mazedonien oder Albanien auch damit zugemüllt wurden? Und ich hatte eigentlich vor, ihnen zwanzig Cent zu geben!

Es klingt nach den »Wellen des Amur«.

Und nach »Padmaskownije wjetschjera«, »Katjuscha«, »Kalinka« und »Schwarze Augen«. Wie lange werden sie uns damit foltern?

Bis Treptower Park, das weißt du doch. Wir sind gleich da.

Wir haben also die Südroute gewählt?

Sie sieht etwas kürzer aus. Wir können aber auch eine ganze Runde drehen.

Nein, wir haben nicht mehr genug Alkohol. Schon jetzt nicht.

Nein, es liegt mir fern, von ihnen etwa Gustav Mahler zu verlangen, aber wie gut, daß es endlich vorbei ist! Ah, natürlich –

dieser Opa da, der Dissidententyp, mußte ihnen ein bißchen Kupfer zustecken! Vielleicht ein ehemaliger Stasi-Agent.

Sei doch nicht so böse.

Ich spiele für dich Theater. Das verstehst du doch? Ist das da unten die Spree?

Natürlich.

Und was bedeuten die zwei riesigen Kerle, die bis zu den Knien im Wasser stehen? Wie Golem und Goliath? Wie Sacco und Vanzetti? Erich und Maria? Peter und Paul?

Das sind wahrscheinlich wir beide, du und ich. Unser Denkmal. Obwohl es eigentlich drei und nicht zwei sind.

Schade, das habe ich gar nicht gesehen.

Von hier aus sieht man auch nicht, daß es eigentlich drei sind. Darf ich dir eine spontane Frage stellen?

Deine Fragen sind alle spontan – das haben wir doch so ausgemacht. Meistens schaffst du es, mich zu überrumpeln.

Dann versuche ich es auch jetzt. Was ist es, das du vom Leben willst?

Oho, ich habe noch gar nicht gemerkt, daß du – wie soll ich es sagen – abgehoben hast. Gut, dann frag doch gleich nach dem Sinn. Du bist jetzt reif dafür, glaube ich.

Ich habe noch eine Flasche dabei. Eine volle.

Hervorragend. Gib die leere dem Penner dort, der mit »Army of Lovers« auf der Jacke. Er wird es dir danken. Verstehst du, kaum formulieren wir solche Fragen oder – noch schlimmer – Antworten auf sie, überschlägt sich unsere Stimme. Zum Beispiel: das Leben, das sind Sekunden, und drin sind die, die ich liebe. Mit ihnen will ich zusammensein, aber so, daß man weggehen und zurückkommen kann. Mehr wage ich vom Leben nicht zu wollen, denn genau damit hat es mich überreich beschenkt, wie einen Goethe oder so. Ich fülle mich allmählich mit Dankbarkeit wie die Blase mit Urin. Wie lange

dauert es eigentlich noch bis zum Westkreuz? Ich muß pinkeln.

**Wo sind wir jetzt? Ah, Sonnenallee. Dann etwas weniger als eine
halbe Stunde.**

Dann überschreiten wir gleich wieder die Staatsgrenze? Obwohl, warum frage ich – ist auch so alles klar. Immer, wenn
sogenannte Kontrolleure zusteigen, dann heißt das, daß wir an
der Grenze sind.

**Letztes Mal sind sie am Ostbahnhof eingestiegen. Dort gab es
nie eine Grenze.**

Dann wird es sie noch geben. Wenn sie dort eingestiegen sind,
hat das etwas zu bedeuten.

Was redest du?

Ein Witz. Warum fragst du nicht, welches Berlin mir besser
gefällt, West oder Ost?

Und welches?

Ich habe nie in Ostberlin gelebt. Höchstens in ein paar Hotels,
aber in Hotels lebt man nicht, dort steigt man ab. Hör mal,
ich war völlig fertig, als ich erfahren habe, daß es die Teilung
schon vor der Mauer gab. Daß die Stadt sich also schon vor
dem Ersten Weltkrieg in zwei Berlins teilte. Eines war proleta-
risch und heruntergekommen, Ost, und das andere bürgerlich
und verdammt reich – West.

Alle Städte sind so geteilt.

In Ost und West?

In oben und unten. Neukölln.

Neukölln – ist das Kreuzberg?

**Neukölln ist Neukölln. Kreuzberg beginnt weiter westlich. Wir
schrammen an der Hermannstraße daran vorbei.**

Schade, daß du Nina Hagen nicht gesehen hast.

Wo, auf dem Bahnsteig?

Nein, als Plakat. Dort stand Nina Hagen & The Capital Dance

Orchestra. Nein, der Fall der Berliner Mauer hat den Aufstieg Hitlers nur begünstigt, das hat schon Indryk geschrieben.

Ich verstehe nicht.

Dazu mußt du dich vom linearen Denken verabschieden. Sieh dir den Sri Lankesen hier an. Der schwatzt schon ganze sieben Minuten ohne Pause ins Telefon. Sein Gesprächspartner auf der anderen Seite muß ein ungewöhnlich friedfertiger, geduldiger Mensch sein. Wenn es auf der anderen Seite überhaupt einen Gesprächspartner gibt. Denn es ist nicht auszuschließen, daß er nur Theater spielt – zum Beispiel für dich und mich. Aber wie metaphysisch das klingt – *auf der anderen Seite*! Obwohl man in einem solchen Fall wohl mit Antonytsch sagen sollte – *am anderen Ufer*.

Wahrscheinlich spricht er auf einen Anrufbeantworter.

Schon sieben, nein acht Minuten?! Zeichnet er vielleicht das »Ramayana« auf?

Das soll sein Geheimnis bleiben. Ist doch eigentlich alles super – Tempelhof.

Gott, was für eine Wüste! So eine Leere mitten in Berlin. Fliegen von hier noch Flugzeuge?

Landen tun sie jedenfalls noch.

Wenn López sagt, er wohnt in Tempelhof, dann stelle ich mir sofort irgendwelche Hangars und die Startbahn vor, und wie er sich jeden Abend durch das Loch im Eisenbetonzaun stiehlt, sich jeden Abend aus Versehen die Hosen am Stacheldraht aufreißt. Dann erreicht er in kurzen Sprüngen, zwischen denen er sich in den Büschen versteckt – um nicht vom Lichtkegel des Suchscheinwerfers erfaßt zu werden –, seinen Unterschlupf und schläft auf zusammengeschobenen Kisten in irgendeinem Bunker ein, aufgeregt wie ein Hase, und morgens so gegen sechs wecken ihn dann die ersten Flugzeuge.

Wer ist das, López?

Vielleicht mache ich euch einmal bekannt. Du solltest ihn kennenlernen. Aber irgendwie sind wir plötzlich in die Zeit des frühen Industriekapitalismus geraten.

Wieso plötzlich?

Ich weiß auch nicht, »wieso plötzlich«, aber schau dir die Gegend vor dem Fenster an. Du kannst mir doch nicht etwa erklären, was hier in diesem Industrial wozu dient. Weil du dich nie für alte Fabriken interessiert hast.

Aber ich interessiere mich dafür, daß du dich dafür interessierst.

Wie hieß das – Pappelstraße? Keine einzige Pappel zu sehen.

Nein, Papestraße.

Daß ich mich für sie interessiere, ist noch schwach ausgedrückt. Es ist ein ewiges Déjà-vu. Als Kinder sind wir heimlich auf das Gelände der Fabrik Nr. 63 geklettert und haben versucht, alles mögliche Gerümpel rauszuschleppen. Zum Flintenbasteln. Unser Feind Nummer eins war Pan Kajda, der Wächter. Wir legten uns in den mit verrußten Kletten zugewachsenen Graben und wachten über jeden seiner Schritte. Es gab dort auch einen Teich, in dem rachitische Karpfen gezüchtet wurden. Pan Kajda liebte das Angeln und vergaß dabei die Welt um sich herum. Und in der Zeit schafften wir es, allen möglichen Draht und Eisenteile zu stibitzen.

Was genau meinst du mit »Flinte«?

Eine selbstgemachte Pistole. Wenn man sich anstrengte, konnte man damit einen Menschen töten.

Womit hat sie geschossen?

Aus Draht haben wir so eine Art Klammern hergestellt. Wenn man damit traf, konnte man zumindest einen schmerzhaften Schock verursachen. Schau mal, was für eine Pracht hier unter uns, die Gleise und das Grün dazwischen, das Moos! Am besten gefällt mir, wenn sich das Grün seinen Weg durch

Metall bahnt, darüber wächst, es umrankt, wenn das Gras sich der Industrieruinen bemächtigt.

Hier ist Schöneberg.

Wie viele Stationen noch?

Sechs bis Westkreuz. Das schaffen wir.

Dieser Pan Kajda, der Wächter, war nicht in der Lage, uns nachzulaufen, denn er hatte ein Holzbein. Oder ein anderes, keine Ahnung. Jedenfalls eine Prothese. Aber seine Hündin, die schwarze Asa mit ihren am Boden hängenden Zitzen! Sie war es, die dem Jüngeren der Twerdochlibs in die Hüfte gebissen hat.

Dann ist ja alles klar.

Was?

Die Hunde. Daß sie bei dir immer böse sind.

Ach das! Bist du also doch Psychoanalytiker? Oder geht es dir um etwas anderes?

Ich versuche, dir die Fragen zu stellen, die du dir selbst nicht stellst.

Danke, sehr freundlich. Du bist ein echter Kamerad. Darauf müssen wir einen trinken.

S-Bahn-Station Grunewald.

Weiß ich, du mußt dich nicht wiederholen. Außerdem habe ich den Namen am Bahnsteig gelesen.

Und das ist der Grunewald.

Fantastisch. Und wir gehen hinein?

Ja. Warst du schon einmal hier?

Nicht daß ich wüßte. Vielleicht im Traum. Oder als Kind. Es erinnert ein bißchen an die Gegend um Prag, nur daß die Grashüpfer noch nicht am Wegesrand zirpen.

Es ist Anfang April, zu früh für Grashüpfer.

Aber wie gefällt dir dieses Wirtshaus im Provinzstil? »Landkneipe« – damit ist alles gesagt.

Da vorne gibt es noch die »Waldklause«.

Das ist nett – Waldklause! Waldeinsamkeit. Ludwig Tieck hat so ein Schreckensmärchen geschrieben, »Der blonde Eckbert«. Dort gibt es einen wundersamen Zaubervogel, der mit menschlicher Stimme singen kann. Jede Nacht singt er von der Waldeinsamkeit, bis der verfuckte Eckbert ihm den Hals umdreht. Kannst du dir vorstellen, daß ich früher einmal Tieck übersetzt habe?

Allerhöchstens vorstellen. Der Platz hier heißt Schmetterlingsplatz.

Klar, wie könnte es ohne Nabokov abgehen? Gerade wollte ich sagen, daß das wohl ein Nabokov-Ort ist, und schon hat er seinen Auftritt – mit den ganzen Schmetterlingen.

Wir gehen den Waldweg geradeaus und dann quer durch den Forst.

Quer durch – wohin?

Das wirst du schon sehen. Es wird dir gefallen.

Im Moment gefällt mir, daß wir die Luft an derselben Stelle durchschreiten wie der junge Nabokov. Vor ungefähr achtzig Jahren hat sein Körper mit Schmetterlingsnetz und im Panama-Hut sich genau in diesem Raumsegment bewegt.

Soweit ich mich erinnere, mochte er Berlin nicht.

Trotzdem hielt er sich manchmal in einem der Wälder der Umgebung auf, zum Beispiel hier. Hör mal, die Leute, die hier wohnen, sind ganz und gar nicht arm.

Natürlich nicht. Kiefernduft und alles, was dazugehört. Seen. Waldeinsamkeit. Das kostet. Südwesten, dort ist es nur so. Dahlem, Zehlendorf, Grunewald.

Wannsee.

Ja, Wannsee auch.

Verdammt, und es gibt tatsächlich einen, der hier wohnt! Wenn ein Bekannter von mir, ein Dichter, so eine Wahnsinnsfrau sah, wie man sie nur in Kiew trifft, rief er jedesmal: *Und es gibt tatsächlich einen, der es mit ihr treibt!* Genau so fühle ich mich jetzt. Und es gibt einen, der hier wohnt!

Wenn ich mich nicht irre, nennt man das Neid.

Vielleicht, vielleicht auch nicht. Das heißt nein – du irrst dich nicht.

Bist du auf die Besitzer dieser Häuser neidisch?

Ja, aber nicht strukturell. Soll heißen – ich war kurz neidisch, und dann ist wieder gut. Eigentum zu besitzen ist mir in diesem Leben nicht bestimmt. Ich bin kein Eigentümer. Ich habe ein viel glücklicheres Los gezogen. Und was ich bis jetzt nicht geworden bin, werde ich auch nicht mehr.

Über etwas Ähnliches haben wir schon gesprochen.

Es gibt kaum etwas, worüber wir in den letzten sieben Tagen noch nicht gesprochen haben. Ich bin dir übrigens unheimlich dankbar für diese Tage.

My pleasure. Wir haben aber nur ganz wenig von Magie gesprochen. Obwohl du doch damit zu tun hast.

Irgendwie schon. Ich glaube, gleich kreuzt ein Fuchs unseren Weg. Das wäre schön, oder? Im Licht des Spätnachmittags würde er ganz golden aussehen.

Siehst du ihn? Da vorne?

Oho! Wirklich? Wirklich ein Fuchs?

Ich hab dir doch gesagt – alles, was dir in den Kopf kommt!

Versuch mir bloß nicht zu erklären, daß es ein Zufall war.

Es war ein Zufall.

Aber absolut zur rechten Zeit – auf die Sekunde! Hat unseren Weg gekreuzt und ist wieder verschwunden. Warten wir hier auf ihn? Vielleicht taucht er wieder auf?

Das lohnt sich nicht. Sie erscheinen nie ein zweites Mal. Außerdem sollten wir den See erreichen, bevor es dunkel wird.

Den See? Wir gehen zu einem See?

Ja. Ich will dir meinen See zeigen. Wir durchqueren dieses Wald-
stück, kommen auf die Chaussee und halten uns dann links.

Führe mich, geheimnisvoller Fremder!

Aber tritt mir bitte nicht in die Hacken. Wir finden schon alles,
was du brauchst.

Wie still es ist. Wie süß das grass riecht.

Wirklich nicht schlecht. Wenn du dort über den See blickst,
siehst du auf der anderen Seite etwas erhöht eine Ökostation.
Wir haben sie links liegengelassen, um an dieses Ufer zu kommen.

Ökostation, Okostation. Weißt du, was das auf Ukrainisch
bedeuten könnte? Augenstation. Das Auge ist eine Station.
Geil.

Und über ihr siehst du auf dem Berg ein weißes, kugelförmiges
Gebilde, oder?

Wie ein riesiger Fußball.

Es müßte vor allem an ein Observatorium erinnern.

Oder an eine weiße Moschee. Was ist es denn?

Wir kommen schon noch hin. Es ist der höchste Berg von Berlin – 120 Meter über dem Meeresspiegel.

Also quasi die hiesige Howerla! Wie heißt eure Howerla?

Teufelsberg.

Der Berg des Teufels.

Genau. Rauch ab, ich dreh uns noch einen.

Was meinst du – soll ich mal übers Wasser gehen? Schon allein
der Gedanke macht mich high, daß die Seen hier gefrorene
Gletschersplitter sind. Flüssige Gletscher. Das Wasser ist bestimmt entsetzlich kalt.

In dieser Jahreszeit schon. Aber im Sommer blühen die Seerosen. Ganze Inseln weißer Seerosen – dort drüben und hier. An
sonnigen Tagen liegt hier alles voller Leute, meistens nackt.

Braungebrannte Altachtundsechziger mit grauem Gebüsch zwischen den Beinen, Janis Joplin verrunzelt. Und ihre Partner mit Penissen bis zu den Knien und Pferdeschwänzen à la Francis Rossi. Kenne ich, hab ich schon gesehen.

Was du nicht alles schon gesehen hast!

Mach dich nicht lustig über mich. Gib mir lieber noch einen Schluck. Mein Mund wird immer so schrecklich trocken, wenn ich kiffe.

Nimm noch einen Zug. Wer ist Francis Rossi?

Was für ein Francis Rossi?

Du hast gerade von einem Francis Rossi gesprochen.

Ja, kommt mir irgendwie bekannt vor. Aber wer ist er? Wie heißt dieser See?

Teufelssee.

Im letzten Sommer bin ich an einem sehr heißen Tag mit dem Fahrrad hierhergekommen.

Interessant.

Ich hatte absolut nicht damit gerechnet, daß hier so viele Leute sind. Sie bedeckten mit ihrer Nacktheit das ganze Ufer. Die Ältesten machten ganz offen Petting hier auf dem Gras. Überwiegend siebzigjährige Opas und Omas. Ich nenne sie wie bei uns »Schistdesjatnyky«, Leute aus den sechziger Jahren. In ihrer Jugend haben sie beschlossen, nie erwachsen zu werden. Daher auch das Petting vor aller Augen am See. Die Freuden alter Kinder im Paradiesgarten der Vergänglichkeit.

Geht es dir nicht genauso?

Genauso? Nein. Ich könnte ihr Sohn sein. Ich bin jung.

Hast du nicht auch dasselbe beschlossen wie sie – nie erwachsen zu werden?

Du irrst. Ich habe etwas anderes beschlossen – nicht alt zu werden.

Und sie?

Sie sind wirklich nie erwachsen geworden. Das haben sie geschafft. Aber sie sind alt geworden. Und das ist schade.

Steht das in irgendeinem Zusammenhang mit der Ewigkeit?

Nur in dem Sinne, als ich gerne versuchen würde, übers Wasser zu gehen.

Es wird dich nicht tragen, glaub mir. In diesem Falle reicht es nicht aus, ein Magier zu sein.

Ich verweigere mich dem Magiersein, laß mich damit in Ruhe. Vielleicht liegt gerade in diesem See der erste Beweis dieser Verweigerung. Auf dem Grund des Sees, von schwarzem Schlamm verschluckt.

Ein Beweis deiner Verweigerung?

Ein Geschenk von Mrs. Creabeeg aus Amerika. Sie hat mich damit einmal nachts überfallen, ebenfalls im vergangenen Sommer. Einmal nachts, als ich im Halbschlaf zufällig mit der Hand über ihren warmen Rücken fuhr, wachte sie plötzlich auf und begann davon zu reden, daß sie mir ein magisches Geschenk mitgebracht habe. Sie selbst habe es von einem Zauberkünstler in Las Vegas bekommen.

Wie hieß er – Iron?

Sogar den kennst du!

Ich habe geraten. Es ist bei Scharlatanen ein gängiger Name.

Anyway. Angeblich hat er ihr, Mrs. Creabeeg, das Ding gegeben, weil sie während der Séance so viel Energie verströmte, wie er es noch nie im Leben ... Also einen Menschen mit so viel Energie hatte er noch nie getroffen.

Was war das für ein Ding?

Ein Dingelchen, ganz klein. Als sie es irgendwoher aus seinem Futteral zog, das halb so groß war wie eine Streichholzschachtel, weigerte ich mich, es anzusehen.

Dann weißt du also nicht, was es war?

Nur aus den Beschreibungen von Mrs. Creabeeg. Ich habe nicht hingesehen.

Und was war es?

Erlaube mir, nicht zu antworten. Oder versuche, es selbst zu erraten.

Hmm, ich glaube, es war eine menschliche Hand en miniature, mit leicht gespreizten Fingern.

Ja, und angeblich traten Adern hervor, in denen Blut floß. Eine ganz feine Arbeit. Dieser Hypnotiseur Iron hatte behauptet, sie sei – du wirst lachen – in den geheimen Labors des Dritten Reichs hergestellt worden.

Wozu?

Keine Ahnung, ich habe nicht gefragt. Ich setzte alles daran, das Thema zu wechseln. Die Sache gefiel mir absolut nicht. Würde es dir gefallen, nachts in einem Bett mit einer Wahnsinnigen zu liegen?

Worin bestand ihr Wahnsinn?

Sie redete dauernd von dieser Hand. Daß es ihr Geschenk für mich sei. Daß ich es annehmen müsse, denn wer es besitze dem gebe es furchtbar viel Kraft. Entsetzlich – sie wiederholte dauernd *furchtbar viel Kraft*, Shit!

Aber du hast dich verweigert?

Weißt du, mir geht es auch ohne gut. Ich brauche keine Kraft von außen, verstehst du? Ich brauche sie nicht mehr. Ich lebe im Einklang mit der Welt, und meine Welt ist hell, nicht dunkel.

Irgendwann hat sie aufgegeben?

Sie ist den ganzen Tag verschwunden, und abends sagte sie, sie habe das Ding in irgendeinen See geschmissen. Bis heute bin ich unheimlich froh, daß ich mich verweigert habe.

Aber der Ewigkeit hast du dich nicht verweigert, oder?

Von der Ewigkeit wissen wir nur, daß sie entsetzlich kalt ist.

Das ist der Versuch eines Selbstzitats. Es geht aber irgendwie anders. Weißt du, sie irritiert mich auf andere Weise.

Die Ewigkeit?

Ja. Als ich mit Beate Pinkerneil und ihrem Team, Kamera- und Tonmann, auf dem Janiwsky-Friedhof endlich das Grab Antonytschs gefunden hatte, da lugte hinter den Wolken die Sonne hervor. Ich mag solche Worte eigentlich nicht, aber hier kann man sie nicht vermeiden. »Hervorkommen« paßt hier nicht, man muß »lugen« sagen. Dreimal filmten sie, wie ich zum Grab gehe und total geschockt den Stummel von Antonytschs Hals anstarre.

Den Stummel? Des Halses?

Dort stand seine Büste, verstehst du? Aber sie war aus einem verhältnismäßig teuren Metall gemacht, schwarze Bronze oder so. Gibt es das? Irgendwelche Arschlöcher haben ihm nachts den Kopf abgesägt. Du hast doch bestimmt schon gehört, daß in unserem Land Metall geklaut wird? Und nicht nur buntes. Alles, was sie in die Finger kriegen.

Das hat mich bisher wenig interessiert. Aber jetzt weiß ich es. Noch einen Schluck?

Unbedingt, danke. Beate brauchte diese Szene für ihren Film. Die verwilderte Ecke des Janiwsky-Friedhofs, die Farngewächse und meine schockierte Hand, die eine fassungslose unsichtbare Linie auf der abgesägten Oberfläche nachzeichnet. Da fragt sie mich, ob ich ewig sein will. Und ich antworte, daß die Ewigkeit unerträglich ist. Wahrscheinlich ist sie unerträglich.

Und darum bist du bereit, dich ihr zu verweigern?

Warte, das ist noch nicht das Ende der Geschichte.

Dann erzähl weiter. Noch einen letzten Zug?

Merci. Nach ein paar Monaten ruft Beate mich an. Irgendwann im September, ein paar Monate nachdem wir das alles gefilmt hatten. Also im September.

Klar. Weiter – laß den September

Ja, es war im September. Beate ruft an und erzählt mir vom Acht-Sekunden-Mann.

Von wem?

Daß sie demnächst nach England fährt, um einen Film über den Acht-Sekunden-Mann zu drehen.

Aber wer ist das?

Unterbrich mich nicht, ich bin ohnedies schon ganz leer. Also. Ich konzentriere mich, und du bist still. Ein Mann, früher, glaube ich, Musiker oder so, Dirigent oder Pianist. Ihm ist etwas sehr Seltenes passiert. Verdammt, hast du gerade »Virus« gesagt?

Ich habe nichts gesagt.

Aber du hast recht – es war eine Art Virus, der das Gehirn befällt. Vielmehr das zentrale Nervensystem. Sein Gedächtnis dauert acht Sekunden, dann verliert er es. Dann kommt es zurück, aber wieder nur für acht Sekunden. Kannst du dir vorstellen – dein ganzes Wissen von der Welt, alles, was du hast, aber nur für die Dauer von acht Sekunden?! Dann verlierst du wieder alles, dann kommt es zurück, wieder acht Sekunden bei vollem Bewußtsein, dann der Absturz in Nichts und so ohne Ende. Das heißt natürlich mit Ende, denn irgendwann stirbt er ja. Aber das Entscheidende ist, was Beate gesagt hat.

In jenem Telefongespräch?

Ja. Sie fragte: *Juri, weißt du noch, wie du auf dem Friedhof gesagt hast, daß die Ewigkeit unerträglich ist.* Ja und, sage ich. *Also dieser Mann mit dem Acht-Sekunden-Gedächtnis – was, wenn das wirklich die Ewigkeit wäre? Wie unerträglich wäre SO EINE Ewigkeit?*

Puh, hör auf. Mir ist, als würde mir jemand mit einem massiven Hammer auf die Stirn schlagen.

Wir sollten aufstehen und gehen. Es ist ein böser Ort.

Hör mal, dieses weiße Phantom, zu dem wir wollen, das angebliche Observatorium – was ist das in Wirklichkeit?

Gute Frage. Eine amerikanische Radarabhörstation. Von wo sie die Radiogramme der Russen abgehört haben. Der Roten vielmehr. Und ihre Luftkorridore bewachten.

Und jetzt?

Jetzt ist dort nichts. Leere. Eine Ruine. Seit deiner Kindheit ziehen dich Ruinen an, oder etwa nicht?

Ja. Ich könnte das mit Danilo Kiš sagen.

Na siehst du. Hier geht's lang, glaube ich. Von der Chaussee links ab ... Genau: ein asphaltierter Weg nach oben.

Es kommt mir vor, als wäre das kein Asphalt. Eine dicke Watteschicht, durch die wir waten.

Eine Watteschicht? Vielleicht eine Schicht festgestampfter Gänsedaunen?

Oder eine Schicht schwankenden heißen Käses. So in der Art. Meine Füße treten in etwas Weiches und versinken darin. Ich stecke bis zu den Knien im Käse.

Gut, daß es nur Käse ist. Aha, die Abzweigung! Der Garten der Pfade, die sich verzweigen – wie bei Borges. Welchen wählen wir?

Den linken.

Hab ich mir gedacht. In spätestens zehn Minuten sind wir oben.

Wir später.

Ist irgendwas mit dir?

Mein Herz rast. Das war eine wilde Mischung, die wir da geraucht haben. Ich würde mich gerne ein bißchen hinlegen.

Ein paar Minuten, und es geht vorbei.

Ich glaube nicht, daß das eine gute Idee ist. Der Boden ist noch zu kalt. Vor einer Woche lag hier noch Schnee.

Okay, gehen wir. Es ist ja auch überhaupt nicht steil. Wie hoch ist der Berg, hast du gesagt?

120 Meter, die Hälfte haben wir schon hinter uns.

Es ist ja gar kein Berg, sondern eine Erhebung, ein Hügel.

Es ist auch kein Hügel, sondern eine Aufschüttung. Die mit Erde zugeschütteten Bruchstücke von 400 000 Berliner Gebäuden. Herzlich willkommen in der Welthauptstadt Germania.

Ich verstehe nicht.

Nach dem Krieg haben sie die Häusertrümmer aus ganz West-berlin hierhergeschafft. Und sie begraben.

Wir gehen also über menschliche Seufzer.

Genau, mein Freund, genau.

Diese Ruinen kriechen aus der Erde hervor. Was drückt sie an die Oberfläche, warum bewegen sich diese Ziegelbrocken noch? Wie frisch geschlachtetes Fleisch, verdammt.

Im Sommer brausen hier die Mountainbiker runter. Bei gutem Wind fliegen Gleitschirme. Man kann Drachen steigen lassen. Skateboard fahren. Es ist ein beliebter Ort.

Und was machen wir hier?

Mal sehen. Also schauen wir mal.

Wie du weißt, hatte ich als Kind Probleme mit der körperlichen Geschicklichkeit. Am schlimmsten war für mich, über Zäune zu klettern. Einmal verfolgte mich die Schwarze Manjka. Keine Ahnung, wie sie wirklich hieß – eine irre, verblödete Tusse, die über ihrem Kopftuch eine abgewetzte Schapka trug. Sommers wie winters. Sie konnte Pfeifen nicht ertragen, es kam vor, daß sie ohne nachzudenken einen Stein nach jemandem warf, der in ihrer Nähe gepfiffen hatte. Einmal kam sie an unserer Schule vorbei, als wir gerade große Pause hatten und auf die Franko-Straße hinausströmten. Grynja – er war vier Jahre älter als ich und hatte uns als erster seinen steifen Schwanz gezeigt –, dieser Grynja also pfiff durchdringend und schrie dann noch aus vollem Halse über die Straße *Schwarrrrrze Manjka*. Sie blieb wie angewurzelt stehen und glotzte in unsere Richtung. Da schaute mich Grynja vorwurfsvoll an und sagte, damit sie es auf jeden Fall hörte: *Warum machst du dich über die arme Frau lustig?* Mir war klar, daß keine Zeit blieb, die Gerechtigkeit wieder herzustellen – ich mußte laufen. Die Schwarze Manjka verwandelte sich in eine Furie – griff sich aus einem Blumenbeet eine Handvoll kleiner Steine und stürzte sich auf mich. Ich floh die Mauer entlang, unsere Schulmauer, und es bestand kein Zweifel, daß sie mich einholen und fangen würde, sobald ich versuchen sollte hinüberzuklettern. Es war leicht vorzustellen: wie sie mich zurückzieht, auf die Erde schmeißt und ihr Knie auf meine Brust preßt. Meine einzige Hoffnung bestand darin, daß dort hinten in der Mauer eine Spalte wäre, ein Loch, und daß ich da hindurch auf den Schulhof kriechen kann und sie draußen zurückbleiben muß. So rannte ich diese Mauer entlang, die kein Ende nehmen wollte, mir schien, es werde ewig dauern, noch immer hörte ich hinter mir das Poltern ihrer Scheißtreter aus Gummi. Nicht ausgeschlossen, daß ich vier- oder fünfmal um die ganze Schule gerannt bin. Sag mal, wie lange wollen wir eigentlich noch wie ein Perimeter um diese Mauer laufen? **Schau dir die fantastischen weißen Kugeln an, zusammen erinnern sie an einen Phallus mit Eiern. Vor kurzem waren die Antennen noch an Ort und Stelle. Wir werden dieses Loch, diese Spalte auf jeden Fall finden. Ich will unbedingt, daß du das *Territorium* betrittst.**

Die Mauer ist ungefähr zwei Meter hoch. Plus der Stacheldraht obendrauf. Ein Sonderkommando aus zwölf Leuten überwindet solche Hindernisse in weniger als zehn Sekunden. Einer klettert auf den anderen, ein dritter steigt dem vierten auf die Schultern usw. Leise und schnell. Schade, daß wir nur zu zweit sind.

Damals war ich ganz allein.

Aber wir schaffen es, du wirst sehen.

Ist das Ding hier bewacht? Gibt es einen Sicherheitsdienst?

Offiziell ja. Aber um diese Zeit ist hier keiner.

Mein Gott, wieviel elektrisches Licht dort unten! Ist das alles noch Berlin?

Der Norden. In dieser Richtung liegt das Olympiastadion.

Ich war nie dort.

Es lohnt sich aber.

Weißt du, es gibt viele solche Orte, an denen ich nicht war. Viel mehr als andere. Ich lasse sie fürs nächste Mal. Für einen neuen Anfang.

Wovon sprichst du?

Das verstehst du nicht. Ein Fußboden, Bretter von schmutzigroter Farbe, stark abgewetzte Bretter, dazwischen Spalten. Und wenn du in deinen groben Flanellhosen auf diesem Boden entlangkriechst, dann siehst du die Köpfe der Erwachsenen hoch über dir, fast schon im Himmel. Ein durchschnittlicher Erwachsener reicht *fast zum Himmel*. Aber Erwachsene können nicht ewig so bleiben.

Nämlich?

In einem gewissen Moment beginnen sie zu schrumpfen. Sie werden 15, dann 13 Jahre alt, dann 7, dann gehen sie in den Kindergarten. Sie verlieren allmählich ihre Sprache, hören auf zu laufen. Atmen und schlafen nur noch, Schluß – ein Stück lebendige Materie. Atem, Schlaf und Dunkelheit. Dann kann man wieder beginnen zu wachsen.

Und so immer wieder?

Alle acht Sekunden.

Ha, und wenn wir einfach durchs Tor gehen? Schließlich ist das Schloß zerstört! Und wir Idioten gehen die Mauern entlang und suchen einen Spalt! Was denkst du?

Lies, was hier geschrieben steht. BETRETEN DER BAUSTELLE VERBOTEN.

Und darüber?

FICKT EUCH.

Na also.

Du hast also nichts dagegen?

Aus irgendeinem verdammten Grund hast du mich doch hergebracht!

Ich wußte, daß ich auf dich setzen kann.

Mist, keine heile Fensterscheibe und nichts als Scherben unter den Füßen.

Nicht nur. Was ist mit dem Draht? Dem Putz?

Betonstücke. Bierdosen. Lippenstift, Mascara und Blut. Kein Zweifel, auch gebrauchte Kondome.

Das weißt du besser.

Ich weiß nichts und sehe nichts.

Zurück zu den Kellern. Am meisten Angst hatten wir vor der verdammten Hausmeisterin. Sie drohte uns immer mit dem Keller. Wie gesagt stank es dort unerträglich nach Chlorkalk. Wie man ihn in Sickergruben streut. Oder in Massengräber in Zeiten der Pest.

Kalkpulver?

Nein, Chlorkalk. Und es schien, als lagerten alle Chlorkalkvorräte der Welt in ihrem Keller. Sie sagte, dort lebe ein ganzes Rudel Ratten. Wenn man dort ein Kind über Nacht einsperre, dann sei am Morgen nur noch das Skelett übrig. Auf den Papiersäcken mit dem ätzenden Chlorkalk. Wenn ich am *Treppenabgang* vorbeikam, versuchte ich, nicht hinzusehen.

Wie viele Stufen waren es?

Um die zwanzig. Ich habe sie nie gezählt. Nehmen wir an, zwanzig.

Okay. Notieren wir zwanzig. Zwanzig Stufen hinunter. Und dann?

Dann wahrscheinlich die Kellertür. Ich hab doch gesagt – ich habe den Kopf abgewandt. Besah mir die Stachelbeerbüsche, kiesbestreuten Wege, Rasenflächen, die mit rosa Blütenblättern bedeckt und mit einer weißen Bordüre begrenzt waren. Habe nie nachgeschaut, wie und was da war. Es genügte zu wissen, daß es das alles gab – die Stufen, die Tür.

Du hast immer noch Angst davor?

Wie soll ich sagen? Ich bin schon ein bißchen zu alt, um vor etwas wie einem Keller Angst zu haben. Oder vor den Stufen, die hinunterführen. Was flattert und schlägt da so?

Die Hülle. Alles hier ist mit so einem weißen Stoff überzogen. Wenn jemand von oben das nächtliche Berlin betrachten wollte, hat er ihn mit dem Messer aufgeschnitten. Es sind Stücke, Fetzen. Die flattern im Wind.

Woher kommt der Wind? Die ganze Zeit gab es keinen.

Das Wetter ändert sich. Anfang April. Heute nacht fällt vielleicht noch Schnee.

Oho! Wie es im Wetterbericht heißt, starke, teils orkanartige Böen. Immer orkanartiger, will mir scheinen. Hör mal, sind das menschliche Stimmen, oder bilde ich mir das nur ein?

Lauteffekte. Der Wind dringt durch die Schnitte ins Innere und erzeugt ein Echo.

Aber ich höre Stimmen!

Du bist zu sensibel. Glaubst du wirklich, daß sich in diesem Moment hier jemand aufhält?

In Wirklichkeit ist dieser Turm eine Art Megaphon, das aus der Erde wächst. Es sind unterirdische Stimmen. So reden wahrscheinlich die Ruinen. Denn wir verschwinden ja nicht einfach so, vor allem unsere Stimmen nicht.

Wie gut, Dichter zu sein. Für alles findet man eine erklärende Metapher.

Eine Metapher ist ein Verkehrsmittel. Wie lange brauchen wir noch, bis wir oben sind?

Nach dem Flattern zu urteilen nicht mehr lange.

Diese ganzen Schreie kommen von unten. Nur von unten. Gehen wir auf- oder abwärts?

Was macht das für einen Unterschied? Ich habe dir doch schon gesagt, es sind keine Schreie, es ist der Wind.

Nein, wenn es, wie du sagst, nur der Wind wäre, dann käme es von oben. Von dort, wo der Wind an den Fetzen reißt und durch die Risse in die Spitze des Turms eindringt. Aber es handelt sich um etwas ganz anderes, um Stimmen von unten, so deutlich schon, daß ich ein paar davon wiedererkenne.

Vielleicht sogar alle?

Nicht sofort. Es sind welche darunter, die ich hundert Jahre nicht gehört habe.

Aber alle sind zu dir gekommen. Und warten in deinem Keller. Du mußt zu ihnen gehen.

Allein? Und du?

Ohne mich. Sie haben sich nur deinetwegen versammelt. Es sind nur zwanzig Stufen, so hast du es selbst gewollt.

Gott, was für ein Lärm! Besaufen sie sich dort unten oder was?

Sie freuen sich unheimlich darauf, dich zu sehen. Schenk allen deine Aufmerksamkeit. Und, wenn es geht, deine Liebe.

Gib mir deine Taschenlampe. Dort ist es ganz finster.

Finster? Dann schließ die Augen. Ich beginne zu zählen. Von zwanzig rückwärts. Ich werde hier stehenbleiben. Du hörst, wie ich laut zähle. Ich werde hier bei der Tür stehen.

Und machst sie auch nicht zu? Von der anderen Seite? Eine
offene Tür – das ist eine unfaßbare Freude.

Absolut faßbar.

Wann kann ich die Augen aufmachen?

**Das sag ich dir schon. Du wirst es hören. Dann bleibst du allein.
Geh, ohne dich umzusehen, ich bin noch hinter dir.**

Wem überläßt du mich?

Hör auf zu lästern, geh. Zwanzig.

Neunzehn.

Achtzehn. Und du siehst Wasser.

Siebzehn.

Sechzehn. Und du siehst das Ufer.

Fünfzehn.

Vierzehn. Und du siehst den Himmel.

Dreizehn.

Zwölf. Und du hörst jede Stimme.

Elf.

Zehn. Und du erkennst jede einzelne.

Neun.

Acht. Und du wirst sehr glücklich sein.

Sieben.

Sechs. Denn niemand ist verschwunden.

Fünf.

Vier. Und wird nie verschwinden.

Drei.

Zwei.

Amen.

**Hörst du, ej? Zwei! Warum bist du stehengeblieben? Noch ein
Schritt – und es lodert! Mach noch einen Schritt, hörst du?!!**

Wie heißt das?
Was meinst du?
Die Station. Ka, Ypsilon, Es, A, Ka.
Wahrscheinlich »Kysak«. Klingt wie ein Katzenname aus einem Comic. Siehst du, schon geht's weiter. Das gefällt mir besonders, daß die Züge hier nicht so lange an den Bahnhöfen rumstehen wie bei uns. Aussteigen, einsteigen – und los geht's, kein Grund stehenzubleiben.
Im Wagen ist es richtig sauber, ganz anders als bei uns.
Papa, wie lange noch bis Prag?
Acht oder neun Stunden, den ganzen Tag bis heute abend.
Den ganzen Tag, super! Das Fahren gefällt mir. Ich könnte zehn Tage so fahren. In den Bergen hier könnte man einen Indianerfilm drehen.
In unseren Bergen auch.
Aber die Berge hier sind wilder. Und viel höher. Und es gibt Felsen, bei uns nicht.
Du weißt das nur nicht. Wir fahren mal zusammen hin, und ich zeige dir bei uns genau solche Felsen …
In diesem Jahr gibt es bestimmt viele Beeren. Vor zwei Jahren waren die Wälder rund um Prag voller Brombeeren.
Für Brombeeren ist es ein bißchen früh. Und die Walderdbeeren sind wahrscheinlich schon vorbei. Aber wer weiß? Das ist überall anders.
Ma, weißt du noch? Da sind diese zweistöckigen Züge gefahren, und alle Leute hatten eimerweise schwarze Beeren dabei.
Brombeeren. Damals war alles voller Brombeeren. Am Freitagnachmittag fährt halb Prag aufs Land – um in den Wäldern

Beeren zu sammeln. Sonntagabend kehren sie zurück, in den
Waggons ist dann nicht mehr mal Platz, daß ein Apfel runterfal-
len könnte, und das ist nur die Hälfte der Leute, denn die andere
fährt mit dem eigenen Auto.

Und mit Motorrädern. Oder mit Booten auf der Moldau. Einmal ist so ein Zug am Sonntagabend entgleist, weißt du noch?

Spinn nicht rum.

Was heißt ich spinne? Papa, sie hat es vergessen. Die zweistöckigen
Waggons umgekippt, die Räder schauten in den Himmel. Die
Menschen waren ganz schwarz vom Saft der zerdrückten Beeren.
In einer Zeitung stand, es sei ein Zug mit Negern gewesen.

Ah, ich erinnere mich! Das Albanische Radio hat davon
berichtet. Hunderttausend afrikanische Partisanen im Wald
bei Prag. Ungefähr so.

Einer wie der andere. Laßt uns lieber ein bißchen schlafen. Die
Augen fallen mir zu nach dieser Nacht im Seelenverkäufer nach
Tschop.

Ich will nicht schlafen. Ich will aus dem Fenster schauen.

Und ich hole mir am Buffet eine Flasche tschechisches Bier.
Mal sehen, wieso man es so lobt.

Und mir Kofola. Oder Limonade. Besser Kofola.

Wir kaufen dir in Prag auf jeden Fall eine neue Jacke, eine für den
Sommer. Wie ich sie vor zwei Jahren gesehen habe. Helles Blau
steht dir gut.

Und mir Cowboyhosen, solche mit vielen Taschen! Ma, schlaf
ruhig, wenn du willst, wir werden leise sprechen. Oder gar
nicht – als ob unsere Münder zugenäht wären. In Prag gibt es
ein Museum, dort sind ganz kleine Menschenköpfe ausgestellt,
nicht größer als eine Faust, aber echt. Es waren einmal lebendige Menschen, kannst du dir das vorstellen? Alles da – Augen,
Nase, Ohren –, aber die Münder sind mit einem groben Faden
zugenäht.

Vielleicht haben sie zuviel geschwatzt, als sie noch lebten.
Vielleicht. Ich bin gleich ruhig, Ma. Aber irgendwie habe ich so
eine Laune, kann mich nicht beruhigen. Ich finde, wir haben
unheimliches Glück im Leben, stimmt's?

Anmerkungen des Autors

15 *Lieder für den Toten Hahn*   Titel meines jüngsten Gedichtbandes (2004). Verweist auf die ukrainische Kult-Rock-Gruppe «Mertwyj piwen« (Toter Hahn), die einige Dutzend meiner Gedichte vertont hat, manche gelungen.

17 *Evgen Malanjuk*   (1897-1968) Dichter und Essayist der ukrainischen Emigration, stammt aus den Steppen des Südens; führende Persönlichkeit der sogenannten Prager Schule der ukrainischen Poesie der Zwischenkriegszeit.

18 *Sloboda-Ukraine*   Region im Osten der Ukraine mit dem Verwaltungszentrum Charkiw.

18 *Ukrainische Volksrepublik*   1917 in Kiew ausgerufener unabhängiger ukrainischer Staat unter Führung einer sozialdemokratischen und sozialistischen Regierung, der 1920 aufhörte zu existieren, und zwar infolge eines ungleichen Kampfes an gleich mehreren Fronten (gegen die »roten« und die »weißen« Russen, die Entente, die Deutschen, die Anarchisten).

18 *Petljura*   Symon Petljura (1879-1926), wichtiger Amtsträger der Ukrainischen Volksrepublik, zeitweise militärischer Oberbefehlshaber (Otaman) und Führer des sog. Direktoriums.

21 *Jaro (Jaroslav) Rudiš*   (geb. 1972) tschechischer Schriftsteller, Journalist und Musiker, Autor des Romans »Der Himmel unter Berlin« (2002) sowie der Comic-Romane »White Stream« und »Central Station«.

26 *slowakische Paradies*   Anspielung auf eine echte geographische Bezeichnung: In der Slowakei gibt es das Naturschutzgebiet Slovenský Raj.

28 *Bohdan Lepkyj*   (1872-1941) neoromantischer ukrainischer Schriftsteller, in der Sowjetunion verboten; *Dmytro Donzow* (1883-1973) ukrainischer Literaturwissenschaftler und Kritiker, Publizist, Ideologe des sogenannten »integralen Nationalismus«, galt in der Sowjetunion als einer der schlimmsten ideologischen Feinde und war streng verboten.

34 *Hun-Weij-Bin*   Hóngwèibīng (auch: »Rote Garde« oder »Rote Wacht«) 1966 gebildete Sturmeinheiten chinesischer Studenten, die die sogenannte Kulturrevolution vorantreiben sollten.

38 *Söhne Banderas*   scherzhafte Anspielung darauf, daß die Bewohner Franyks, wie die der Westukraine überhaupt, in der gesamten UdSSR den Ruf von »Banderisten« hatten, also von Anhängern Stepan Banderas (1909-1956), dem Führer der »Organisation der ukrainischen Nationalisten«, die im Untergrund operierte.

40 *unglückliche Möwe*   Anklang an die ukrainische Barock-Dume (eine Art

Ballade) aus dem 18. Jahrhundert: »Weh, weh unglückliche Möwe, die ihre Möwenkinder hergebracht hat auf die harte Straße«; mit der »unglücklichen Möwe« ist die Ukraine gemeint. Als Autor gilt der ukrainische Hetman Iwan Masepa.

49 *Eva Karádi* ungarische Schriftstellerin und Publizistin, Leiterin der ungarischen Redaktion der Zeitschrift »Lettre International«.

71 *Virlana Tkacz* Theaterregisseurin, Leiterin der New Yorker Künstlervereinigung Yara Group.

76 *Rachmonkarimows* Kombination aus den Namen Rachmonow und Karimow. Imomali Rachmonow ist der Diktator (offiziell: Präsident) Tadschikistans, Islam Karimow – Usbekistans. Beide verbindet unter anderem die Tatsache, daß sie direkt vom Posten des Ersten Sekretärs der Kommunisten Partei ins Präsidentenamt ihrer zentralasiatischen Staaten gelangt sind.

76 *Basmači-Kämpfer* islamische nationalistische Kampfeinheiten, die in Zentralasien in den zwanziger Jahren gegen die Sowjetmacht kämpften.

103 *Porfirij Petrowitsch* Untersuchungsrichter in Fjodor Dostojewskijs Roman »Verbrechen und Strafe«.

160 *Chachol (Chochol)* von Russen gebrauchte abwertende Bezeichnung für Ukrainer; die Etymologie des Begriffs ist nicht endgültig geklärt.

165 *Podilja-Polisja* Bezeichnungen zweier benachbarter Regionen in der Zentral- und westlichen Zentralukraine.

193 *Kalynez, Worobjow, Stus, Holoborodko, Satschenko, Kordun* Namen ukrainischer Dichter und Dissidenten, die ihren schöpferischen Weg in den sechziger Jahren begannen und auf die eine oder andere Art in den Siebzigern repressiert und als Folge davon jahrzehntelang verboten und nicht gedruckt wurden. Am tragischsten verlief das Schicksal von Wassyl Stus (1938-1985), der in einem Straflager im Ural ums Leben kam.

207 *in der das* SYSTEM *einen eurer verurteilten Dichter ermordet* Die Rede ist von Wassyl Stus (siehe vorherige Anmerkung).

221 *Viktor Morosow* (geb. 1949) Sänger und Gitarrist, einer der ersten Rock-Musiker der Ukraine, komponierte eine große Anzahl von Liedern zu Texten ukrainischer Dichter der zwanziger, sechziger und achtziger Jahre; meine Gedichte hat er in »Der Trompeter« (»Lemberger Katastrophe«) und »Romanze des Narren« vertont.

223 *Les' Tanjuk* (geb. 1938) Theaterregisseur, Theaterwissenschaftler, Kritiker, Publizist, Politiker, einer der Führer der Dissidentenbewegung der sechziger Jahre, verließ Anfang der Siebziger unter dem Druck der Repressionen die Ukraine und zog ins etwas liberalere Moskau. Kehrte 1986 nach Kiew zurück und

wurde Leiter des Jugendtheaters, was als deutliches Zeichen für demokratischen Wandel im Kulturprozeß aufgefaßt wurde.

231 *Propala Hramota* Name eines Kiewer literarischen Trios, das aus den Dichtern Jurko Posajak, Semen Lybon und Viktor Nedostup bestand. Einerseits korrespondiert der Name mit dem von Gogols Novelle »Die verschwundene Urkunde« aus seinem ersten Buch »Abende auf dem Vorwerk von Dikanka«, andererseits könnte er aber auch mit »die verlorene Schrift« übersetzt werden – eine Anspielung auf die zunehmende Marginalisierung der ukrainischen Sprache in der damaligen UdSSR.

241 *Solomija Pawlytschko* (1958-1999) Literaturwissenschaftlerin und Über-setzerin, Autorin der Bücher »Philosophische Poesie der amerikanischen Roman-tik«, »Byron. Skizze von Leben und Werk«, »Letters from Kiev«, »Labyrinthe des Denkens. Der intellektuelle Roman im zeitgenössischen Großbritannien« sowie der überaus wichtigen Arbeit »Der Diskurs des Modernismus in der ukrainischen Lite-ratur«. Aus ihrer Feder stammen zahlreiche Übersetzungen, darunter »Der Herr der Fliegen« von William Golding und »Lady Chatterley« von D. H. Lawrence. Wenige Stunden bevor das neue Jahr 2000 anbrach, kam sie tragisch ums Leben.

263 *UPA-Kämpfer* Kämpfer der Ukrainischen Aufstandsarmee (UPA), die 1943-1959 im Untergrund operierte und ihren Partisanenkampf an allen mög-lichen Fronten führte – gegen die Rote Armee, die Soldaten Hitlerdeutschlands und polnische Armeeverbände.

276 *Moses Fishbein* (geb. 1946) ukrainischer Dichter, einer der unumstritte-nen Meister der zeitgenössischen ukrainischen Poesie, israelischer Staatsangehö-riger, geboren in Czernowitz. Lebte einige Jahrzehnte als Emigrant in München, wo er bei »Radio Liberty« arbeitete. Seit einigen Jahren lebt er wieder in Kiew.

305 *Tschapajew-Schlaf* Am Ende eines sowjetischen Spielfilms aus den drei-ßiger Jahren über den legendären roten Kommandeur im Bürgerkrieg Wassilij Tschapajew gibt es folgende Szene: Der Held und alle seine Kämpfer sind nachts in tiefen Schlaf gesunken. Da werden sie von Weißgardisten überfallen, der Held wird getötet. Seitdem bedeutet der Ausdruck »Tschapajew-Schlaf« einen festen Schlaf, der fatale Folgen haben kann.

306 *gelb-roten herbstlichen schwarzen Bandera-Wälder* gemeint ist das Wald-massiv um Franyk, der sogenannte Schwarze Wald, in dem sich seinerzeit die Anhänger Stepan Banderas (s.o.), die Partisanen der UPA (s.o) versteckten und von wo aus sie operierten.

367 *Howerla* Berg, höchster Gipfel der ukrainischen Karpaten (2061 Meter), ein patriotisches Symbol.

Inhalt

Ein mögliches Vorwort 7

1 Mein toter Freund Radu Teodor 15

2 Suite für »Jethro Tull« und Orchester 66

3 Song von der Unzerstörbarkeit der Materie 118

4 Die nächtlichen Reize der Linotypistinnen 170

5 Der Schiedsrichter läßt weiterspielen 223

6 Gott, gib, daß ich diesen Löffel noch zum
   Mund führen kann 279

7 Hottentottenpotentatentantenattentatentäter 322

Anmerkungen des Autors 385